NÃO FUJA!

Best-Seller da Amazon

FML Pepper

Não Fuja!

valentina
Rio de Janeiro, 2024
7ª Edição

CAPA E PROJETO GRÁFICO
Marina Ávila

FOTO DE CAPA
Ilina Simeonova / Trevillion Images

FOTO DE 4ª CAPA
Ysbrandcosijn / Dollar Photo Club

FOTO DA AUTORA
Simone Mascarenhas

DIAGRAMAÇÃO
editoriarte

Impresso no Brasil
Printed in Brazil
2024

CIP-BRASIL. CATALOGAÇÃO NA PUBLICAÇÃO
SINDICATO NACIONAL DOS EDITORES DE LIVROS, RJ

P479n
7. ed.

Pepper, FML
Não fuja! / FML Pepper. – 7. ed. – Rio de Janeiro: Valentina, 2024.
384p. ; 23 cm. (Trilogia Nã pare!; 3)

Sequência de: Não olhe!
ISBN 978-85-65859-78-3

1. Romance brasileiro. I. Título. II. Série.

CDD: 869.93
16-29627 CDU: 821.134.3(81)-3

Todos os livros da Editora Valentina estão em conformidade com
o novo Acordo Ortográfico da Língua Portuguesa.

EDITORA VALENTINA
Rua Santa Clara 50/1107 – Copacabana
Rio de Janeiro – 22041-012
Tel/Fax: (21) 3208-8777
www.editoravalentina.com.br

PARA ALEXANDRE, HOJE E SEMPRE.

"O amor jamais acaba; mas havendo profecias, serão aniquiladas;
havendo línguas, cessarão; havendo ciência, desaparecerá."

I CORÍNTIOS, 13:8

CAPÍTULO 1

— Não vou chamar de novo! — advertiu mamãe.

Ah, não! Aquele sonho outra vez?

O maldito sempre surgia nos momentos mais conturbados da minha vida. Antes eu acreditava que era uma forma de defesa, uma tentativa desesperada do meu organismo de me manter mentalmente sã. Hoje mais parecia uma piada de mau gosto, um presente sádico do meu subconsciente.

— Venham antes que a comida esfrie! — Stela começava a perder a paciência.

Venham...

Sim. Havia uma terceira pessoa naquele sonho. Nunca vi seu rosto, mas ainda experimento uma emoção diferente, algo entre o pesar e a felicidade, toda vez que me recordo da assinatura inesquecível plainando no ar, a tatuagem de um botão de rosa esculpido naquela mão grande e morena. Outra traquinagem que meu subconsciente insistia em me pregar e que, durante anos, gerou desgastantes discussões com minha mãe. Stela afirmava categoricamente que era imaginação da minha fértil cabeça de criança, que nada daquilo existiu. Verdade ou não, não importava mais. Eu já sabia como o sonho acabaria: emburraria a cara porque mamãe me obrigaria a parar de brincar para comer. Em seguida ela ameaçaria me levar ao médico e...

— Vocês dois! Parem com a brincadeira agora e venham comer! — bufou ela, mas não havia insatisfação em seu semblante. Pelo contrário, Stela estava feliz. Havia um brilho nos seus olhos que nunca tive o prazer de presenciar, nem mesmo em nossos melhores momentos.

— Mas ainda nem acabamos o castelo! — resmunguei de volta. Eu estava em um dos playgrounds do Central Park, as pernas miúdas afundadas num tanque de areia. Devia ser um domingo de primavera pois o céu estava muito azul e luminoso, as flores tinham cores fortes e as folhagens exibiam o verde exuberante da vida em seu esplendor. O lugar vibrava lotado de crianças brincando, jovens namorando, pessoas praticando exercícios, outras lendo livros sob a copa das árvores e famílias fazendo piqueniques.

— Nina, você quer ficar doente?

Emburrei a cara.

Confere.

— Quer ir para o médico outra vez?

Confere.

— Venha comer e depois você acaba de construir o seu castelo de areia — acrescentou ela.

Confere.

Em seguida mamãe apontaria para a travessa cheia de biscoitos amanteigados sobre a toalha xadrez vermelha e branca, e o sonho se desintegraria em mil pedaços. *Três, dois, um...*

— Depois continuaremos, Pequenina — uma voz masculina dirigiu-se a mim com candura.

Congelei.

Como assim? O sonho nunca foi até aquela parte! Que droga de brincadeira do meu subconsciente era essa agora?

— Assim que acabarmos de comer vou encontrar uma flor bem bonita para a torre do nosso castelo, tá? — acrescentou a voz masculina. — Será o castelo mais bonito do mundo!

— De todo o mundo? — perguntei empolgadíssima.

— De todos *os mundos*! — afirmou ele.

Aquela voz... Ela nunca havia se dirigido a mim antes!

Eu queria dar um *pause*, precisava processar a voz em minha mente, vasculhar a memória à procura de pistas, mas o sonho prosseguia num ritmo acelerado e me pegou desprevenida. Minha visão, neste momento, se limitava às minhas mãozinhas segurando uma pazinha de brinquedo e um baldinho de plástico rosa transbordando areia. Ainda assim, o suficiente para fazer todo o meu corpo arrepiar e meu coração entrar num compasso desritmado.

— Deixa só mais um pouquinho, papai — minha voz infantil pediu de maneira melosa. — Por favor...

Papai?!?

Minha boca despencou, o raciocínio se liquefez e me vi atordoada. *Acorda, Nina!*, obriguei-me a despertar daquele transe sem sentido, sair daquela cilada bem bolada que minha mente havia inventado para não sucumbir ao pânico, fugir do labirinto de emoções perturbadoras. Nada daquilo fazia sentido. Nada daquilo havia acontecido. Nada daquilo era verdade. Nada...

— Sua mãe está chamando e ela tem razão. Você ainda não comeu hoje. Vai ficar fraquinha. Você não disse que queria ser forte? — continuava a voz masculina. Ela era grave, mas ao mesmo tempo gentil, muito gentil. Novo calafrio. Eu a conhecia de algum lugar... Aquilo não era fruto da minha imaginação! Era uma recordação do meu passado! Uma lembrança de um momento que realmente havia acontecido!

Droga. Eu tinha que visualizar. Eu precisava conhecer meu pai!

— Sim, papai. Eu quero ser forte que nem você — respondi animada, mas meus estúpidos olhos continuavam a focar o punhado de areia aprisionado em minhas mãozinhas. Comecei a ficar desesperada e com vontade de estrangular o meu eu onírico. A pequena Nina precisava levantar a cabeça e olhar para aquele homem, tinha que conhecer meu pai antes que aquela rara recordação se desintegrasse em milhares de pedaços e fosse varrida novamente para as profundezas da minha memória. Entrei em desespero ao imaginar que aquilo poderia acontecer a qualquer instante.

A voz soltou uma gargalhada de satisfação e, em seguida, senti meu corpo ser levantado com absurda facilidade e rodopiado no ar. O verde das folhagens entremeado ao marrom das árvores e o azul do céu cercavam-me num borrão de felicidade. Minhas pequeninas pernas flutuavam no ar. *Quantos anos eu tinha? Quatro?*

— Não me solta, papai! — pedi com o coração acelerado.

— Nunca, Pequenina. Nunca. — Senti seus braços enormes me envolverem num abraço quente e aconchegante, abraço de pai. O homem do sonho tornou a me colocar no chão, acomodando-me cuidadosamente sobre a toalha xadrez. A sensação de um toque úmido e delicado em minha testa fez a emoção em meu peito transbordar: um beijo.

Droga, Nina! Olha para ele, sua tonta!

— Aonde você vai? — perguntou mamãe para o homem assim que o viu começar a se afastar de nós. Eu ainda consegui visualizar seus pés pisoteando a grama bem aparada onde eu havia largado meus brinquedos.

— Vou ali ver se acho um botão de rosa branca para colocar no nosso castelo.

Que ódio, Nina! Olha logo para ele, sua...

Então, subitamente, minha cabeça infantil mudou o ângulo de inclinação e olhei para ele. Pisquei várias vezes antes de presenciar meu mundo girar de emoção e... ruir. Senti meu coração ser triturado e transformado em pó dentro do peito.

Era o homem da foto! O que abraçava com ternura a mim e Stela.

E agora também entendia o brilho nos olhos da mamãe. Papai era uma figura hipnotizante: na casa dos trinta anos de idade, ele era alto, musculoso e belíssimo. Seus traços marcantes conseguiam destacar ainda mais o azul dos olhos em sua pele morena. Eu olhei

para mamãe e vi uma mulher pequena e muito atraente, o corpo bem-feito e cheio de curvas, volumosos cabelos negros e vívidos olhos da mesma cor. Como uma telespectadora do próprio sonho, comparei minha pele pálida com a dos dois, meu corpo longilíneo e meus cabelos castanhos alourados. Afundei o rosto nas mãos e fui tomada por nova dor. *Eu não era filha deles! Aquele homem não era meu pai!* E se... Por um instante cheguei a questionar se Stela seria também a minha mãe, mas rechacei essa ideia sombria da cabeça. *Claro que era!*

— Vá depois — mamãe pediu a ele. — Primeiro coma uma fatia do bolo, amor.

— Bolo de laranja com coco? Você fez pra mim? — O homem que se dizia meu pai estancou o passo, abriu um sorriso estonteante de tão perfeito e lançou uma piscadela. *Uau! Ele era lindo!*

Mamãe retribuiu com um sorriso sedutor que eu nunca tive a chance de presenciar. Ela não tinha os traços tão bonitos quanto os dele, mas havia uma aura de encanto, uma energia pulsante ao redor do seu corpo que parecia sugar qualquer um para seu campo gravitacional, quase um ímã. E o olhar apaixonado de papai confirmava o que eu acabava de visualizar. Olhar vidrado. Olhar de entrega. Olhar de amor. No instante seguinte ele caminhava em nossa direção e abaixava-se ao encontro dela. Seus faiscantes olhos azuis piscavam dentro dos negros de mamãe, o sorriso afetuoso estampado em seu rosto.

— Você nunca se esquece, Pequena — sussurrou ele, acariciando o rosto de Stela.

Pequena?

— Como poderia? — Ela abriu um sorriso de cumplicidade. — Há anos não faço outro. Não sei como você não enjoa.

Sem deixar de sorrir, papai franziu a testa e meneou a cabeça.

— Meus gostos são definitivos. — Ele a encarou com profundidade. Parecia querer dizer algo mais com aquelas palavras.

— Eu sei. — Sem conseguir disfarçar a felicidade estampada em sua face, Stela mordiscou o lábio e o puxou pela gola da camisa para bem junto de si. — Se você quiser, eu posso fazer muitas outras coisas para você. Muitas mesmo!

Papai parecia ser um sujeito envergonhado, pois, apesar de demonstrar evidente satisfação com aquele gesto, arregalou os olhos e se esquivou do beijo apaixonado de mamãe.

— Opa! — gargalhou ele, abraçando-a repentinamente com força. — Alguém está sem noção do perigo por aqui!

Mamãe se afundou no abraço dele e começou a rir com vontade. Ingênua e feliz, me joguei no meio dos dois.

— Peraí, mocinha! O que é isso? — Papai brincava, imitando os trejeitos do vilão de um desenho animado a que eu costumava assistir. — Um exército contra mim? Pequena e Pequenina unindo forças? Não sei se conseguirei suportar. Não tenho poderes mágicos para lutar contra as duas ao mesmo tempo! — retrucou gargalhando enquanto se defendia de meus infantis golpes de caratê e nos envolvia com seus braços enormes.

Assistindo à cena de longe, senti uma lágrima rolar por minha bochecha e um nó de emoção se formar em minha garganta. Minha mãe havia sido feliz um dia. A frase de Richard reverberava em minha mente e me angustiava a alma: *"Desde o momento em que você foi concebida, a vida daquela mulher acabou. Ela vivia só para manter você viva."*

De repente uma solicitação intrusa e um movimento brusco em resposta. Mais rápido que um raio, papai desvencilhou-se de mim e da mamãe, deu um salto incrível e avançou como um felino para cima de um desconhecido. Quando dei por mim, ele já suspendia o sujeito no ar. Seu semblante feliz havia desaparecido e se transformado no de um animal em sua extrema fúria.

— Calma, moço! — implorou o sujeito que oferecia seus serviços de fotografia. Preso pelo pescoço, papai o mantinha suspenso no ar com uma facilidade assustadora. O homem remexia as pernas e seu rosto vermelho dava sinais de sufocamento. — M-me solta!

— Solta ele! — mamãe pediu apavorada, intercedendo em favor do pobre coitado. Papai parecia transtornado e mantinha os olhos cerrados durante todo o tempo. — Você vai matar o homem! — implorava ela, mas papai estava irredutível.

— O que é isso?!? — Papai reabriu minimamente os olhos e, com violência, arrancou a câmera mega-antiquada para inspeção. — Como se aproximou tão rápido?

— É só uma máquina fotográfica, moço! — O retratista gemia. — E eu não me aproximei tão rápido assim. Vocês é que estavam distraídos.

— Nada de fotos! Maldição! Como me deixei ser pego de surpresa assim? — Papai parecia inconformado e apertava ainda mais o pescoço do homem.

— M-me larga, moç...

— Solta! Você não pode fazer isso com todo mundo que se aproximar de nós! — Mamãe gritava agora. — Será que não percebe? Por sua causa estou ficando cheia de neuras, com medo da minha própria sombra!

— Por minha causa? — murmurou papai e, após balançar a cabeça, finalmente soltou o infeliz.

— Cristo! — reclamou o sujeito esfregando o pescoço assim que conseguiu tragar uma golfada de ar. — Você é louco?

— Vá embora, por favor — pediu mamãe enquanto fitava papai com severidade.

— A senhora não quer ficar com ela? — O sujeito não devia bater bem das faculdades mentais. Ainda tinha a audácia de tentar vender a fotografia em meio àquela confusão?

Sorri intimamente. *Mamãe dera um jeito de reaver a nossa fotografia!*

— Vá embora! — rugiu ela para o fotógrafo antes de se voltar para o meu pai: — Você está ficando paranoico e não pode fazer isso conosco também!

— Tudo que eu faço é para protegê-las, você sabe. — A voz dele saiu rouca.

— Eu sei. — Mamãe olhou para mim e liberou um suspiro. — Mas está passando dos limites.

— Não existem limites para os meus, Stela. Qualquer cuidado é pouco e vocês duas são preciosas demais para mim. Não posso sequer imaginar perdê-las.

— Você não vai nos perder. Está exagerando como sempre — murmurou ela com o semblante pesaroso e, após estudar papai por um instante, perguntou: — O que você está escondendo de mim?

— Sou tão óbvio assim?

Mamãe era esperta.

— O herdeiro de Windston...

Herdeiro de Windston? Ele estava falando sobre Dale, meu suposto pai?

— O que tem ele?

— Perdi o rastro.

A cor foi varrida do rosto de mamãe.

— Há quanto tempo? — balbuciou ela, vindo em minha direção. Stela queria bancar a durona, mas senti suas mãos tremerem ao me colocar no colo.

— Quatro dias. — Os ombros de papai se curvaram. — Não quis te preocupar.

O Central Park perdeu o som, e era possível tocar o silêncio aterrador que nos envolvia.

— Eu não estou preocupada — afirmou mamãe sem encará-lo. — Ele não nos faria mal e me sinto segura aqui.

— Nenhum lugar é seguro enquanto eu não recuperar as pegadas dele, Stela — rebateu papai de maneira rude. Seus olhos azuis chegaram a queimar. — Para de se enganar! Não enxerga que Dale enlouqueceu?

— Para *você* de me deixar neurótica! — retrucou mamãe supernervosa. — Ele não vai fazer nenhum mal a Nina!

— Dale pode fazer qualquer coisa, Stela! Ele enlouqueceu!

— Céus! Ele não é como você diz, afinal ele é o pai dela e...

— *Eu* sou o pai dela! — ele a interrompeu. Havia uma pitada de amargura em sua voz.

Mamãe fechou os olhos com força e, em seguida, abriu um sorriso triste.

— Claro, meu amor. Você é o melhor pai que Nina poderia ter, Ismael.

Ismael?!?

— E a flor do meu castelo, papai? — inquiri de repente, pulando do colo da mamãe e me jogando nos musculosos braços do homem a quem eu chamava de pai.

— Vou buscar agora mesmo, Pequenina. Agora mesmo — murmurou gentil, dando um beijo delicado em minha bochecha e me abraçando com vontade. O abraço foi tão real, que meu peito estufou, como se eu pudesse sentir na pele o bem-estar que ele me proporcionava.

Se Dale era mesmo o meu pai, então quem era aquele homem?

Quem era Ismael?

CAPÍTULO 2

Naquela fração de segundo, perdi a conta de quantas vezes me perguntei se tudo aquilo era real. Já deveria estar habituada aos pesadelos a que fui submetida nos últimos dois meses da minha vida, mas os acontecimentos se atropelavam numa velocidade tão absurda que era praticamente impossível processar tudo que ocorria ao meu redor.

Havia tensão no ar.

Kevin me puxou para junto dele e não reagi. Jamais poderia imaginar que um dia ficaria satisfeita em ir com ele. Se Stela estava realmente viva, ela só poderia estar em Marmon. E eu precisava de minha mãe. Da força que apenas ela seria capaz de gerar em mim. Tinha que lhe pedir perdão por tudo, especialmente por ter sido tão cega, tão egoísta.

Como não fui capaz de enxergar todas as loucuras que ela fez por mim?

Minha mãe, a pessoa que mais amei no mundo, ainda estava viva. E agora era a minha vez de retribuir o sentimento com que fui inundada, salvá-la, assim como ela fez comigo a partir do momento em que fui concebida. Precisava lhe confessar que tinha muito orgulho de ser sua filha e que a amava acima de tudo.

— Você realmente acredita que sairá daqui com ela, rapaz? — indagou sarcástico o líder de Thron enquanto fazia a varredura do horizonte. O sol de *Zyrk* surgia timidamente e a neblina começava a se dissipar. Ao longe, uma nuvem ganhava definição: um exército de imponentes cavalos brancos avançava em nossa direção.

— O que pretende fazer, senhor? — Muito antes de olhar, reconheci o dono daquela humilde voz: era Ben. — Richard já está muito mal. — Apontou preocupado para o corpo desacordado do amigo.

Shakur não respondeu e, com a postura rígida, encarou Richard por um longo momento. Sua figura negra parecia mais enigmática e assustadora do que nunca.

Quis desviar meu olhar, mas me vi aprisionada em uma terrível constatação. Agora que o dia clareava era possível averiguar os terríveis danos no corpo inerte de Richard: supercílio aberto, rosto ensanguentado e sujo de areia, lábios sem cor, costas, braços e abdome repletos de cortes, mãos sujas e pernas tingidas em vermelho vivo do sangue que escorria. O sol de *Zyrk* não refletia apenas a tensão nos rostos que me rodeavam, mas clareava também meu cérebro e chacoalhava meu raciocínio.

Ao seu modo, Richard não havia me traído!

Ele tinha conhecimento de que Stela estava viva e me escondeu esse fato porque sempre soube que eu não partiria sem ela e que acabaria colocando minha vida em risco ao permanecer em *Zyrk*. Não apenas a minha existência, mas a de milhares estava em jogo. Richard sabia que já estava condenado ao *Vértice* devido aos estúpidos erros que havia cometido por minha causa. Tinha ciência de que seus dias estavam contados e de que nunca haveria um futuro para nós. Ele havia me enganado novamente, mas não em proveito próprio. Todas as loucuras que fez foi para me manter viva, para me livrar da sua gente. Senti o gosto amargo da decepção sendo gradualmente substituído pelo doce sabor

do perdão. *Quem diria? Minha Morte dera sua vida por mim.* Ele preferiu abreviar a própria existência para permitir que eu pudesse viver, para que eu tivesse uma história com início, meio e fim.

Pobre Rick! Ele só havia se esquecido de um detalhe fundamental: se eu partisse para a segunda dimensão, eu também morreria. Seu coração zirquiniano não tinha entendimento de que só existe vida onde há amor. E os amores da minha vida estavam ali, em *Zyrk*.

O som de uma corneta ecoou pela planície desértica e senti uma ardência no pescoço.

— Merda! O que eles estão fazendo aqui? — praguejando e me trazendo à realidade, Kevin arrancou meu cordão com violência. Vi quando as pedras marrons escorregaram de seus dedos e suas pupilas trepidaram. Instintivamente amassei a fotografia em minha mão. *Ele não iria tirá-la de mim!*

Um porta-estandarte liderava um pequeno exército de imponentes cavalos brancos e seus cavaleiros também vestidos de branco. Trazia uma bandeira com um enorme trevo de quatro folhas. Em cada folha havia o brasão de cada um dos quatro reinos de *Zyrk*. Três deles me eram familiares, e julguei ser de Marmon o brasão desconhecido onde havia o desenho de uma pena sobre um papiro aberto. Em seguida, identifiquei a flor de Thron, o raio de Storm e o punho fechado de Windston. No centro do trevo havia um círculo com o desenho de um pássaro voando e carregando uma espécie de argola no bico. Parecia atravessar um portal, pois a parte posterior do seu corpo não era visível.

— Parado, resgatador! — começou em alto tom um homem de meia-idade montado num cavalo atrás do porta-estandarte. Era tão magro que as linhas pronunciadas dos seus maxilares davam-lhe uma aparência cadavérica. — Até segunda ordem, todos os presentes estão presos e serão levados para Sansalun, onde serão julgados por terem infringido as normas fundamentais do Grande Conselho de *Zyrk*.

Sansalun? Grande Conselho?

Um murmurinho baixo. Foi tudo que escutei antes de um silêncio perturbador preencher o lugar. *Por que ninguém reclamou ou partiu para o confronto? Por que nenhum dos presentes foi contra a ordem dada se o número de homens de branco era bem menor que o grupamento de Kevin e Shakur juntos?* Olhei furtivamente para os rostos de Kevin, de seus homens e até mesmo para a metade descoberta da face de Shakur e me deparei com semblantes que variavam entre apreensão e medo. Fui acometida por um surto de compreensão e senti a saliva gelada grudar em minha garganta. Conhecendo o temperamento hostil dos zirquinianos, havia um motivo grave para o estado de submissão de Shakur, Kevin e companhia. Os homens de branco deviam ser exemplares zirquinianos mais poderosos do que aqueles que me rodeavam.

— A híbrida! — soltou o homem cadavérico quando nossos olhares se cruzaram. — Como eu desejei que a lenda fosse falsa...

— Não entendo, caro Napoleon. O Grande Conselho disse que se manteria afastado deste assunto e... — Kevin tentou argumentar com uma voz calma e gentil. Sua típica voz de serpente pronta para dar o bote.

— Isso foi antes dessa bagunça que vocês aprontaram, resgatador — interrompeu o tal Napoleon. — Tiveram a chance de eliminá-la ainda na segunda dimensão e a deixaram escapar. Aqui em *Zyrk* a híbrida é um perigo incomensurável.

— Mas...

— Calado, resgatador! Justificativas não interessam mais — rebateu Napoleon. — Venha para cá, híbrida. Agora!

Relutante, senti os dedos gelados e gosmentos de Kevin liberando meu braço.

— Vá — disse a víbora em alto tom, mas não sem antes cochichar ao meu ouvido: — Não se alegre. Será por pouco tempo.

— Estou contando com isso — sussurrei de volta e ele fechou a cara.

Por enquanto quero ver no que toda essa confusão vai dar, foi o que eu não disse. O que também não disse era que eu entrara naquele jogo de cartas marcadas e estava apenas aguardando a minha vez de jogar. Não havia mais temor dentro de mim e uma força arrebatadora me impelia a ficar ali e entender meu destino.

Sob a vigilância de todos os olhares, desci com cuidado a montoeira de rochas irregulares até chegar à base da montanha. Estanquei o passo.

Não! Não! Não! Continuem caminhando, pernas!, ordenava aflita minha razão. Ela sabia que eu não suportaria vê-lo caído ali tão perto... *Ah, Rick!* Como seria difícil não me jogar sobre o seu corpo combalido, sua musculatura e rosto perfeitos ocultados pela capa de sangue e areia. *Não olhe, Nina! Ninguém pode suspeitar sobre o que você sente por ele. Aguente firme!* Mas e se fosse a última vez que o visse? E se eu o perdesse para sempre? Céus! Eu precisava tranquilizá-lo, agradecer por tudo que fez para me salvar. A última imagem que Richard guardou de mim não fazia jus ao sentimento arrebatador que eu nutro por ele. *Só um afago, um mínimo toque, um...*

Um relinchar alto. Atordoada, revirei o rosto e me deparei com o enorme cavalo negro de Shakur passando como um raio por mim e indo em direção ao corpo desacordado de Richard. O animal estava nervoso. Shakur o atiçava. O cavalo empinou nas patas traseiras. *O que o líder de negro ia fazer? Ele ia pisoteá-lo? Dar o golpe fatal?*

— NÃO! — Ouviu-se um berro, mas não foi o meu pois minha voz entrou em estado de choque e simplesmente travou na garganta. O cavalo negro relinchou ainda no ar e Shakur conseguiu contê-lo a tempo de evitar outra morte. Quando suas patas dianteiras tocaram o chão, passaram de raspão pelas costas ensanguentadas de Richard. — Ora, ora... Quanto tempo! Vejo que seu gênio continua indomável, caro líder!

Shakur não respondeu, permanecendo indecifrável por detrás da máscara negra. Vi quando seus olhos azuis se estreitaram e correram furtivamente de mim para Richard e depois tornaram a encarar o bizarro Napoleon. O cavaleiro branco fez um sinal com a cabeça e dois de seus homens vieram em minha direção. Tinham a fisionomia assustada enquanto prendiam as minhas mãos com cordas e me levavam até o cavalo ao lado do seu líder.

— Entendo que você queira vingar a morte de Collin, seu filho, mas Richard de Thron é um homem condenado e agora está sob os desígnios do Grande Conselho. A híbrida ficará sob meus cuidados durante todo o percurso até Sansalun — determinou Napoleon enquanto puxava as rédeas do seu cavalo com força exagerada.

— São oito luas até Sansalun! — reclamou Kevin. — É muito tem...

— A viagem será concluída na metade do tempo — rebateu Napoleon interrompendo Kevin.

— Então teremos que viajar à noite! — afirmou Ben preocupado.

— Eu não disse que todos concluirão a viagem, resgatador. — Napoleon deixou escapar um sorriso irônico.

Os homens entreolharam-se, evidenciando faces sem cor em semblantes repletos de vincos. *As palavras nas entrelinhas de Napoleon... Muitos deles morreriam durante esse trajeto até Sansalun? Era isso?*

— Os governantes precisam ser avisados sobre o julgamento! — Kevin se adiantou.

— Já enviamos mensageiros aos três clãs. — Napoleon alargou o sorriso torto. — Obrigado por me poupar um mensageiro, Shakur.

— De nada — rebateu o líder de Thron, encarando-o com sua postura altiva e assustadora de sempre. — É um eterno prazer estar à frente dos demais. Entretanto, sinto grande pesar — soltou uma risadinha sarcástica — em saber que estou à frente inclusive de incompetentes que integram o quadro atual do Grande Conselho.

Fato: os dois travavam uma batalha particular.

— Shakur ficará em um animal à minha frente para que eu possa vigiá-lo! — Napoleon fechou a cara e comandou: — Amarrem os resgatadores principais e os prendam aos seus cavalos. Os demais farão a viagem a pé.

— Pouparíamos energia, tempo e trabalho se deixássemos o resgatador principal de Thron aí mesmo, caro mestre — comentou um soldado de branco. — Ele não sobreviverá à viagem de qualquer forma.

Senti um misto de pavor e angústia com aquelas palavras. Richard não podia morrer. Tinha que aguentar e sobreviver. Sempre foi tão forte, resistente à dor e cheio de vitalidade que a ideia de perdê-lo parecia algo impossível, intangível, como se ele fosse um super-herói, um imortal. Mas não era. E, em questão de dias, horas talvez, ele poderia não mais existir. Estremeci quando uma voz interior começou a me preparar para o pior.

— Eu sei. — Napoleon finalmente parou para estudar o corpo destroçado de Richard. — Mas o crime deste resgatador foi sério demais

para ter uma partida tão simples assim. Ele servirá de exemplo e deverá ter uma punição à altura de seus graves erros. Além do mais, Sertolin, nosso líder, não quer que deixemos *ninguém* para trás.

— Como preferir, senhor. — O subalterno repuxou os lábios e tornou a se posicionar atrás de Napoleon.

— Prendam todos! — tornou a ordenar Napoleon, e os soldados de branco acataram, mas, em vez de virem em nossa direção com armas em punho, começaram a rodar o braço no ar como vaqueiros girando corda de laçar. Comprimi os olhos quando uma súbita ventania avançou contra o meu rosto. Vários redemoinhos de energia surgiram no ar, faiscantes e perigosos, e uma enorme teia de eletricidade foi sendo tecida bem diante de nossos olhos. Então entendi o que estava acontecendo ali, afinal de contas: *Magia!* Era por isso que ninguém contestou a ordem dada por Napoleon: ele tinha poderes sobrenaturais e não vinha acompanhado de um exército comum, mas sim de um batalhão de magos disfarçados em trajes de soldados brancos.

— Não! — berrou Ben, avançando com seu animal para proteger Shakur quando Napoleon moveu o braço em direção ao líder de preto. Num passe de mágica, o cavalo tombou, desacordado, enquanto o corpo do pobre coitado era suspenso no ar. Ele se contorcia com violência, como se estivesse convulsionando. Ben quis berrar, mas voz alguma era emitida de sua boca e apenas um filete de sangue escorreu de sua narina. O rosto foi tomado pela cor roxa e seus olhos começaram a ficar estranhos, ausentes. *Céus! Napoleon o estava sufocando!*

— Liberte o infeliz! Acatarei sua ordem, Napoleon! — trovejou Shakur.

Detectei o olhar frio do bruxo ficando hesitante. Em seguida Napoleon diminuiu o movimento do braço, abriu um sorriso mordaz e um cianótico Ben caiu desacordado aos pés do líder de Thron, que apenas soltou um suspiro rouco, abaixou a cabeça e deixou os ombros tombarem, em sinal de sua própria rendição.

— Como conseguiram as pedras malditas? Onde estão as Hox? — indagou subitamente Napoleon.

Kevin fez uma cara cínica, Shakur não se mexeu e os resgatadores de ambos os grupos permaneceram em um silêncio denunciador. *Por que Napoleon não utilizava sua poderosa magia para detectar onde as pedras-bloqueio estavam? Por que ninguém ali falava a verdade? Por que não delataram a víbora do Kevin?* Encarei Kevin e notei um discreto trepidar de suas pupilas. Senti uma vontade louca de gritar e dizer que as malditas pedras estavam ali com ele. Assim aquele crápula também seria condenado ao *Vértice* e eu me veria livre de sua cara asquerosa para sempre. Mas algo dentro de mim sinalizava para ficar quieta como todos os demais.

— Se algum de vocês sabe sobre o paradeiro das Hox é melhor que fale agora. É meu último aviso — ameaçou o sombrio Napoleon, desconfiado com o suspeito silêncio. — Muito bem. Vocês pediram.

E, de fato...

CAPÍTULO
3

Todos os homens tiveram que remover suas armas e abandonar seus animais. Visto de longe, parecíamos um grupamento de escravos marchando num cortejo fúnebre, uma procissão dentro de um silêncio perturbador pelas planícies decadentes de *Zyrk*. Todos pareciam saber que se tratava de uma marcha da Morte para a morte. O meu animal fora amarrado ao de Napoleon e cavalgávamos lado a lado. Ficando sempre atrás do cavalo de Shakur, o mago girava sua cabeça com frequência de mim para o líder de Thron, estudando-nos com enervante interesse.

Uma parte dos soldados de branco ia abrindo caminho, outra vinha atrás de nós e uma terceira ficava estrategicamente posicionada, dando cobertura a Napoleon enquanto vigiava Kevin e Richard, ambos amarrados em seus animais. O corpo exangue de Rick vinha tombado sobre o único cavalo malhado, que, incomodado, remexia-se com frequência, fazendo seu pescoço ganhar ângulos cada vez mais retorcidos. Sentia meu corpo enrijecer por inteiro nas vezes em que, ainda inconsciente, eu o escutava soltar gemidos de dor. *Droga! Eu o tornara vulnerável e foi por me amar demais que ele estava ali, naquele estado. Agora era a minha vez de retribuir. Mas como?*

Precisava ter muito cuidado com minhas reações. Nas poucas vezes em que girei a cabeça fingindo me ajeitar sobre o cavalo quando, na verdade, desejava checar o estado de Rick, deparava-me com os olhos de serpente de Kevin. O maldito fazia questão de me provocar, lançando-me um sorrisinho podre de triunfo enquanto olhava de Richard para mim.

Atrás de nós marchava uma comprida fila indiana de homens amarrados numa longa e grossa corda. Depois de horas caminhando por lugares áridos e escarpados, eles começaram a reclamar de fome, sede e cansaço, mas o segundo grupo de soldados que vinha em seu encalço não lhes dava atenção e, impiedosamente, forçava-nos a imprimir um ritmo ainda mais forte. Dentro daquele torturante silêncio da expectativa, a viagem permanecia tensa. Napoleon não permitiu nenhuma parada e nossa escassa alimentação foi baseada em frutas secas distribuídas por dois soldados de branco. A água era racionada e fornecida apenas para o seleto grupo de pessoas montadas. Não reconheci o caminho que Napoleon e seus homens tomaram, e supus que devíamos estar cavalgando nas áreas neutras da terceira dimensão. Não passamos nas proximidades de Frya, do Pântano de Ygnus ou de nenhum dos reinos que conheci. A atmosfera cinza de *Zyrk* ficava cada vez mais pesada, tingida de chumbo, e os únicos sinais de vida, como pequenas aves, riachos e vegetações rasteiras, foram ficando para trás e dando lugar a uma trilha desértica e hostil. Eu não precisava olhar para o céu para saber a hora do dia. Bastava verificar a fisionomia de preocupação nas faces dos homens de Shakur e Kevin. O grande terror de todos os zirquinianos apareceria em breve: as bestas da noite de *Zyrk*! Jamais me esqueceria dos semblantes de pavor de Max e seus homens em nossa corrida desesperada para Storm.

Fisgadas de inquietude e ansiedade começaram a me incomodar. O céu ganhava pinceladas de um azul enegrecido e mortal. Vasculhei ao redor e não encontrei lugar algum onde pudéssemos passar a noite. O exército branco continuava em sua marcha firme e constante, alheio ao pânico em ascensão. Reclamações dos homens presos atrás de nós romperam a mordaça do silêncio. Bramidos por clemência e xingamentos eram seguidos de berros de desespero, agonia e dor. *Dor?*

Virei a cabeça para trás e detectei o pequeno tumulto. A agitação entre os presos estava sendo contida com severidade pelos soldados de branco. Encarei Kevin, que desviou o olhar de mim, mas poderia jurar que suas pupilas estavam completamente verticais agora, evidência do perigo iminente. Napoleon e seus homens permaneciam indiferentes ao pavor que se alastrava pelo grupo. Apesar de estar de costas para mim, também não detectei sinais de preocupação em Shakur. O líder de negro sequer levantou a cabeça para analisar o céu ou fez qualquer movimento durante toda a viagem. O estranho homem parecia estar em um tipo de transe ou algo parecido, pois sua postura ereta confirmava seu estado de alerta. Tornei a olhar para o céu que agora já era completamente cinza-escuro. Tremi.

Mas que droga! Eles não pretendiam se esconder?

— Armar acampamento! — ordenou Napoleon repentinamente.

Ali?!? A céu aberto? Que loucura era aquela?

Sem conseguir abrandar minha respiração, só deu tempo de piscar algumas vezes e então, sem mais nem menos, a noite caiu. Um negrume tão absoluto que eu não era capaz de enxergar um palmo à minha frente. Esmagando as cordas que me aprisionavam, minhas mãos desataram a suar e meu coração começou a bater forte no peito. Aquela taquicardia não era bem-vinda. Podia pressentir algo ruim se aproximando. *Droga! Droga! Droga! O que aqueles magos sádicos estavam planejando agora? Uma carnificina?* Os cavalos começaram a relinchar, nervosos. O meu animal balançava a cabeça de um lado para outro e arrastava as patas no chão.

— Ôôô! — Parecia ridículo tentar acalmá-lo quando minha pulsação já havia atingido uma velocidade assustadora.

O murmurinho ganhou força e, em questão de segundos, o chão começou a tremer. *Ah, não! Eu já havia passado por aquilo antes para saber que não se tratava de um terremoto.* Nem precisaria fechar os olhos para tentar segurar a onda de pavor que me tomava. Já estava cega dentro daquela macabra escuridão. Desesperada em me soltar, desatei a morder as cordas e cheguei a ferir meus pulsos e minhas gengivas.

— Nós vamos morrer! — ouvi o berro que estava guardado na garganta vir lá de trás, provavelmente de um dos homens presos.

— Silêncio! — Foi a primeira advertência bramida no breu absoluto. Ela conseguia a façanha de ser, ao mesmo tempo, serena e ameaçadora.

A segunda advertência viria em seguida e seria ainda mais esmagadora: o ganido de um animal.

Ah, não! Ia acontecer!

— Vocês são loucos! As feras vão nos dilacerar nesse descampado! — insistiu a voz apavorada.

— Cale-se! Não conteste nosso...

— Merda! Seremos todos mort... Arrrh!!! — O berro de dor explodiu acompanhado por um clarão ofuscante, como se centenas de lâmpadas fluorescentes tivessem sido acesas ao mesmo tempo. Foi tudo tão rápido que, em meio à súbita claridade, tive apenas um centésimo de segundo para ver o homem que reclamava ser macabramente contorcido e arremessado no ar e, em seguida, uma chuva de sangue jorrar sobre nossas cabeças juntamente com partes dilaceradas do seu corpo. Elas só não nos atingiram porque estávamos sob a proteção de um campo energético invisível, uma gigantesca bolha de sabão mágica. Reencontrei minha respiração.

— O aviso foi dado! — bradou Napoleon para o grupo assustado.

— Não era para não deixarem ninguém para trás? — A pergunta sarcástica de Shakur fez Napoleon cerrar os punhos. À nossa frente, o líder de negro parecia um boneco de cera e permanecia sem mover um músculo sequer.

— Sertolin autorizou agirmos com firmeza em caso de insubordinação — retrucou o mago.

Uma risadinha baixa foi a resposta de Shakur. *Desafiar o mago diante do que acabara de acontecer?* Tinha de admitir: ele era um homem corajoso.

— Diminuam a força! Quero chegar a Sansalun com sobra de energia! — ordenou Napoleon para seu grupo e instantaneamente as luzes fluorescentes diminuíram de intensidade.

Claro! Era por isso que o exército de branco estava tão calmo! Sabiam o tempo todo que estávamos protegidos. Eles apenas ainda não haviam "acendido" suas luzes porque a claridade do sol os fazia poupar energia.

— Não adianta, híbrida. — O mago me pegou forçando a visão, querendo ver além daquela bolha de magia onde estávamos aprisionados. Olhei de soslaio para ele e me deparei com outro sorriso irônico em sua face repleta de rugas e marcas de expressão. — Não conseguirá enxergar o que está do lado de fora do grande domo a não ser que permitamos. E o que está do lado de fora também não é capaz de nos ver.

— A não ser que você resolva expulsar alguém — enfrentei-o e ele me lançou um sorriso assassino em resposta.

— Forneçam água aos animais e os deixem descansar. A híbrida, Shakur, Richard e Kevin terão celas individuais! Os demais prisioneiros ficarão em uma grade única!

Os soldados de branco removeram nossos animais e retiraram as cordas que nos amarravam.

— Arrrh! — urrei quando tentei dar um passo à frente e senti mais do que uma pancada no nariz. *Acabara de receber um choque elétrico!* Meus músculos contraíram e, em defesa, puxaram meu corpo para trás. Agora entendia por que ninguém havia se movimentado. Era essa a explicação da mansidão generalizada: havia uma caixa de vidro eletrificada envolvendo cada um de nós. Kevin soltou uma risada alta com o meu gemido, Richard continuava desacordado e retorcido sobre o próprio corpo, Shakur permanecia indiferente a tudo que acontecia ao seu redor, imóvel e em pé. Os demais homens foram levados dali, conduzidos para a tal grade única que Napoleon mencionara e que eu não conseguia enxergar porque um campo magnético azul-claro em forma de nuvem surgiu bem no meio do caminho. Após entoarem um cântico monótono e repetitivo, foi para essa nuvem azul que os magos se dirigiram, deixando apenas dois dos seus de vigília do lado de fora.

A claridade foi cedendo e dando espaço a uma discreta penumbra. Sentei-me no chão e me obriguei a respirar. Precisava de oxigênio para conseguir raciocinar. *Pense, Nina! Pense!* Quatro. Apenas esse número pipocava em minha cabeça, como um néon defeituoso e chamativo. Eu o vi de todas as maneiras, tamanhos e cores. Quatro luas até chegarmos a esse tal de Sansalun. Precisava me concentrar. Necessitava urgentemente de um plano para sair dali, mas era inundada a cada instante com pensamentos que faziam meu coração comprimir dentro do peito. *Se eu conseguisse uma forma de fugir daquela gente, como poderia viver sabendo que deixei Richard para trás depois de tudo o que ele havia feito por mim?* Tinha certeza de que, mesmo se estivesse em boas condições, ele jamais ajudaria no plano que eu não abriria mão em hipótese alguma: buscar minha mãe. *Dane-se* Zyrk! *Dane-se segunda dimensão! Dane-se tudo!* Quando todos desistiram de mim, quando eu mesma pouca importância dei à minha existência, foi ela quem nunca duvidou. A única pessoa que morreu dia após dia durante dezessete anos para me manter viva precisava de mim e eu nunca mais a decepcionaria. Eu ia salvá-la, assim como ela fez comigo. Pouco importava a minha vida agora ou a de Richard. Era nela que eu tinha que focar. Apenas nela.

Com a cabeça espremida entre as mãos ouvi um baita estrondo, como se uma ventania raivosa tentasse abrir passagem e fazer uma trinca na cápsula que nos envolvia. Uma discreta claridade se insinuou. Era exatamente isso o que estava acontecendo: uma rachadura surgira no domo e uma silhueta no meu campo de visão. Os homens de vigília deram o alerta e a nuvem de energia azul-claro se dissipou num piscar de olhos. Com passadas hesitantes, Napoleon caminhou em direção ao intruso que se aproximava. Atrás dele, seus homens mais próximos permaneciam de mãos dadas, como se unindo forças para um ataque iminente. As luzes brancas tornaram a acender.

— Bom serviço, Napoleon — adiantou-se o idoso senhor de baixa estatura, barba branca e óculos fundo de garrafa que surgia pela trinca. Logo atrás dele ainda consegui identificar o ganido interrompido de uma

besta assim que a rachadura desaparecia e a bolha de magia retornava ao seu estado íntegro.

— Milorde?!? O que aconteceu? O senhor está bem? — indagava Napoleon visivelmente atordoado. Ao longe finalmente detectei a tal grade onde colocaram os homens de Kevin e Shakur: uma cela elétrica idêntica à que eu me encontrava só que muito maior.

— Perfeitamente bem, meu caro.

— Então... O que o traz aqui? — Havia respeito no tom de voz afetado de Napoleon. — Tenho tudo sob controle, milorde, e estávamos a caminho de casa.

— Achei que minha presença aqui seria mais útil do que ficar em Sansalun aguardando.

— Por que não nos comunicou que viria ao nosso encontro? — Napoleon mantinha a postura submissa, mas camuflava mal o evidente desconforto. — Nós o teríamos aguardado, milorde.

— Eu sei, meu caro. Foram tantas as decisões repentinas... Mas tinha ciência de que, como sempre, a sua parte seria feita com perfeição — bajulou-o e o peito magro de Napoleon estufou de satisfação. — Onde está Braham?

— Deve estar a caminho, Sertolin.

Sim! Aquele pequenino senhor era Sertolin, o chefe do Grande Conselho e a maior autoridade de Zyrk*!*

Sertolin fechou os olhos por um instante e, sem transparecer qualquer tipo de emoção, comunicou:

— Os primeiros convocados acabam de chegar.

— Como assim? Ainda é noite, meu senhor, e...

— Ordenei que viessem, caro Napoleon. O tempo urge e achei prudente deixar tudo resolvido antes mesmo de chegarmos a Sansalun.

— Mas, Sertolin, nós...

A bolha de magia começou a estalar. Era possível detectar alguns clarões, pequenos curtos-circuitos aumentando de tamanho em suas margens.

— Não criem resistência! Deixem-nos passar pelo campo! — ordenou o líder do Grande Conselho para os homens de branco que obedeceram imediatamente. — Seja bem-vindo, caro Leonidas! — adiantou-se Sertolin para o senhor gordo e com visível dificuldade de respirar que entrava amparado por uma figura sinistra. Encapuzado da cabeça aos pés por um tecido branco brilhoso, apenas parte do rosto do acompanhante estava descoberto, evidenciando uma face morbidamente pálida, olhos esbranquiçados, leitosos. Se não fosse por um discreto trepidar, suas pupilas finas como um fio de cabelo teriam passado despercebidas. O estranho homem parecia vasculhar o ambiente assim como cada um de seus integrantes com demasiado interesse.

— Só os líderes! A ordem não foi clara? — ralhou Napoleon para o soldado que acompanhava os dois. — Por que trouxe Von der Hess consigo?

Von der Hess!

— Se eu não viesse junto, meu líder não suportaria ficar sob a presença da magia do Grande Conselho, caro Napoleon. Você sabe que ela é forte consumidora de energia e a saúde de Leonidas inspira cuidados. — A voz de Von der Hess era surpreendentemente suave, quase feminina.

Napoleon estreitou os olhos, furioso. Von der Hess não perdeu tempo e, com um sorriso presunçoso, acrescentou:

— Acredito estar lhes fazendo um favor. Não sei se um motim em Marmon neste tenso momento de *Zyrk* seria interessante para vocês administrarem, uma grande perda de tempo e energia...

— Uma jogada de mestre, Hess. Vejo que finalmente conseguiu uma forma de participar de uma reunião do Conselho — interrompeu Sertolin.

O sorriso de Von der Hess se modificou para um triunfante.

— A paciência é uma qualidade que venho desenvolvendo com os anos, magnânimo.

Novo crepitar na bolha e Kaller surgia acompanhado de outro soldado de branco.

— Seja bem-vindo, Kaller — saudou Sertolin para o líder de Storm.

— Curioso ter chegado antes de Wangor visto que Storm é bem mais distante que Windston — comentou um mago atrás de Napoleon.

— Wangor é um velho e eu não estava em Storm — rebateu Kaller.

— Claro que você não estava em Storm... — Sertolin repetiu as palavras de Kaller, parecendo estudar cada um dos presentes, como um experiente jogador avaliando as cartas na mão.

— Deseja começar a reunião agora, milorde? — indagou outro homem de branco. — Pode ser que Wangor demore a chegar.

— Ainda não — respondeu o idoso, tornando a observar com deliberada calma cada um dos presentes e, ao se virar para mim, declarar em alto e bom som: — Quem diria que, além de tudo, a híbrida seria uma procriadora tão bela! Deve estar complicando as coisas para os nossos resgatadores, não?

Sertolin deu dois passos em minha direção, mas, de repente, ele paralisou no lugar, os olhos arregalados e a expressão modificada. Era a primeira vez desde sua chegada que prestava atenção à figura de Shakur.

— V-você...? — A voz do pequenino senhor saiu sem força. Ele parecia refrear a todo custo alguma emoção que o tomava.

— Magnânimo. — Shakur fez um discreto movimento com a cabeça. Fiquei chocada com a forma educada com a qual o líder de Thron o tratou. Sua voz estava, surpreendentemente, impregnada de respeito.

Caramba! Aquele Sertolin devia ser muito poderoso mesmo!

Sertolin observou Shakur por um longo tempo em silêncio, suspirou profundamente e, pensativo, dirigiu-se para uma posição mais central ao escutar outro ruído alto. Uma nova tempestade elétrica e uma rajada de vento varreram o ambiente por uma fração de segundo. No instante seguinte um soldado de branco surgiu segurando o braço de Wangor.

— Trouxe quem faltava! — bradou o sujeito de traços bem-feitos e vasta cabeleira presa numa tiara de ouro.

— Braham! — soltaram em uníssono os magos presentes que até então permaneciam calados.

O homem sorriu de volta e liberou o braço do meu avô.

— Vovô! — gritei.

— Nina?!? Você está bem? — perguntou ele com preocupação, mas não tentou vir em minha direção.

Eu assenti e ele me lançou um sorriso triste em resposta.

— Parabéns mais uma vez, Braham. Conseguir convencer Wangor não é tarefa fácil. Suas habilidades vêm me surpreendendo positivamente.

— Obrigado, magnânimo — respondeu Braham, que destoava do grupo de magos não apenas por ser o mais jovem, mas principalmente pelo porte atlético e a expressão vívida.

De repente a fisionomia satisfeita de Sertolin foi substituída por uma tensa. Ele franziu a testa e começou a andar em círculos.

— Tudo bem, milorde? — indagou Napoleon.

— Vamos aos assuntos que interessam. Comunique os tópicos, Ferfil. — Sertolin parecia ter muita pressa agora.

Um mago com cara de espantalho e nariz pontiagudo se empertigou e roçou a garganta.

— Primeiro tópico: o Grande Conselho determinou que a híbrida ficará sob seus cuidados até que seja estabelecida a sua nova data de partida.

— Não! — rugiu meu avô. Ele tentou ir em direção ao líder do Conselho, mas foi impedido pela barreira invisível. Compreendi que, com exceção dos homens de branco, cada um dos presentes estava cercado por um campo elétrico individual. — Por favor, Sertolin, ela é minha neta. — Ele implorava agora. — Eu lhe rogo, deixe-a ficar em Windston até o dia da partida.

— Sinto muito — respondeu o senhor de barba branca, desviando o olhar. — Eu lhe concederia este pedido se as pedras-bloqueio estivessem em nosso poder. — E, encarando cada um dos líderes com olhos de águia, acrescentou: — Mas, como pressinto que alguma informação importante está sendo ocultada, não posso arriscar.

— Mas, Sertolin, eu lhe prometo...

— Shhh — alertou Sertolin, fechando os olhos e balançando a cabeça em negativa. Meu avô se encolheu, assim como meu coração. *Quanto tempo ficaria em poder deles?* — Continue, Ferfil.

— Segundo tópico: o Grande Conselho condena ao *Vértice*, em caráter irrevogável e sob a pena de execução simples, John de Storm, seu principal resgatador.

— Vocês não podem fazer isso! — Agora era Kaller que bramia.

— John foi cúmplice na fuga da híbrida — esclareceu Napoleon. — Ele se encontra foragido, mas receberá sua pena assim que o encontrarmos.

— Não há provas! — rebateu Kaller desesperado. Tive pena dele. Mesmo magoado com o filho, ele o defendia a todo custo. — Magnânimo Sertolin, não seja injusto. Vocês estão cometendo um enorme equívoco. John foi influenciado pela híbrida. Ele não traiu as normas do Grande Conselho.

— Trytarus viu John e seu escudeiro dando cobertura à híbrida na Floresta Alba, Kaller. — Havia outra pessoa, mas não conseguiu identificar.

— Quem garante que as visões são perfeitas naquele local amaldiçoado? — Kaller tentava convencê-lo do contrário.

— O imprestável do John não me ajudou em nada! — interrompi a conversa dos dois. Tinha que inventar uma desculpa rápida que pudesse ajudar John. — Ele só queria se aproveitar de mim, como todos vocês, seus zirquinianos nojentos!

Deu certo! Todos os rostos se viraram para mim.

— Entrei em Frya por conta própria, eu estava fugindo — continuei. — John e seu escudeiro devem ter tentado me seguir.

— Quase me convenceu — retrucou Von der Hess soltando uma risada abafada. — Só faltaram as lágrimas humanas para o arremate final.

— Não se meta onde não é chamado! — rebati.

— Não ouse duvidar da palavra da minha neta! — mentindo descaradamente e, para a surpresa de todos, em especial de Kaller, Wangor saiu em defesa de John. — John de Storm não ajudou Nina em momento algum. Foi tão incompetente quanto todos os meus homens! Tão estúpidos que permitiram que uma simples garota lhes passasse a perna e conseguisse fugir de Windston.

Von der Hess soltou outra gargalhada sinistra e seu capuz branco escorregou, deixando à mostra boa parte do rosto horripilante. Muito mais do que ser pálido e com as córneas completamente brancas, sua aparência andrógina se acentuava pela ausência total de pelos. Careca, sem barba, sobrancelhas ou cílios.

— Deixe-a falar! — bradou Kaller. — A híbrida já está com seu futuro determinado. Não tem nada a ganhar em nos contar a verdade!

— Verdade?!? Desde quando a "verdade" é algo praticado nesta dimensão? Vivemos em um mundo de mentiras, caro Kaller. Você realmente acha que Sertolin, com sua incrível força extrassensorial, não tinha ideia da existência da híbrida? A questão é: por que o Grande Conselho manteve esse segredo? Se eu não tivesse dado o alarme... — atiçou Von der Hess.

— Cale-se ou sofrerá sérias consequências! — esbravejou Sertolin, encarando Von der Hess com fúria e urgência.

O mago albino estreitou os olhos e se encolheu. Instantaneamente compreendi o porquê de suas pupilas permanecerem sempre em estado vertical: dessa forma ele não estaria sujeito a ter suas emoções facilmente identificadas. Von der Hess não poderia esperar, no entanto, que eu fosse capaz de detectar um denunciador tremor em seu maxilar antes que tornasse a cobrir o rosto com a manta branca.

— John de Storm foi cúmplice e ponto final. Trytarus pode não prever tudo, mas suas visões nunca falharam. — Sertolin retornava secamente ao assunto principal após abrandar o humor. — Prossiga, Ferfil.

— Terceiro tópico: o Grande Conselho condena ao *Vértice* em caráter irrevogável, e sob a pena de execução máxima, Richard de Thron, seu principal resgatador. Como seus atos ultrapassaram todas as penas de execução proclamadas por esta dimensão, foi determinado que o mesmo será dado em sacrifício a Malazar assim que chegarmos a Sansalun.

Mas... Malazar era satanás!

Ah, não! Ainda que Rick sobrevivesse, dentro de quatro dias ele seria dado como oferenda ao demônio!

CAPÍTULO

— Isso é ridículo! — trovejou Shakur, e tive a impressão de que os homens de branco tremeram por um instante. — Vocês estão brincando com coisa séria. Há centenas de anos nós não fazemos tamanha idiotice. Para que acordar Malazar?

Havia uma sensação de inquietude no ar. A acústica não parecia mais tão perfeita como antes e escutei os uivos do vento fazendo um coro mórbido, como se houvesse um choro de espíritos do lado de fora do grande domo de energia. Von der Hess pareceu desconfortável com a situação. Estremeci.

— Foi decisão da maioria, caro Shakur — respondeu Sertolin com a voz rouca.

— O que querem provar com isso?

— Que o que Richard fez foi grave demais! — intrometeu-se Napoleon. Sertolin mantinha a cabeça baixa e andava de um lado para outro. Napoleon avançava, sarcástico: — Preciso relembrá-lo, caro líder, de que esse resgatador matou Collin, seu próprio filho, tornou-se um desertor, fez uso das pedras-bloqueio, acobertou a híbrida e ainda a ajudou a fugir? Isso sem contar os rumores que chegaram até nós, mas que não temos como comprovar já que a híbrida ainda se encontra viva...

— Que rumores? — questionou Shakur, a voz dura como aço.

— Que Richard de Thron tentou acasalar com a híbrida!

Apesar de ter sido por um único instante, vi quando Shakur engoliu em seco e hesitou, dando tempo suficiente para que todos os magos olhassem em minha direção. Sertolin continuava a encarar o chão enquanto o murmurinho generalizado dos soldados preenchia os vazios daquela atmosfera artificial.

— A catacumba de Malazar servirá de exemplo para os zirquinianos que ousarem violar as normas de forma tão absurda como Richard de Thron o fez! — bradou Napoleon.

— Deixem-me concluir o serviço e vingar a morte de meu filho. Permitam-me levar Richard para Thron e submetê-lo aos castigos de meu reino. Dou-lhes minha palavra que eu mesmo me encarregarei da sua partida — pediu o líder de negro, e Napoleon repuxou os lábios, segurando o sorriso de satisfação ao vê-lo fazer um esforço descomunal para engolir o orgulho. — No final das contas dará no mesmo e não sujeitaremos *Zyrk* a um mal sobre o qual não teremos controle, caro conselheiro.

— É tarde demais — rebateu o homem cadavérico. — O Grande Conselho não volta atrás em suas determinações.

— Mesmo quando tem ciência de um erro? — indagou Wangor, enfrentando-os. — Sendo assim, acho que não são muito diferentes de nós, meros zirquinianos.

Meu avô era realmente bom com as palavras. Kaller concordou, liberando uma risada mordaz em retribuição, e Shakur balançou a cabeça positivamente. Mesmo sem esboçar movimento, por um breve instante, vi uma expressão vívida se formar na face do abatido Leonidas. Von der Hess parecia agitado. *Os líderes começavam a se entender e ir contra o Grande Conselho?*

— Pense antes de expressar suas opiniões, meu caro Wangor — advertiu-o Napoleon com severidade. Sertolin permanecia pensativo. — Está decidido! Richard de Thron será levado para execução na catacumba de Malazar assim que chegarmos a Sansalun.

— Seus estúpidos!!! — Shakur gargalhou com fúria. Sua paciência tinha ido para o espaço. — Não enxergam que é com o demônio que estarão lidando?

— Malazar já recebeu oferendas em sua catacumba no passado e nada aconteceu! — rebateu Trytarus.

— Nada aconteceu porque não existia uma recompensa que valesse tamanho esforço! Mas agora temos a híbrida em nosso poder, seu idiota! Ou você acha que satanás não tem conhecimento disso?

— Meça suas palavras ao falar comigo, Shakur! — ameaçou nervoso o tal do Trytarus. — Não se esqueça de que também podemos condenar um líder à catacumba! Vejo um futuro muito sombrio em seu caminho.

— Se não reparou, sua visão está há mais de uma década atrasada! Diga algo relevante, imbecil! — Shakur trovejou.

— Não se atreva! — advertiu de forma séria Sertolin para o mago vidente ao vê-lo se empertigar no lugar.

— Vejo sua partida desta dimensão! — Movido pelo orgulho ferido, Trytarus bradou sem dar atenção ao alerta de Sertolin. — E... ocorrerá... em breve... Arrrh!

Sertolin balançava a cabeça, inconformado, enquanto Trytarus se contorcia ao seu lado, a pele ficando arroxeada, a garganta emitindo um chiado estranho. Ele estava asfixiando.

— Milorde, não! — intercedeu Braham. — Acalme-se, meu senhor. Estamos todos tensos. Trytarus errou, mas não o puna. Liberte o nosso irmão, magnânimo.

Silêncio generalizado.

O pequenino Sertolin era realmente poderoso. Ele mal parecia fazer esforço para punir o outro sujeito que também era um mago. Após um momento de expectativa, Sertolin piscou forte e Trytarus caiu no chão ao seu lado, zonzo e buscando ar desesperadamente.

— Mestre, desculpe, eu não sei o que deu em mim, eu... — tentou argumentar Trytarus, mas Braham fez um gesto com as mãos para que ele ficasse quieto. Ele agia com sensatez e firmeza, mesmo sendo o mais jovem de todos. E possuía uma beleza que não se limitava aos seus traços interessantes, mas à aura cintilante que o envolvia. Sertolin continuava com o semblante transtornado, ilegível. Podia jurar que detectei um lampejo de amargura por detrás daquele seu acesso de fúria.

A visão de Trytarus gerou emoções opostas entre os presentes. Shakur não era de causar sentimentos pela metade. Se alguém não o adorava, na certa o odiava. E isso ficou evidente no que acabara de observar ao meu redor. Wangor e Kaller tentaram disfarçar seu contentamento mantendo uma postura impassível e diplomática. Von der Hess e Kevin escancararam um sorriso de satisfação. Os homens de Thron, por sua vez, ficaram apáticos, quase um bando de zumbis. Em poucos dias eles perderam seu norte. Sem Richard, Collin ou Shakur, quem iria comandá-los? Senti-me muito mal por isso. Sabia que Richard matara Collin para me salvar e os abandonara por minha causa. O líder deles também morreria em breve e uma voz sinistra sussurrava em meus ouvidos que eu seria a culpada. Chacoalhei a cabeça e observei Shakur por um instante. Sua figura intimidadora e fria, o corpo sempre coberto de negro, suas cicatrizes de queimaduras, os resquícios de alguém que já sofrera o suficiente por muitas vidas, e, sem que eu conseguisse mapeá-la, senti uma emoção estranha se espalhar por minha alma...

Shakur percebeu que eu o observava, encarou-me com vontade e, após enrijecer por um momento, desatou a gargalhar. Realmente gargalhar de felicidade. Parecia imensamente satisfeito com a notícia de sua morte iminente.

— Eu já morri há muito tempo, seu idiota! — disse em meio às insanas gargalhadas. — Mas agora sou eu quem fará uma previsão que não esperará décadas para acontecer, caros colegas. Aliás, direi o dia exato — rebateu Shakur com sarcasmo demoníaco. — Dentro de quatro luas essa dimensão estará arruinada se vocês continuarem com essa ideia absurda da oferenda na catacumba de Malazar. Não há magia que consiga

deter tal demônio, seus estúpidos! Se não fosse por Lumini, Malazar estaria solto há muito tempo e nada do que conhecemos existiria. Nada!

— Se vai morrer em breve, por que se preocupa tanto com o que vai acontecer com *Zyrk*, caro Shakur? — sibilou Von der Hess.

— Porque a nossa dimensão será arruinada num piscar de olhos!

— Sei... Um líder sanguinário e maníaco por poder querendo nos pregar essa moral? Acha que acreditamos nesse seu amontoado de desculpas esfarrapadas? Solta logo o seu plano, mascarado. Todos aqui sabem que você nunca joga para perder — alfinetou Von der Hess.

"Shakur nunca joga para perder." *Tenho a impressão de já ter ouvido isso...*

— Meu plano é arrancar sua cabeça de verme com as minhas próprias mãos e servi-la como aperitivo para Malazar — rosnou Shakur. — Na certa a besta morreria envenenada e ficaríamos finalmente livres!

— Calados! — ordenou Sertolin quando um ruído aflitivo preencheu o lugar, e várias trincas, vários curtos-circuitos pipocaram pela bolha de energia que nos envolvia, permitindo que uma ventania violenta forçasse caminho por elas. De repente, tudo voltou a ficar em silêncio e, quando dei por mim, todos os membros do Conselho denunciavam fisionomias que variavam entre enfurecidas e preocupadas.

— Guimlel! — berrou assustado um dos magos de branco que até então permanecera em silêncio. — Como conseguiu entrar?

A aparição intempestiva de Guimlel me fez recordar de imediato a promessa que havia lhe feito e que não consegui cumprir: afastar-me de Richard se realmente o amasse e quisesse mantê-lo vivo. Um nó de culpa se formou em minha garganta, mas uma pontada de esperança crescia em minha alma. *Guimlel não estaria ali à toa. Ele veio salvar Richard!*

— Ora, ora... esqueceu com quem está falando, Artholil? O vidente Trytarus não previu minha aparição? — Guimlel estalou a língua com claro desdém e abriu um sorriso forçado. Imaginei que Shakur acharia graça daquela piada, mas sua postura rígida e seu semblante hostil mostravam o contrário. Guimlel continuou: — Aliás, devo confessar que foi decepcionante este escudo energético que colocaram aqui. Achei que após a minha saída vocês desenvolveriam um campo mais forte, algo que realmente os protegesse de *visitas inoportunas*... — Destacou as duas últimas palavras.

— Você não é bem-vindo, Guimlel — rebateu um nervoso Napoleon.

— Eu me convoquei — respondeu o Mago das Geleiras do Sul mantendo o tom de voz irônico. Com os lábios repuxados, Guimlel olhou rapidamente em minha direção e fechou a cara. Ao ver Richard desacordado próximo a Shakur, sua expressão ficou ainda pior e suas pupilas vibraram. Eu poderia jurar que sua ira seria voltada para mim, à minha cáustica presença na existência de Rick, mas estranhamente era o líder de negro a quem ele encarava com fúria. E parecia ser recíproco, porque Shakur estava com a postura ainda mais enrijecida. Apesar de ser magro e não ter o porte largo de Shakur, Guimlel era uma figura igualmente imponente com seus quase dois metros de altura e sua comprida barba negra.

— E posso saber por qual motivo, caro Guimlel? — indagou Sertolin de forma educada. A expressão vacilante do pequenino líder demonstrava que ele era atormentado por algum tipo de conflito.

— Para refrescar a fraca memória dos caros colegas — respondeu de forma gentil.

— Sobre que assunto especificamente? — insistiu Sertolin.

— Do grave erro que cometerão se executarem Richard de Thron!

Graças a Deus!

Pelo olhar de assombro das pessoas, tudo indicava que era verdade o que a Sra. Brit havia me contado: ninguém sabia que Guimlel foi como um pai adotivo para Richard durante onze anos.

— Eu admiro seus lampejos de loucura, caro Guimlel. — Von der Hess suspirou. — Acho-os sedutoramente corajosos.

— Obrigado — respondeu Guimlel, estalando o pescoço como se estivesse se alongando antes de dar início a uma luta.

— Pare com a embromação e fale logo!!! — trovejou Shakur.

— Vejo que seu temperamento continua o mesmo — rebateu Guimlel alisando a trança da barba, com um sorriso cínico. Seu olhar felino, entretanto, denunciava o contrário.

Foi a primeira vez que Shakur ameaçou sair de seu lugar, mas recuou, provavelmente ao se chocar com o campo de força que o envolvia. O poderoso Guimlel, diferentemente de todos nós, não estava preso num casulo individual e passeava livremente pelo grande domo. Recordei-me das explicações da Sra. Brit de que ele havia pertencido ao Grande Conselho no passado, e que saíra de lá ao ser tachado como louco.

— Fale, Guimlel! — Sertolin começava a perder a paciência.

— Antes de condenarem um zirquiniano ao *Vértice,* o Grande Conselho deveria checar a respeito da procriação da vítima.

— Não fazemos essa tolice há anos! — guinchou Napoleon.

— Pois *eu* sempre averiguo — retrucou Guimlel de forma enigmática. — Tive a sorte de tomar conhecimento de algo fabuloso. Por que não averiguam o que os mensageiros interplanos me disseram desta vez?

— Meu líder afirma que se é para discutir tais bobagens ele prefere se retirar. Não está se sentindo bem — replicou a voz ofídica de Von der Hess, embora Leonidas seguisse em silêncio.

— Você fica! — ameaçou Shakur.

— Os covardes se escondem atrás de máscaras e não estão em condições de dar ordens — ironizou Von der Hess ajeitando o capuz na cabeça e passando os braços ao redor de Leonidas. — Até a próxima, caros senhores — concluiu e acenou para o Conselho.

O som estridente de uma trovoada aconteceu no mesmo instante em que ele se despedia. A seguir havia silêncio e...

Von der Hess e Leonidas permaneciam ali!

— Soltem-nos! — ordenou Von der Hess nervoso, olhando de maneira assustada de Sertolin para Shakur. — O que está havendo aqui?

— Se importa em ficar mais alguns minutos conosco, caro Leonidas? — indagou Sertolin repentinamente. O velho líder tinha os olhos arregalados. Guimlel abriu um sorriso preocupado, Wangor e Kaller permaneciam atordoados e a metade visível do rosto de Shakur estava deformada de ódio. Ele empurrava os braços para cima, como se quisesse se ver livre daquela barreira invisível.

— Meu senhor está exausto e... — Von der Hess titubeou e recuou.

— Eu aguento — confirmou Leonidas com um gesto positivo de cabeça. — Você nunca me contou sobre essa questão de procriação, Hess.

— Não ia desgastar sua frágil saúde com tolices, meu senhor — respondeu o mago albino.

— Se eu soubesse disso, talvez as coisas pudessem ter sido diferentes... Se meu Daniel... — A voz de Leonidas saía num murmúrio sofrido.

— Ninguém muda o destino, meu líder — respondeu Von der Hess, mas encarava Shakur de um jeito diferente, como se o analisasse com interesse agora.

— Eu quero saber o que esses mensageiros interplanos disseram para ele. — O líder de Marmon apontou para Guimlel.

— Ótimo! — rebateu Guimlel satisfeito, gesticulando como um apresentador de programas de auditório. — Como todos já sabem — explicou encarando os líderes —, os mensageiros interplanos relatam o melhor dia e parceiro de procriação para cada zirquiniano. Mas não se trata apenas disso. O que está em jogo é a manutenção do poder. É por isso que temos os melhores exemplares. Nossos filhos são belos, fortes e inteligentes, enquanto as crias das sombras continuam cada vez piores. O Grande Conselho tem ciência de que precisa de uma prole "adequada" para manter o tênue equilíbrio de *Zyrk*. — Guimlel tinha a expressão modificada agora. Parecia que dava uma espécie de repreensão aos líderes. — Não é mera coincidência que os filhos dos líderes sejam os melhores resgatadores de *Zyrk*...

— Meu Daniel era imbatível — soltou Leonidas pesaroso. — Ainda hoje não acredito na morte estúpida que teve.

— Dale era instável, mas também era excepcional com as armas, caro Wangor — adicionou Guimlel com um sorriso mordaz.

Wangor abaixou a cabeça e nada respondeu. *Meu pai era instável. O que todos queriam dizer com aquilo?*

— Infelizmente você não teve muita sorte com a sua cria, mascarado — Guimlel tornou a se dirigir a Shakur, que, para minha surpresa, também não reagiu. Pelo contrário, vi seus ombros tombarem após fechar os olhos. Perto dele, o corpo ferido de Richard sofria espasmos involuntários.

Ah, não! Ele estava piorando!

— Aonde quer chegar, Guimlel? — Sertolin parecia apreensivo.

— Que a situação mudou! — O mago ficou repentinamente sério. — Que não é apenas com inteligência que se ganha uma batalha e se governa uma dimensão. Precisamos de homens! Possuirmos os melhores exemplares é ótimo, mas não teríamos número de soldados suficientes para enfrentar uma batalha caso nossas sombras se unissem e se rebelassem contra nós. Não percebem? Elas estão se multiplicando desordenadamente. E, graças ao descaso do Grande Conselho com relação a essa checagem com os mensageiros interplanos — advertiu com fisionomia feroz —, algumas sombras tiveram crias com elevado grau de inteligência. Essas poucas cabeças pensantes poderão se tornar líderes e perceberão que estão em número superior ao nosso. Logo incutirão na mente de seus comandados a se voltarem contra nós. Seremos eliminados, e *Zyrk* governada pela escória! Não enxergam que a estupidez dos senhores está condenando *Zyrk*, assim como a segunda dimensão? Precisamos nos preparar! Existem problemas mais iminentes do que a híbrida!

— Vá direto ao ponto, Guimlel — ordenou Sertolin, visivelmente desconfortável com a situação.

— Richard de Thron só poderá cumprir a pena após a data de seu acasalamento — disse por fim.

— Isso é ridículo! — soltou Napoleon intransigente.

— Os mensageiros afirmaram que será o procriador do exemplar mais poderoso que *Zyrk* já produziu nesses milhares de anos, o único que poderá enfrentar Malazar e, possivelmente, eliminar as bestas da noite! Tornaremos a deter poder absoluto e, consequentemente, não permitiremos que a balança do domínio penda para o lado das malditas sombras.

A felicidade que senti por saber que Richard teria mais algum tempo de vida foi parcialmente corroída por um ciúme enlouquecedor. Saber que quem desfrutaria aquele momento mágico com Richard não seria eu, mas provavelmente Samantha, fez ferver minha mente e hormônios. Fui trazida à realidade pela risada falsa de Von der Hess. Shakur permanecia imóvel e de cabeça baixa, os demais líderes estavam atordoados com a notícia enquanto os senhores do Grande Conselho argumentavam entre si.

— Mas o resgatador de Thron está em péssimas condições. Morrerá antes mesmo de chegar ao dia do seu acasalamento — soltou Leonidas aflito.

— Não se o nobre Conselho permitir chamar uma pessoa para tratá-lo. — Guimlel encarava Sertolin com decisão.

O pequeno líder empalideceu e, sem que eu pudesse esperar, desapareceu bem diante de nossos olhos. Alguns segundos depois ele estava de volta e trazia em suas mãos um livro de páginas amareladas. Na capa de couro preto destacavam-se frisos dourados.

— O Nilemarba confirma o que ele diz — anunciou Sertolin com a fisionomia urgente. — Chamem Labritya! O condenado ficará preso até a data de seu acasalamento e, imediatamente em seguida, será dado em sacrifício a Malazar.

CAPÍTULO 5

Aproximadamente dezessete anos atrás.

— Vá, Ismael, meu querido! Não posso deixar Sansalun e você é o único que tem condições de averiguar os estranhos acontecimentos em andamento. — Meu líder me pede em segredo.

— Mas, Sertolin, eu não sei se sou capaz, você viu... — Estremeço com a ideia de retornar à segunda dimensão.

— Não se preocupe. — Ele segura minha mão e olha bem dentro dos meus olhos.

Droga! Agora tenho vergonha de mim. Sei que ele tem o poder de ler nossa mente, invadir nossos pensamentos. Meu mestre é muito poderoso e me lança um sorriso cúmplice.

— Você superará suas dificuldades. Não vai acontecer novamente. Quantas vezes já lhe disse que a culpa não foi sua, mas apenas minha. Você não estava preparado para sair de forma ilesa. Ainda era um iniciante.

— E se eu não resistir? — rebato agitado. — E se eu resolver agir da única forma que sei? E se eu não conseguir?

— Você não é mais um resgatador, Ismael. Sua impulsividade está controlada.

— Não tenho tanta certeza disso, magnânimo. Mal entrei na segunda dimensão e tive que ser retirado às pressas da vez anterior. Se não fosse por Guimlel, teria causado enorme vergonha ao Grande Conselho.

A velha intuição está de volta e me alerta para não ir. Não me deparava com ela há anos, desde o imperdoável fracasso que macula até hoje o meu espírito. Ninguém soube sobre ele além de Sertolin e Guimlel. Talvez seja a oportunidade perfeita de apagar o vergonhoso episódio definitivamente e fortalecer minha autoestima. Talvez...

— Guimlel tem mais poderes do que eu, meu senhor — tento argumentar e fazer meu mestre mudar de ideia. — Ele seria o mais indicado.

— Guimlel ainda não está pronto. Você tem aptidões perfeitas para o caso e, ainda não sendo um mago, não terá nada a perder. Além do mais, já consegue desenvolver sentimentos positivos, meu querido. Não foi à toa que Prylur, o líder do seu antigo clã, ficou extremamente aborrecido quando fui buscá-lo. Ele sabia que estava perdendo seu melhor resgatador.

Por que Sertolin tinha sempre que me lembrar de Thron, o reino que fui obrigado a abandonar? Ainda não havia conseguido virar aquela página. Eu era um guerreiro e amava ser um guerreiro. Até hoje não me adaptei completamente às terras do Grande Conselho. Apesar de todos dizerem o contrário, sinto-me um impostor nesse local, e não um mago.

— Shakur é um ótimo guerreiro, meu senhor — afirmo.

— Sim, mas Shakur tem péssima índole. Todos sabem que ele é o resgatador principal de Thron por ser filho de Prylur. Você sempre foi muito superior a ele em todos os quesitos, Ismael.

— Estou aqui há anos, Sertolin, e ainda não sou nada. Estou enferrujado como resgatador e...

— Como assim não é nada? — Sertolin me interrompe. No dia em que conseguir ter disciplina e controlar sua energia instável, será o mais virtuoso dos nossos magos. Quando aperfeiçoar esse poder que carrega dentro de si, será o mais justo e poderoso mago de *Zyrk*, o melhor líder que o Grande Conselho já teve. Afinal, filho, você é o melhor aprendiz que eu já tive.

— Eu?!? Você quer dizer que...

— Isso que ouviu. Aja de acordo e planejo fazer de você o meu sucessor.

— Não posso fazer isso com Guimlel... É o grande sonho dele!

— Existem emoções estranhas dentro dele, Ismael. Energias que não consegui mapear e não posso arriscar.

— Mas...

Sertolin realmente tem uma paciência incrível comigo. Cada argumento meu indo contra sua inesperada resolução é rebatido de forma gentil e serena.

— Fique tranquilo. Vou conversar com ele, mas agora não é o melhor momento. Ele ainda não está preparado. Tenho convicção de que, sendo você o eleito, ele entenderá. Guimlel tem estima por você. — Sertolin solta um suspiro longo. — Além do mais, teremos muito tempo até essa conversa definitiva. Não pretendo abandonar meu posto tão cedo. Esteja certo.

— Como desejar, meu senhor — digo por fim. Meus ombros pesam toneladas.

— Vá, Ismael, mas tenha muito cuidado. Toda informação que posso lhe fornecer no momento vem dos rumores a que tive acesso e das fracas previsões de Trytarus. Tentei captar, mas trata-se de uma energia insondável daqui de *Zyrk*. Há uma barreira muito potente a envolvendo. Tão forte que meus poderes foram repelidos sem sequer fazê-la vibrar. — Ele arfa. — Observe tudo com máxima atenção. Avalie essa energia pulsante e em expansão na segunda dimensão e, havendo qualquer sombra escura em sua aura, aniquile-a imediatamente. Caberá a você julgar — pede com rara ansiedade em seu tom de voz.

— Perfeitamente, meu senhor.

— Lembre-se, Ismael, a força em expansão não me parece humana, tampouco zirquiniana. Pressinto que se trata de uma energia perigosa, ameaçadora, mas não posso afirmar. Aja de acordo com seus instintos, mas não se esqueça de que nossa missão é manter o equilíbrio entre a segunda e a terceira dimensões. Não podemos arriscar a existência de tantos. — Sertolin fica pensativo por um instante, arruma a cabeleira grisalha e então coloca sua pequenina mão em meu ombro. — Vá, meu querido! E que Tyron esteja com você.

— Ismael! Preciso lhe falar! — Trytarus vem acelerado em minha direção. Ele é gordo e uma mínima corrida é capaz de deixá-lo ofegante. Já devia ter imaginado que ele apareceria. Trytarus tem o dom da clarividência. — Vim lhe dar um aviso que julgo ser de suma importância.

— Eu lhe agradeço então.

— Você sabe que eu apenas consigo ver com precisão o futuro de eventos que ocorram com zirquinianos. — Ele enxuga a testa suada com as próprias mãos. — Esse dom é limitado quando se refere aos humanos e, nesse caso, acho que estamos diante de algo tremendamente perigoso. Tremendamente fat...

— Estou ciente, caro colega — interrompo para evitar a palavra.

— Havia uma aura negra pungente na visão, uma energia maligna poderosíssima envolvendo uma humana. Você deverá aniquilá-la.

— Então é certo que devo eliminá-la, destruir essa energia?

— É certo, meu caro, mas ainda não tive tempo de avisar ao nosso magnânimo Sertolin que possa haver a necessidade real de vidas serem eliminadas. A necessidade de você agir como um resgatador. Eu sabia que você estava de partida e, como ninguém mais tem conhecimento dessa missão, vim correndo interceptá-lo. Coisas terríveis acontecerão, Ismael. Ele está presente. Malazar!

— Malazar?!? — indago de sobressalto. Minha maldita intuição pode estar certa em me alertar a não retornar à segunda dimensão.

— O que mais poderia justificar um escudo de tamanho poder? Há algo muito errado acontecendo e precisava alertá-lo para o perigo à espreita. Será muito mais arriscado do que imagina. Tenha cuidado.

— Eu terei.

— Você é muito novo para uma missão tão complexa quanto essa e... Bom, Sertolin deve ter suas razões para enviá-lo. Ele é sábio. — Trytarus repuxa os lábios carnudos. — Mas nunca se esqueça do conselho que vou lhe dar: não dê chances para o mal e elimine essa energia, esse ser, o mais rápido possível. Se for o que estou imaginando, Malazar vai tentá-lo de várias formas. Não converse com o detentor dessa energia em hipótese alguma e jamais ceda à tentação de tocá-lo.

— Obrigado, caro Trytarus — respondo com firmeza. — Mas sua preocupação é sem fundamento. Meu passado como resgatador fala por si próprio. Sempre tive aversão pelos humanos.

— Será?

Acho que escuto uma risadinha escapar de sua garganta, mas não tenho certeza. O mago vidente está de cabeça baixa, seus olhos focados no chão de pedras irregulares. Não gosto de sua gracinha e fecho a cara. Estaria gozando da minha fracassada tentativa na segunda dimensão anos atrás? Ele também tinha conhecimento sobre o vergonhoso episódio por que passei além de Sertolin e Guimlel?

— Preciso ir — digo e me desvencilho rapidamente dele.

— Eu vi, Ismael.

Eu travo no meio do caminho. Sinto um calafrio gelado passar por minha nuca. Trytarus me encara de um jeito estranho, um misto entre o sombrio e o aéreo.

Por Tyron! Ele teve uma premonição comigo?

— O que você viu? — pergunto com o coração agitado no peito.

— Escuridão.

CAPÍTULO 6

Eu não colocava os pés na segunda dimensão havia centenas de luas. Um arrepio estranho avança pelo meu corpo quando me deparo com um novo mundo à minha frente. Chacoalho a cabeça e não dou muita atenção àquele primeiro sinal. Algo havia mudado de fato, mas não eram os humanos. *O novo mundo sou eu!* Essa é, tecnicamente, a primeira vez que entro na segunda dimensão sem estar na pele de um resgatador de vidas, com a missão de apenas observar (eliminar um humano somente em caso de extrema necessidade). Tenho que controlar meus nervos e dominar meu impulso selvagem à força. Ainda posso sentir o guerreiro dentro de mim vibrar alucinadamente. Ele é forte demais e quer lutar, *precisa* matar.

Foco, Ismael!

Torno a tragar o ar. Por que estou tão tenso assim? Meu mestre deve ter se enganado. Talvez essa missão não seja para mim...

Mas ele nunca se enganou!

Sertolin disse que eu, somente eu, estaria apto a identificar a tal força poderosa e em expansão. Mas não foi capaz de me fornecer nenhuma outra pista. Deu-me uma noção de localização e só. Teria que fazer o trabalho de olhos fechados, procurar às cegas, baseando-me apenas no primitivo instinto que ele jurou que eu possuía.

Não imagino que droga de instinto seja esse, raios! Na certa vou ficar vagando por essa dimensão até morrer de velhice! Ou de tédio.

Faz quase quinze luas desde que coloquei os pés nessa estranha dimensão e sinto-me mais perdido do que nunca. Há momentos em que posso jurar que estou cada vez mais próximo da tal força poderosa, noutros duvido da minha sanidade mental. Devo estar enlouquecendo. Essa dimensão tem muitas facetas e todas elas são carregadas de duplicidade. Os humanos são mais que imprevisíveis, são surpreendentes e ainda mais complexos que o mundo em que estão aprisionados. Sinto o pilar da minha concentração, a capa da serenidade que desenvolvi durante os anos de aprendizado entre os magos do Grande Conselho esfarelando minuto após minuto que permaneço aqui, deixando aflorar meus velhos instintos de guerreiro. Nego-me a aceitar que esteja perdendo a batalha para meus nervos. Estou agitado, um misto de agonia e ansiedade se desenvolve em meu peito, como o espírito de um soldado instantes antes de entrar na batalha final. Preciso que esse flagelo, essa tortura interna, acabe logo. Sei que não conseguirei aguentar por muito mais tempo nestas condições e não posso voltar a *Zyrk* de mãos vazias, sem absolutamente nada, nenhuma pista sequer. Preciso cumprir minha missão. Não posso falhar com Sertolin novamente. Levo as mãos ao pescoço. Minha língua gruda no palato. Sinto minha boca rachada, seca. Só então me dou conta de que não como ou bebo nada há quase três luas. *Preciso me hidratar com urgência!* Não trago dinheiro humano comigo e, valendo-me de que não há ninguém por perto, resolvo ficar invisível para alcançar meu objetivo. Vejo uma lanchonete na esquina,

a uns cem metros de onde estou e, aproveitando que a porta está aberta a despeito do frio, entro e pego uma garrafa de água pela metade no balcão próximo à entrada. Viro seu conteúdo de uma única vez, mas começo a perceber que não era sede a sensação estranha que avançava sobre meu corpo. *Por Tyron! O que está havendo comigo?* Escuto a porta bater e tenho vontade de berrar um palavrão. O murmurinho das pessoas sentadas nas mesinhas arranha meus ouvidos, como o som de milhares de insetos repugnantes. *Claro! Como não percebi isso antes? Não sou eu que estou perdendo a razão, são eles que estão me enlouquecendo!* Quero sair o mais rápido possível e agora terei que esperar. Preciso de ar. Necessito meditar num lugar calmo e sem a presença humana. Colocar em prática os ensinamentos de autocontrole da mente que aprendi em Sansalun. Tento abrandar minha pulsação. São em momentos como esse que eu gostaria de ser um fantasma, atravessar aquela porta de entrada e desaparecer. Mas não posso. Estar invisível não significa que não possuo matéria. Como também não posso aparecer ou desaparecer na frente dos humanos. É terminantemente contra as normas do Grande Conselho. Os poucos zirquinianos que ousaram fazer pagaram com a vida e tenho muita estima pela minha para me prestar a uma besteira desse porte. Assim sendo, preciso continuar respirando e aguardar o momento ideal para sair daqui. Nunca gostei de ficar muito tempo próximo aos humanos, mas por alguma razão estou mais aflito que o normal. Fico ao lado da maldita porta que agora resolve não abrir. Cinco minutos de espera. Dez. Vinte. Tento me acalmar e, pelo vidro da janela, admiro o Empire State e conto os segundos que insistem em não passar. A temperatura caiu bastante. Os frágeis humanos não toleram o frio intenso, por isso o número de pessoas caminhando pela calçada é quase nulo. Começo a achar que terei de esperar uma eternidade quando escuto pisadas rápidas e estaladas, típicas dos saltos que as humanas costumam utilizar. Alguém se aproxima correndo. Escuto a respiração entrecortada do lado de fora e vejo a maçaneta da porta girar. Posiciono-me estrategicamente. *Ótimo! Minha chance de sair daqui!* No instante seguinte, uma bela humana empurra a porta de madeira e entra acelerada na lanchonete. Por ser pequena, ela só precisa de uma fresta para entrar, de forma que tenho que me espremer entre seu corpo e o umbral da porta para conseguir sair. A humana de repente resolve ajeitar os longos cabelos negros e esbarra em meu braço.

Um toque.

Um leve e único toque.

Um simples contato e alguma coisa muda dentro de mim naquela mínima fração de segundo.

Tudo acontece tão rapidamente que o chão é varrido dos meus pés com velocidade absurda e me sinto caindo num abismo, sem ter onde me agarrar. Sei que ela não pode me ver, mas tenho certeza de que consegue me sentir porque seus olhos negros e vívidos, como dois ônix cintilantes, elevam-se em minha direção. Seu movimento de cabeça não deixa dúvidas. Ela é baixa e inclina o corpo para trás. Típica reação daqueles que lidam com o meu um metro e noventa de altura. *Por que ela olharia para cima se não fosse capaz de captar minha energia?* Estou invisível, mas tenho a sensação de que ela me enxerga. Sinto-me nu de corpo e alma. Congelo no lugar e percebo que esse foi meu primeiro erro. Deveria ter-lhe dado as costas e ido embora imediatamente. Um bom guerreiro sabe o momento de recuar. Trinco os dentes. Não sou mais um bom guerreiro e essa certeza, por mais dolorosa que seria em qualquer outra ocasião de minha existência, afeta-me de forma diferente agora. No lugar onde deveria haver decepção, dor e tristeza, acabo encontrando a dúvida e a excitação. Quero continuar a olhar para ela. Seu rosto lindo, suas bochechas rosadas pelo frio, sua aura de felicidade. Fico tão atordoado com a presença dela que não me dou conta de que estou bloqueando a passagem e que, caso alguém resolva passar por ali, acabaria trombando comigo. Devo seguir as normas e ser imperceptível aos humanos. É assim que deve ser. A humana enxuga o rosto e ajeita o sobretudo bege no corpo. Há uma graciosidade incrível em todos os seus movimentos, uma energia inexplicável a envolve.

É ela! A força poderosa e em expansão vem dela!

Levo as mãos à cabeça e saio como um foguete dali.

As luas estão passando e preciso saber um pouco mais a respeito dessa humana, sobre essa energia que carrega e que cresce a cada momento. Quero compreendê-la antes de, caso necessário seja, aniquilá-la. Posso adiar sua partida. Estudioso como é, fico imaginando a satisfação do meu líder quando eu o puser a par desse caso extraordinário, das descobertas que obtive. Sinto um bem-estar indescritível com essa nova decisão e sou tomado por minha velha amiga: a vaidade. Fui um guerreiro extremamente vaidoso no passado e, se não fossem pelos anos de aprofundamento espiritual, se não fosse por Sertolin, ainda seria tomado pelas amarras da arrogância e do orgulho.

Estou materializado, ou melhor, visível, e, do outro lado da calçada, vejo quando ela abre as portas de vidro do grande arranha-céu onde homens de terno entram e saem o tempo todo. Fica algum tempo ali, sentindo prazerosamente o vento roçar seu rosto delicado até resolver começar sua caminhada atravessando a rua. Ela é moreno-clara e tem baixa estatura. Está trajando uma blusa de seda vermelha com um avantajado decote no colo, uma saia preta justa termina acima de seus joelhos e equilibra-se com graciosidade em sapatos de salto alto pretos e lustrosos. Sua panturrilha bem definida chama minha atenção mais do que o necessário. Chacoalho a cabeça e me forço a focar no objetivo que me trouxe ali: estudar a força *nela* e não *ela*.

Uma rajada de vento. Ela parece gostar muito da sensação do vento em seu rosto, porque estanca o passo de repente e novamente se delicia com o momento. A echarpe escorrega sedutoramente pelos seus ombros e cai na calçada. A humana vira-se para trás. Não tenho chance de me esconder e a possibilidade de ficar invisível com tantas pessoas por perto é descartada de imediato. Sem opção, congelo a poucos metros atrás dela. Outra lufada de vento faz alguns fios dos seus volumosos cabelos negros dançarem no ar e pousarem em seus lábios vermelhos como sangue. Ela nota a minha presença e eleva os olhos negros na minha direção. Como da outra vez. Fico preso em seu olhar. Sinto o mal presente nela, uma vibração péssima. Mas também vejo a luz ofuscante que irradia de seus olhos, única, tão absurdamente límpida e penetrante. Diferente de tudo que já vi ou senti na minha existência e...

Céus! Estou sendo enganado? Virei um joguete? Mas nas mãos de quem? Por quê? Encontro-me perdido em um atordoante truque de ilusão. Não consigo mais diferenciar o bem do mal. Tudo leva a crer que essa mulher está sob a possessão de uma força maligna poderosíssima. *Claro! Trytarus havia me alertado!* Esse chamado da carne, essa atração avassaladora que sinto pelo corpo dela só pode ser algum feitiço de Malazar. Eu me aproximo ainda mais. Ela não recua. Não posso sucumbir. Preciso matá-la!

Então cometo meu segundo erro.

Minha mão rompe a barreira de energia que protege a humana e o contato acontece. Apenas um toquezinho de nada e, no instante seguinte, a mulher sorri para mim. Foi ali, naquele ínfimo segundo, que tive a certeza de que estava perdido de vez, que entrara num caminho sem volta. O sorriso mais lindo e hipnotizante do mundo me prende numa teia sedutora e mortal. Minhas mãos tremem, hesitam e paralisam ao mirar o cintilar do batom vermelho em seus lábios tentadores, seu rosto perfeito. Meu pulso dá outro salto quando algo estremece dentro dela. Perco o controle do meu corpo. Acho que vou ter uma síncope. Não é normal o coração bater tão forte assim dentro do peito.

De repente a humana morde o lábio inferior, e, sem mais nem menos, dá-me as costas e entra num lugar abarrotado, com música alta.

Maldição! O que foi que eu fiz?

Já é tarde da noite, mas hoje a temperatura está amena. Fico ali, paralisado em meio aos borrões de pessoas que pipocam como flashes à minha volta. Não me reconheço. Não compreendo minhas reações. Começo a duvidar de que serei capaz de colocar o plano em ação, de que

conseguirei estudá-la sem antes sucumbir por essa força magnética que pulsa através de sua pele. Há alguma coisa diferente nela, posso sentir. Mas também há algo excepcional em seu organismo, bom demais para ser destruído sem entendimento... Pressinto que é melhor esperar. Ela venceu a batalha de hoje, mas a guerra prossegue e é só questão de me preparar melhor. Devo recuar para tornar a contra-atacar. Tornarei a procurá-la amanhã, asseguro a mim mesmo, e tento sair dali.

Mas minhas pernas não se mexem. Ordenam-me a ir atrás dela. *Imediatamente!*

Transito invisível pela multidão que se aglomera na porta de entrada. Empurro pessoas no meu caminho até o banheiro e ninguém reclama dos meus empurrões tamanha a confusão de gente dançando, rindo e berrando para conseguir se fazer entender em meio àquela música que martela os tímpanos com violência. *Que povo estranho! Como os humanos sentem prazer nisso?*

Saio materializado do banheiro poucos segundos depois e agora a situação é bem diferente. Tento refrear o prazer demoníaco que domina meu ser quando quase todos os rostos femininos giram na minha direção. Os anos de reclusão me fizeram esquecer esta agradável sensação que somente o poder é capaz de gerar. A maldita vaidade me envolve em seus braços e me deixo embalar. Gosto dela. Chacoalho a cabeça, arrependido de tal pensamento. Sertolin ficaria decepcionadíssimo comigo se soubesse. Apesar de negar veementemente, sei que ele sempre teve medo desta minha faceta sombria. Respiro fundo e concentro minhas forças. Preciso me manter humilde. Tenho que me manter focado.

Localizo a morena sentada junto com as amigas em um sofá mais ao fundo daquele lugar claustrofóbico. A nuvem de fumaça produzida pela queima do tabaco e as luzes coloridas que piscam incessantemente fazem meus olhos arderem. A quantidade de pessoas dançando e se esbarrando naquele ínfimo ambiente é absurda. Posso jurar que há um clã inteiro dentro daquele cubículo escuro que os humanos chamam de pub, ou coisa parecida. No passado achava esse tipo de lugar perfeito para realizar minhas buscas. Os humanos adoram encher a cara assim que colocam os pés nesses locais. *O álcool... Sempre esse desgraçado desde os primórdios...*

Nunca o experimentei e ainda assim tenho repulsa por uma bebida que seja capaz de arruinar o discernimento de um guerreiro, alterar a racionalidade de quem ousa enfrentá-lo. Vejo quão sábia foi a decisão do Grande Conselho em proibi-lo na minha dimensão. Fico enojado com a forma vulgar que as mulheres em seu poder se comportam, como me olham ou vêm falar comigo. Sinto asco em acompanhar o veloz declínio moral dos humanos que o consomem, e diria que tenho até prazer em acabar com a vida de uma pessoa que não foi capaz de dar valor aos seus preciosos reflexos e, principalmente, ao seu instinto de sobrevivência, o tênue fio de energia que os une a essa dimensão. Facílimo de entrar em suas psiques, mais fácil ainda eliminá-los com um simples sopro...

Pisco e torno a olhar para ela. A morena está com uma bebida nas mãos, mas não a vejo ingerir em momento algum. Suas amigas continuam conversando muito, gargalhando e, pra variar, sorrindo para outros homens. A pequena humana de cabelos negros parece incomodada com alguma coisa. Com frequência ela gira o rosto em várias direções, como se procurasse por algo ou alguém... *Seria ela capaz de me sentir ali? Seria um caso raro de percepção de que tanto ouço falar? Ela era uma receptiva?*

Mesmo a distância é impossível não ficar hipnotizado por sua energia pulsante, pelo odor distinto que exala de sua pele, tão inebriante e diferente de todos com que já me deparei, os trejeitos ao falar, a forma como mexe os lábios grossos e arruma os cabelos, o colo desnudo... *Céus, Ismael! O que está havendo com você, homem?*

Alguns machos se aproximam da mesa onde ela está com as amigas, e em geral é para ela que direcionam sua testosterona em resposta ao odor forte que aprendi a reconhecer como feromônio. Eles oferecem ou pedem alguma coisa, não sei dizer o que, mas saem de lá com apenas um mero cumprimento de cabeça. Não compreendo minha reação, mas fico satisfeito com a recusa dela, *realmente* satisfeito. *Isso não está certo, não mesmo.* A forma como sou sugado para seu campo gravitacional, a forma como ela me seduz, essa energia não é normal, ela não pode ser humana... *Preciso ir embora! Amanhã continuarei meus estudos e...*

Sinto uma alteração em sua energia. Vejo quando ela aceita o convite de um humano e se dirige para a pista de dança abarrotada

de gente. Travo no lugar. Simplesmente travo. Uma cola potente me adere ao chão e não consigo sair de onde estou. Nenhuma parte do meu corpo responde ao chamado acalorado de minha mente. Meu pescoço movimenta-se por conta própria e guia meus olhos mais abertos do que nunca. Eles vigiam cada movimento dela com avidez doentia. *Vá embora daqui, Ismael!*, grita a voz em meu crânio, a companheira e sensata voz que sempre me guiou durante minha existência. Não a obedeço. Estou hipnotizado. A humana move-se com graciosidade, seus cabelos negros, como a crina de um corcel, fazem todos os pelos da minha pele eriçar e minha boca secar. *Tyron! O que está acontecendo comigo?* Preciso sair dali e procurar ar fresco. Pressinto que vou asfixiar a qualquer instante. Começo a suar em abundância e, atordoado, ataco sorrateiramente a bandeja de um abobalhado garçom, pego os dois copos que se encontram sobre ela e despejo seu conteúdo boca adentro. A bebida tem cheiro bom, mas é amarga e queima a garganta. Arrependo-me de imediato e xingo alto. Ninguém me ouve. Mas, para minha surpresa, após algumas piscadas, sinto uma melhora quase que imediata em minha estranha sede. Torno a procurar por ela na pista de dança e a vejo sorrindo para o humano que a acompanha, as mãos do sujeito passeiam pelas costas dela no ritmo daquela música enlouquecedora. Instantaneamente sou tomado por uma sensação ruim. Não a reconheço. Há uma camada de cólera sobre ela, mas não se trata de uma cólera habitual, não se trata de nenhum dos habituais vis sentimentos zirquinianos, como raiva, inveja, cobiça... Simplesmente não consigo identificar o que é. Nunca o experimentei em meus treinamentos com Sertolin, mas tenho uma vontade insana de estrangular o pescoço daquele humano, como se fosse o meu mais antigo inimigo. Num piscar de olhos o pobre coitado acordaria no *Vértice*. Rio da minha piada macabra.

Honro meu passado glorioso e não seria agora que faria uso de uma morte indireta para aniquilar o infeliz. Rio sarcasticamente de mim mesmo porque sei que, se eliminasse algum humano fora da hora da sua partida, seria eu a ir diretamente para o *Vértice*. Torno a respirar fundo quando percebo uma confusão se formar próximo aos dois. Uma habitual briga de bêbados. Anos atrás eu teria gostado de presenciá-la.

Divertia-me verdadeiramente quando eu os fazia de marionetes e os colocava para brigar antes de resolver eliminá-los. Conferir alguma graça à despedida. Odiava partidas monótonas. Mas a situação no momento não me gera qualquer contentamento. Sei que não há perigo de morte no lugar. Não farejo nenhum dos meus por perto. Mas ainda assim estou incomodado com o fato de que a humana possa acabar se ferindo. Não quero que a distribuição de socos e pontapés a atinja de alguma forma. A confusão está muito perto dela. Entorno mais um copo cheio de outra bebida que se encontra sem dono no balcão às minhas costas. Continua amarga e desagradável, mas não desce queimando como da vez anterior. *Não posso me envolver. Não vou me envolver. Ela que se cuide. Não escolheu ficar com aquele paquiderme humano? Pois que ele a proteja. Preciso ir embora.*

Pisco, mas meu piscar sai lento. Há um formigamento agradável em minha pele e meus pensamentos estão ligeiramente embaralhados. Então me dou conta: o álcool! *Que inferno! Essa bebida macabra, essa praga está fazendo ninho em mim. Não posso permitir.*

— Não! — alguém berra.

Pisco novamente e escuto um estrondo, outros berros, e o grito histérico de uma mulher. As cenas parecem em câmera lenta. Vejo um homem discutir aos brados e socar o adversário. Esse último está tão bêbado que, ao tentar revidar, seu golpe sai desengonçado e ele passa direto, tropeça numa mesa, derrubando-a e levando ao chão as pessoas e os copos de vidro. Em seu impulso feroz e desorientado, avança sobre o acompanhante da *minha humana*, que apenas pensa em livrar a própria pele e covardemente sai da linha de risco, deixando-a de frente com o ataque do descontrolado.

Asas surgem em minhas pernas porque estou praticamente voando no instante seguinte. Em minha corrida meteórica em direção a ela, desvencilho-me de qualquer obstáculo no caminho, empurrando cadeiras e pessoas com força descomunal. Percebo a energia encolher abruptamente dentro dela e o medo expandir em sua essência. Vejo o homem bêbado tropeçar nas próprias pernas e cair. Vejo a garrafa na mão do infeliz rodopiar no ar. *Droga! Estou quase lá, mas não vou conseguir chegar e...* observo com

satisfação quando a morena joga seu lindo corpo para trás e esquiva da garrafa que bate no chão ao seu lado e explode em milhares de cacos. Por um centésimo de segundo, fico orgulhoso em ver que ela tem reflexos rápidos para uma humana, mas, no instante seguinte, vejo-a escorregar ao pisar numa pedra de gelo, o traiçoeiro salto do seu sapato torcer num ângulo agudo e a humana desequilibrar, caindo de encontro às lâminas de vidro. Dou um último impulso e, de qualquer jeito, jogo-me bem a tempo de segurar seu corpo ainda no ar, a poucos centímetros do chão. Apavorada, ela finca as unhas em minha pele e se agarra em mim como pode. Em seguida eu a coloco de pé e sua pequena cabeça afunda em meu peitoral, a respiração rápida demais. Sua energia torna a expandir. Ela se afasta para me olhar. Sinto-me bem ao perceber sua expressão de alívio e felicidade em estar ali comigo. Sinto-me mais do que bem quando vejo o brilho da admiração refletir em seus profundos olhos negros. Sou acordado do transe pelos aplausos efusivos das pessoas ao redor. Nova onda de satisfação. Jamais poderia esperar uma atitude assim vinda da parte deles. Meu peito estufa. Gosto de ser ovacionado. Sacudo novamente a cabeça. *O que foi que eu fiz? Eu devia ser invisível para eles; e não ter virado um super-herói.*

Ainda estou zonzo quando volto a mim. A bela humana está em meus braços e desvencilho-me dela com rapidez. Apesar de não perceber qualquer alteração em suas vibrações, não sei até que nível do meu contato ela suportaria antes que sua energia vital começasse a ser drenada por mim. Sinto um calafrio na coluna quando me dou conta de que sou a personificação da morte e acabo de salvar a vida de uma humana.

— Você está bem? — pergunto com uma preocupação que sei que é desnecessária, mas, por alguma razão, preciso ouvir a resposta.

— Sim. Graças a você — agradece ela com a voz mais suave que já tive a oportunidade de me deparar. Todos os sons ao redor desaparecem.

— Que bom — digo e me calo. Perco o raciocínio. Faço papel de idiota. Estou tremendo e amaldiçoo o álcool por me deixar naquele estado.

— Hummm — ela faz esse som com a boca quando fico em silêncio e não dou o menor sinal de que falarei novamente. Não tenho controle sobre a minha voz também. — Acho que nunca te vi por aqui. — Ela se adianta. — É novo na cidade? Trabalha com o quê?

Por Tyron! De onde saiu aquela enxurrada de perguntas? Começo a tremer.

— Preciso ir — digo finalmente. Ela percebe o tremor em minhas mãos. O que não imagina (e o que me nego a acreditar!) é que estou tremendo por estar ali com ela e não pela situação que acabei de passar. Enfio as mãos no bolso, faço um gesto de despedida com a cabeça e dou dois passos em direção à saída.

— Ei? — Sua delicada mão segura meu braço. Eu giro a cabeça sobre o ombro e a vejo logo atrás de mim, uma expressão vívida e desejável em seu rosto encantador. — Posso ao menos saber o nome do meu salvador?

Salvador? Ao ouvir essa palavra, reprimo um sorriso sarcástico. Meneio a cabeça em negativa. A humana repuxa os lábios, não sei se está segurando um sorriso também, mas não parece estar chateada com a minha reação. Ela me encara. Ela é forte. A atração que sinto dobra de tamanho. Sou um guerreiro e amo sangue guerreiro.

— O que você faz na vida? — pergunta com atrevimento. Pressinto que se não lhe fornecer uma resposta qualquer, ela não vai me deixar em paz. *Eu mato humanos!* É o que simplesmente tenho vontade de dizer, mas me calo. Coloco meu cérebro para funcionar e tento pensar o mais rápido que posso. O álcool não ajuda muito.

— Eu... — titubeio. Não sou um medroso que se esconde atrás de mentiras. Não vou mentir. — Trabalho com resgates... — Deixo as palavras soltas no ar, esperando que ela acreditasse que eu era policial ou bombeiro.

— Entendi. — Ela pisca para mim e solta meu braço, como que me dando permissão para sair. Quase rio da situação. Quase. — Resgates, né? Então você é o *meu* resgatador! — afirma com alegria e me dá as costas.

Engasgo com suas palavras e fico plantado como um tonto na pista enquanto vejo sua cabecinha se afastar e desaparecer no meio de tantas outras.

CAPÍTULO 7

Os minutos passam e, de repente, sinto seu cheiro impregnar minhas narinas. *Ela está de saída do pub!* Corro até o banheiro e entro em modo invisível. Ao sair, aproveitando-me do *last call*, vou me esgueirando e vejo que ela acabou de botar os pés na calçada. Ela olha ao redor, certificando-se do ambiente à sua volta, enrola a echarpe no pescoço e começa sua caminhada acelerada pela cidade deserta. Vou acompanhando seus passos e gosto de ver que ela é rápida para uma humana de estatura tão pequena. Ela continua sua caminhada veloz e me pego andando quase ao seu lado, admirando-a sofregamente. Vejo-a enrugar a testa e fechar os olhos em alguns momentos e sua energia ficar inconstante. *O que está havendo?* Ela aperta o passo. Há algo errado no ar. Posso captar. Já é madrugada. Não há ruídos de motores de carros nem de conversas. O silêncio é tão forte que é possível escutar o clique dos semáforos enquanto fazem as trocas das cores, do verde para o vermelho. Ela atravessa mais dois quarteirões e sua energia piora, vira uma esquina e então tudo acontece muito rapidamente.

Vejo quando ela leva as mãos à barriga e força a respiração. Sua pele morena fica repentinamente pálida. Enrijeço. Quero ajudá-la mas sei que não posso me materializar agora. Sinto duas novas forças crescendo em meu cérebro, que as processa rapidamente e confirma: Perigo! Identifico ao longe a silhueta de duas pessoas que, pelo porte e odor, sei que se trata de humanos, e com propósitos hostis, pois pressinto intenções típicas da minha espécie. Há maldade no ar. Meu pulso dá novo salto quando capto a presença de um resgatador por perto.

Céus! Ela foi descoberta!

Quero alertá-la, quero agarrá-la e levá-la para longe dali, mas também não posso. A máxima que separa nossos povos: não tenho permissão para interferir no livre-arbítrio dos humanos e, se o fizer, pagarei com a minha própria vida. Os homens a avistam e se aproximam a passos rápidos, mas ela não percebe porque está curvada sobre o próprio corpo. Observo os movimentos cada vez mais fortes de subir e descer do seu abdome, mas não sai líquido algum de sua boca. *Maldição! Isso é hora de vomitar?!?* Sinto uma aflição enlouquecedora esquentar minhas veias. Tenho raiva de mim mesmo por ter me permitido entrar numa situação como essa e, ao mesmo tempo, ódio avassalador por não poder retirá-la dali. Os homens se aproximam ainda mais. Ela finalmente percebe.

— Olá, princesa! Sozinha nessas bandas uma hora dessas? — começa um deles. O outro a contorna lentamente. Estão fechando o cerco.

Identifico a energia assassina que os move, meus pulsos se fecham instintivamente e enrijeço no lugar. Conheço-a de cor e salteado. Ela corre em minhas veias... Os homens pretendem matá-la. Não eles, pobres marionetes com suas horas contadas, mas sim o zirquiniano por detrás daquela ação em andamento. *Covarde! Uma morte indireta para aniquilar uma humana daquele tamanho?* Gargalharia se minha ira não atingisse proporções assustadoras. Nunca senti isso antes, mas poderia jurar que seria capaz de matar uma besta com meus próprios dentes.

A humana não responde e vejo quando seus olhos vivos fazem uma rápida varredura do lugar e estudam as possibilidades. Ela avista o portão semiaberto de um prédio situado alguns metros à sua frente. Sua energia dá um pico. Ela é corajosa e ainda pretende lutar contra os dois. Pela vida. Pelo milagre da existência abençoada que os humanos dão tão pouco valor. *Essa leoa é das minhas.*

O sujeito que avança por trás a segura com violência. Sei que devo me manter alheio ao que se desenrola à minha frente senão serei considerado cúmplice da ação. Não posso interferir. Sou proibido de me materializar na frente dos humanos. Se desobedecer, sei que não passarei incólume à varredura que o Grande Conselho fará no cérebro dos humanos envolvidos. Pena de morte dolorosa e imediata. Pior: meu nome será gravado na pedra da desgraça e humilhação. *Não vou me envolver,* murmuro repetidamente esse mantra que não é bem aceito pelo meu cérebro desgovernado. Quero ir em busca do resgatador que tramou a covardia em andamento, mas, se eu o fizer, terei que deixá-la a sós com esses humanos em transe de morte e, quando voltar, poderá ser tarde demais. Para ela. Para a emoção que ela gera em mim. Não suportarei ver a cor viva de sua face ser substituída pelo opaco esquálido, a assinatura cruel da minha espécie.

Dane-se! Eu vou ajudá-la! Tenho que arrumar um meio!

Minha força cai absurdamente em modo invisível, mas, ainda assim, manejo acertar um golpe no braço do sujeito que a imobilizou. Ele leva um susto, puxa o braço para si e a solta por um momento. Quando uso minha energia para defendê-la e o ataco, sei que quebro momentaneamente a corrente magnética que o une ao seu orientador. Acabo de acionar o resgatador causador. Ele agora tem ciência da minha presença. *Maldição!*

— O portão — sussurro em seu delicado ouvido e sou bombardeado pelo seu perfume em minhas narinas e mente. Perco o equilíbrio. — Corra para o portão — reitero, mas no fundo sei que não precisava repetir, pois já era isso o que ela tinha em mente.

Minha guerreira humana não hesita e, mais rápida do que eu poderia imaginar, se esquiva do algoz e está correndo em direção ao prédio. Ele fica para trás por um segundo, mas, no instante seguinte, a sombra mortal dos dois cresce sobre ela. As pernas compridas deles conferindo-lhes passadas muito maiores que as dela. Um deles joga seus braços no ar e tenta agarrá-la, mas, ainda invisível, coloco um pé no seu caminho e ele se arrebenta no chão. Escuto quando pragueja alto, mas mal lhe dou atenção, estou focado no queixo do outro homem, tentando unir todas as minhas débeis forças invisíveis para acertar-lhe um soco em cheio. Consigo meu objetivo e intercepto seu avanço selvagem sobre ela. O estado de transe do infeliz é tão forte que tenho a impressão de que seu corpo está possuído por um alucinógeno potente. Mas sei que não está. Farejo sangue límpido correndo em seu organismo. Ainda estou zonzo com a situação. O ataque deles é tão imediato, tão sem meio-termo, que chego a me assustar. Em geral as mortes indiretas costumam ser lentas, para deleite, puro divertimento do zirquiniano que as produz. Mas não é o caso aqui. O resgatador que os enviou não pensa em perder tempo com diversões, a quer morta e ponto final. Pergunto-me por que ele mesmo não veio eliminá-la? Seria fácil demais.

Fico tão desorientado com o que acontece bem diante dos meus olhos que perco um instante crucial da luta. Quando dou por mim, escuto um berro e vejo a humana se contorcer atrás de um portão de alumínio. Ela conseguiu chegar ao prédio, mas um dos homens alcançou sua echarpe e, puxando-a por entre as grades do portão, começou a enforcá-la, estrangulando seu delicado pescoço com força absurda. Os berros da vítima se transformam em gemidos de dor. Engasga, mas ainda luta, bravamente, tentando rasgar o pano com as próprias unhas, procurando se livrar de todas as formas. Sua energia está em rápido declínio. Atordoado, coloco-me atrás do sujeito, socando-o repetidamente, mas pouca diferença faz. O homem está tão concentrado que meus fracos golpes invisíveis não lhe causam qualquer desconforto. Entro em pânico quando o comparsa vem em seu auxílio e agora os dois estão unindo forças, retorcendo a echarpe e a asfixiando sem compaixão. Eu vejo as pequeninas mãos da humana abandonando a luta. Vejo-a perdendo o ar e noto quando seu delicado rosto adquire um aspecto arroxeado e seus

lábios se ressecam. Sua energia começa a falhar. Se eu não agir agora, vou perdê-la para sempre. Cianótica, sei que ela não vai suportar muito mais.

Meu cérebro está a mil por hora. Em uma fração de segundo vejo o meu mundo, as minhas crenças e a minha existência desmoronarem como um castelo de areia lambido por uma onda do mar. Frágeis. Aperto os olhos. Os dias de glória como resgatador e os longos anos de aprofundamento espiritual desintegram bem à minha frente. Tudo sem propósito. Pela primeira vez em minha vida tenho vergonha de ser o que sou. Ainda não sou um mago. Já não sou mais um resgatador. Acho-me verdadeiramente um espectro assombrado e questiono minhas verdades. Minhas certezas nada mais são do que grandes farsas maquiadas.

— NÃO! — trovejo e, em seguida, quebro a última regra: materializo-me na frente dos três. Sem perder tempo, seguro a cabeça de um deles e a bato com violência contra a grade. Assusto-me com a minha ira desmedida. O golpe é tão forte que a cabeça fica entalada entre as barras de alumínio, o sujeito se debatendo desesperado. O segundo homem hesita. Parece decidir entre continuar o assassinato ou defender a própria vida. Abro um sorriso mortal quando noto que ele opta por continuar sua ação. O resgatador que o comanda está realmente desesperado em aniquilar a humana. Parto como um animal selvagem para cima dele e o atinjo com uma cabeçada. Escuto o corpo da humana cair do outro lado das grades. Escuto sua respiração asmática e sinto sua energia tornar a crescer. Sou tomado por uma sensação de alívio que nunca antes tive a oportunidade de experimentar. *Graças a Tyron! Ela está bem!* Torno a olhar para o infeliz à minha frente, mas estou cego e não enxergo nada a não ser ira. Continuo com meu arsenal de golpes, esmurrando o humano sem parar. Vejo seu sangue escorrendo entre meus dedos e seu rosto começar a deformar.

— Apareça, covarde! — grito para o ar gelado da madrugada. Minha voz ecoa na rua deserta. Quero que o resgatador responsável por aquilo mostre a cara, mas é covarde demais para tanto. Ele sabe que eu me ferrei, que logo o Grande Conselho vai ler a mente dos humanos envolvidos e descobrir o que eu fiz. A não ser que...

— Acaba logo com eles! É só questão de tempo! — Ouço a voz dela. Está rouca e assustada.

Ela diz em voz alta o que eu já havia cogitado, mas que não quis admitir para mim mesmo: ambos têm a marca negra em sua aura, a confirmação de que seus dias estão contados e que morrerão em breve. *Assim como ela...*

— Rápido! Antes que apareça alguém — torna ela a comandar e, apesar de saber que é o mais lógico a fazer no momento, hesito. Há anos não mato um humano. Se quero permanecer vivo, não tenho outra opção. Inspiro profundamente e então eu o faço com maestria: elimino os dois com um seco quebrar de pescoço. Tento refrear o prazer que sinto na ação, como se fosse um viciado que acredita estar curado até o momento em que coloca a droga novamente em seu sangue.

— Como você...? — começo a perguntar, mas não tenho tempo de ir adiante. Ela segura meu braço e me puxa para uma corrida. Eu a acompanho ainda mais satisfeito e encantado. *Ela é uma receptiva! E das boas!*

Corremos mais três quarteirões de mãos dadas e, mesmo sem dizer uma palavra sequer, nunca me senti tão vivo, tão em sincronia com o universo, como se já a conhecesse há anos, como se tudo aquilo fizesse parte de um plano perfeito, irretocável. Ela para em frente a um prédio antigo, checa meus pulsos, e olha para mim.

— Não foi ele quem te enviou para me proteger! — Afirma surpresa e, antes que eu pudesse perguntar a quem se referia, ela se adianta: — Você se materializou para me salvar.

— E-eu, eu... — A voz custa a sair e, quando o faz, novamente está estranha e fraca. *Céus! Por que fico tão atordoado perto dela?*

Ela estreita os olhos e, em seguida, expõe um sorriso repleto de malícia.

— Vem cá. — Ela gesticula com o indicador e comanda com candura. Não contesto. Sou um metro e noventa de puro atordoamento e emoção. Sinto-me patético, mas absurdamente satisfeito com aquele pedido. Não sei que sentimento é esse, mas estou pegando fogo, mais acordado do que quando massageiam a minha vaidade. Aproximo-me lentamente. *Deveria ter medo dela? Ela está planejando algum golpe?*, indaga minha consciência sempre atenta e, por via das dúvidas, deixo minhas mãos em estado de alerta ao lado do corpo. — Mais perto — pede ela

com uma voz sensual. Então nossos rostos ficam frente a frente e seus olhos escuros estudam os meus receosos olhos azuis.

— O que você quer? — pergunto finalmente e minha voz sai ainda mais abafada e rouca do que antes. Sinto o perigo à espreita. Estou ficando agoniado demais e sei que cada segundo olhando para ela me afasta do meu caminho de volta. Estou irremediavelmente perdido.

— Agradecer — responde e, antes que eu diga qualquer coisa, ela lança seus braços ao redor do meu pescoço e encosta sua boca na minha. Paro de respirar e arregalo os olhos. *Um beijo! Eu estava recebendo um beijo humano!* Minha reação inicial é jogar meu corpo para trás, mas é tarde demais. Quando sua língua afasta meus lábios sem resistência e encontra a minha, sinto meu corpo estremecer no lugar. A velocidade com que a minha língua a aceita e o prazer com aquele toque é tão arrebatador que acho que vou explodir ali mesmo. Sinto meu coração dar socos violentos na caixa torácica e outras partes do meu corpo acordar. Perco todo o oxigênio dos pulmões. Vou sufocar de uma sensação maravilhosa, mas não quero que acabe. Ela se afasta e ri do meu estado catatônico antes de desaparecer, fechando o portão do seu prédio e me deixando em estado de torpor do lado de fora. É a segunda vez que ela faz isso comigo em uma mesma noite. Checo ao redor e não capto a essência do resgatador. O covarde deve ter se mandado. Aliviado, afasto-me dali. Preciso pensar, minha cabeça dói, mas no lugar dos neurônios encontro apenas pó.

Só sei de uma coisa: estou ferrado.

CAPÍTULO 8

Faz três semanas desde que tudo aconteceu. Após muita meditação, estou mais calmo e focado. A euforia enlouquecedora finalmente abrandada, mas permaneço atordoado comigo e com tudo. Até agora me pergunto se aquela noite realmente aconteceu ou se foi apenas um sonho, uma peça que meu subconsciente me pregou. Por mais que eu lute contra, não paro de pensar nas consequências daquele beijo. *Como posso ter sentido todas aquelas emoções? Como fiz a loucura de interferir no livre-arbítrio de Tyron e matar dois humanos para salvar outra humana?*

Estremeço ao ser acordado por novo golpe em meus sentidos. Sinto a aproximação rápida de um resgatador. Pior: pela forma como se aproxima, sei que ele a está rastreando! *Será o mesmo covarde da vez anterior?* Corro até o edifício em que ela trabalha e fico à espreita. Sinto o resgatador por perto, mas não o vejo. *Talvez esteja no modo invisível...* Começo a checar as auras das pessoas ao redor e ver se ele poderá se utilizar de algum infeliz com as horas contadas, e, como ocorreu da vez anterior, utilizar-se de uma morte indireta. Estou ainda analisando o entorno quando eu a vejo e enrijeço no lugar. Na calçada do lado de fora do prédio, a humana olha o céu gentil de primavera e começa sua caminhada. Está ainda mais bonita. Todas as sensações enlouquecedoras que tive naquela noite avançam sobre meu corpo de uma vez só e quase me derrubam. Sufoco-as a todo custo e tento respirar profundamente. Está dificílimo manter a coerência com meu pulso completamente desgovernado. Fico em alerta máximo quando percebo que sua força parece ter triplicado de tamanho. *Isso não é normal. Isso não é bom.* Estou suando frio e minhas pernas vacilam. Algo vai acontecer e devo manter minha mente tranquila e focada.

A humana é rápida. Guardando sempre uma distância segura, vejo que ela aumenta a marcha em direção a um ponto verdejante e florido, e que destoa da selva de concreto ao nosso redor. Está entardecendo e os fracos raios solares laranja-avermelhados incidem no verde-claro vivo das copas frondosas das árvores. Uma brisa agradável abranda o calor que avança em minha pele. O número de pessoas diminui e sei que terei que ser discreto agora. Não estou em condições de arriscar ficar no modo invisível. Não posso me dar a esse luxo se planejo enfrentar uma força de tal magnitude. Observo a humana reduzir o ritmo e caminhar pela trilha de terra batida e tenho vontade de xingar alto quando percebo meu erro imbecil. Fico tão hipnotizado com a sua força extraordinária, com a sua magnética presença, que não notei para onde ela ia. *Por Tyron! Ela caminha em direção ao resgatador! E está bem mais perto dele do que de mim!* Desato a correr feito um louco, chuto tudo pelo caminho e travo ao escutar o chamado dela, camuflando-me atrás de uma árvore, a alguns metros de distância.

— Cheguei! — ela solta agitada. — Dale? Você está aí?

Dale?!?

Meu corpo petrifica ao escutar aquele nome. Não pode ser!

— Você está atrasada — responde a voz. O homem que se materializa atrás dela não é humano. Ele é um zirquiniano. O sujeito de traços

bem-feitos, pele clara e cabelos alourados que surge no meu campo de visão é Dale, filho de Wangor, o líder de Windston.

— Eu sei. Desculpe.

— Você está diferente — afirma ele, aproximando-se lentamente.

— Diferente como? — A voz dela vacila.

— Estava menos abatida na última vez que a vi.

— Devem ser minhas olheiras e...

— Já disse que não precisaria trabalhar se não quisesse.

— Não é isso!

— O que é então?

— Você não consegue sentir? — Ela leva as mãos ao abdome.

— Eu não, eu... — Dale a observa de maneira estranha. De repente ele arregala os olhos. — Você carrega uma cria?

Ela confirma com a cabeça e sorri.

— Estou grávida de um filho seu, Dale!

Meu coração para de bater. Meu ar acaba. Meu cérebro entra em combustão com aquela afirmação impensável. Estou cego, surdo e mudo, dentro de um mundo de espanto, raiva e encantamento. Mal acompanho a reação de Dale. Estou completamente atordoado, desorientado. Não consigo entender as emoções que se embaralham em meu peito, muito menos compreender o que se passa à minha frente. Perguntas, muitas, uma atrás da outra se atropelam em minha mente: Como conseguiram ter um contato mais íntimo sem que ele a matasse? Por que Dale parece tão insensível com a notícia? E, principalmente, por que sinto cólera e impotência dentro do peito? Por que tenho tanta raiva por ela o ter desejado? Por que sinto um ódio quase irrefreável por ele? Por que tenho vontade de matar os dois? Faço uma força descomunal para respirar, o oxigênio clareia meus pensamentos e permite que as pistas daquela charada se encaixem com perfeição... O porquê da força crescendo dentro dela: *existe um bebê em seu ventre!* O filho inconcebível de duas espécies que jamais poderiam se fundir. O fruto de um amor proibido e inimaginável. A redenção dos pecados da minha espécie. A salvação de *Zyrk*. Ali, dentro daquela pequena humana. Ali, batendo no coraçãozinho daquele ser em formação.

Então volto a mim e surpreendo-me com um Dale sem reação, pensativo e apático demais para uma notícia daquela magnitude. *Como assim? Por que ele não está assustado? Ou maravilhado? Ou tenso?*

— Eu sei que foi rápido demais... Eu também não entendo... Eu tomei o remédio corretamente e... — Ela para e capta a nuança de pavor na face de Dale. Não é a reação para quem acaba de receber uma graça. Para o único zirquiniano na história que recebeu o dom do amor. Vejo quando ela engole em seco e retém as lágrimas que se formam em seus olhos negros. — Você não está feliz com a notícia?

— Estou sim — diz ele, mas sua expressão é taciturna e quase aérea. Por um instante cheguei a pensar que talvez estivesse em choque. — É para quando?

— Ainda vai demorar. Vou entrar no terceiro mês.

— Certo — diz ele e parece ainda mais ausente.

Ela se afasta, abaixa a cabeça e vejo que tem dificuldade de respirar. Sua emoção vacila e sua energia positiva perde espaço enquanto um halo negro avança por sua aura. Estremeço. *O que está havendo com ela?*

— Dale, eu não sei o que fazer... eu também não esperava... essa criança... — ela começa com a voz rouca e o halo negro se expande ainda mais. Tenho a sensação de que ela precisa sentir a reação dele, a aprovação dele. — Descobri ontem.

— A gente pode se livrar dela assim que nascer.

Sou nocauteado. A resposta instantânea dele arranca o chão sob os meus pés. Não devo estar nada bem. Não posso ter ouvido corretamente. Tenho vontade de arrancar sua língua com minhas próprias mãos. *Como ele pode ter dito algo assim?* Chacoalho a cabeça, mais zonzo do que antes. *Devo estar enlouquecendo...*

— É o que você quer?!? — indaga ela com os lábios cerrados em uma linha fina, a testa tão lotada de vincos quanto a minha.

— Acho que é o melhor para nós.

— Nós quem?!? — A voz dela fica subitamente furiosa, o negro dos olhos ainda mais escuros e impenetráveis.

— Você mesmo disse que foi cedo demais, que também não queria, e...

— Eu não disse que não queria. Nunca diria! — Ela rosna e vejo Dale se encolher. Ele tem o semblante estranho, receoso. *Medo dela?*

— Stela, eu não queria que fosse assim, as coisas fugiram do meu controle, meu pai não vai acreditar em nós, não vai aceitar essa criança, eu não sei o que fazer!

— Foi você que me fez acreditar que era possível algo entre nós, que um milagre poderia acontecer...

— E aconteceu! — solta ele exasperado.

— Essa droga que está acontecendo aqui e agora é um milagre? — ela ruge. — Um pai dizer que vai esperar seu filho nascer para se livrar dele?

Dale anda de um lado para outro.

— Pois bem! — Ela pisa firme. — Devia ter ouvido minha intuição. Vou acabar com essa loucura agora mesmo!

— O que você pretende fazer?

— Acabou, Dale.

— O que você está dizendo?

— Aquilo que você é covarde demais para propor.

— Mas eu ainda quero você — solta ele de maneira fraca.

— Mas não quer o que está dentro de... — retruca ela magoada.

— Você não pode se afastar de mim. Sua partida já foi decretada. Preciso vigiá-la. Logo outros resgatadores virão atrás de você.

— Sei me proteger.

— Só porque sua percepção é aguçada? Não conte demais com isso.

— Talvez nem todos os zirquinianos sejam do mal.

Quero sufocar a emoção que me toma, mas sinto meu coração acelerar ao escutar aquela frase.

— Hã? O que quer dizer com isso? — Dale parece acordar do transe.

— Que acabou tudo entre nós.

— E a criança? O que fará com ela?

— Agora está preocupado? Fique tranquilo. Vou dar um jeito.

— "Um jeito?" Você vai matá-la ainda no ventre?

— Que diferença faz me livrar dela agora ou daqui a seis, sete meses? — rebate sarcástica.

— Faz toda a diferença do mundo!

— Você enlouqueceu? — indaga ela visivelmente espantada.

— Dê-me a criança assim que ela nascer! — Dale solta essa frase com uma energia tão grande, que posso afirmar que é o que ele realmente queria dizer desde o início daquela conversa.

— Como é que é?!? — Stela dá um pulo para trás e, como reflexo, leva as mãos à barriga. Vejo quando ela sorri ao se dar conta de que acaba de proteger seu filho pela primeira vez, assim como as humanas têm o hábito de fazer. Imediatamente vejo o halo escuro ao seu redor perder a intensidade. — Nunca!

Apesar de completamente distintos dos do meu povo, devo me recordar dos padrões humanos. Enquanto na minha dimensão as mulheres nada mais são do que procriadoras que se sentem aliviadas quando podem se ver livres do fardo em suas entranhas, as humanas prenhas desenvolvem um sentimento descomunal por suas crias. Elas chegam ao extremo de doarem suas vidas para protegê-las e têm necessidade de que as pequenas criaturas sejam aceitas por todos, em especial pelo seu procriador. Os machos humanos diferem-se barbaramente. Enquanto alguns são tão afeiçoados pelos filhos quanto suas procriadoras, outros parecem completamente indiferentes a eles e, nesse caso, tão semelhantes a nós, zirquinianos.

— Não enxerga que essa criança só trará desgraça para as nossas vidas? É amaldiçoada!

— Jesus Cristo! Você pirou?

— Temos que nos livrar dessa criança, Stela!

— Nunca! Vai ter que me matar para conseguir colocar as mãos nela.

— É só questão de tempo, você sabe.

— Não!

— Por favor, não deixe as coisas desse jeito. Eu gosto de você. A gente pode tentar outra vez, tentar outra criança, e...

— Outra criança? Por que diz isso se já temos uma? — Stela tem o semblante feroz enquanto checa as horas e coloca a bolsa debaixo do braço. Pretende sair dali. — Ou você está louco ou me acha muito estúpida para cair nessa conversa, Dale.

— Stela, quer me ouvir? Essa criança foi um erro. Ela é amaldiçoada! Não pode ficar aqui e...

— Cala a boca, seu cretino! Essa criança é seu filho!

— Quem pode afirmar...

— Idiota! — Stela não consegue mais segurar as lágrimas e se afasta, chorando compulsivamente. Tenho uma vontade louca de ir atrás dela, abraçá-la e confortá-la. Mas não o faço e fico ali. Algo me impulsiona a entender o que acabara de acontecer.

Fico dividido entre vigiar os passos de Dale ou continuar minha análise sobre a humana que abalou minhas estruturas. Agora entendo o porquê da sua força em expansão: ela carrega mais que um filho em seu ventre, ela carrega um milagre.

Não posso matá-la.

Pergunto-me como Dale não foi capaz de perceber aquela energia pulsante dentro dela há mais tempo. Indago-me sem compreender sua reação e respostas sem cabimento. Por que disse que a criança é amaldiçoada se a lenda é tão clara, tão límpida em dizer que um filho entre as duas raças só poderia ser gerado se houvesse amor envolvido. Como um zirquiniano como Dale, pertencente a uma espécie insensível como a nossa, vivenciou relações carnais com uma humana sem matá-la, gerou um filho e o tachou de amaldiçoado? Como teve a coragem de blasfemar de forma vil e ainda sugerir que poderia fazer outros filhos nela? Por Tyron! Existe algo muito errado em andamento. Posso sentir, mas não sei o que é. Sinto-me completamente cego e perdido.

Então opto por ir atrás dele.

Peço a Tyron que tome conta da humana e, invisível, sigo durante três luas os passos de um Dale de expressão sombria e andar cambaleante. Sua energia vacila ininterruptamente e ele está tão desorientado que mal consegue captar a minha presença no ar. Acompanho-o quando ele retorna a *Zyrk*. Fico mais confuso ainda quando ele passa longe do seu clã, Windston, e, caminhando em uma espécie de transe, contorna o

Muad, a temida região das dunas de vento e sobe as colinas escarpadas do Sansalun, único caminho viável em direção à Lumini, o portal pentagonal.

Ainda é dia, mas o céu na região onde fica o portal é mais escuro que o de Thron, meu antigo clã. Estremeço ao escutar trovões de advertência rasgando o ar. Não há nuvens e ainda assim os relâmpagos são tantos que traçam uma teia gigantesca ao nosso redor. Os uivos do vento machucam meus tímpanos. Tenho que forçar meus pés no chão para não perder o equilíbrio. Vejo Dale se aproximar da Lumini e hesitar por um instante.

Por Tyron! Ele ia se suicidar? Ia se condenar ao Vértice*?*

Quero berrar seu nome e alertá-lo sobre a estupidez que está prestes a cometer. Quero acordá-lo daquele estranho estado de torpor, mas algo dentro de mim adverte para me manter em silêncio. Sei que se ele entrar ali, nunca mais retornará. Ninguém nunca retornou do *Vértice.*

A não ser que...

A vertente inferior do portal se abre, mas Dale não faz menção de caminhar. Fica parado e de cabeça baixa. De onde estou não consigo enxergar ou ouvir com clareza. Dou mais uns passos em sua direção.

— Congratulações, Dale! Tu conseguistes o que nenhum outro foi capaz. Quando a criança híbrida nascerá? — A voz grave faz todos os meus pelos eriçarem.

Aquela voz era de...? Ele estava conversando com Malazar, o demônio?!?

— Dentro de seis meses.

— Perfeito. Quero meu filho comigo assim que completar um ano de idade e puder atravessar o portal.

Não pode ser!

— Mantenha qualquer zirquiniano afastado da prenha.

— Deixei dois de meus homens vigiando-a enquanto estou em missão — responde Dale com desânimo. — Assim que a cria nascer, eu mesmo me encarregarei deles.

— Bom. Poderás adiar a partida da humana até essa data. Enquanto isso, deleite-se com as sensações que tanto sonhastes experimentar.

— Mas é que...

— O que foi?

— Ela não me quer mais e... eu não pensei que seria assim, e...

Escuto uma gargalhada sinistra.

— Tu não querias ser um humano? — indaga a voz da besta com sarcasmo. — Agora aguente lidar com as confusões emocionais dessa raça inferior pela qual Tyron, meu adorado pai, tanto se afeiçoou.

— Mas eu não poderei usufruir de seu corpo.

— Tu já não aproveitastes o suficiente? — Escuto nova risada gutural.

— Foi por muito pouco tempo e...

— Cale-se! O pacto já foi selado. Cumpra o que lhe foi determinado, zirquiniano. Traga-me meu filho híbrido! — troveja Malazar e observo, catatônico, a Lumini se fechar com violência.

Caio de joelhos.

A força em ascensão no ventre daquela mulher era o filho de Malazar. O filho do demônio!

CAPÍTULO 9

O filho de Malazar!

Preciso ir a Sansalun avisar Sertolin da barbárie em andamento, mas simplesmente não consigo. Ele mandaria homens eliminarem a humana e não suporto nem pensar na ideia. Fico dias seguindo Dale e o vejo ser tragado por uma espiral de enlouquecimento. Recordo-me de imediato do meu antigo líder, Prylur. Ele costumava contar sobre a fama dos nervos aflorados de Wangor e afirmava que Dale, seu filho, era ainda mais instável que o pai.

Pura verdade.

Desde o encontro com Malazar, Dale não cumpre mais missão alguma e fica perambulando por *Zyrk* como uma alma penada. Por vezes o infeliz retorna à segunda dimensão e o vejo vigiar a humana, mas não tem coragem de se aproximar. Está apenas aguardando o nascimento da criança híbrida para raptá-la e se livrar da mulher.

Em alguns momentos parece estar arrependido, mas é covarde demais para enfrentar as consequências dos seus atos. Apavorado com a dívida que terá de pagar ao demônio, ele colocou na cabeça perturbada que conseguirá refúgio em Windston caso leve a criança híbrida consigo. Fica se convencendo que Malazar não lhe fará mal algum enquanto a criança estiver em seu poder. Observo-o falando em voz alta. Escuto as explicações imbecis que planeja dar para Wangor, seu austero pai. Wangor é um líder justo, mas de gênio tempestuoso, e ele sabe disso melhor que ninguém. Dale decora em alto e bom som um amontoado de mentiras descabidas. Em nenhuma delas menciona seu trato com satanás. Pelo contrário, inventa desculpas de grande impacto, planeja utilizar-se da lenda de *Zyrk* para comover o pai e afirmar que o filho que a humana carrega no ventre foi fruto do legítimo amor entre as duas espécies. Está desesperado e disposto a tudo para livrar a própria cara.

Quatro meses se passaram num piscar de olhos. Dale está mais desorientado e deprimido do que nunca. Observo-o. Sigo-o como se fosse sua própria sombra. Ele já não diz mais coisa com coisa, fica andando em círculos e se afunda em erros. Um zumbi? Um psicótico? Acaba de matar os dois resgatadores que vigiavam a humana. Praticamente não dorme nem se alimenta. Cedeu completamente aos seus nervos instáveis. Sinto um receio atroz ao ver sua rápida deterioração. Ele gargalha em voz alta, chora, pragueja. Está louco.

Eu sei que eu já devia ter retornado a *Zyrk* com notícias sobre a força que cresce na segunda dimensão, mas não consigo. Simplesmente não consigo. Sertolin nem precisará tocar em minhas mãos para sentir o que se passa em meu peito. Meus olhos me denunciarão como sempre o fizeram. Meu mestre se aproveitará disso para descobrir que a inexplicável energia cada dia mais pulsante e avassaladora trata-se do filho do demônio se desenvolvendo no útero da humana que não consigo parar de admirar, e enviará um exército para executá-la. Sei que ele trabalha pensando no equilíbrio do planeta, em manter a tênue

harmonia entre as dimensões. Decepção. Vergonha. Fracasso. Por que não sou consumido por tudo isso? Devia sumir e nunca mais aparecer para não ter que me deparar com o escrutínio do Grande Conselho. Devia estar arrependido, mas a verdade é que eu não estou e não me reconheço mais. Estremeço com tal pensamento.

"Vou matá-la! É isso! Vou me redimir e acabar com tudo!", ouço Dale intempestivamente clamar com raro brilho nos olhos castanho--claros como há muito não presenciava.

Deve ser outro de seus devaneios, mas fico em estado de alerta máximo. Abandono o modo invisível e o acompanho de perto. Vejo quando ele aguarda a humana sair do trabalho e a segue. Sua barriga está proeminente e o peso extra a faz caminhar de forma lenta, bem diferente de suas passadas ligeiras de meses atrás. Pergunto-me por que Dale não é mais capaz de captar a minha presença. *Teria a essência humana que recebera de Malazar modificado parte de seus instintos zirquinianos? Ou seria pelo agravamento de sua loucura?*

A humana, ao contrário de Dale, parece bem ciente não apenas da presença dele, como da minha também. Ela disfarça e olha por sobre os ombros toda vez que resolve atravessar alguma rua e vejo quando seus olhos negros e perturbadores procuram os meus. Acho que ela sorri discretamente em minha direção e me pergunto se a loucura de Dale não começou a me atingir também. De repente ela muda de direção e entra numa estação de metrô abarrotada. Um trem acaba de chegar e o enxame de humanos que deixa o vagão se choca com o enxame de humanos que tenta entrar. Devido à sua baixa estatura, fica dificílimo identificá-la no meio de tanta gente. Seguro o sorriso quando, num piscar de olhos, eu a perco de vista. *Ela é muito esperta! Adoro isso!* Dale fica nervoso. Terá que se utilizar apenas do atual olfato e parece saber que fracassará. Mas eu a farejo com perfeição, como se parte dela pertencesse à minha própria essência. Sei que ela está por perto. Escondida, mas por perto. Após alguns minutos procurando de um lado para outro como um tonto, Dale xinga alto, desiste de seu objetivo e sai da estação. Olho ao redor e, quando estou prestes a retornar e ir atrás dele, escuto o sinal de fechamento das portas de outro trem e sinto uma rajada de energia me atingir a pele. Meus olhos vasculham com rapidez o vagão parado à minha frente e, em meio a tantas cabeças espremidas, eu a vejo sorrindo e acenando para mim. O aviso sonoro alerta sobre a partida iminente. Não refreio meu impulso e corro como um raio em sua direção.

Ela sai em uma estação próxima ao East Village e caminha em direção a uma pequena delicatéssen. Eu a sigo, mantendo três passadas de distância entre nós. Ainda não acredito que estou fazendo isso, mas também não me arrependo. Estou insanamente eufórico com o fato de ela querer falar comigo e não com Dale. Ela entra no aconchegante estabelecimento, pede duas xícaras de chocolate quente e se senta à mesinha nos fundos. Estou mais inerte do que uma pedra e mal consigo sair do lugar. Ela me aguarda e isso me causa insegurança. Nunca tive medo de lutar contra vários adversários ao mesmo tempo e agora estou aqui, me sentindo pequeno e indefeso por ter que enfrentar uma pequena e indefesa humana. Olho para ela e a vejo acenar para mim. Respiro fundo, tomo coragem e caminho em sua direção. Sento-me à sua frente.

— É uma menina. — Sua voz mexe com algo desconhecido para mim. — Você foi o primeiro a perceber. Achei justo que fosse o primeiro a saber o sexo. — Suspira e, camuflado em sua postura alegre, sinto um discreto pesar naquela afirmação.

Céus! Não consigo falar e pensar ao mesmo tempo com meu coração dando socos dentro do peito.

— Prefere outra bebida? — Ela olha para as xícaras de chocolate quente à nossa frente. — Se quiser, eu posso pedir...

— Não! — solto alarmado. Não devo conversar com a humana. — Eu não, eu...

— Está tudo bem — ela tenta me acalmar. — Tenho fé em Deus que vai ficar tudo bem — diz de forma gentil e, como se não bastasse tudo que foi capaz de gerar em mim mesmo a distância, a humana me faz congelar quando segura delicadamente uma de minhas mãos entre as dela.

Arrepiado da cabeça aos pés, desvencilho-me de seu contato jogando meu corpo para trás. Arrependo-me imediatamente disso, mas não volto atrás. — Qual o seu nome?

— Ismael — balbucio.

— Você já deve saber o meu, não é?

Eu confirmo com um balançar de cabeça. Ela arqueia as sobrancelhas e me estuda por um momento.

— O que quer de nós? Ainda não entendi o que deseja, mas sei que não quer o meu mal, o *nosso* mal. — Passa as mãos na barriga e sorri. Não sei o que há comigo, mas não consigo resistir e, quando dou por mim, estou retribuindo seu sorriso com vontade. Vejo seus olhos negros brilharem ainda mais quando miram a minha boca e sou varrido por uma onda de calor e um jorro de adrenalina. Todos os poros do meu corpo resolvem suar, cada célula protestar, meus pelos eriçar.

— Por que, entre tantos, escolheu logo alguém tão fraco como ele?

Por Tyron! De onde saiu esta pergunta que acabo de fazer?

— Eu tinha saído de um relacionamento complicado, um namorado violento. — Ela dá de ombros e me fita com um sorriso triste. — Então Dale apareceu na minha vida. Ele era gentil, atencioso e... inacessível! — Ela pisca. — Minha falecida mãe costumava dizer que eu tinha "dedo podre", uma queda para as coisas impossíveis e complicadas, e Dale... — Suspira. — Bom, ele era o fruto proibido. Havia o desafio, a magia. E o meu terrível destino.

— Quando soube que era uma receptiva?

— Desde pequena. Consigo captar os halos ao redor das pessoas — explica ela com outro sorriso triste. — Quando eram subitamente impregnados por uma sombra negra, logo em seguida morriam. Sou filha de um relacionamento acidental, completamente sem amor, de duas pessoas ignorantes. Tive um mínimo contato com meu pai. O halo escuro apareceu para ele no meu sétimo aniversário. Minha mãe era uma mulher severa, extremamente rude, não acreditava em nada do que eu dizia e ainda me espancava quando eu "previa" a morte de alguém. Então parei de contar e apenas fui tocando a vida, até que eu vi o halo negro surgir para ela. Nada disse, apenas esperei. Não sofri a perda. Nunca me amaram. Nunca.

— Então você sabe...? Que seus dias já estão contados?

— Sim. Em uma manhã, há pouco mais de um ano, acordei com o maldito halo negro me envolvendo. Chorei muito. Sabia que a morte chegaria em breve, minha sina intransferível. Sou jovem e tenho saúde de ferro, então concluí que morreria num acidente. Até o dia em que Dale apareceu na minha vida. Só podia existir uma explicação plausível para, dia após dia, aquele homem bonito e com ausência de halo começar a me seguir e observar avidamente: *ele era a minha morte!* Como não sou de ficar remoendo minhas dores, aquela espera estava começando a me angustiar e aí fui eu quem se aproximou dele. — Ela dá de ombros. — Aos poucos fui me afeiçoando por aquela morte tão necessitada de mim. Dale era tão carente de afeto, tão...

— Pena? Entregou-se a ele por pena? — pergunto com um misto de raiva e alívio. Fico alarmado com minha reação. — Você deveria ter ódio dele! Veja o que ele lhe fez!

— Não é nada disso! — rebate ela na defensiva e sua força vacila. Ela não percebe, mas sua reação acalorada gera uma nova descarga de energia sobre meu corpo. Seguro-me como posso. Quero berrar que Dale é um fraco, que ela se deixou levar por ele porque o cretino estava possuído por algum tipo de magia negra, mas me calo. Não me acho no direito de deixá-la triste ou nervosa. — Dale transformou minha vida e me deu o melhor presente do mundo. Eu sabia que ia morrer e, então, sem mais nem menos, comecei a gerar uma vida! Pode haver milagre maior que esse? — diz sorridente e passa novamente as mãos na barriga. Flagro-me admirando a perfeição de seu pescoço, a pulsação tentadora das veias azuis em sua pele moreno-clara. Sinto minha boca secar e engulo em seco. — Não posso ter raiva dele.

— Ele quer a criança — murmuro.

— E você? O que quer? — indaga ela e perco a fala porque, sem sucesso, também já havia me feito aquela mesma pergunta centenas, milhares de vezes. Não me reconheço diante dela. Aquela mulher era uma terra desconhecida e tentadora demais. Pisco algumas vezes. Uma voz interna me adverte do perigo iminente. Sei que preciso parar de encará-la ou morrerei sufocado. Nunca poderia imaginar, entretanto,

que eu ficaria tão fascinado, tão irremediavelmente satisfeito com esse tipo de partida.

— Você ainda tem bons sentimentos por ele? — pergunto, e ela solta uma gargalhada alta, dessas que faz a terra tremer. *Ou será apenas a trepidação do meu coração?* Não consigo mais distinguir. Sinto um prazer inenarrável ao ouvir sua risada alegre, como se não precisasse de mais nada em minha vida, como se ela fosse o ar a manter meus pulmões em funcionamento. Levo as mãos à cabeça. *Raios! Estou perdido.*

— "Bons sentimentos?!?" — repete e solta nova gargalhada. Uma energia maravilhosa desprende-se dela e explode no ar como centelhas de bem-estar. Lava de um vulcão de eletricidade e alegria. Meu corpo entra em chamas e, quanto mais as labaredas de seu fogo me lambem a alma, mais eu percebo que desejo me queimar. Sinto-me maravilhosamente bem em fazê-la rir. — Você é muito engraçado!

Negativo. Tenho certeza de que é algo que eu nunca fui.

— Se já notou que Dale não é mais capaz de senti-la, por que não desaparece daqui de uma vez por todas? — desconverso.

— Porque ele não vai nos fazer mal algum e porque...

— Porque...?

— Porque agora tenho você!

Meu coração vem à boca e só não se espatifa no chão pois meus dentes o aprisionam bem a tempo. Se já não tinha voz, agora perco a razão. Minhas reações são intensas e contraditórias. Estou nervoso, excitado ao extremo. Se possível fosse para um zirquiniano, diria que estou apaixonado.

— A mim?!? — engasgo.

— Sim. Agora tenho certeza. Tudo isso aconteceu porque eu tinha que conhecer você, Ismael. Uma voz me diz que não preciso ficar preocupada se você está por perto. Ela afirma que você é o meu anjo protetor.

— Você está louca, eu sou um zirquiniano igual a Dale!

— Não. Não é — afirma taxativa.

— Como pode dizer isso se mal me conhece?

— Eu sinto. Desde o nosso beijo, desde antes dele até. — Ela me encara com fervor. — Não devia ter te beijado, afinal ainda estava com

Dale — acrescenta acelerada. — Mas a verdade é que já não estávamos bem e aí, quando você apareceu, tudo fez sentido! Penso em você noite e dia desde o momento que te vi, Ismael. Nunca senti por ninguém o que você gerou em mim — confessa sem hesitar. Em seguida segura minhas mãos e as leva em direção ao seu ventre. A criança dentro dela se movimenta no instante em que eu a toco. O que sinto em meu coração ultrapassa todas as fronteiras. *Vértice, Plano, Intermediário, Zyrk*... Nada mais faz sentido. Estou derretendo de emoção. Sinto minha alma explodir no peito, ir à lua, deixar a galáxia e voltar ainda mais energizada.

— Vai dar tudo certo, ok? Você vai ficar bem. A criança vai ficar bem — digo com uma candura na voz que jamais imaginei que pudesse possuir. Acho que digo as palavras certas porque ela torna a olhar para mim com intensidade. Seus olhos negros e fulgurantes me desorientam. Sinto novo calafrio. Tenho certeza de que ela não apenas me olha... Absoluta convicção de que ela é capaz de enxergar através da minha essência. Sinto um medo horroroso que ela descubra que sou uma farsa, que me aproximei com a pior das intenções, que há alguns meses eu cogitava matá-la. Sinto vergonha de mim. Repulsa de ser o que sou.

— Além de mim, você é a única pessoa a quem ela responde. O bebê também te ama, Ismael — finaliza.

Também?!?

Há um terremoto, um furacão, um vulcão em erupção, tudo acontecendo ao mesmo tempo dentro de mim. Meus alicerces estão irremediavelmente abalados, desmoronando e sendo reconstruídos, pedaço por pedaço. Levo um susto ao perceber que minhas mãos têm vontade própria e apertam as dela com desejo avassalador. Mais alucinante ainda é a sensação que aquele toque gera em meu corpo. Tenho a impressão de que a cada novo contato essa sensação aumenta de intensidade. Quando caio na real, não é ela quem procura por mim agora, mas sou eu, desesperado, febril, que a puxo para mim e sufoco sua boca com um beijo meu.

Finalmente a certeza: estou apaixonado.

Irremediavelmente e para sempre.

CAPÍTULO 10

Aproximadamente treze anos atrás.

— Corram! Não podemos perder o voo para Montevidéu! — acelero-as pelo saguão do aeroporto. Nina está mais linda e esperta a cada dia. Como a mãe. Minha alma regozija com essa constatação.

— Isso precisa acabar! — Stela rebate aos brados.

— *Isso* vai melhorar quando *eu acabar* com Dale. Ele vem se escondendo de mim, mas sinto sua energia por perto. Ele vai aparecer. Cedo ou tarde.

— E aí outro virá depois dele! — Ela leva as mãos à cabeça e cerra os punhos, os nervos ameaçando dominá-la.

— Calma, minha querida. Eu vou dar um jeito. Não deixarei que ninguém faça mal a vocês duas.

— Você se acha invencível, mas não tem como lutar contra todos! E não é onipresente, Ismael!

— Conto com sua percepção para protegê-las. Eu te ensinei como despistá-los e você é mais esperta que a maioria dos resgatadores, *minha pequena.*

— Mas e se forem muitos? — pergunta já ofegante.

— Duvido. *Zyrk* não tem uma oferta tão grande de resgatadores competentes para colocar atrás de você. Lembre-se que, fora Dale, ninguém sabe da existência de Nina e, portanto, você não passa de uma mera humana que teve sua data de partida alterada por ineficiência de seu resgatador. Para todos os demais, Dale apenas enlouqueceu.

— Mas eles querem reclamar parte do território de Windston.

— Isso não é nada se soubessem da recompensa maior, da híbrida.

— Não chame ela assim!

— Quantas vezes preciso dizer que isso é um elogio, Stela?

— Desculpa, desculpa. — Consigo sentir toda sua dor e preocupação.

— Acredite em mim. Sei o que estou fazendo. — Acaricio seus fartos cabelos negros. — Vocês duas são o meu milagre. Por favor, nunca duvide disso, Stela.

Stela tem andado muito tensa. Há momentos em que eu mal a reconheço. Esforço-me ao máximo em criar um ambiente de harmonia e tranquilidade ao nosso redor, mas qualquer tentativa de acalmá-la é em vão. Quando coloca algo naquela cabecinha linda, ninguém demove. Está mais obcecada do que nunca em fazer uma lente especial para Nina. Tenho a sensação de que não está satisfeita com os eficazes ensinamentos de defesa que lhe passei, pois a encontro estudando com um afinco assustador, dia e noite, os diversos materiais que ocultam essências, cheiros humanos. Está ficando impressionantemente especializada no assunto e distante de mim.

Percebo que usa seu estudo como desculpa. No fundo sinto que deseja ficar só e que, em determinados momentos, minha presença a incomoda. Sei que deseja um lar definitivo mais do que tudo na vida, um porto seguro onde possa viver sossegada e criar nossa filha. Relevo vários comentários cruéis que lança no ar. Imagino que esteja assim por causa da aproximação de mais um aniversário de Pequenina. Os nervos estão à flor da pele. Com o tempo venho observando que está perdendo o autocontrole e consequentemente a luta contra eles. A vida de nômades que somos obrigados a levar, os resgatadores que sou forçado a eliminar com frequência para protegê-las e a preocupação com a segurança de Nina vêm afligindo-a com maior intensidade do que nunca. Stela parece não suportar mais. Tento acalmá-la, relembrá-la de que ela é uma receptiva espetacular, que as coisas vão se acalmar quando nossa filha alcançar a maturidade aos dezessete anos humanos, que as pupilas de Nina vão firmar, que a energia dela não oscilará tanto quanto agora e que não será mais um alvo fácil. Respiro fundo e tento me convencer de que deve ser esse o motivo. Tapo os ouvidos para a voz dentro de mim que alerta sobre um perigo à espreita, uma força oculta que cresce e ameaça vir à tona.

Estou agitado, olhando para todos os lados com exceção do espetáculo à minha frente. Stela já percebeu meu estado alerta, mas, depois de tantos anos fugindo dessa sombra certeira, compreendeu que, da mesma forma que a vida se renova a cada instante, sempre existirá alguém morrendo. Sempre. Como deveria ter acontecido com ela, há aproximadamente cinco anos. Não tocamos nesse assunto. Não suporto pensar na ideia de perdê-la, da mesma forma que sei que ela se recusa a desistir da vida por causa de Nina. Tem ciência de que nossa Pequenina ainda precisa da gente para se manter viva. Somos espectadores das pessoas com suas horas contadas e que atravessam nossos caminhos, mas precisamos nos esquivar dos resgatadores que estão atrás delas. Não podemos correr o risco de esbarrarem em nós também. Já bastam aqueles de quem fugimos constantemente.

Respiro fundo. É mais que natural que alguém vá morrer em breve num lugar abarrotado de gente como este circo. Sinto a indiscutível energia zirquiniana crescendo. Há mais de um resgatador pelas redondezas. Mas há algo estranho dessa vez e não consigo captar. Vejo Stela me observar pelo canto do olho.

— O que foi? — sussurra ela.

— Fique aqui. Vou ter que fazer uma varredura na área.

— Por que está tenso? Há zirquinianos atrás de nós?

— Shhh. Vai ficar tudo bem. Uma ronda usual — tranquilizo-a ao visualizar sua testa se enchendo de vincos.

— Mamãe, eu quero fazer xixi — Pequenina nos interrompe.

— Já vamos, Nina. Mamãe está conversando com papai — Stela responde agitada demais.

— Mas eu quero...

— Quietinha, Nina! — Stela rosna e agora sou eu quem aperta os olhos, preocupado em deixá-las ali a sós. Stela está tendo outra crise e temo que seus instintos para a percepção sejam prejudicados devido ao nervosismo, que ela cometa alguma falha enquanto eu estiver atrás dos resgatadores. Mas também sei que não posso ficar ali com elas. Se ficar, o risco será enorme. Meu trunfo sempre foi ser o elemento surpresa. Os resgatadores correm atrás das duas e não sabem da minha existência. Cegos pela atração, como moscas que farejam mel, eu os elimino em nossa teia. — Ismael, eu...

— Calma, minha pequena. — Acaricio seu lindo rosto. — Vai dar tudo certo. Vou me certificar do perigo e, se for o caso, eliminá-los.

— Ismael, e-eu... — Ela hesita e me olha com intensidade. Tremo. Tento engolir, mas minha boca está seca.

— O que foi? — pergunto e ouço minha voz. Está rouca.

— Eu... — Suspira e segura minhas mãos. — Você sabe que eu te amo, não sabe? Que eu sempre te amei desde a primeira vez que te vi.

Por que ela está me dizendo isso ali e tão de repente?

Meu coração acelera, enlouquecido dentro do peito, enquanto afundo no banco da arquibancada. Estou sem reação, apático, mudo. Há anos desejo ouvir essa frase de seus lábios. Stela nunca disse. Sempre

deu a entender, mas nunca utilizou a palavra amor. Eu também nunca disse, mas por medo de errar ou mentir, por receio de não saber se de fato é isso o que sinto no peito. Teoricamente eu seria vetado de tal sentimento por ser um zirquiniano e não me perdoaria se mentisse para a pessoa que mais estimo na vida. Adoro nossa Pequenina, mas sei que é por Stela o sentimento avassalador que me move todos os dias. Mesmo sem nunca termos tido um contato mais íntimo, sinto-me profundamente feliz por tudo que tenho vivido ao seu lado. Todas as sensações que ela foi capaz de fazer meu corpo experimentar não foram nada se comparadas à mudança em minha essência. Por ela tenho certeza de que daria a minha vida e a minha alma.

— Pequena, o que está havendo? — pergunto exaurido. Era para eu estar feliz, mas onde deveria encontrar euforia, deparo-me com um vazio de pavor.

— Não importa o que venha a acontecer, nunca duvide do que sinto por você — pede baixinho.

— Stela, você está me preocupando. — Eu gostaria, do fundo do meu coração, de poder tranquilizá-la, mas a situação é extremamente tensa.

— Eu te amo, mas não aguento mais. Eu preciso... — Ela não diz mais coisa com coisa. Sinto a explosão de energia negra dentro dela. Eu já a vi muito nervosa antes, mas essa crise é, indiscutivelmente, a maior de todas. Fico assustado. — Você é o pai dela, Ismael — continua acelerada. — Dale foi apenas o procriador. Pai é quem cuida, quem ama, quem protege. Nina sempre foi sua filha, Ismael. Mesmo que um dia tenha muita raiva de mim, não jogue a culpa nela. Nunca se esqueça de que *você* é o pai dela.

Minha cabeça está a mil, girando perdida num furacão de emoções. Outra energia, a hostil, expande-se rapidamente. Os resgatadores estão por perto agora. Não temos mais tempo para conversa. Chegou a hora, preciso agir.

— Espere aqui — ordeno e deposito um beijo em sua testa. Stela levanta o rosto e me puxa para perto, afundando os lábios nos meus. Há urgência e desespero nesse beijo. Abraço-a com vontade e sinto a dor do momento se espalhar por minha pele. Não consigo compreender o que está acontecendo. Perco a fala e, angustiado, levanto-me num rompante. Quero ficar. Desejo ardentemente acalmá-la e certificá-la de que tudo ficará bem, mas sei que se eu não agir imediatamente... será o nosso fim. — Não vou demorar. Não saia daqui, está bem? — Ela me olha com intensidade e acena, com um leve movimento de cabeça. Viro para o lado e Pequenina está gargalhando, fascinada com a apresentação dos palhaços. Tudo no Cirque du Soleil é fascinante. O esboço de um sorriso me escapa e me convenço de que logo a vida voltará ao normal.

Demoro mais tempo que imaginava. Foram quatro resgatadores eliminados. Três deles enviados por Windston. Wangor, pai de Dale, não está dando trégua desde a morte do filho. Dale se suicidou há alguns meses, mas, devido ao seu estado de nervos, venho ocultando o fato de Stela e lhe dizendo que os homens que estão atrás de Nina nada mais são do que resgatadores em missões habituais, mortes comuns. Não quero que sofra ainda mais. Sem contar que ela ficaria arrasada se soubesse a verdade: o avô de Pequenina é quem mais deseja vê-la morta.

Estou exausto e sei que não foi pelas lutas. Meus ataques foram discretos e cirúrgicos, minha especialidade, o local está lotado mas o público se encontra hipnotizado pelas apresentações. É um cansaço interno, celular. O espetáculo acaba. Vejo a multidão sair, dispersando--se pelo gramado ao redor da grande tenda. Procuro por elas e não as encontro. Farejo o ar e nada. Nem sinal das duas. Recordo-me imediatamente das palavras de Stela. Estremeço com a certeza que perambula em minha mente.

Não pode ser! Ela não fez isso comigo!

Berro seu nome e o nome de Pequenina. Corro feito um louco por entre aquela manada de gente. Empurro todos pelo caminho. Esbravejo o nome delas como um louco. Tenho ódio de mim, de existir. Xingo centenas de palavras vis, praguejo, jogo-me no chão, a cabeça entre as pernas, e choro um pranto seco. Estou sangrando por dentro.

"Mesmo que um dia tenha muita raiva de mim..."

Ninguém as havia capturado.

Era apenas uma despedida.

Stela tinha me abandonado.

Um ano e cento e setenta e sete dias desde a última vez que as vi. A lembrança do beijo de despedida, dos olhos negros traiçoeiros de Stela e da expressão de alegria no rostinho inocente de Nina ainda permanecem vívidas em minha mente. Vasculhei todos os cantos do planeta em minha busca frenética. Todos os sinais se desintegraram pelo caminho. Há momentos em que rio da minha desgraça e a admiro em silêncio. Stela se superou e, se não fosse pelo ódio mortal que cresce dia após dia em minhas veias, poderia aplaudi-la de pé. A aprendiz havia superado o mestre. Hoje compreendo e até tenho pena da loucura de Dale. Venho perambulando nessa dimensão como um amaldiçoado. Tenho vergonha de ser o que sou, de ter me transformado nesse homem sem destino, clã ou honra. Sertolin não conseguirá fazer de mim um mago. Acho o *Vértice* digno demais para o verme que me tornei, mas meu orgulho também não admite que seja alvo de escárnio pelos da minha própria espécie. Abandonei meu reino, meu mentor, meu futuro glorioso. Deixei tudo para trás pelo amor de uma humana. Todos sempre me alertaram sobre essa raça perigosa. Uma espécie interesseira e de ações dúbias, capaz de pisar, esmagar com as próprias mãos o sentimento mais estupendo que já encontrei.

Sinto a formação de uma pista estranha me atraindo para esse lugar há algum tempo. Farejo-a com determinação. Capto traços das duas, mas não consigo ter certeza. Boa parte da minha confiança me abandonou naquele dia fatídico. Perambulo por ruas desertas de Istambul. Os alto-falantes lançam os cânticos das mesquitas no ar. Orações. Torno a estremecer com esse pensamento. Há um ano, cento e setenta e sete dias eu não medito. Apesar de tudo, ainda tenho fé em Tyron e sou convicto de que o suicídio é só para os fracos. Uma semente de esperança insiste em se manter viva dentro de minha alma. Acredito que algo bom há de acontecer em breve, que meu sofrimento foi por um motivo maior, que Stela teve uma razão muito forte para tudo.

De repente capto um emaranhado de energia no ar. Preciso estar focado. *Calma, Ismael! Calma!,* ordeno-me com severidade. Esvazio a mente e então, como num passe de mágica, eu as sinto. Distintas e muito claramente: *Stela e Nina!* Não há tempo para me regozijar. Há três resgatadores correndo para o local onde elas estão. Meu coração dá pancadas frenéticas no peito. *Terei que ser rápido! Eles estão mais próximos que eu!*

Corro como um louco e ainda assim não consigo alcançá-los. Perco o ar algumas vezes e tenho que parar para respirar. Praguejo alto. Segurando a dor em meu abdome, torno a correr em direção ao local onde a força se expande. Uma fumaça negra sinaliza a direção. Sinto novo aperto no peito. À medida que me aproximo, escuto uma confusão de vozes, berros de desespero, gritos de horror, pessoas chorando alto. Fecho os olhos quando uma rajada de vento quente atinge meu rosto. Vasculho ao redor e não as encontro. A fumaça negra já se alastrou e impregna minhas narinas. O local exala um calor mortal. Sinto-me dentro de uma fornalha. Olho em todas as direções. Ainda sinto o cheiro delas. Há uma atmosfera claustrofóbica de pavor. Os berros estão cada vez mais altos. Sei que os resgatadores se encontram por ali, mas não consigo enxergá-los. Avanço ainda mais. Forço meu olfato em meio àquela névoa de borracha carbonizada e capto a essência delas. Estremeço. *Não pode ser!* Mal percebo o suor que gruda a roupa em minhas costas e sigo em direção ao foco do horror, o motivo de tudo.

E paraliso, catatônico, quando vejo meu coração abandonar o corpo.

Há um carro em chamas na minha frente. Labaredas, como ferozes línguas vermelho-alaranjadas, o engolem com um apetite assustador. A nuvem de fumaça ganhou peso e lança suas garras febris aos céus, o calor infernal ameaçando calcinar os que ousarem se aproximar. A lataria está incandescente, mas a parte interna ainda está relativamente preservada. Levo as mãos à cabeça quando detecto duas pessoas lá dentro, uma ao volante e a outra no banco de trás.

Tyron tenha misericórdia! São elas!

Dou dois passos à frente e então recuo por um momento. Sinto traços modificados na essência delas. Aperto a cabeça entre as mãos, desorientado de pavor. Não tenho tempo. Há muita fumaça e sei que meu estado de tensão está prejudicando minha capacidade olfativa, mas reconheceria de longe o sangue que corre em suas veias. Meus olhos ardem e lacrimejam. Sinto nova descarga de adrenalina e horror. O fogo já se alastrou por baixo do veículo e não tenho como ajudá-las. Começo a berrar e, enlouquecido, ando de um lado para outro. Não tenho como romper aquela barreira mortal. Sei que é um caminho sem volta. Torno a encarar o carro em chamas e uma certeza me invade a alma: eu sou um guerreiro forte e destemido! Não vou abandoná-las! Jurei que as protegeria! Dei minha palavra que entregaria minha vida para salvá-las e agora é a hora de provar!

Eu sou um homem de palavra!

Se não serei capaz de salvá-las, então partirei com elas!

Deixo os berros de advertência atrás de mim e avanço como um raio em direção ao maldito carro. Tiro a camisa para proteger os olhos. Suporto com os dentes trincados a ardência alucinante das queimaduras em minhas mãos e rosto enquanto abro a porta do carro em brasas e me deparo com os dois corpos. Não consigo acreditar no que vejo. Tombo para a frente, curvado pelas queimaduras da amargura e do sofrimento. Vomito fel. *Fui enganado!* Acho que escuto novos gritos de pânico. Não tenho certeza de mais nada porque acabo de morrer. O corpo que carrego pertence a um morto-vivo. Estou morto muito antes de meu coração parar de bater e minha pele desintegrar. Sou lambido pelas chamas, mas estou anestesiado. Os danos das brasas incandescentes da fúria e da decepção são ainda mais arrasadores. Perco a única coisa que me mantinha de pé: a fé em um ser superior. Tyron é uma farsa; o amor, uma armadilha demoníaca; os seres humanos, pragas a serem eliminadas da face da Terra.

Então eu morro e me transformo num monstro de corpo e alma.

CAPÍTULO 11

Dias atuais.

— É tudo que posso fazer por ele. Espero que Labritya chegue logo — murmurou Sertolin em tom grave para Guimlel, após ter colocado Richard num campo de força branco leitoso. Angustiada, mal percebi que fincava as unhas em minha própria pele. O estado de Rick era grave.

Com exceção de Shakur, os demais líderes foram dispensados. Apenas o de Thron foi preso por desobedecer todas as ordens dadas e partir para violentas agressões verbais a Napoleon. Kaller, Leonidas e Von der Hess pareceram aliviados com a dispensa. Wangor, meu avô, permaneceu pensativo e taciturno durante todo o tempo e, antes de acatar a ordem dos magos, piscou enigmaticamente para mim, fazendo um gesto com as mãos e me pedindo calma. Meu coração imediatamente se agitou. Podia sentir que Wangor estava bolando uma alternativa para me tirar dali e tive medo de que ele viesse a fazer alguma besteira irreversível. Não cogitava a hipótese de perdê-lo também.

Um zunido alto e uma luz roxa ganharam intensidade ao meu redor. Os magos estavam alterando o campo magnético que envolvia minha cela, deixando-a barulhenta e apenas parcialmente transparente. Assustada, vi que o mesmo acontecia com as celas dos outros dois prisioneiros: Kevin e Shakur. Antes dos magos retornarem ao seu descanso na grande nuvem azul e da parede de energia arroxeada dificultar minha visão e audição, presenciei Shakur levando as mãos aos ouvidos e os berros acalorados de Kevin.

— Droga! — xinguei alto ao receber um choque e ter meu corpo repelido com violência ao tentar socar o campo de energia. Liberei uma risada irônica ao perceber que as chances de fuga ficavam ainda mais complicadas. O Grande Conselho não brincava em serviço.

Meus berros sucumbiram, sussurros roucos massacrados pelo zunido que me envolvia. Levei as mãos à cabeça e deixei meu corpo cair dentro dos limites seguros do maldito casulo. A madrugada daquela noite sem fim avançava. Forçava-me a resistir aos tentáculos do sono que, valendo-se da minha exaustão, acariciavam sorrateiramente minhas pálpebras sem resistência. *Eu tinha que ficar acordada, eu precis...*

Um clarão de luz vermelha explodiu nas minhas retinas. Reabri os olhos e meu coração foi à boca quando, dentro das brasas incandescentes, identifiquei duas silhuetas dentro do casulo de energia de Richard. Não havia dúvida de que aquele vulto de quase dois metros de altura e ligeiramente curvado era Guimlel. Ao seu lado, uma pessoa baixa e gordinha gesticulava sem parar: a Sra. Brit!

Claro! Como não saquei isso antes? A tal Labritya era a Sra. Brit!

Desesperada, berrei seu nome o mais alto que meus pulmões permitiram. Em vão. O zunido do campo de força sobrepujava todos os sons ao redor. De repente o clarão avermelhado ficou ainda mais

intenso, ganhou tons de laranja, expandindo-se dentro do casulo onde eles estavam. Por trás da silhueta gorducha da Sra. Brit e de Guimlel, ambos com os braços levantados, o vulto de um corpo era suspenso no ar. Quase engasguei de emoção.

Graças a Deus! Ela estava curando Richard!

Vi a energia mudar de cor, ganhar nuanças de roxo, verde e azul--claro enquanto envolvia seu corpo inanimado. Lágrimas de felicidade me escapavam. Um pranto de esperança e alívio. *Ele sobreviveria!* E onde há vida, há esperança. Para todos nós. Haveríamos de arranjar um meio de escapar de toda aquela loucura.

De repente, a luz começou a falhar e a silhueta de Richard desabou no chão à frente deles. Perdi o ar ao ver o mago sacudir o corpo de Rick com desespero. A Sra. Brit abaixou os braços e assumiu uma postura abatida, a cabeça curvada sobre os ombros. Não era preciso explicar aquela expressão corporal: derrota.

Como assim?!? Richard estava tão mal a ponto deles terem desistido? Ele não... Droga! Não podia ser! Os meus ferimentos naquele pântano negro foram horríveis e a Sra. Brit os curou em apenas um único dia. Como ela não era capaz de sarar as feridas dele? A silhueta de Richard começou a desaparecer, a luz alaranjada perdeu intensidade até ficar do tamanho da cabeça de um alfinete e... se apagou. A escuridão absoluta tornou a me envolver. Comecei a asfixiar, tomada por nova onda de desespero.

— Não! Não! Não! Sra. Brit! — Ignorando os choques violentos, mordi os lábios e comecei a socar o campo energético que me aprisionava. A ideia de perder Richard para sempre me sufocava e quando dei por mim eu não apenas berrava, mas jogava todo o meu corpo contra a espessa parede de energia. Meu lado direito ardeu por inteiro e não mais respondia aos meus comandos. Braços e pernas eram eletrocutados, mas meus gritos de sofrimento pouco tiveram a ver com as feridas que se abriam em minha pele. A dor vinha de dentro, como se os cortes fossem internos, como se todas as minhas células estivessem sendo rasgadas à força. Ainda assim meus ganidos estridentes não conseguiam sobrepujar a espessa barreira. Lancei minhas unhas ensanguentadas contra o campo magnético na insana tentativa de criar uma trinca, uma saída. Em vão.

Não me permiti desistir e chorar. Eu precisava lutar. Rick me pediu para ser forte e agora era a hora de provar.

Mas, Deus, o que fazer se a melhor curandeira de Zyrk falhara? O que a estava impedindo de salvá-lo? Ela sempre curou a todos...

Um pensamento estalou em minha mente e meu pulso deu outro salto.

Nem sempre! Um enorme sorriso se abriu em minha face e tive que fazer força para segurar a emoção que me invadia. *A Sra. Brit não conseguiu curar Wangor, meu avô!*

Não conseguiu porque a ferida dele não era física, mas sim uma chaga da alma. Regozijei-me no lugar. Não eram os ferimentos externos, mas sim os do coração que impediam Richard de reagir. E, para aquele tipo de injúria, ela nunca teria a cura.

Mas eu sim!

Uma sensação de arrebatamento indescritível tomou conta de todo o meu corpo. Eufórica, senti as palmas das minhas mãos esquentarem. Sorri ao finalmente compreender aquele sinal, a reação do que a coragem, a compaixão e o amor desencadeavam em minhas células e ao toque dos meus dedos. Eu consegui me libertar quando fui atacada no Pântano de Ygnus, quer pelo mercenário ou pelo espectro envolto em fogo. Eu acordei meu avô quando todos diziam que seu estado era irreversível. E agora eu faria o mesmo pelo homem que amava! Pela Morte que se deixou abater e morria porque havia se apaixonado por mim. *Então eu haveria de conseguir! Por Rick. Por minha mãe. Por mim.*

Fechei os olhos, concentrei todas as minhas forças, pensei em coisas boas, num final feliz para nós dois, no insensato amor que ainda me mantinha respirando, e lancei minhas mãos ensanguentadas contra o campo energético. Para minha surpresa não houve dor, barreiras ou descargas elétricas. Apenas a suave sensação de plainar livremente até que... despenquei. Reconheci o zunido de energia e a luz ofuscante de imediato. Ainda caída, levantei a cabeça e, assombrada, deparei-me com a pessoa à minha frente.

Oh!

CAPÍTULO 12

— Por Tyron! Ela conseguiu escapar, Guimlel! — escutei a exclamação ressoar no ambiente.

— Sra. Brit?!? — arfei.

— Eu mesma. — Apesar dos olhos arregalados, ela mantinha uma atitude contida. Senti falta do seu costumeiro padrão agitado e afetuoso. Ao seu lado, a figura longilínea de Guimlel parecia dobrar de tamanho. Com uma sobrancelha arqueada e a outra contraída, o mago me observava com um misto de assombro e preocupação. Então desvencilhei-me de seus olhares inquisidores e vasculhei o lugar. Meu coração começou a socar o peito com violência ao perceber que estava dentro do casulo de Richard. — Você conseguiu — anunciou ela, o estupefato de sua fisionomia camuflado pelas rugas de tristeza.

— Eu o quê?!? Como vim parar aqui? — questionei atordoada e estremeci com a cena que me envolvia. A Sra. Brit tinha a testa lotada de vincos, mas balançava a cabeça, como que se desculpando por não poder responder. No semblante de Guimlel havia algo estranho. Uma mistura de sofrimento e... desconfiança? *Céus! O que estava acontecendo?* Encarei minhas mãos trêmulas e ensanguentadas, chequei os danos em meu corpo. Aquilo era real.

— Richard? — Senti um nó se formar em minha garganta. A Sra. Brit levou as mãos ao rosto e fechou os olhos. *Oh, não!* — Ele... Como ele está? — Meu sussurro saiu fraco, ardendo na ferida da expectativa, no pavor de saber a resposta que poderia arruinar os cacos da vida que me esforçava para juntar.

— Meu menino não suportou, ele não...

— Está satisfeita agora? Veja o que você fez com ele, híbrida! — acusou Guimlel.

Então os dois se afastaram, abrindo meu campo de visão. Uma cama na minha frente. Sobre ela, o corpo imóvel coberto com um lençol branco fez meu pulso disparar e meu espírito encolher no peito. Desejo. Medo. Expectativa.

— Rick! — Minha voz era um murmúrio de apreensão. Tentei me levantar, mas minhas pernas não responderam. Aflita e sem conseguir ver seu rosto de onde estava, comecei a me arrastar em sua direção.

— Fique onde está, híbrida traiçoeira! — advertiu Guimlel. Congelei no lugar. — Alertei-a sobre o risco que Richard corria caso insistisse em ficar perto dele, que você o tornaria vulnerável, da importância de Richard para *Zyrk*. Mas você não me ouviu. Ou melhor, fingiu ouvir e mentiu para mim. Bem típico dos humanos!

— Guimlel, não! — intercedeu a Sra. Brit.

— Deixe-me falar, Labritya! Estou com essas palavras há muito presas em minha garganta. — Guimlel estava enfurecido. Senti-me mal naquele instante, envergonhada. Bem no fundo sabia que o mago tinha razão. Tudo aquilo havia acontecido com Rick porque ele quis me proteger. — Perdemos Ri... — Sem sucesso, ele tentava disfarçar a sombra do desespero em sua voz. — *Zyrk* o perdeu por sua causa, híbrida!

— Perdemos Ri... — Eu também não conseguia pronunciar o nome.

— Você quebrou sua promessa. Veja o que aconteceu com ele! Mostrei o perigo para ambos! Alertei que era uma tolice acreditar que o sentimento que possuíam um pelo outro era algo maior. Daquela vez Richard quase a matou e agora... — Rosnou. — Parabéns! Você *conseguiu.*

— Ele está...?

— Morto? É essa a palavra que você não consegue pronunciar, híbrida? Sim!

Meu estômago congelou. Eu não afundava apenas, estava em queda livre e em altíssima velocidade. Um precipício sem fim, meu corpo despencando num buraco negro de culpa e angústia, uma queda para sempre.

— Não, Guimlel! Você só está piorando as coisas — implorava a Sra. Brit através de um choro fino e sem lágrimas.

— Por Tyron! Nós perdemos o filho que criamos e *Zyrk* perdeu um futuro melhor por causa dela! E você me pede calma, Labritya?

Eu também não tinha lágrimas. Não as encontrei dentro de mim.

— Sim! O corpo sem vida à sua frente é dele! — vociferou o mago.

— Não completamente... ainda — apressou-se em dizer a Sra. Brit. — Ele não partiu, Nina, mas não consigo mais captar sua energia. Tecnicamente é como se estivesse morto.

— Ele não tem energia, mas ainda não partiu? — balbuciei, obrigando minha mente a se manter lúcida e atenta. Nada fazia sentido. — Não entendo.

— A magia do Grande Conselho está adiando a partida dele. Estão apenas aguardando a data do acasalamento — explicou ela.

— Oh, Tyron! Tende piedade! — O mago espremia a cabeça.

— Mas por que não conseguem?

— Nós somos a morte, garota estúpida! — Guimlel esbravejou, impaciente. — Temos poder sobre a morte e não sobre a vida!

Poder sobre a vida...? Claro! Um discreto sorriso me escapava.

— Deixem eu ver, preciso tocar em Richard. Talvez eu possa ajudar. — Tomada por súbita esperança, tentei me levantar.

— Fique onde está, híbrida venenosa! Vou avisar o Grande Conselho sobre a sua fuga.

— Não! — bradou a Sra. Brit alarmada, segurando-o pelo braço. — Será que não enxerga, Guimlel? Ela não pode causar nenhum mal ao nosso filho, pelo contrário.

— O que quer dizer, Labritya? — Desvencilhou-se de forma brusca.

— Deixe-a tentar.

— Quantas vezes tenho que dizer que ela é um grande perigo! — retrucou nervoso. — Além do mais, o Grande Conselho descobrirá o que acabou de acontecer. Jamais permitiriam uma insanidade desse porte.

— E desde quando você se preocupa com a opinião do Grande Conselho, Guimlel? Se agirmos logo eles só descobrirão depois que tivermos tentado.

O mago hesitou por um instante.

— Quem sabe se ela... — insistia a Sra. Brit.

— Não! — rebateu sem convicção. — Ela pode acabar de matá-lo.

— Ela é nossa última chance, Guimlel! O tempo está se esgotando!

— Eu não sei. — Ele começou a andar de um lado para outro. Senti novo aperto ao reconhecer o movimento. Richard fazia o mesmo quando se encontrava nervoso. Herdara o cacoete de Guimlel, o homem que o havia criado na infância.

— Pois decida-se! Você sabe que em breve eles estarão aqui!

— Ele pode não aguentar e aí não haverá a procriação.

— Se este quadro permanecer, não haverá procriação de qualquer maneira, homem!

— Raios! Não vê que ele está assim por causa dela? — Apontou ele para mim com o rosto crispado de raiva. — É arriscado demais!

— Deixa eu tentar, mago. — Meu pedido saiu baixo. — Por fa...

— Rápido, Guimlel! — A Sra. Brit me interrompeu com o rosto deformado pela tensão.

O vento começou a uivar raivosamente do lado externo. Guimlel continuava a esfregar a longa trança negra da barba para cima e para baixo.

— Por Tyron! Tantos anos, tanto esforço! Tudo jogado fora! — Ele balançava a cabeça sem parar. — Vá, híbrida! — ordenou nervoso e caminhou até a outra extremidade do casulo, permanecendo de costas para nós. Sem perder tempo, tornei a me arrastar em direção à cama.

As feridas em minhas mãos latejavam e não sentia mais meu lado direito, mas pouco importava agora. Meu corpo haveria de suportar e me levar até Richard. Nem que eu tivesse que me arrastar com os dentes. Levantei-me aos tropeços, ignorando a ardência terrível que se alastrava por minha pele.

E quase fui a nocaute no instante seguinte.

Uma descarga de adrenalina, como se injetassem eletricidade em minhas veias, fez-me estremecer da cabeça aos pés. Um filme de incompreensão, amor e doação passando rápido demais em minha mente, chacoalhando meu mundo e todas as minhas dimensões. As ridículas balas de café, a primeira vez que vi seus magnéticos olhos azuis, nossas discussões, fugas, mortes, meu amadurecimento forçado, sua armadura se desintegrando, nosso diálogo insuficiente, perdido em meio a um amor impossível, ações genuínas de afeto e uma sina maldita. Senti o gosto de lágrimas em meus lábios e nem sabia que estava chorando. Pisquei com força e o encontrei: a pele alva e pálida demais, olheiras pronunciadas, a barba por fazer, os cabelos negros desgrenhados na bagunça mais linda que meus olhos ousaram vislumbrar, a escultura mais perfeita que um ser maior poderia ter construído. Com apenas o rosto pra fora do lençol, ele parecia a pintura de um deus grego embalado em sono profundo, meu indomável príncipe encantado. *Como ele poderia ser a* minha *Morte se meu coração trepidava, minhas células vibravam enlouquecidamente e eu me sentia mais viva do que nunca em sua presença?*

— Ah, Rick! — gemi num sussurro afônico e me joguei sobre ele, abraçando-o com todas as minhas forças, apreensão, desejo e fé. Segurei seu rosto entre mãos trêmulas e comecei a beijá-lo com desespero, as lágrimas forçando passagem, rolando por minhas bochechas e encharcando as dele. Imóvel como um boneco de cera, sua pele quente era a única pista de que ainda estava vivo. — Por favor, acorde. Eu preciso de você.

A ausência de resposta começou a me afligir. Um tsunami de emoções contraditórias. Medo. Incerteza. Dor. O filme de amor tinha muitas falhas, vinha imbuído pela sentença da desgraça, pelo signo da derrota. Ele ganhava espaço e sufocava a semente de esperança, esfacelava de vez meu espírito combalido e me fazia compreender a indefinida realidade à minha frente.

E se o que o paralisava não fosse o mesmo sentimento que consumiu meu avô? E se eu não fosse capaz de despertá-lo? E se realmente houvesse um ponto vulnerável em nossa relação? E se o elo frágil fosse eu ou o meu amor insuficiente? E se...

O pavor começou a se agigantar no meu peito. E não era pelo receio de que ele não me amasse o bastante, mas pelo medo de que, na única vez em que Richard precisou de mim, eu falharia com ele. Entrei em desespero e comecei a sacudi-lo. Destruída e sem saber o que fazer, afundei meu rosto em seu peitoral e chorei copiosamente. Meu sofrimento em ondas de soluços vibrava por sua pele como notas de uma triste melodia de despedida.

— Eu não queria que nada disso tivesse acontecido, e-eu... Perdão! — Entre espasmos, confessei a minha dor. — Obrigada por tudo que fez por mim. Desculpe por não ter te entendido, por ter sido tão estúpida, tão cega. Você tinha que ter confiado em mim, no nosso amor. Não devia ter guardado tantos segredos. — Meu pranto enchia o ambiente. Ao longe captei um gemido da Sra. Brit e a respiração acelerada de Guimlel. — Desculpe por estar mais uma vez falhando com você. A última coisa que eu queria era destruir sua vida, seu futuro. Sinto muito por não ter sido forte o bastante, por ter duvidado de você, de nós.

Dor e impotência rasgavam meu peito. Arfando entre soluços, tornei a envolver seu maxilar anguloso e o beijei sôfrega e desesperadamente. Deixei que o gosto salgado das minhas lágrimas invadisse seus lábios. No lugar onde minha felicidade deveria encontrar pouso, deparei-me com a decepção e a tristeza envoltas numa capa de dor e... ira!

Nada era como eu imaginava! Minha vida era uma droga, um grande emaranhado de mentiras e sofrimento!

Uma fúria obstrutiva lançou suas garras em torno do meu pescoço. Comecei a sufocar. Confronto. Energia. Um fogo crescente e abrasador tomou conta do meu corpo. Minhas mãos ardiam e senti toda a desesperança do mundo invadir minhas células. Eu não podia perdê-lo. Assim

como minha mãe, Richard era parte da minha vida, um dos pilares da minha existência, da minha força. Uma parte de mim estava morrendo ali, com ele, dentro dele.

— Não! Não! Não! Seu estúpido! — Comecei a socar seu peito com força, como se quisesse que ele sentisse uma mínima parte da dor que me dilacerava. — Droga, Rick! Por que mentiu pra mim, seu cabeça-dura metido a herói! Por que está fazendo isso comigo? Você sempre foi tão forte! Por que não reage agora? Por quê? — Comecei a sacudi-lo com violência, meu inconformismo e minha força subitamente drenados por uma onda de pranto devastador, suor e derrota. O pior pesadelo, aquele que jamais julguei ser possível, agora se tornava realidade: eu o perderia. Richard estava morrendo e eu não conseguiria salvá-lo. Após berrar, implorar e soluçar, meus braços tombaram, exaustos, e desmoronei em seu peitoral de pedra. Fechei os olhos e, afogada em meu sofrimento, soltei um choro rouco e baixo, meu pranto de redenção: — Desde a primeira vez que te vi... Eu sempre te amei, Rick. E sempre te amar...

— Eu também, Tesouro.

O murmúrio saiu tão baixo que pensei ter sido a voz do meu subconsciente me pregando uma peça. Mas, assim que seus dedos entrelaçaram-se levemente nos meus e uma descarga elétrica percorreu minha pele de cima a baixo, fui eu quem quase enfartou de felicidade. Sem encontrar a minha voz, levantei o rosto e quase fiquei cega com o brilho incandescente que emanava de suas pedras azul-turquesa. Mesmo abatido, seu discreto sorriso fez minha alma ricochetear freneticamente dentro do peito até explodir de euforia, como nunca nenhum outro foi capaz. Richard era a bateria que me recarregava, o combustível para o meu corpo e o meu espírito.

— Ah, Rick! — Arfei sem conseguir segurar o sorriso que quase rasgou o meu rosto de um lado ao outro. Vidrado, ele apertou minha mão entre seus dedos quentes. De repente sua testa se encheu de vincos.

— Que... Que cheiro é esse? — questionou ainda deitado. Richard reparou no estado decrépito em que eu me encontrava e, anestesiada momentaneamente pela injeção de felicidade, só então me dei conta de que todo o meu lado direito latejava. Furiosa, a dor voltara com força total. Contraí a testa quando ele tocou meu braço direito. — Isso é cheiro de... Por Tyron! Nina, você está ferida!

— Calma — pedi. — Você também não está muito melhor do que eu.

— O que houve? — Arqueou uma das sobrancelhas inquisitivas enquanto tentava se levantar.

— Não gaste energia, filho! — gemeu a Sra. Brit visivelmente emocionada. Tinha a boca estreitada em uma linha fina e apertava as próprias mãos. — Por Tyron! N-nosso m-menino c-conseguiu... Guimlel! — comemorou gaguejando.

— Sim, ele... — respondeu Guimlel atordoado, os olhos arregalados brilhavam muito e denunciavam sua surpresa enquanto entortava a barba de um jeito estranho. Correndo a visão dos nossos dedos entrelaçados para os nossos rostos, seu semblante de excitação foi abruptamente substituído por um aflito. — Eles estão chegando! Afaste a híbrida dele, Labritya!

— Não! — Richard rugiu e passou o braço pela minha cintura. Fiquei realmente tocada e orgulhosa do homem que amava. Mesmo fraco Richard ainda era um guerreiro que daria a vida para me proteger. — Ela não sai daqui.

— Fique quieto, seu tolo! — rebateu o mago. Richard fechou a cara e, sem deixar de encará-lo, começou a se levantar.

— Filho, não! — implorou a Sra. Brit agoniada.

— Eles têm razão, Rick. Fique — pedi com uma calma que surpreendeu a mim mesma porque minha mente trabalhava de maneira alucinada com a súbita decisão: *nós fugiríamos dali!*

— Nina, eles não...

— Shhh — interrompi colocando um dedo em seus lábios ressecados.

Um ruído maior do lado de fora.

— Tire-a daí, Labritya! — rosnou Guimlel. — Eles chegarão em instantes.

— Venha, Nina — pediu ela e, antes que se aproximasse de mim, eu fiz um gesto com as mãos para que ela ficasse onde estava.

— Não quero complicar as coisas para o seu lado, Sra. Brit — respondi para a surpresa de todos. — Deixe apenas eu dar um último abraço nele.

— Não! — Richard tinha a testa lotada de vincos, mas era óbvio que estava fraco demais para ir contra a situação.

— Eu vou feliz, Rick — pisquei. Atordoado, ele apertou ainda mais a minha cintura e me puxou para junto dele.

Era o que eu planejava!

Com os braços ao redor de sua cabeça sussurrei rapidamente em seu ouvido:

— Tenho um plano para sairmos daqui. Assim que eu me afastar, finja que está morrendo novamente.

Pedi a Deus que ele tivesse me escutado. Levantando-me com dificuldade, acariciei seu rosto e nossos olhares se encontraram. Suas gemas azuis brilharam para mim e eu sorri.

Ele havia entendido!

CAPÍTULO 13

— O que está acontecendo aqui? — A voz de Sertolin rompia o silêncio. Uma luz branca e ofuscante clareava a bolha onde estávamos, como se tivessem acendido uma centena de lâmpadas fluorescentes superpotentes ao mesmo tempo. A Sra. Brit já estava ao meu lado e segurava meu braço.

— Como a híbrida veio parar aqui? Vocês a trouxeram? — indagou furioso o tal do Napoleon.

— Claro que não! — rebateu a Sra. Brit com indignação, mas senti seus dedos tremendo em minha pele. Mesmo pequenina ela o enfrentava. — Existe magia suficiente ao nosso redor para saber que tudo é possível neste lugar!

Sertolin nos estudava, a desconfiança esculpida nas rugas de sua face.

— Nós finalmente conseguimos acordá-lo, caro Sertolin — respondeu Guimlel, mudando o curso da conversa.

— Tem certeza sobre o que está falando, Guimlel?

— Sim, milorde. Richard estava se recuperando, ele... — Guimlel empalideceu e engoliu em seco ao ver que Rick desacordara novamente. Todos pararam para observar Richard e minhas mãos começaram a suar frio. Hesitei por um instante. Sem movimentar as pálpebras, ele respirava lenta e ritmadamente. Se eu não soubesse da nossa farsa, também acreditaria que ele havia desfalecido.

— Como ele respondeu na checagem, Ferfelin? — interrogou o líder.

— Sem resposta a qualquer tipo de estímulo — afirmou um conselheiro louro e de cabelos encaracolados.

— Eu lhes dou a minha palavra! Ele havia acordado — bradou Guimlel.

— Sei — murmurou Napoleon sarcástico.

— A híbrida o acordou, seu ignorante! — bramiu a Sra. Brit.

— Cale-se, Labritya! — advertiu Guimlel.

— Eles iam descobrir de qualquer maneira — retrucou ela para as faces assustadas de todos os conselheiros.

— A híbrida o acordou — repetiu Sertolin com um brilho enigmático no olhar. *Seria receio? Euforia? Ou Ironia?*

— Eu avisei que manter essa garota viva seria um perigo para *Zyrk*, milorde — soltou Trytarus. — Temos que eliminá-la o quanto antes.

— Temos é que aguardar a resposta dos mensageiros interplanos! — ralhou Sertolin. — Não podemos arcar com uma decisão de tal magnitude. A repercussão seria perigosa demais.

O que eles estavam querendo dizer?

— Vá checar, Ferfelin — comandou o líder e os dedos da Sra. Brit afundaram em minha pele. Olhei para ela, que me encarou por um breve instante antes de fechar a cara e acompanhar os passos do tal de Ferfelin. Naquele instante não sabia quem estava mais nervosa, ela ou eu.

O homem passou por nós e removeu parte do lençol que cobria o abdome de Richard. Concentrado e de olhos fechados, o mago mantinha as palmas das mãos elevadas e a uma pequena distância do corpo imóvel de Rick.

— A energia está recuperada! — soltou num assombro e Guimlel liberou um suspiro de alívio. — Vou tentar acordá-lo.

Cristo! O que ele ia fazer com Rick?

Ferfelin então sacou uma pedra branca do bolso de sua manta verde esmeraldina e a pressionou contra a jugular de Richard que abriu os olhos no mesmo instante. Escutei o murmurinho de espanto dos conselheiros.

— Acreditam agora? — Guimlel não conseguia ocultar sua satisfação.

— Sente-se bem, rapaz? — indagou o líder do Grande Conselho.

Richard tinha o olhar aéreo e confirmou com um leve aceno de cabeça.

— Bom. Levante-se e caminhe pelo lugar.

Rick, não! Não!

Aparentando estar sob uma espécie de transe, Richard lentamente conseguiu se sentar na cama, mas, assim que colocou os pés no chão, arregalou os olhos e desmaiou.

— Não! — berrou a Sra. Brit, soltando meu braço e ameaçando ir em socorro do filho adotivo, mas conseguiu se segurar a tempo. Na certa não permitiriam que cuidasse de Richard caso deixasse transparecer o quanto gostava dele. — Como pôde cometer um erro deste porte, Sertolin! — ralhou ela e o líder arqueou as sobrancelhas. — Não vê que a força dele ainda não é suficiente? Essa energia que Ferfelin constatou serviria para suprir o corpo franzino de um dos seus, mas não o dele. Richard é fisicamente mais forte do que todos vocês juntos, consequentemente necessita de muito mais, ora!

Boa jogada, Sra. Brit! Agora era a minha vez.

— Eu poderia ajudar — balbuciei e as atenções se voltaram para mim. — Se eu estivesse melhor, acho que conseguiria aumentar a energia dele.

— É claro! Como não pensei nisso antes! — vibrou a Sra. Brit ao abrir um largo sorriso. — Richard se abasteceu da força da híbrida. Não foi suficiente porque ela está ferida. Temos que tratá-la para que possamos recuperá-lo.

Guimlel andava de um lado para outro e tinha a fisionomia ilegível, os demais estavam agitados. Sertolin era o semblante da dúvida.

— Acho muito arriscado, milorde — comentou Napoleon.

— Temos pouco tempo até o acasalamento — imprensou Guimlel.

— Eles têm toda razão, magnânimo — adiantou-se Ferfelin. — Em condições normais a recuperação seria muito lenta e acabaríamos perdendo a data da procriação.

— E *Zyrk* a chance de gerar o maior guerreiro da sua história — acrescentou a Sra. Brit.

Silêncio. Um a um, Sertolin estudava os rostos dos presentes.

— Está bem — assentiu o líder. — Cuide dela, Ferfelin.

Ah, não!

— Ele conseguirá ser tão rápido quanto a Sra. Brit, Sertolin?

Minha pergunta saiu transbordando atrevimento e o peitoral gorducho da Sra. Brit estufou de satisfação. Ela adorava um elogio. Napoleon, por sua vez, lançou-me uma advertência nada polida por estar me dirigindo diretamente ao líder, mas não recuei. Encarei Sertolin com firmeza enquanto ele observava as feridas em meu corpo.

— A senhora tem até uma hora para curar a híbrida, Labritya. Ferfelin a levará para a grande tenda no toque de recolher. Não vou arriscar colocá-la em seu domo individual. Não depois do que acabou de acontecer.

Droga! Minhas chances de fuga estavam indo para o ralo!

— Sim, milorde.

— Guimlel, você vem comigo. Preciso que me explique como rompeu o feitiço que permitiu liberar a híbrida.

— Mas, Sertolin, não fui eu, e não...

— Não tente me enganar! — interrompeu intolerante. — Cuide dos dois, Labritya. Ferfelin vigiará o lugar.

— Preciso de paz e silêncio absoluto para realizar minhas curas. Prefiro ficar a sós com os doentes — salientou a bondosa feiticeira.

— Ferfelin ficará e será responsável pelo casulo — determinou intransigente. — Ferfelin, cuidado e atenção ao máximo. O Conselho estará em reunião emergencial até o amanhecer. Não deveremos ser incomodados enquanto estivermos trabalhando com energias de tal magnitude — advertiu Sertolin enquanto olhava para o filete de sangue

que escorria das narinas de um Richard desacordado. Parecia pressentir algo errado no ar. — Não faça nenhuma idiotice, Labritya. Tenho grande estima por você, mas os tempos são outros... Qualquer sentença por desobediência será severa.

— Eu sei, milorde — balbuciou ela sem encará-lo enquanto apertava os dedos gorduchos.

— Bom — finalizou ele, esfregando a testa repleta de rugas.

A luz branca se expandiu, deixando-me cega. Acordei sobre uma cama não sei quanto tempo depois. Um ruído fino arranhava meus tímpanos, como de uma colher raspando o fundo de um prato de cerâmica com força.

— Ei, garota! — sussurrou a Sra. Brit assim que me viu abrir os olhos. Até tentou colocar ânimo em suas palavras, mas sua face preocupada a traiu. — Não se mexa. — Lançou-me um olhar de advertência. Naquele instante me dei conta de que as fisgadas no braço direito haviam desaparecido completamente. As feridas na perna do mesmo lado mostravam uma cicatrização bem avançada também. Ela veio até mim segurando uma vasilha de vidro. Dentro da tigela havia uma compressa embebida em uma papa esverdeada e uma colher dourada que julguei ser de ouro. Ela se sentou ao meu lado e, após colocar a compressa numa ferida, começou a fazer ruídos altos e incomodativos com a colher, chocando-a contra a vasilha de vidro.

— Tire as mãos do ouvido — ordenou ela em outro sussurro. Obedeci. Seus lábios permaneciam imóveis e ela falava comigo como se fosse um ventríloquo. *Que estúpida eu era! Ela estava aproveitando a ausência momentânea de Ferfelin e camuflava nossa conversa com um ruído de fundo.* — O que quer que esteja planejando, Nina, desista. Não há como fugir daqui.

Ela era esperta.

— Há sim — rebati entre os dentes. — Eu saí daquele casulo, não saí?

— Como você fez aquilo?

Eu meneei a cabeça e não respondi. Ela se adiantou:

— Sinto muito, mas não conte comigo para outra fuga.

— Como *ele* está?

— Foi a mesma pergunta que *ele* me fez. Por que Tyron está fazendo isso conosco? — soltou pesarosa.

— Não precisa ser assim.

— Infelizmente, precisa sim. Por que acha que os conselheiros aceitaram as condições de Guimlel? — indagou com severidade. — O filho de Richard será o melhor exemplar zirquiniano de todos os tempos. Não posso negar isso a Guimlel e muito menos a *Zyrk*. Sinto muito, minha querida. Do fundo do meu coração eu gostaria que as coisas fossem diferentes...

— Mas Brita... Eu e Rick... Nós podemos conseguir!

— Não tenho mais tanta certeza, meu amor. Se você sobreviver não será para ficar junto dele.

— Hã?

Cristo Deus! Por que ela mudara tão drasticamente de opinião?

— John de Storm tem sentimentos fortes por você.

— Eu amo o Richard! — retruquei.

— É o que você pensa. Os humanos são meio complicados nessa questão e, Rick... Bem, ele... — Ela perdeu a fala. Havia decepção em seu semblante.

— Ele o quê? — indaguei tentando não parecer sobressaltada.

— Ele fez burrada, Nina. E das grandes! Ele...

Um uivo alto rompia do lado de fora, como um grito de advertência. A Sra. Brit estremeceu, interrompeu o assunto e olhou através da bolha de energia. Estava transparente agora e não mais leitosa como antes, mas, ainda assim, não consegui ver nada, a não ser um mar de escuridão. Era noite em *Zyrk* e meus sentimentos ameaçavam ir pelo mesmo caminho sombrio. Não permiti. Não suportava mais tanta gente dizendo o que eu devia fazer com minha vida, sobre os meus sentimentos e os de Rick. Foi por ter dado ouvido demais a elas que acabei duvidando dele e nos metendo nessa situação horrorosa.

— Estou desacordada há quanto tempo?

— Há quase uma hora — murmurou e, em seguida, acrescentou em alto e proposital tom de voz: — Amanhã estará praticamente curada, híbrida.

Negativo! Não esperaria até o dia seguinte e não podia deixar que o tal do Ferfelin me levasse para a grande tenda, onde minha chance de fuga seria, provavelmente, inexistente. Tinha que me aproveitar da ausência dos olhos de águia de Guimlel e da reunião do Conselho para me mandar dali.

— Sua energia é diferente. Facilitou a cura — finalizou ela com um sorriso frio.

— Vou checar o resgatador. A híbrida está pronta? — indagou Ferfelin, aparecendo subitamente. A Sra. Brit deve ter sentido sua aproximação.

— Sim — respondeu ela, empertigando-se ao meu lado e me ajudando a levantar. Ferfelin caminhou em direção à cama onde Richard permanecia deitado e rompeu um biombo de energia branca que haviam colocado para separar os nossos leitos.

— Deixe-me sentir sua energia, rapaz. Sente-se — ordenou o conselheiro ao se aproximar dele.

Richard obedeceu, desfez-se do lençol branco e se sentou na cama de vidro idêntica à que eu estava. Para minha sorte, naquele momento todos os olhares estavam voltados para ele e, portanto, não perceberam a minha expressão de deleite. Descalço e trajando apenas uma espécie de calça árabe cinza, de tecido finíssimo, ele era a visão do pecado, o meu fruto proibido. Tive que segurar o furacão de emoções que ameaçou despontar em meu peito ao relembrar a noite em que "quase" fizemos...

— Como se sente? — perguntou Ferfelin.

— Melhor, mas ainda fraco — respondeu ele, remexendo o pescoço e esticando o peitoral. Senti um mal-estar passageiro ao detectar suas novas cicatrizes. Marcas de perda e sofrimento cuja causadora, mesmo que sem intenção, tinha sido eu.

— De fato — conferiu Ferfelin e, encarando-me, murmurou pensativo: — Graças à híbrida.

Não gostei da expressão perigosa que surgiu no rosto do mago. Richard fechou a cara instantaneamente. Acho que também notou.

— Posso continuar? — adiantou-se a Sra. Brit para Ferfelin ao perceber o clima estranho no ar. — Ainda tenho muito serviço a fazer e o dia da procriação se aproxima. Não se esqueça de que também terei que preparar a energia de Samantha para o acasalamento.

Samantha?!? Que ótimo! Havia me esquecido completamente dela.

— Ainda estou estudando a energia dele — disse Ferfelin sem se afastar de Richard.

— Pois se quiser, venha estudá-la após o dia da procriação. Meu tempo é curto e creio que Sertolin não gostará de saber que você resolveu fazer experiências de última hora e acabou me atrasando.

— Não terei tempo depois. Ele será encaminhado imediatamente para a catacumba de Malazar.

— Pois então peça ao seu líder que lhe dê mais alguns dias para estudos. Sertolin é uma pessoa bem compreensiva.

— Eu sei que é, mas os demais não. O Conselho quer acabar com isso o mais rápido possível.

A Sra. Brit levou as mãos à cintura e deu batidinhas no chão.

— Está bem — soltou por fim o homem. — Ele é todo seu.

A Sra. Brit tentava ocultar a emoção que a invadia e fingia tratar Richard de maneira profissional. Ela até podia enganar o conselheiro, mas não a mim. Vez ou outra, fingindo aplicar alguma compressa em sua testa, aproveitava e disfarçadamente acariciava a cabeça de Richard.

— Venha, híbrida — chamou ela e eu me aproximei. Richard levantou o rosto e me encarou, um olhar frio, distante. Gelei por dentro, mas uma rápida piscadela das pedras azul-turquesa me resgatou do susto. Ele estava representando e havia enganado até a mim. *Uau! Richard era um ótimo ator!* Em outra ocasião eu teria ficado preocupada com essa constatação...

Ferfelin não saía de perto. Visivelmente impressionado, ele observava com atenção a forma como a Sra. Brit manuseava os elementos do ar em sua magia entremeada a ervas e toques. A Sra. Brit tinha a fisionomia impassível e parecia não se incomodar com a presença do colega. Com muita calma, ela orientava onde eu deveria colocar minhas mãos sobre o corpo de Richard e me pedia para fechar os olhos e concentrar em algo bom. O motivo de fazer aquilo eu não conseguia entender, porque, se ela realmente desejava que eu focasse em algo maravilhoso, era só

pedir que eu mantivesse meus olhos bem abertos. Minha miragem estava bem na minha frente. Nas poucas vezes em que vacilei e abri os olhos, deparava-me com um Richard robotizado que se limitava a ficar de olhos abertos e me olhar, olhar, olhar.

— A energia dele está aumentando rapidamente — vibrou o conselheiro.

Droga! Quando ele sairia de perto para que eu pudesse falar a sós com Rick?

— Mas não está constante. Tenho que preparar um extrato de base fundamental para sua fixação — respondeu a Sra. Brit com propriedade.

— Por Tyron! Existe isso?

— Acompanhe-me. — Ela abriu um sorrisinho de superioridade.

Ferfelin quase pulou de empolgação. Sua expressão eufórica assemelhava-se à de uma criança que, por acaso, acabara de descobrir uma despensa repleta de doces.

— Venha conosco, híbrida — comandou ele.

— Ela fica. Será que ainda não aprendeu nada, homem? — indagou a bruxa de forma severa e o mago se encolheu. — Nós vamos produzir um extrato para fixação dos resultados e não para criá-los. É o poder desta garota quem os cria. Quem nos garante que se ela sair de perto dele nós não perderemos o que acabamos de conseguir? E se ela não for capaz de gerar outra resposta como essa no organismo dele? São muitas variáveis, Ferfelin, e você tem que estar atento a todas.

— E-está certo — balbuciou ele coçando a cabeça. — Fique, híbrida, e continue se concentrando.

— Mais do que isso. — A Sra. Brit ajeitou o cabelo. — Quero que você descentralize a força, garota. Sua energia está muito localizada. Você precisa espalhá-la pelo corpo dele. O corpo inteiro.

— Como assim? — perguntei sentindo a descarga de adrenalina avançar por minha pele.

— Deite-se, resgatador, e cubra-se até o pescoço com o lençol — ordenou ela. Richard obedeceu sem pestanejar.

Eu poderia jurar que os olhos dele faiscaram naquele instante.

Então ela se dirigiu a mim:

— Você vai passar as mãos por todo o corpo dele, Nina. E vai começar pelos pés. Não o descubra porque a energia não pode escapar, entendeu?

Deus! Era tudo o que eu mais desejava, mas não daquele jeito, ali e naquela hora.

Assenti, balançando a cabeça como um boneco, os olhos arregalados, o coração fazendo uma coreografia intricada dentro do peito. Agora era eu quem havia robotizado. Comecei timidamente, massageando seus pés por sobre o lençol. Richard tinha os dedos longos, pés grandes e lotados de calosidades. Bem compatível com um guerreiro do seu porte.

— Não estou sentindo — avisou com a voz falsa e fraca enquanto checava os próprios pés. Atordoada, parei a massagem e olhei para ele, que me encarou de volta e disfarçadamente me lançou uma piscadela marota. *Filho da mãe! Ele arrumara um jeito de implicar comigo!*

— Massageie por debaixo do lençol, Nina. Mas não o descubra — instruiu a Sra. Brit em *modus operandi* aquecendo um líquido alaranjado dentro de uma bacia de alumínio. Ferfelin não nos deu atenção.

Tornei a encarar Richard e não acreditei no que vi. Mesmo em nossa péssima condição ele ainda foi capaz de fazer uma cara de sem-vergonha. Comecei a massagear suas panturrilhas e, para minha surpresa, o tecido da sua calça era uma espécie de seda fina e escorregadia, permitindo-me sentir seu corpo com detalhes. Fui subindo a massagem, passei pelos joelhos e, quando minhas mãos se aproximaram de suas coxas musculosas, parei para respirar por um instante. Senti meu rosto corar intensamente. Tive que segurar a sensação avassaladora que começava a dominar meu corpo, um calor que subia por minhas bochechas e a vontade desesperadora de soltar uma gargalhada de puro nervosismo. De canto de olho, vi que Richard mordia o lábio e segurava à força o sorrisinho malicioso que teimava em aparecer em sua face linda e cafajeste.

Olhei para o lado e vi que a Sra. Brit encontrava-se distraída, separando algumas ervas sob a vigilância atenta do conselheiro. Dei um pulo no lugar quando o cretino aproveitou o momento para esfregar a perna em minhas mãos. Estreitei os olhos.

Ah, é? Eu também estou aprendendo a jogar esse jogo, Rick.

Sem a menor cerimônia, mudei a trajetória das minhas mãos e comecei a passar os dedos na parte interna das suas coxas. Encarando-o sem parar e mordiscando o lábio inferior, fui deixando minhas mãos subirem lentamente pelas pernas, intercalando carinhos e apertadas mais audaciosas. Richard arregalou os olhos azul-turquesa e o sorriso abusado foi varrido de seus lábios. Ele agora estava tenso, a musculatura de seu peitoral subia e descia com velocidade. Senti a pele dele esquentando as palmas de minhas mãos enquanto meus dedos, quase em câmera lenta, continuavam seu trajeto perturbador. Confesso que, naquele instante, não saberia dizer se era mais para mim ou para ele, mas pouco importava. Eu estava quase lá. Após comprimir os lábios e detectar um discreto trepidar de suas pupilas, suas rápidas mãos paralisaram as minhas.

— Acho que é o suficiente por hoje, Sra. Brit — disse ele com a voz arranhando e se levantando num rompante. — Sinto-me muito bem.

Tive que segurar o riso. Richard estava fugindo de mim!

— Volte a deitar, rapaz — comandou ela sem entender muito bem o que havia acabado de acontecer. — Já estou indo.

— Vejam, eu estou muito... — insistia ele.

— Deite-se! Não escutou a ordem, resgatador? — reiterou Ferfelin. Richard fechou a cara e obedeceu contrariado. Não estava em sua essência receber ordens.

Aproveitei a situação para cobri-lo com o lençol e me aproximar do seu rosto perfeito.

— Vamos fugir assim que derem o toque de recolher. Fique preparado — balbuciei em seu ouvido.

— Você não vai a lugar algum, Nina! — rosnou baixo e uma veia tremeu em seu maxilar. — É impossível agora. Esse lugar é cercado por magia e há bestas do lado de fora.

— À noite eles não irão atrás de nós. Teremos alguma margem de tempo em nossa fuga para Marmon — disfarcei meu sussurro abaixando-me ainda mais sobre sua cabeça. Meus cabelos se transformaram numa cortina separando nossos rostos de Ferfelin e da Sra. Brit. Assustado, os olhos de Richard dobraram de tamanho e, em seguida, ele fechou a cara.

— Marmon?!? Você enlouqueceu de vez? Não vou ajudá-la a cometer suicídio!

— Vou atrás da minha mãe e ninguém me impedirá. Nem mesmo você, Richard.

— Pois então terá que se virar sem mim!

— Se é o que prefere — rebati com firmeza e vi as ondas de fúria surgindo no mar revolto dos seus olhos.

— O que é que está havendo aí? O que vocês estão conversando? — bradou Ferfelin desconfiado.

— Esta garota é completamente sem jeito! É a segunda vez que ela quase me cega! — reclamou Richard.

Ele era mesmo um ator!

— Se afaste do rosto dele, híbrida! — A Sra. Brit nos estudava.

— Não preciso ficar deitado. Eu me sinto ótimo — insistia Richard, ameaçando se levantar novamente.

— Grrr! Quantas vezes eu terei que... — Ferfelin partiu impaciente em direção a Richard. — Mil vezes Tyron! Ele está lotado de energia, Labritya. Lotado! — vibrou ele de repente. — A híbrida o recarregou completamente. Acho que não precisaremos mais das suas ervas.

— Como assim? O quê?!? — questionou a Sra. Brit, que em seguida segurou o braço de Rick com vontade. — Céus!

— Quero ver a cara de Sertolin quando souber o que aconteceu aqui — matutava o conselheiro animadamente. — Pode descansar agora, Labritya.

Ela assentiu com a cabeça e, de costas para Ferfelin, olhou carinhosamente para Richard que, por sua vez, deixou os lábios se afastarem, puxando o ar com força. A expressão de agradecimento em sua face espelhava-se com o semblante emocionado da bondosa feiticeira. Fiz alguns ruídos na clara intenção de chamar a atenção para mim e não deixar que o conselheiro captasse a nuvem de sentimentos que pairava no aposento. Rick sabia que não poderia ter uma conversa mais íntima com ela e aquela era a sua forma de lhe agradecer, de perdoá-la por ter me ajudado a fugir com John.

Escutei o zunido de energia aumentar do lado fora e uma luz azul resplandeceu ao redor da nossa bolha: o toque de recolher! *Era chegada a hora de fugir!* Olhei para Richard uma última vez na esperança de que ele tivesse mudado de ideia. Não encontrei nada a não ser uma expressão fria, a testa lotada de vincos e a sombra de algo ruim ocultando o brilho de seu rosto perfeito. Pisquei para ele e ainda o vi balançar a cabeça discretamente, como se compreendendo a minha decisão e me pedindo para não ir, para não cometer aquela loucura. Segurei a dor que ameaçou me paralisar.

— Vamos embora, híbrida. Vou levá-la para a grande tenda — finalizou o conselheiro. — Soldados! — chamou alto enquanto um filete de luz emergia de seus dedos.

Minhas mãos começaram a esquentar. Estremeci com o sinal mais que evidente: *Hora de agir!*

CAPÍTULO 14

Quando a luz branca tomou conta do ambiente, voei como um raio para cima de Ferfelin e lancei meus punhos em seu rosto. Ele não conseguiu impedir meu ataque inesperado e se contorceu de dor antes de cair desacordado aos meus pés. Por um instante, fiquei assustada com a força em minhas mãos. Não hesitei e, antes que os soldados magos se lançassem sobre mim, avancei sobre eles da mesma forma que havia feito com Ferfelin e o resultado se repetiu: eles apagaram aos meus pés. Atingi a parede de energia do pequeno casulo, concentrei todas as minhas forças e ela se desmanchou ao toque dos meus dedos. Olhei para trás uma última vez e vi a expressão de assombro no rosto de Richard. Visivelmente em choque, ele não saiu do lugar, entretanto, balançou mais uma vez a cabeça, implorando agora para eu não ir. Ele tinha feito sua opção. Eu também. De repente, mãos gorduchas agarraram meu braço.

— Sinto muito, Brita. — Empurrei-a para o lado. A Sra. Brit caiu, mas de alguma forma conseguiu segurar minha perna esquerda.

— Não faça isso, não faça isso! — implorava ela em pânico. — Você vai morrer do lado de fora! As bestas irão matá-la assim que sair do campo de força principal!

— É o que veremos! — avancei. Ela gritou e tentou proteger o rosto do meu ataque. Tentei não usar força exagerada, mas ainda assim, quando agachei, desacordou ao meu toque. — Desculpe, mas acabei de livrar a sua cara, Brita. — E saí acelerada.

Corri e, sem olhar para os lados, passei pela grande tenda azul dos magos, pelos casulos leitosos de Shakur e Kevin, e cheguei à grande parede de energia que nos protegia da noite de *Zyrk*. Não existiam soldados vigiando o lugar. O Grande Conselho confiava plenamente em sua poderosa magia. Minha pele arrepiou e meu corpo estremeceu com o silêncio esmagador. A quietude começou a me afligir. *Existiriam feras do lado de fora?* Senti minha energia vacilar. Tornei a me concentrar, mas minhas mãos não reagiram como antes. Apavorada, comecei a socar a grande muralha. Ela não me repeliu, mas também não permitiu passagem. Desatei a bater com mais força. Não. Não. Não. *Deus! Eu estava enfraquecendo ou esse campo de força era muito mais poderoso que os demais?*

Passos acelerados me despertaram. Três soldados de branco corriam em minha direção. Ferfelin vinha logo atrás deles.

— Não façam barulho ou utilizem magia. Serão severamente punidos se me desobedecerem. A força está nas mãos da híbrida. Segurem-na, mas não permitam que toque em vocês! — comandava ele.

Pelo visto, o mago não desejava receber uma repreensão do Grande Conselho por ter me deixado escapar.

— Não se aproximem! — avisei com uma mão espalmada apontada para eles e a outra encostada no campo energético.

As pontas dos meus dedos tornaram a esquentar e, inesperadamente, o campo de energia cedeu sob meu contato e começou a oscilar. Precisaria da outra mão para rompê-lo, mas não podia virar as costas para os soldados.

— Não quero machucá-los. Estou avisando! — ameacei quando os homens começaram a me cercar de maneira lenta e silenciosa. A situação em que me encontrava era decisiva e sabia que, caso eles conseguissem me aprisionar novamente, eu não teria outra chance.

Eles riram entre si e, indiferentes, estreitaram a distância entre nós. Nervosa, consegui aumentar minha concentração e o campo de força se rompeu em um pequeno ponto do tamanho de uma moeda. Uma lufada de vento quente entrou rasgando através do orifício que eu havia acabado de criar e lambeu meu rosto. Fechei os olhos em reflexo. No instante seguinte, senti minha perna desequilibrar com um chute violento e fui de boca no chão. Rolei para o lado quando a sombra de outro deles cresceu sobre mim. Consegui me livrar dele também, mas Ferfelin e um terceiro soldado me surpreenderam, puxando-me pelos pés e arrastando minhas costas pelo terreno acidentado. Tentei me agarrar do jeito que era possível, mas a força dos dois era bem maior que a minha e só consegui esfolar os braços na tentativa. Respirei fundo e, sem que eles pudessem esperar, liberei uma das pernas e dei um impulso, flexionando o corpo para a frente, e finquei as unhas na panturrilha de Ferfelin.

— Bruxa! — Abismado, ele emitiu um ganido rouco e se curvou para checar os danos em sua perna. — Segure-a direito e não a deixe tocar em você! — ordenou ao soldado que ainda me mantinha presa.

— Me solta! — esbravejei com fúria, contorcendo-me feito uma louca. Quando estava quase conseguindo escapar, fui atingida por um golpe na cabeça. A dor lancinante fez o mundo rodar e meus músculos afrouxarem. Depois de um momento, a terra voltou a estabilizar, mas era tarde demais. Os três homens de branco estavam sobre mim e amarravam minhas mãos com uma corda grossa e comprida, resistente como nylon, e que emitia um brilho azul-esverdeado. Astutos, eles haviam deixado as palmas unidas uma contra a outra. — Seus covardes!

Com a visão ainda turva, custei a compreender as maldosas intenções de Ferfelin. Ele segurava uma vara de metal e, com um sorriso demoníaco no rosto, caminhava em minha direção. Meu corpo estremeceu em resposta. Os três soldados me seguraram com mais força.

Um deles cobriu minha boca. Tentei me mover, mas eu estava presa, totalmente imobilizada. O mago crescia à minha frente, suas pupilas assumindo a posição vertical enquanto esfregava a arma nas mãos. Ele estudava como ia me espancar. Mais do que isso, pretendia me torturar. Quis berrar. Entrei em desespero quando seu braço se levantou para tomar impulso. Trinquei os dentes e abaixei a cabeça ao ver a vara se aproximar com violência. De repente, escutei dois urros: um de dor e outro de cólera extrema. Reabri os olhos e vi Richard surrando Ferfelin com a própria vara de metal.

— Ninguém! Toca! Nela! — Richard rugia, destacando cada palavra como o ganido de um bicho enfurecido enquanto lhe acertava golpes atrás de golpes e o fazia desfalecer. O rosto vermelho e deformado de raiva confirmava sua fúria. Num piscar de olhos, Richard já havia partido para cima do sujeito que cobria a minha boca, puxando-o bruscamente pelo pescoço enquanto o esmurrava com força e velocidade assustadoras. Um dos soldados de branco me largou e partiu em auxílio do companheiro que estava sendo surrado por Richard, mas meu salvador tinha um reflexo incrível e sua força física era absurdamente maior que a dos adversários. Em questão de segundos, Rick o eliminava com um chute preciso, a sola do pé ao encontro do nariz do homem. Vê-lo lutar era algo realmente extraordinário. Eu achava que sua capacidade estava no manejo de uma espada, mas Richard era habilidoso em todos os quesitos, um guerreiro fenomenal. Trajando apenas a calça cinza, as cicatrizes se destacavam sobre seus músculos que pareciam ter dobrado de tamanho devido à força que empregava e ele ficava ainda mais viril e assustador.

De repente um uivo, um estrondo colossal e um grito de dor excruciante. Um solavanco violento. Senti meu corpo ser arremessado para a frente antes de ser tragado de volta no ar. Meus ouvidos estouraram e meu berro sufocou pelo sangue quente que explodiu em minha face. Não senti dor.

— Não!!! — Ainda zonza, escutei o bramido altíssimo de Richard. Ele saltou sobre meu corpo, para me proteger. Suas pupilas verticais denunciavam o perigo iminente. Meus pelos se arrepiaram e finalmente compreendi o que acabava de acontecer: a besta da noite havia

conseguido alargar o orifício que eu havia feito no campo energético e enfiar uma garra através dele, encravando-a nas costas do soldado que me segurava por trás e agora o puxava de volta. Quase tive uma síncope nervosa ao compreender a terrível situação em que me encontrava: eu tinha as mãos amarradas por uma corda que, para a minha infelicidade, havia se enroscado na perna do soldado quando seu corpo sem vida foi bruscamente lançado no ar.

A fera me tragava juntamente com ele!

— Rick! Socorro! — berrei descontrolada e comecei a me debater quando o cadáver do homem se chocou contra o campo de força. No instante seguinte escutei outro uivo da besta e, por sobre os ombros, vi a cabeça do soldado ser arrancada de seu pescoço e desaparecer pela abertura atrás de mim. A fera conseguira dilatar o pequeno buraco que eu mesma havia criado! — Jesus! Rick!

— Merda! — Richard xingou alto, não conseguindo ocultar o pavor que o tomava enquanto enfiava os dentes no nó da corda que me unia ao corpo decapitado. Seria fácil se ele tivesse uma espada ou um punhal, mas rasgá-la apenas com os dentes se transformara numa missão impossível. A besta continuava a ganir e tragar o defunto. Escutei seus ossos sendo quebrados enquanto o monstro o puxava com força assombrosa. — Eu não consigo, merda! A corda está enfeitiçada! — berrou enquanto tentava enfiar as unhas no nó apertado.

Claro! Isso explicava o brilho cintilante da maldita corda!

Novos estalidos altos. Fiz a asneira de olhar por cima do ombro. Blocos de ácido sulfúrico derreteram dentro de mim, fazendo meu estômago queimar em agonia. Formigamento generalizado. Pane cerebral ao visualizar o tórax e os braços do soldado sendo triturados e desaparecendo às minhas costas. As cenas chocantes se atropelavam, rápidas demais para processar. Richard tremia muito. Vislumbrei comovida a força absurda que o coitado empreendia. Havia sangue escorrendo pelas palmas de suas mãos e pela sua boca.

— Não! — ele berrou nervoso quando se deu conta de que o restante do corpo esfacelado e sem resistência do soldado começava a passar pelo buraco, agora um pouco maior. A garra parecia brilhar ainda mais sob a ação dos nossos gritos de pavor, sua lâmina impiedosa dilacerando o corpo inerte e, prazerosamente, reduzindo-o a carne moída. Em alguns segundos ela concluiria o serviço e partiria para cima de mim.

— Corte as minhas mãos, Rick! — ordenei com firmeza assustadora. Não acreditei no que acabava de dizer e sabia que não podia voltar atrás. Eram elas ou a minha vida. E eu não podia morrer. Não naquele momento.

— Hã?!? — Richard congelou no lugar e me encarou desorientado. O sangue que escorria de seu nariz fez um trajeto sinuoso em seus lábios trêmulos. Ele também não acreditava no que tinha acabado de escutar, mas era um guerreiro e havia compreendido: não havia saída para mim. A corda era enfeitiçada e ele não tinha armas contra ela.

— Use a garra afiada da besta! — tornei a ordenar quando meu corpo começou a ser comprimido contra a parede de energia. Não havia mais tempo e nós dois sabíamos que essa era minha única chance de sair viva.

— Não, porra! Não posso fazer isso! Nina, eu não... — Sua face perdeu completamente a cor. As pupilas ultraverticais confirmavam seu desespero.

— Coloque meus braços na direção da garra! — gritei apavorada no momento em que um novo solavanco me lançou no ar e me puxou de encontro ao campo energético. A besta me chocava violentamente contra a bolha, querendo de qualquer maneira fazer meu corpo passar pelo buraco. Fisgadas horrorosas alastraram por minhas costas e minha cabeça parecia que ia explodir a qualquer momento. Compreendi o que havia acabado de acontecer: ela finalmente conseguiu tragar o corpo do soldado. Meu tempo acabara. *Eu seria a próxima!*

— Rick! — pedi num misto de certeza e horror. — Faça o que eu mandei!!!

— Não! Por Tyron! — Atordoado e tremendo como nunca, Richard encarava minhas mãos sem nada conseguir fazer.

A besta tornou a atacar, lançando a garra pelo orifício. Richard ainda conseguiu se jogar entre mim e o animal, novamente protegendo-me com a vara metálica de Ferfelin. A garra gigantesca da criatura revidou

o golpe, lançando-o no ar com violência. Richard caiu de costas e sua cabeça foi de encontro ao chão, fazendo-o fechar os olhos e franzir a testa. Ele se esforçou para se levantar, mas seu corpo não respondeu. A pancada foi forte demais. A garra voltou a desaparecer pelo orifício. Subitamente, a pressão em minhas mãos diminuiu. Custei a entender que o animal havia acabado de devorar o pobre soldado e, no processo, tinha cortado a corda que me unia ao infeliz. *Apesar de ter as mãos amarradas, meu corpo estava livre pela primeira vez!* Sem acreditar na minha sorte, levantei-me o mais rápido que pude e, quando comecei a correr e me afastar da parede de energia, fui nocauteada por um novo golpe. Desequilibrei-me e, sem as mãos para me amparar, bati de boca no chão. Completamente zonza, girei e tentei arrastar meu corpo para trás, mas o maldito bicho conseguiu enfiar sua garra no tecido esvoaçante do meu vestido e me puxava com fúria e rapidez em direção ao orifício. O pavor se agigantou dentro do meu espírito quando uma nova lufada de ar lambeu meu rosto com calor e odor insuportáveis. O orifício crescia em meu campo de visão e não havia onde me segurar. Em seguida, ouvi um estrondoso ranger de dentes. *Deus! Era o fim! Eu seria devorada assim que saísse por aquele buraco!* Em desespero máximo, levei as mãos presas à face, encobrindo-a. Escutei o berro de pavor de Richard ficando para trás, detectei um vulto negro bramindo irado e ainda captei uivos estarrecedores da besta. Em seguida senti novo solavanco e meu corpo era puxado às pressas dali.

— Você?!?

CAPÍTULO 15

Ainda estava completamente atordoada e sem compreender o que acabara de acontecer: *Shakur havia me salvado!*

— Está ferida? — perguntou acelerado o líder de negro.

— Estou bem. Esse sangue não é meu — respondi hesitante.

— Acalme-se e concentre sua energia na amarra — ordenou Shakur segurando minhas mãos com cuidado. Estremeci com seu contato e, mesmo sem entender o que ele queria dizer, obedeci e foquei minha atenção na corda. Imediatamente o brilho começou a diminuir até ficar fosco. Aproveitando-se do momento, Shakur a cortou rapidamente com um punhal. Encarei-o com assombro e gratidão e identifiquei uma luz diferente em seu olhar, em sua fisionomia, como se estivesse viva pela primeira vez. Algo se mexeu dentro de mim.

Fomos trazidos de volta à realidade pelos uivos e pancadas frenéticas da fera no lado de fora da bolha de energia. A coisa ainda estava desesperada em nos alcançar. Shakur chacoalhou a cabeça e, de repente, seus olhos se estreitaram. Dando-me as costas e, com a arma em punho, ele partiu como um bicho ensandecido para cima de Richard. Congelei e só então me dei conta de que era a primeira vez que os dois se encontravam desde que Rick o havia traído. Finalmente o líder de Thron experimentaria a sua tão aguardada chance de acabar com o guerreiro que tinha matado Collin, seu filho. Mais do que isso, Richard aniquilara a admiração e a confiança que ele havia lhe depositado.

Cristo! Ele ia matá-lo!

Richard não se moveu e parecia tão ou mais assombrado com a aparição do líder de negro do que eu.

— Não! — Corri em direção aos dois e, com os olhos quase pulando das órbitas, paralisei com a cena inimaginável: Shakur acabava de prender a arma à cintura, fechou os punhos e desatou a dar murros em Richard.

— Idiota! Idiota! Idiota! — O líder rugia enquanto o socava sem parar. Rick não assumiu posição de defesa e não mexeu um músculo sequer. Para minha absoluta surpresa, ele permaneceu de cabeça baixa e, submisso, aceitou a punição do líder. Shakur não pegava leve. Chutou-o inúmeras vezes, esbravejou palavras incompreensíveis e, com violência, o empurrou no chão. Richard continuava sem reagir e um filete de sangue escorria da ferida que tinha acabado de abrir em seu supercílio direito. O peitoral do líder de Thron, assim como o de Richard, subia e descia ferozmente sob a armadura negra. A respiração entrecortada de um refletia na do outro, confirmando que ambos estavam tensos ao extremo, no limite.

Shakur estava decepcionado, furioso, mas nunca desejou matar Richard!

Regozijei no lugar ao perceber que era um momento íntimo entre dois parceiros que colocavam as cartas da desavença sobre a mesa para tornarem a se entender e ficarem ainda mais unidos do que antes. Como dois amigos, como dois irmãos, como pai e filho...

Um ruído fino. Shakur interrompeu o ataque e, instantaneamente, empertigou o corpo e sacou a adaga do cinto. Só deu tempo para piscar porque no instante seguinte ele arqueava as costas e a lançava com uma

força incrível acima da cabeça de Richard. A arma rasgou o ar e acertou em cheio o peito de um soldado de branco que vinha correndo em nossa direção.

— Não acabamos por aqui... — avisou com a voz rouca para Rick.

Sem hesitar, Richard se colocou de pé, a expressão felina restaurada, os punhos cerrados ao lado do corpo. Ele se preparava para o confronto.

— Não terá como lutar contra todos. Não aqui. — Shakur checava as possibilidades.

— Acho bem melhor do que do lado de fora — Richard respondeu com seu típico sarcasmo e, com um olhar sombrio, apontou para a garra nervosa da besta que não desistia de tentar alargar o orifício da grande abóbada.

— Talvez não — rebateu o líder de negro enigmaticamente.

— O que quer dizer com isso?

— Que tenho meios de retirá-los daqui.

— Meios? — Richard parecia desorientado.

— Eu fico, mas darei cobertura para vocês dois — adiantou-se Shakur.

— Negativo! Não vou deixá-lo sozinho com esse bando de magos sádicos. Lutaremos! — Meu guerreiro rosnou determinado e acho que vi o lampejo de um sorriso surgir na hemiface do sombrio líder.

— Nada vai me acontecer, Richard. Tenho meus truques.

Havia uma pitada de satisfação disfarçada na voz grave de Shakur?

— Mas...

— Rápido! Logo eles aparecerão! — Ele segurou o braço de Richard, virou-se rapidamente para me checar e deu o comando olhando bem dentro das pedras azul-turquesa de seu pupilo. — Fará isso por mim, Rick. Não é uma ordem, mas um pedido. Você deverá prometer que fará o que vou lhe pedir, que não vai me trair e decepcionar novamente.

Uma trégua.

— Dou-lhe a minha palavra. Peça o que quiser — disse Richard com a voz vibrante e o semblante restaurado. Ele abriu um sorriso verdadeiro e, mesmo com os lábios sujos de sangue, foi lindo de se ver. Ele estava realmente feliz em receber o perdão do líder que tanto admirava.

— Leve a híbrida para onde ela desejar. Obedeça a ela.

Alguém precisava me cutucar. Eu tinha ouvido direito? Não consegui segurar o sorriso de contentamento, a grata surpresa estampada em minha face.

Richard soltou uma gargalhada nervosa e, como era de se prever, explodiu como um bicho raivoso em seguida.

— Como é que é?!?

— Você escutou muito bem.

— Ela quer ir para Marmon, Shakur!

— Pois então leve a híbrida para Marmon.

— Mas que porra é essa que está acontecendo aqui? Estão todos perdendo o juízo ou sou eu que estou enlouquecendo? — Os olhos de Rick ficaram imensos, seu rosto vermelho-púrpura. — Você não pode estar me pedindo uma coisa dessas! — Havia, entretanto, apreensão no seu timbre de voz. Ele estava em conflito por rejeitar o pedido de seu antigo líder. — Shakur, isso é loucura! Von der Hess...

— Eu sei quem é Von der Hess, rapaz!

— Não acredito nisso! — Richard retrucou alto, balançando a cabeça de um lado para outro.

— Vai obedecer a híbrida ou não? — O líder o imprensava.

— Não! — berrou. — Não vou compactuar com essa insanidade!

— O que pode temer se já é um homem condenado ao *Vértice*, Richard?

— Merda! — soltou descontrolado. Suas pupilas vibravam.

— Pois então faça pelo meu perdão e pela minha bênção. — O líder de negro colocou a mão sobre o ombro de Rick que travou no lugar e tornou a perder a cor.

— Eu não entendo... Para que a salvou se está me pedindo para levá-la para a morte? — indagou desorientado.

— Você entenderá no futuro, mas agora terá apenas que confiar em mim, Richard.

— Eu não tenho um futuro!

— Mas muitos poderão ter. E dependerão dela para isso. Mas ela depende de você, por enquanto... — O líder apontou para mim. — Você é o único que tem condições de protegê-la até chegar o momento d...

— Que momento? — Richard interrompeu Shakur. — Que momento?

Shakur negou com um rápido movimento de cabeça.

— Por que me pede isso? — Rick insistia.

— Responderei se aceitar esse pedido.

Richard olhou de relance para mim, sua testa se encheu de vincos e então seus ombros tombaram.

— Pelo seu perdão e sua bênção? — questionou hesitante.

— Sim.

Richard inspirou profundamente.

— Farei conforme me pede.

— Ótimo! — O líder apertou a mão de Richard, satisfeito, e assentiu com a cabeça. — Peço-lhe isso porque, da mesma forma que você agora, eu também tenho uma promessa de longa data para pagar.

Que promessa? O que ele queria dizer com aquilo?

Fui acordada pelos berros de Kevin ao longe. Seu casulo estava transparente e o cretino alertava o Grande Conselho sobre a nossa fuga. O som estridente de uma corneta alertou a todos dentro da bolha e o chão vibrou. Estremeci ao detectar comoção na nuvem do Grande Conselho e as luzes brancas fluorescentes que ganharam força total. *Droga!*

— Venham para cá! — ordenou Shakur acelerado.

— O que vai fazer? — perguntei sem entender o porquê do líder querer nos envolver.

— Rápido! Tome conta dela e não me decepcione novamente.

Minha cabeça entrara num torvelinho e rodava a mil por hora. Shakur encobriu meu corpo com sua capa negra e puxou Richard para perto. No instante seguinte, o líder de Thron abria os braços, fechava os olhos e a parte visível de sua testa contraía-se violentamente. Escutei clamores dos homens que já se aproximavam e me peguei ainda mais zonza do que antes. *Estávamos cercados! Por dentro e por fora! Não havia saída!* Os olhos de Richard se arregalaram e, hesitante, ele segurou meu braço e me puxou para perto de si. Em seguida uma bola de energia começou a crescer entre as mãos enluvadas de Shakur, que se curvou sobre o próprio corpo e pronunciou palavras estranhas. Richard entrou em posição de defesa, colocando seu corpo na frente do meu. A bola de energia se transformou num redemoinho de eletricidade e vento. Os berros dos soldados alarmados aumentavam de volume. Shakur assoprava com força e o redemoinho começou a cintilar, ganhando forma, expandindo-se ainda mais e envolvendo a mim e a Richard. Os homens de branco avançavam com velocidade.

— Que Tyron tenha piedade de nós. De todos nós! — Escutei o bramido do líder a nossas costas, e por cima dos ombros me deparei com sua expressão intensa sobre mim e Richard.

Então...

Tudo...

Desapareceu.

CAPÍTULO 16

— Richard, acorda! — eu ordenava ao sacudir seu corpo inerte.

A respiração constante me tranquilizava, confidenciando-me que estava vivo. Ainda assim, sentia-me aflita por ele não responder a meus estímulos e começava a ficar preocupada, insegura de que ele tivesse sofrido algum dano maior ou batido fortemente com a cabeça quando nossos corpos foram arremessados para este lugar. Com dificuldade arrastei sua montoeira de músculos até o pequenino riacho que margeava o terreno repleto de crateras. Lavei os ferimentos em seu rosto, boca e mãos e removi todo vestígio de sangue possível. O corte em seu lábio inferior era profundo e ainda drenava. Sem que eu desse por mim, deixei as pontas dos meus dedos passearem lentamente pela confusão dos seus cabelos negros e fazerem caminhos tentadores, passando pelo queixo, pescoço e descendo às cicatrizes do peitoral. A cadência calma de sua respiração me fez entrar numa espécie de transe e, sem perceber, eu o admirava com desejo avassalador. A visão do meu fruto proibido bem diante dos meus olhos misturada às lembranças do passado faziam minha pele esquentar e uma sensação de euforia se agigantar. Precisava ser racional e tentar acordá-lo a qualquer custo, mas não consegui. A luxúria entorpecente que corria em minhas veias teimava em aproveitar aquele raro momento para admirá-lo ao máximo. Com boa parte do magnífico corpo exposto para o meu deleite, estava difícil demais não prestar atenção. Pensamentos um tanto obscenos sapateavam em minha cabeça apaixonada: *Haveria ele me observado dessa mesma forma quando cuidou de mim das vezes anteriores?*

— Nina?!? — Richard despertou de repente e jogou o corpo para trás em reflexo. Atordoado e com a expressão preocupada, sentou-se num pulo enquanto checava com rapidez a região. Jamais poderia me esquecer de que ele era um guerreiro e já acordava preparado para o confronto. — Você está bem, Tesouro? — Ele me abraçou com vontade arrebatadora e engasguei de emoção. Escutei o compasso desritmado em seu peitoral e tudo em mim estremeceu de satisfação, tudo, como se finalmente eu estivesse completa pela primeira vez em vários dias. *Céus! Richard se transformara em uma parte de mim!* — Graças a Tyron! — arfou enquanto fazia a varredura minuciosa sobre mim, olhando-me de cima a baixo. Não pude deixar de perceber que seu olhar permaneceu um instante a mais no meu colo desnudo. — Por Tyron! Que droga foi aquela? Como viemos parar aqui? — Ele se afastou, recuperando a linha de raciocínio.

— Está tudo bem — acalmei-o, ajeitando a capa de Shakur sobre o meu vestido destroçado. — Estamos seguros aqui.

Ele fechou a cara. *Que ótimo! Mudança de humor à vista.*

— Seguros?!? Não acredito que você teve coragem de dizer isso! — Richard emitiu um riso forçado, o temperamento tempestuoso à flor da pele. — Devo ter enlouquecido ou ficado com a audição prejudicada nesse teletransporte dos infernos!

— Se alguém tem motivos para estar enfurecido aqui, esse alguém sou eu! — Finquei o pé.

— Ah, é? — Cruzou os braços e uma veia latejou em seu pescoço.

— É sim! — rebati num rosnado. *Grrr! Ele era mestre em acender meu pavio curto.* — Ou já se esqueceu de que foi você quem me enganou?

— Eu estava te protegendo, sua cega! Será que ainda não compreendeu nada do que fiz? — Levou as mãos à cabeça.

— Você é que não me entende! Se eu friccionasse aquelas malditas pedras-bloqueio, minha vida acabaria! Aqui em *Zyrk* eu posso fazer a diferença, na segunda dimensão eu vagaria como uma alma penada!

— Abri mão de tudo que mais estimava no mundo, do meu posto, da minha vida e da minha honra para que você pudesse viver e acabar com essa terrível maldição, para que *Zyrk* não fosse destruída, para que meu povo pudesse sobreviver. — Ele me encarava com a respiração entrecortada. — Mas você jogou tudo fora num piscar de olhos e sem a menor hesitação. Você poderia recomeçar sua vida do zero, híbrida!

— Quem disse que eu gostaria de recomeçar do zero, resgatador? Não trocaria minha vida atual por nenhuma outra!

— Estupidez!

— Coloque isso *de uma vez por todas* nessa sua cabeça dura: a chama que me mantém viva está em *Zyrk*, e não na minha antiga dimensão! As pessoas que eu amo *estão aqui* e não lá, droga!

— E que pessoas são essas, Nina? — questionou sarcástico. — Se não me falha a memória, todos aqueles que você diz amar estão mortos ou foram sentenciados à morte. Se até mesmo o filho de Kaller foi condenado ao *Vértice*, por quem você voltou, afinal?

— Por minha mãe! — rebati enfurecida. — Você me mandaria embora sem me contar que minha mãe estava viva, Richard. Não tinha esse direito!

— Sua mãe é uma humana e jamais poderia ter entrado em *Zyrk*! Não vê que é uma armação, uma grande mentira? Foi por isso que omiti os boatos de você. Para que não caísse como uma tola no truque de Von der Hess como está fazendo agora! Além do mais, não acredito que ela esteja realmente... — Sua fala travou.

— Esteja...? — imprensei com os dentes trincados. — Fala!

— Viva. — Ele virou o rosto antes de liberar a maldita palavra.

Morri por alguns segundos.

— Você quer dizer que ela está morta e que o retrato é uma farsa? — inquiri tentando ocultar o pavor em minha voz. Ele não respondeu e tive que segurar seu rosto com força e fazê-lo olhar para mim. — Qual é a jogada agora?

— Se ela estiver realmente viva... Só pode ser por algum tipo de magia ruim — confessou. — Não enxerga o que está bem diante dos seus olhos? Ela está justamente sob o poder de Von der Hess!

— Não pode ser! — Senti as lágrimas se formando, mas não lhes dei permissão para sair. Não ia chorar. Não havia por que chorar. Minha mãe estava viva e ponto final. Ninguém me faria mudar de opinião. Nem mesmo Richard.

— Como acha que eu me sinto por ser obrigado a fazer o oposto de tudo que vinha tentando? Eu queria te salvar, porra! — Ele ficou rígido e a expressão de inconformismo lavou seu rosto perfeito. — Agora estou incumbido de levá-la diretamente ao ninho da serpente e vê-la ser usada e depois aniquilada pelas mãos daquele bruxo miserável, Nina! O retrato...

— É real, Rick — interrompi num sussurro fraco.

Ele fechou os olhos e tornou a franzir a testa.

— Não é — balbuciou. — Mas digamos que o maldito retrato não seja uma montagem, que a sua mãe esteja viva e em Marmon, não enxerga que Von der Hess a está usando como isca para fisgar você? É tão óbvio! Tudo faz parte de uma grande armadilha! Não entendo como Shakur me fez esse pedido, eu não consigo compreender, eu... — Ele enterrou o rosto nas mãos e pude sentir sua aflição. *Pobre Rick!* Era abstrato demais para sua mente zirquiniana acostumada ao tudo ou nada, sim ou não. Jamais conseguiria entender que existe uma linha tênue entre essas duas condições, que eu preferiria morrer levando a chama da vida dentro de mim a sobreviver carregando o peso de um coração apodrecido no peito.

— Talvez você tenha razão... Em parte — confessei. — Mas acredito que minha vida tem um propósito bem maior do que sair fugindo de um lugar para outro. Algo me diz que é a hora de ficar e lutar. — Acariciei suas mãos hesitantes. — O fato de Shakur ter nos ajudado... Quando toquei nele... Ele acredita! Eu senti, Rick. — Mirei seus olhos azuis, agora escuros de tensão.

— Ele está armando algo! — bradou nervoso. — Ou perdeu o juízo! Porque é isso o que acontece com todos os que lidam com você.

— Como ele fez aquilo? Ele também é um mago? — tentei mudar o rumo da conversa.

— Pode estar certa que não parto antes de descobrir. — Suas palavras saíram baixas, perigosas, e sua carranca ficou ainda pior.

— Pouco importa agora. Eu preciso fazer isso. Ela é minha mãe! É uma dívida da minha alma e, se você me impedir, eu nunca mais o perdoarei — ameacei e me surpreendi com a dureza no meu tom de voz. Respirei fundo, ajustei as malditas sandálias de couro, analisei o degradê do céu e comecei minha caminhada em direção ao cinza-escuro de Marmon.

— Aonde pensa que vai? — indagou ele, segurando meu braço com força.

— Você sabe muito bem para onde estou indo. — Olhei por cima do ombro e, com a voz baixa e comedida, soltei a bomba: — Obedeça e siga-me.

— Como é que é?!? — Seus dedos se afrouxaram e, instantaneamente, seu rosto ficou vermelho como um pimentão.

— Já se esqueceu da promessa que fez a Shakur? Ou vai dar pra trás? — tornei a alfinetar. Contive o sorrisinho que ameaçou escapar e virei o rosto para que ele não presenciasse minha expressão de triunfo. Em seguida escutei seu ganido feroz. Ele ficara louco da vida, mas, pelo som das suas passadas, eu sabia que estava me seguindo.

— Isso é loucura! — Richard bradava de tempos em tempos, mas, assim como uma sombra, ele não saía da minha cola. — Deixa de ser mimada e egoísta! Tantas pessoas lutando pela sua vida e você a entregando de bandeja para Von der Hess? — Ele não dava trégua e jogava um argumento atrás do outro na inútil tentativa de me fazer desistir. Se não fosse pelo momento tenso e decisivo em minha vida, seria uma situação cômica observar Richard, sempre tão pomposo e marrento, o resgatador mais temido de toda *Zyrk*, engolir seu orgulho, implorar coisas e me seguir como um bichinho domesticado.

— Preciso de respostas, conhecer a minha história e aí decidirei se lutarei por minha vida, Rick — respondi em meio à caminhada.

— Aí será tarde demais.

— O tempo dirá.

— Você não vai encontrar nada em Marmon a não ser um mago sádico que vai utilizá-la para abrir Lumini e depois descartá-la como lixo! O albino não é apenas louco, ele é cruel e inescrupuloso, Nina. — Escutei sua bufada atrás de mim.

— Vou pagar pra ver — rebati sem diminuir o ritmo da marcha. — Tenho certeza de que minha mãe faria o mesmo por mim.

Suas passadas perderam a força. Ele parou de me seguir. Algo dentro de mim ficou imediatamente inquieto, dolorido. Apesar de saber que nada me faria desistir do meu propósito, sua presença me deixava mais forte e segura. Estanquei o passo e me virei. Com a expressão taciturna, Richard tinha as mãos na cintura e o olhar perdido.

— Rick? — Minha garganta ameaçou fechar.

— Você teria uma vida inteira pela frente, Tesouro. Não jogue isso fora.

— Eu a estou resgatando, não enxerga? Estou dando sentido a ela.

— Sentido? — Ele tentou colocar algum sarcasmo em seu tom de voz, mas fracassou. Ele saiu lânguido, triste. — Na morte?

— Sim, Rick. Na morte. E na vida que reconstruirei a partir dela.

— Eu não entendo.

— Eu sei... — suspirei. — Mas acredite. Vou reconstruir nosso futuro.

— Eu não tenho um futuro, Nina. Nós não temos um futuro juntos. Você sabe disso melhor que ninguém.

— Vamos dar tempo ao tempo, você mesmo me fez acreditar nisso.

— Que inferno! Isso foi antes de eu quase ter te matado, raios!

— Não vou discutir essa questão agora — interrompi seu ataque de cólera. — Ajude-me a entrar em Marmon, Rick. Não por Shakur, mas por mim.

— Eu não... — Ele recuou e começou a andar de um lado para outro, o cacoete típico dos momentos de tensão. — Tudo bem. Eu vou cumprir minha promessa, Nina. — Sua voz saiu seca enquanto sepultava o assunto. — Espero que não se arrependa.

CAPÍTULO 17

— Beba mais um pouco. É a única fonte de água pela região. A subida será longa e íngreme — explicou Richard após várias horas de caminhada. Era a primeira vez que parávamos para descansar. Exausta, sentei-me sobre um amontoado de rochas na base de uma colina. A paisagem continuava árida e inóspita; o deserto, cinza e ainda mais desolador.

— Não aguento mais beber água. Minha barriga vai explodir!

Ele apertou os lábios.

— É sério, Rick. Estou tão inchada que é mais fácil você me colocar para rolar, se nós tivermos que correr.

— Boa ideia — respondeu com a expressão melhorada. — Faço isso assim que chegarmos ao topo da colina.

— Dããã. Tô faminta — avisei após ouvir um ruído estanho vindo do meu estômago. Richard ameaçou um sorriso.

Finalmente uma trégua! Sabia que ele estava ali a contragosto, mas não aguentava mais a sua cara emburrada.

— Eu também — confessou e levou as mãos à cintura. — Por sorte temos água, mas não há nada o que colher ou caçar nesta região. Não podia correr o risco de colocá-la em perigo se fizesse outro caminho.

— Nós estamos nos campos neutros?

— Na parte mais neutra dos campos neutros, se é que me entende. Logo depois desta colina há um lugar onde conseguiremos abrigo para enfrentar a noite.

— Como assim? Não estamos perto de Marmon?

— Teremos muita sorte se conseguirmos alcançar Marmon ainda amanhã — assinalou. — Lembre-se de que devo mantê-la protegida dos meus, mas também estou com a cabeça a prêmio. Não posso me expor por aí. — Fez uma careta, visivelmente inconformado com a situação.

— Como conseguiremos comida então? — Analisei nosso estado deplorável. Seria praticamente impossível passarmos despercebidos em qualquer dimensão a não ser que nos misturássemos às sombras. Se não fosse pela capa negra de Shakur, eu estaria numa situação bem ruim. Meu vestido maltrapilho, sujo de sangue e rasgado em diversos pontos, estava nojento e indecente. Descalço, descabelado e sem camisa, a aparência de Richard era ainda pior. Sua calça cinza e completamente manchada de sangue me fazia recordar o que havíamos acabado de passar e me dava calafrios.

— Darei um jeito. Seria tranquilo se estivesse sozinho, mas não posso deixá-la só nem por um minuto. É perigoso demais.

— Você acha que o Grande Conselho vai dar o alarme sobre a minha fuga?

— Não sei mais o que pensar. — Deu de ombros. — Acho que os magos não terão coragem de declarar para toda *Zyrk* que também são passíveis de falha e que a deixaram escapar.

— Mas eu sou a híbrida — relembrei-o.

— Ainda assim. Sua fuga evidenciaria a vulnerabilidade deles e acabaria dando muito poder a uma única pessoa. Você poderá ser idolatrada, temida ou odiada. Não sei como a população responderá a uma

notícia desse porte. Não enxerga o que aconteceu quando resolveu ficar em *Zyrk*, Nina? — A dureza de suas palavras me pegou desprevenida. — O que estava ruim agora ficou insustentável. Nosso equilíbrio está ameaçado. Tudo mudou. As próprias sombras pressentem que é o momento de se erguerem. Os líderes tentam camuflar a verdade, mas seus exércitos estão com dificuldade de conter as rebeliões desses miseráveis. Você se colocou em perigo e se tornou a maior de todas as armas. Não vai demorar e tudo irá pelos ares. *Zyrk* vai explodir e não sei o que restará dela, de nós.

— Rick, eu não queria nada disso, eu juro... Eu só queria uma vida normal, minha mãe de volta, e... — Afundei o rosto em minhas mãos tingidas de culpa e quase engasguei com o pensamento que veio a seguir. Liberei apenas parte dele. — Ter a chance de voltar a sonhar, de...

Acreditar que posso amar e ser amada, foi o que não falei.

— Os sonhos nem sempre se realizam, Tesouro. Acostume-se. — Sua voz ficou repentinamente triste. Murchei. — Você descobrirá que é perigoso demais dar crédito a sonhos. Podem ser pesadelos disfarçados.

Seria eu o grande pesadelo?

— Abrir a Lumini... — balbuciei.

— Se isso acontecer, a sua e a minha dimensão serão arruinadas. Malazar vai lutar. Ele almeja esse confronto há milênios e não deixará pedra sobre pedra em seu caminho. — Rick tinha o olhar perdido em um ponto distante.

— Tem que haver uma saída. Eu não teria nascido se não fosse por um propósito!

— Existem todos os tipos de propósitos no mundo. Os bons e os maus. — Sua resposta saiu áspera, mas ele não me enfrentou. Ao contrário, sua expressão taciturna fez todos os músculos do meu corpo se enrijecerem. — Digamos que sua mãe esteja realmente viva. O que fará depois que a encontrar?

— Eu vou arrumar um meio de...

— Vou reformular a pergunta. Com todos os portais fortemente protegidos, o que fará caso a encontre? — ele me interrompeu ao notar meu estado catatônico. — Digamos que a gente saia vivo de Marmon, o que certamente não vai acontecer, para onde vai levá-la? Windston?

— É uma possibilidade — retruquei. — Tenho certeza de que meu avô nos daria cobertura.

— O poderio bélico de Windston é muito pequeno. Wangor não terá como suportar um ataque maior ou protegê-las da intervenção do Grande Conselho.

— Mas Thron é forte e tem o exército mais preparado de *Zyrk*. E Shakur está do nosso lado. Você viu!

— Eu não sei por que ele te ajudou a fugir para cá, Nina! Até agora não entendi o que Shakur planeja por detrás dessa atitude, mas posso lhe garantir que ele nunca jogou para perder. Ele é o maior estrategista que já vi na vida e todas as suas ações são muito bem calculadas.

— Você quer dizer que ele vai tirar vantagem da minha fuga?

— É a única justificativa que vem à minha mente. Por que diabos ele me pediria para ajudá-la a vir para cá e não para Thron? Por que não se salvou quando pôde? — Richard esfregava as têmporas com força. — Nada disso faria o menor sentido se ele também não tivesse algo a ganhar. Se não tives...

— Chega, Rick! Não quero mais pensar nisso! — bradei nervosa e, sem querer dar o braço a torcer, comecei a subir a colina a passos acelerados. Ele havia arremessado minha mente dentro de um caldeirão de dúvidas e ela fervia. — Você não vai me fazer desistir.

— Eu imaginei que não — murmurou, seguindo-me de perto.

— Malditas sandálias de couro! — praguejei. — Aiii!

— Cuidado! — alertou, segurando-me com incrível rapidez quando pisei numa pedra solta e me desequilibrei. Senti seus olhos cravarem nos meus e o calor do seu corpo esquentar minha pele. Perdi a reação. Aquele contato tão próximo e repentino fez todo o meu sistema racional entrar em pane e desligar. — Essas sandálias não ajudam mesmo — concordou, presenteando-me com um semblante amistoso e sem fazer menção de me soltar.

— Sinto falta dos meus tênis. — Ele entendeu como uma indireta e me pegou no colo.

— Eu sinto falta de muitas coisas da sua dimensão, Nina. — Havia uma pitada de tristeza em sua inesperada confissão.

— Da sua moto?

— Dela com certeza — assentiu com um suspiro profundo. — Mas também adorava a liberdade da noite humana. De poder sair sem medo, observar o céu lotado de pontos brilhantes. Já deve ter percebido que não existem estrelas no céu de *Zyrk*.

Já havia notado isso, mas o que realmente observava agora era o brilho hipnotizante que emanava de seus olhos enquanto caminhava em direção ao topo da colina me carregando em seus braços. Ele era a minha estrela.

— Estou bem. Pode me colocar no chão.

Incrivelmente forte, meu peso não causava qualquer desconforto a Richard, mas a subida era íngreme e seu equilíbrio ficava prejudicado.

— É uma ordem? — perguntou, olhando-me pelo canto dos olhos. Vi quando reprimiu um sorrisinho.

— E desde quando você acata ordens, Rick? — sorri em resposta.

— Desde que sejam suas.

— Até parece. — Tentei fazer cara de superioridade, mas a verdade é que eu vibrava por dentro. Era bom demais vê-lo descontraído novamente, ter um momento de paz entre nós. Uma trégua.

— Vou dar um descanso aos seus pés, chefe. Acho que as tiras da sandália fizeram um estrago — replicou ele com as sobrancelhas arqueadas.

Olhei para as bolhas e suspirei, realmente feliz por vê-lo cuidar de mim. Por mais que esperneasse, ele ainda se importava comigo. Richard era bom, só não entendia os sentimentos que eu provocava nele. E nesse ponto ele seria sempre selvagem, o território desconhecido. Deveria aprender a lidar com isso também.

Chegamos ao topo do aclive e, lá de cima, vi o lugar a que Richard se referia. Era uma espécie de caverna esculpida na base oposta da montanha. Para minha felicidade, o percurso de descida parecia tranquilo.

— Vai esfriar bastante durante a madrugada. Não espere um local agradável — alertou ele ao me pegar observando nosso destino com curiosidade. — É apenas um ponto de apoio para sobreviver à noite.

— Está ótimo! — ironizei ao visualizar o sol se pondo no oeste. Em breve as bestas de *Zyrk* estariam soltas. — Como descobriu?

— Era um dos requisitos de Shakur para me tornar resgatador principal de Thron. — Repuxou os lábios. — Ele sempre disse que um bom estrategista é aquele que conhece de olhos fechados não apenas o seu território, mas também as terras do inimigo. Ele me fez desbravar toda *Zyrk* e lhe contar em detalhes o que vi antes de me permitir assumir o cargo.

— Uau! Você passou por uma prova?

— Uma não, Nina. Várias! Por isso Thron sempre foi tão superior aos demais clãs. Shakur nunca descuidou do desempenho físico e mental dos seus homens. E era ainda mais rigoroso comigo — arfou. — Vamos, o sol está se pondo rapidamente.

— Sinto muito, Tesouro. Mas não temos mais tempo e não encontrei nada pela região. Só comeremos amanhã — disse desanimado, enquanto ocultava a entrada da caverna com pedras e troncos secos de árvores.

— Estou bem — menti, segurando o tremor em minhas mandíbulas. Como Richard havia alertado, a temperatura caíra absurdamente. Não sabia o que era pior: a fome ou o frio. — N-não entendo. Por que sinto mais frio aqui do que na Floresta Alba?

— Não sei, Nina. Talvez porque Frya é uma área de magia e parece que seu corpo é relativamente imune aos feitiços de *Zyrk*. São muitas as respostas que não tenho como te dar — murmurou e me olhou com intensidade. — Quanto às Hox, por exemplo, ninguém sabe se a lenda é verdadeira ou não.

— Eu pensei nisso — confessei. — Me tornaria uma imortal se nunca mais pudesse ser descoberta pelos zirquinianos?

— Negativo. Não passaria despercebida dos mensageiros interplanos. — Piscou. — Nem todos os humanos são resgatados pelos meus, Nina. Podemos gerar a morte indireta e decretar a partida antecipada de muitos dos seus, mas não temos poder sobre os fenômenos da natureza.

— Você está me dizendo que catástrofes como terremotos e tsunamis são provocadas pelos mensageiros interplanos?

Richard assentiu com um movimento breve de cabeça.

— Ah! — Encolhi-me ainda mais, os dentes se chocando com força. Era informação demais para um cérebro congelado absorver.

— Não devia, mas... Você não pode ficar assim. — E, sem perder tempo, ele fez uma fogueira. Aos poucos, o calor foi se espalhando pelo ambiente e pelos meus ossos. — Está melhor? — perguntou ao ver o meu rosto recuperar a cor. — Que tal dormir um pouco? Nossa jornada será intensa amanhã.

— E você?

— Tenho mais carga na bateria — piscou.

Claro! Ele era um zirquiniano.

— Durma tranquila. Vigiarei o lugar.

Assenti e, sem contestar, deixei meu corpo e mente escorregarem, derrubados pelas toneladas de sono e de exaustão sobre minhas pálpebras.

Tremores e xingamentos baixos. Acordei com eles. Muitos e de todos os tipos. Para meu espanto, não era apenas o meu corpo que chacoalhava de frio, mas o chão trepidava com fúria. Escuridão. A fogueira estava apagada. Ainda assim não sabia se estava dentro de um pesadelo.

Ou de um sonho.

Apenas o manto de Shakur cobria nossos corpos colados. Richard tentava me aquecer, esfregando meus braços com vontade e sem tirar os olhos da frágil camuflagem colocada na abertura da gruta, como um doberman pronto para o ataque.

Um uivo estridente do lado de fora.

— R-Rick! A-ah, não... U-uma b-besta? — Empertiguei-me no lugar e senti que não havia saliva em minha boca. Minha pele estava completamente congelada e meus dedos enrijecidos pelo frio.

— Shhh! A maldita nos sentiu. — Suas pupilas trepidavam. — Tive que apagar a fogueira e você começou a congelar.

— E-estou bem... — sussurrei. Ter acordado e me deparado com ele tão próximo a mim, as mãos enormes apertando minha pele, fez toda a diferença do mundo. Hormônios são como álcool em fogo. Comecei a esquentar.

Camuflado na escuridão da noite de *Zyrk*, o animal ficava em silêncio por longos minutos, à espreita de algum movimento da nossa parte. Todas as vezes em que Richard acreditava que o monstro havia perdido nosso rastro e ameaçava se levantar para acender a fogueira, éramos surpreendidos por novos ganidos de advertência e ele retornava ao lugar de origem, ou seja, ao meu lado. Sorri intimamente. *Eu estava começando a gostar daquela besta.*

— Estou melhor. É sério — reafirmei algum tempo depois, encarando o rosto dele perigosamente próximo ao meu. Minha pulsação deu um salto e corei furiosamente quando percebi que Richard passeava os olhos vidrados por todo o meu corpo. O calor que subia por minhas pernas e ventre acendeu a fogueira dentro de mim e agora era eu quem pegava fogo. Quando dei por mim, meus dedos se entrelaçavam em sua nuca e, sem conseguir refrear o magnetismo que me impulsionava para ainda mais próximo dele, aproximei-me lenta e cuidadosamente. Vi quando seus lábios se afastaram e a respiração perdeu o ritmo, deixando o peitoral subir e descer de maneira acelerada. Medo e desejo intercalaram-se na expressão de seu rosto irretocável.

— Por que insiste em fazer isso conosco? — Ele paralisou minhas mãos num rompante e soltou um suspiro encharcado de dor.

— Desculpe. Eu não quis, eu apenas... — Perdi a voz e o rumo dos pensamentos ao visualizar sua expressão derrotada.

— Você não tem culpa. Eu lhe dei falsas expectativas. Acreditei que, algum dia... seria possível... nós dois... — balbuciava hesitante. — Mas nada aconteceu conforme imaginei. — Soltou um riso amargurado enquanto encarava as próprias mãos. — Acabou para mim, mas você ainda pode fazer a diferença para *Zyrk*. É por isso que estou aqui. Para tentar me redimir das incontáveis burradas que fiz pelo caminho.

— Rick, não diga isso, eu...

— Ficar tão... *perigosamente* perto de você é arriscado e irresponsável demais — ele me interrompeu, fulgurando-me com intensidade e urgência, o azul dos olhos agora completamente negro. — Você não tem ideia da total ausência de controle que tenho sobre mim quando você está por perto e do risco que eu a coloco por isso. Ao mesmo tempo em que preciso de você viva para me sentir vivo, da necessidade insana em protegê-la de qualquer perigo com a minha própria vida,

eu sei que *eu* sou o maior perigo de todos. Você desperta e atiça a fera que tento domar a todo custo dentro de mim, a besta que é capaz de sugar a sua energia até a última gota num piscar de olhos, Nina. Então — franziu a testa com força, como se travasse uma luta interna de proporções gigantescas —, não provoque meus sentidos desta maneira. Não se coloque em uma situação... *mortal* — acrescentou sombrio. — Quando quase matei você... a dor que senti... — Travou por um momento. — Nunca mais vou arriscar a sua vida. Nunca mais — destacou cada palavra com determinação. — Entendido?

Negativo!, era o que eu queria dizer, argumentar que precisávamos apenas de mais tempo para encontrarmos uma saída para a nossa terrível situação, mas respirei fundo e apenas assenti. De fato, eu não podia correr riscos com a vida da minha mãe em jogo. A partida acabaria em breve.

— Portanto, é realmente sensato e *necessário* que fique quietinha. Já está dificílimo refrear as sensações que você gera em mim — assinalou com a voz rouca e um brilho perturbador nos olhos. — Consigo captar sua energia, e parece estar equilibrada no momento, mas depois daquele incidente... Não sei o quanto posso lhe tocar sem lhe fazer mal.

— Você não vai me causar nenhum mal — afirmei, mas a sombra da tristeza que cobria sua face me fez encolher e, antes que ele pudesse me afastar, aninhei-me em seu peitoral. — Mas estou começando a perder a fé. Por favor, só me abrace, Rick — pedi, removendo a máscara de durona e deixando finalmente transparecer as camadas de dúvida e desespero que carregava sobre as minhas costas exauridas. Não havia me permitido fraquejar desde que fui capturada pelo Grande Conselho e tudo que meu espírito atormentado precisava naquele instante era dele. Apenas dele.

Richard soltou um gemido baixo e envolveu meu corpo em um abraço terno. Quando seus dedos hesitantes se entrelaçaram aos meus e nossas mãos se tocaram — quando *realmente* nossas mãos se encaixaram —, o mundo entrou nos eixos, as engrenagens se ajustaram, o universo fez sentido, tudo parecia certo demais. Não havia mais dúvidas. A abrasadora energia no ar: palpável, doce, escaldante como um rio de mel fervente. Já não existia um depois. Havia apenas o presente,

Richard e a certeza de que, independentemente do que viesse a acontecer, qualquer que fosse o nosso futuro, naquele instante eu o amava mais do que tudo na vida.

— Ah, Tesouro! — Ele suspirou, abraçando-me com tanto cuidado como se eu fosse quebrar com seu simples toque, um cristal delicadíssimo.

— Não sei mais no que acreditar, Rick.

— Acredite na sua força, minha pequena. — Suspirou. — Eu acredito.

Procurei seus olhos, surpresa com aquela inesperada confissão.

— Acredita?

— Suas mãos... — Ele arqueou as sobrancelhas, pensativo. — De onde surgiu aquilo, Nina? Como você desacordou Ferfelin só com o contato?

— Isso só acontece ao me defender de alguma ameaça, quando me sinto forte, determinada.

— Fico feliz que não se sente ameaçada agora. — Ele olhou para cima, o olhar distante. — Não consegui — confessou de repente. — Quando me pediu para cortá-las...

— Ainda bem que não — murmurei, tentando mudar de assunto. Imaginar que, se Richard tivesse me obedecido, eu estaria sem as mãos naquele exato momento fez meu estômago embrulhar.

— Você foi muito corajosa, Tesouro. — Ele abaixou a cabeça e agora me encarava de um jeito diferente. Havia algo além de desejo ou emoção em seu olhar vidrado. Estremeci de satisfação ao reconhecer o ar que exalava de seus lábios entreabertos: admiração! — Nunca vi homem algum dar uma ordem daquela magnitude. Você realmente me impressionou e...

— E...?

— Fez o que nenhum guerreiro, nenhum, foi capaz até hoje — confessou. — Você *realmente* me assustou. Sua força deixou meu espírito ainda mais desorientado.

Sem que eu pudesse esperar, ele deslizou os quatro dedos de uma das mãos para a minha nuca enquanto o polegar roçava delicadamente pelo contorno dos meus lábios. Fez o mesmo com a outra mão,

aprisionando ainda mais, como se fosse possível, o que restara de meu corpo e espírito.

— Lá no portal, eu...

Sua testa ficou tomada de vincos e, tragando o ar com força, tornou a me olhar com profundidade. Eu sabia que era dificílimo pensar com clareza com Richard me encarando daquele jeito, mas não desviei o rosto. Necessitava de suas explicações para continuar minha jornada. Depois de reencontrar Stela, era o que eu mais queria na vida.

— Eu tive certeza de que estava tudo acabado entre nós. Pensei que você nunca mais falaria comigo, que me odiaria para sempre. — Ele abaixou a cabeça. — Eu já era um homem condenado ao *Vértice* e foi fácil desistir de mim, de viver. Simplesmente não queria mais continuar. Não até... — Ele tornou a levantar a cabeça e mirou os meus lábios. Comecei a tremer e meus batimentos cardíacos aceleraram em níveis perigosos. — Até você aparecer dentro daquela bolha e eu escutar de sua própria boca que me perdoava.

— Pensei que estivesse desacordado — brinquei.

— E estava até aquele instante. — Ele piscou de volta. — As Hox... — soltou repentinamente taciturno. — Eu devia ter lhe contado. Não havia como ficarmos juntos de qualquer forma e...

Enrijeci no lugar. Por mais que desejasse esquecer, aquele assunto ainda me magoava.

— Você sempre soube que não seria uma despedida provisória, Rick.

— Era a única forma de mantê-la livre dos meus. Mesmo com toda força diplomática do seu avô, logo você seria perseguida na sua dimensão também.

— Não culpo você por isso. A mágoa que tenho é por ter me enganado.

— E-eu só quis... — engasgou. — Te proteger. Sempre foi essa a intenção. Sempre.

— Eu sei, Rick. Acho que já te conheço mais do que você imagina. — Lancei-lhe um sorriso cúmplice. — Você não esbravejaria nem brigaria comigo ou com Shakur se realmente não acreditasse se tratar de uma missão suicida essa viagem para Marmon.

— Se bem que... Eu adoro missões suicidas. — Ele tentou descontrair o clima e arrumou uma mecha dos meus cabelos.

— Não quando a minha vida está envolvida — acrescentei e voltei ao assunto que martelava incessantemente minha cabeça. — Richard, eu preciso saber: Por que você chamou o relacionamento dos meus pais de *aberração*? Depois de tudo que passei... Eu tenho o direito.

Ele abaixou os olhos e a respiração acelerou. Com os braços me envolvendo, senti sua musculatura enrijecer.

— Por favor, Rick? — implorei e, com a ponta dos dedos em seu queixo, levantei seu rosto em minha direção.

— Eu me odeio quando falo demais — praguejou. — Achei que contando isso talvez convencesse você a não mais ficar em *Zyrk*, que estaria protegendo sua vida, mas foi mais uma estupidez. — Contraiu os olhos. — Eu não podia ter me esquecido de que você é uma humana. Leila sempre dizia que os humanos são curiosos por natureza, ávidos por explicações.

— Eu sou uma híbrida, Rick. — Pisquei. — Ainda assim, preciso dessas explicações para não desistir de tudo. Você vai me contar, não vai? — insisti e ele assentiu com a face perturbada. Não gostei.

— Tudo o que sei... foi dito em segredo... e não poderei revelar a fonte. Não posso garantir a veracidade... se a informação é segura... — alertou. — Soube que o relacionamento entre seu pai e sua mãe foi artificial.

— Artificial?!? Como assim? — questionei com a voz vacilante, o raciocínio me escapando. Eu podia esperar tudo, menos aquela resposta.

— Dizem que seu pai vendeu... — Richard abaixou a cabeça, estranhamente temeroso.

— O que meu pai vendeu? — Meu coração batia muito rápido agora.

— A alma, Nina — confessou e suas pupilas momentaneamente verticais eram o prenúncio de uma bomba. Richard foi direto ao X da questão: — *Dizem* que ele vendeu a própria alma a Malazar para poder ter um contato físico mais íntimo com a sua mãe.

— Malazar?!? O demônio? — indaguei atordoada, forçando-me a recordar as explicações de Leila. Malazar era um dos dois filhos da maior divindade dos zirquinianos. Banido e condenado a viver para

sempre no inferno, ou *Vértice*. Tyron, seu pai, aplicou a terrível sentença após descobrir suas trapaças e malfeitos, mas, principalmente, pelo fato de Malazar ter matado o próprio irmão, apunhalando-o pelas costas.

Cristo Deus! Foi a esse ser inescrupuloso que meu pai havia vendido a própria alma?

— Então... Foi por isso que conseguiram me gerar. — Aquela constatação era como ácido e corroía minhas crenças e linha de raciocínio.

— Mas pode ser mentira, Nina. Meu povo é mestre em semear discórdia.

— Meu pai não amava minha mãe... — As palavras despencaram da minha boca.

— C-claro que amava! — Ele titubeou e sua resposta sem convicção fez meu mundo girar. — Foi por amá-la que ele aceitou vender a alma.

— Se ele realmente amasse Stela não precisaria vender a própria alma para possuí-la — balbuciei derrotada.

— Não! Quero dizer... E-eu não sei, Tesouro.

Fechei os olhos e segurei a breve tontura que abalou perigosamente os pilares das minhas poucas verdades.

— Nina? — Richard segurou meus braços, preocupado.

— Eu estou bem — menti e, reabrindo os olhos, liberei as palavras que irremediavelmente me rasgariam por dentro. Minha mente sangrava. Meu coração sangrava. Minha alma sangrava. — Nunca houve amor entre eles.

— Não diga isso! — Richard arfava agora. — Seu nascimento permanece uma charada a ser desvendada, mas não significa que eles não nutriam bons sentimentos um pelo outro.

Uma charada...

Dúvidas arrasadoras avançavam sobre meu espírito atormentado. *E se eu nunca fui o fruto de um amor impossível entre duas espécies distintas, mas sim o produto de um desejo doentio e avassalador? Seria eu o vírus da morte, a semente de uma negociação amaldiçoada? Teria meu pai realmente amado minha mãe em algum momento ou apenas desejava usufruir seu corpo? Stela foi enganada ou havia compactuado do terrível pacto? Teria ela sido capaz de fazer uma loucura desse nível? Seria por isso que nunca falou sobre ele ou sobre seu passado? Por vergonha?*

— A história do suicídio do meu pai... é outra grande mentira — pensei em voz alta, juntando as peças do quebra-cabeça.

— É o que parece — murmurou Richard. — Malazar cobrou seu preço.

— Minha mãe sabia? — questionei apática.

— Sinto muito, mas não sei de mais nada. — A respiração acelerada de Richard confirmava seu estado de tensão. Estava visivelmente arrependido por ter me contado a verdade.

Pisquei algumas vezes e, sem reação, abracei os joelhos e me encolhi. Sentia-me vazia, uma semente sem vida, completamente seca por dentro.

— Eu nunca devia ter nascido.

— Jamais diga isso, Nina. Jamais. — Richard segurou meus ombros com vontade e, a seguir, abraçou meu corpo sem vida. — Você é o nosso milagre.

Isso eu tenho certeza de que não sou, foi o que eu quis dizer, mas não suportaria continuar aquela conversa. Meu mundo fora novamente bombardeado e eu precisava, ainda que cambaleante, reerguer-me, encontrar um caminho entre os destroços e ir adiante.

— Me faça dormir, Rick. Por favor — pedi e me aninhei em seu peitoral, desesperada em me livrar não apenas dos meus tormentos, mas de mim mesma, ainda que por apenas poucas horas.

— Eu faço, Tesouro. Eu faço — ele me acalmava, apertando-me ainda mais contra si, enquanto sutilmente sugava minha energia. Uma nuvem nebulosa preencheu a penumbra e avançou pelos cantos da minha mente, deixando-me num agradável estado de torpor. Um sono pesado, em forma de noite escura, abrandava os danos nas chagas da minha esperança. Um bálsamo entorpecente. Uma voz distante, um sonho em forma de sussurro, embrenhou-se em meus ouvidos enquanto embalava meu espírito:

Eu sinto muito, Tesouro. Se pudesse ser diferente...

Perdoe-me por...

CAPÍTULO 18

— Nina, acorda. Precisamos partir — Richard anunciava enquanto estalava o pescoço e alongava a musculatura. Uma boa claridade penetrava na gruta, agora já sem a camuflagem na entrada. — E aí, conseguiu descansar?

A sensação era de que eu havia acabado de fechar os olhos. A tristeza que me impregnava a alma havia consumido boa parte da minha energia. Ainda assim, menti, assentindo com a cabeça.

— E você?

Ele me lançou uma piscadela rápida, mas não me convenceu. Eu o entendia cada dia mais e sabia que também estava mentindo. Rick não havia dormido. Na certa, o coitado havia passado a noite em claro me vigiando.

— Teremos que correr contra o tempo. Acabei deixando você dormir além da conta. — E, sem rodeios, perguntou com urgência: — Depois de tudo que contei você ainda quer ir para Marmon?

Eu me fiz aquela pergunta um milhão de vezes antes de adormecer em seus braços. *Estaria disposta a ir fundo e exigir toda a verdade de minha mãe assim que a encontrasse?* Se *eu a encontrasse...* Invariavelmente a conclusão era sempre a mesma: sim! Eu tinha que conhecer a minha história e precisava de respostas. E a única pessoa que poderia fornecê-las era a minha mãe.

— Quero.

Richard piscou mais uma vez e, sorrindo, pareceu orgulhoso com a minha escolha. Sua postura autêntica e amistosa mexia fundo comigo. Sem a armadura de terrível resgatador de Thron, ele parecia rejuvenescido e ainda mais lindo. Estava adorando conhecer seu outro lado, aquele que a Sra. Brit jurou existir. Uma pontada de esperança rechaçou a semente do temor que insistia em germinar toda vez que me recordava da advertência da bondosa feiticeira, alertando-me de que Richard havia feito algo errado. Flashes do que ele vinha fazendo para me manter viva apagavam qualquer dúvida. Rick mal tocou em mim de tão preocupado em me causar algum mal, importava-se comigo mais do que podia imaginar. Eu queria chegar a Marmon e, ao mesmo tempo, estava adorando ficar algum tempo a sós com ele.

— Dei uma saidinha logo que o sol raiou e veja só o que eu consegui. Não é grande coisa, mas...

— Roupas! Pão! — Meu estômago vibrou mais alto que minha voz.

— E frutas secas — acrescentou satisfeito ao me ver abocanhar um pedaço de broa. — O mercado das minas daqui vive às moscas.

— Está ótimo! — respondi com a boca cheia. Ele riu e se sentou ao meu lado. — Como conseguiu passar despercebido?

— Tenho meus truques. — Ele pegou um punhado de tâmaras para si e repuxou os lábios, fazendo-me recordar imediatamente da gruta em que me escondeu assim que entramos em *Zyrk*.

Assenti. Não queria tocar naquele assunto e destruir o clima de paz entre nós. O Richard de agora era outro. Muita coisa havia passado desde então, muitas situações-limite nos afastaram para nos fundir com força triplicada, indiscutíveis provas de amor e de vida mudaram meu conceito sobre ele. Richard era um diamante bruto que começava a ser lapidado.

Um ser complexo, repleto de camadas distintas, por vezes antagônicas, não significava dizer que se tratava de alguém de má índole. Ele era apenas um novato nas questões do coração, atordoado pelas emoções que pairavam em sua pele e espírito até então anestesiados. Um zirquiniano com boas intenções escondido atrás da couraça da agressividade e do temperamento hostil, perdido em meio à tênue linha divisória que separa o bem do mal.

Desde o início e, ainda contra a sua vontade, seus atos duvidosos camuflavam ações verdadeiramente generosas. Ele mesmo não havia se dado conta de seus gestos de altruísmo e, embora eu ainda não tivesse recuperado completamente minha confiança, sabia que o amava com todas as minhas forças. Não suportava imaginar minha vida sem ele e não conseguia acreditar que poderia existir sentimento maior do que aquele que carregava no peito. Senti um calafrio dolorido percorrer minha pele e sacudi o pensamento nefasto que ganhava espaço em minha mente. *Se nós realmente nos amávamos, então... por que não conseguimos? Por que quase morri quando Richard me tocou de um jeito mais íntimo?*

Era essa a dúvida que pairava no ar. *Se a lenda era verdadeira, qual de nós não amava o outro o suficiente para quebrar a maldição? Eu? Ele? O que sentíamos um pelo outro era apenas uma forte atração carnal?*

— Uma vez você disse que invejava os garotos da minha dimensão — quebrei o silêncio. — Se nada tivesse acontecido, quero dizer, se você não estivesse condenado ao *Vértice*, se as coisas entre nós fossem possíveis... — continuei encarando minhas próprias mãos na ingênua tentativa de esconder o rubor em minhas bochechas. — Se você tivesse a chance de escolher, Rick, você realmente preferiria viver no *Intermediário* e longe de *Zyrk*? Abriria mão da sua importante função de resgatador principal e futuro líder de...

— Sim. — Ele não me deixou concluir a frase, fulgurando-me com intensidade. Sua reposta sem a mínima hesitação mexeu ainda mais com as minhas estruturas. Ele não tinha dúvidas.

— Lembre-se de que lá você seria uma pessoa comum, sem o seu prestígio, sem nada.

— Eu não seria uma pessoa comum, Nina — confessou com intensidade. — E teria mais do que poderia sonhar. Eu teria você.

Meus lábios se afastaram involuntariamente e um sorriso gigantesco irrompeu em minha face. Ele sorriu de volta e o ar em meus pulmões foi sugado, não mais pela beleza estonteante de seu rosto perfeito, mas pelos encantos escondidos dentro dele que a cada segundo conseguiam me surpreender ainda mais. Colocando o pão de lado, aproximei-me dele e acariciei seu rosto.

— Nina, não podemos...

— Eu sei. — E, sem demora, afundei meus lábios nos dele. Richard enrijeceu e não retribuiu de início, atordoado, mas também não recusou meus carinhos. — Shhh — sussurrei em meio ao beijo. — Eu acredito, Rick. Não é errado o que existe entre nós, sinto que um dia vamos conseguir.

Instantaneamente sua armadura caiu e, deixando o cuidado de lado, ele aceitou meu beijo apaixonado com uma vontade arrasadora. Suas mãos grandes e ágeis fazendo caminhos perfeitos pelo meu corpo, sua língua vasculhando desesperadamente cada canto da minha boca. Havia urgência no ar. A aflição dele espelhava-se na minha. Ardor. Desejo. Chamas.

Não tínhamos tempo a perder.

Não sabíamos quanto tempo nos restava.

Não suportávamos a ideia de perder esse momento único.

— Precisamos ir! Teremos que correr se quisermos chegar a Marmon ainda hoje. — Com a fisionomia perturbada, ele se afastou num rompante. A ruptura inesperada daquele contato chegou a doer, mas, determinada, assenti e sufoquei meus hormônios à força.

Ele tinha razão.

Era a hora de enfrentar meu futuro e compreender meu passado.

Caminhamos por horas a passos rápidos pelas planícies áridas de *Zyrk* em direção a Marmon. Fazíamos caminhos alternativos, subindo e descendo colinas escarpadas para não nos depararmos com zirquinianos pelo caminho. Richard era cuidadoso, mantendo-se atento aos

meus mínimos sinais de fome, sede ou cansaço. O ânimo de Richard parecia refletir-se no do sol zirquiniano e ia piorando à medida que a tarde avançava.

— Droga! Logo hoje a noite está caindo mais cedo — bradou nervoso checando a posição do sol a cada poucos minutos.

Após o assustador vulcão adormecido que constituía Thron, o vale estrategicamente protegido por um lago como era o caso de Storm, e a fortaleza de pedras de Windston, eu estava esperando algo grandioso, épico, mas, pelas explicações de Rick, Marmon nada mais era que um reino subterrâneo construído a partir dos escombros de um terremoto.

— A catástrofe aconteceu há muito tempo e arruinou a imensa montanha sobre a qual Marmon ficava. Meu povo estava numa acelerada espiral de maldade e o terremoto foi outro castigo imposto por Tyron para nos fazer acordar. Dizem que o cataclismo foi tão violento que teve repercussão até na sua dimensão e se tornou o estopim para o surgimento do Grande Conselho. A tragédia quase dizimou a população de Marmon. A queda não ocorreu apenas no número de habitantes, mas, em especial, no seu exército. O reino arruinado teve que permanecer durante muitos anos sob a proteção do Grande Conselho para que não fosse alvo de ataques oportunistas — Rick explicava de maneira acelerada.

— Então Marmon não tem exército?

— Tem. Seu novo exército foi estabelecido após a chegada de Von der Hess, há aproximadamente duas décadas.

— Von der Hess?!?

— Não sei detalhes da história, mas o que se conta é que o mago fez um acordo com o rei de Marmon, Leonidas. Em troca do cargo de autoridade máxima abaixo do líder, Von der Hess lhe ofereceria ajuda "mágica" para fortalecer seu reino e criar um novo exército. Assim Marmon se reergueria, conseguiria se livrar da submissão ao Grande Conselho e deixaria de ser visto como o filho leproso, o reino amaldiçoado de *Zyrk*. — Arqueou as grossas sobrancelhas. — Para reconstruir Marmon, Von der Hess se aproveitou das condições do terreno após o grande terremoto.

— As fendas devem ser muito grandes para caber tanta gente.

— Dizem que são gigantescas, grandes cânions subterrâneos, mas não acredito que exista tanta gente para povoá-las. O número de resgatadores por aqui é reduzido se comparado aos demais reinos, e os boatos contam que o albino também não mantém um grande contingente de sombras.

— Ele mata elas?

— Acho que sim, Nina — respondeu secamente. — Talvez tenha sido a forma que encontrou para mantê-las sob controle — explicou. — Enfim, comenta-se que o mago prefere trabalhar com o ataque surpresa, usando seus insetos amaldiçoados, os famosos Escaravelhos de Hao.

— Ainda assim, Marmon não estaria protegida de um ataque de outro reino — concluí. — Como conquistam territórios e se defendem se não têm um grande exército os protegendo?

— Marmon não tem interesse em conquistas e pouco precisa se proteger.

— Por quê? Não entendo...

— Olhe ao redor, Nina. O que vê? — questionou ao diminuir o ritmo.

— Além desse deserto horroroso? — Fiz conforme me pediu e vasculhei com atenção todo o entorno. — Nada.

— *Zyrk* é quase toda assim: árida. Nenhum clã luta pelas minas ou campos neutros porque são locais estéreis, mortos. Os poucos lugares que têm algo de bom se transformaram nas sedes dos clãs. O mais rico deles é Storm. Seu grande lago é fonte de sobrevivência nesses tempos de secas ininterruptas, além de ficar sobre uma grande jazida de ouro. Windston, por sua vez, tem o melhor clima, o solo mais fértil de *Zyrk*, e é de onde vem boa parte dos nossos escassos alimentos. Thron, apesar de parecer um lugar muito sombrio, tem razoáveis reservas de água e jazidas de minério de onde extraímos o ferro para a fabricação das nossas armas. Teve também a sorte de ter sido governada por grandes líderes militares. Nossos homens tiram prazer da luta e do Necwar como recompensa, o que nos faz ainda mais fortes. — Ele abriu os braços e girou o rosto em direção ao horizonte. — Torne a olhar ao redor. A paisagem será a mesma que verá quando cruzarmos esta colina e chegarmos a Marmon.

— Mas não há nada.

— Exatamente. E ninguém luta por *nada* — explicou de forma enfática, fazendo-me acelerar ainda mais o passo. — Os clãs não têm interesse em perder soldados por um lugar que não lhes dê nada em troca. Aqui não há água, ouro, minérios, clima ou solo que possam atrair os demais líderes. Sem contar que Von der Hess conseguiu camuflar muito bem as entradas de Marmon. Comenta-se que ele as modifica de tempos em tempos para que nenhum exército as descubra e, caso isso viesse a acontecer, ele faria uso dos insetos malditos. — Sua voz saiu arrastada. — São criaturas de vida limitada, mas eficazes. Muito eficazes.

— Os escaravelhos são capazes de matar?

— Mais que isso. Deixam a vítima em estado de alucinação enquanto leem seus pensamentos. Reza a lenda que é a pior dor que existe. E, uma vez os soldados inimigos se contorcendo no chão, eliminá-los torna-se tarefa fácil, mesmo para um número reduzido de homens. — Bufou. — Bem-vinda a Marmon, Nina — soltou com descaso ao cruzarmos a colina, a divisa para o mais estéril dos reinos de *Zyrk*.

— Meu Deus! O que Von der Hess viu aqui que lhe gerasse interesse?

— Poder, Nina. Os zirquinianos, assim como os humanos, são fascinados pela sensação de poder. — Abriu um sorriso frio. — Sem contar que os boatos também dizem que...

— Quê?

— Que o lugar é realmente amaldiçoado, que existe energia ruim por aqui. Não se sabe se ela já existia e Von der Hess apenas se aproveitou do fato ou se foi ele quem trouxe os poderes malignos para cá.

— Então você nunca esteve em Marmon?

— Nunca entrei pra valer. Meu líder jamais teve interesse no lugar.

— Como encontraremos uma entrada então? — indaguei confusa.

— Com você a tiracolo algo me diz que serão *eles* que virão até nós.

— Eu sei como entrar — ecoou uma voz grave e rascante na planície desértica e nos atropelou sem permissão. *Shakur!*

— O que você está fazendo aqui?!? — Os olhos azuis de Richard dobraram de tamanho, as pupilas vibraram num misto de espanto e incompreensão e ele se posicionou à minha frente, protegendo-me.

— Vim dar cobertura a vocês.

— Cobertura para entrarmos em Marmon? — Subitamente Richard perdeu a voz e enrijeceu. Ele fechou a cara e a sombra da fúria deformou rapidamente seus traços perfeitos. — Afinal, qual é o seu interesse nela? Que outros segredos você esconde além da bruxaria?

— Resgatador, sei que tudo parece sem sentido, mas não há tempo para explicações. — Havia aflição na voz autoritária do líder de Thron. — O elemento surpresa é a nossa única chance. O perigo está à espreita. Eu sinto.

— *Perigo*? Você *sente*? Por que não sentiu isso antes, hein? — Richard cuspia as palavras com o maxilar trincado.

— Veja como fala comigo, rapaz. — Shakur fechou os punhos enluvados.

— Eu falo como *eu* quiser! A mentira fede de longe e, se não me falha a memória, foi você quem adestrou meu olfato.

— Richard, eu não...

— Chega! — Veias arroxeadas saltavam pelo pescoço de Richard e sobressaíam em sua pele alva. Ele parecia mais do que transtornado. A admiração que nutria pelo seu líder era trincada pelo peso da desconfiança. — Que tipo de armadilha é essa?

— Por favor, acalme-se — pediu Shakur ao presenciar Richard balançar a cabeça de um lado para outro. — Você tem dúvidas e medo. Por causa dela... Está descontrolado, mas eu não o culpo. Acredite. Eu compreendo.

Shakur pousou o olhar em mim. Instantaneamente fui tomada por um sentimento diferente, obstrutivo e ao mesmo tempo protetor, como se mãos envolvessem meu coração. Só não sabia se essas mãos desejavam esmagá-lo ou embalá-lo. Apesar de entender que podia estar sendo alvo de algum tipo de magia, uma ideia inesperada se expandia e começou a latejar em minha mente. Ela afirmava que existia algo importante por detrás dos olhos azuis daquele líder sombrio. Havia ódio,

frustração, desespero e mágoa neles, mas o que meus sentidos insistiam em sinalizar era a presença de um misto de preocupação e esperança entremeadas a um sentimento que eu não conseguia decifrar, mas que precisava descobrir.

— Você não entende nada! — Richard rugiu levando as mãos à cabeça. Ele parecia querer arrancar à força algum pensamento que o massacrava. Então, de rompante, segurou meu braço e determinou acelerado: — Eu não estou gostando disso. Vamos embora daqui, Nina.

— Não há onde se refugiar. Vai anoitecer muito antes de chegarem às minas! Toda *Zyrk* já sabe que o Grande Conselho colocou sua cabeça a prêmio, Richard! — Shakur advertiu e pude detectar apreensão exalando de sua voz grave. — Assim como a dela!

— Não! — Richard ainda lutava.

— Temos que entrar em Marmon. É nossa única saída — insistia Shakur.

— Rick, eu vou entrar — comuniquei decidida, desvencilhando-me da pegada dele e colocando um fim àquela discussão interminável. Richard travou, visivelmente perdido, enquanto os traços da hemiface visível do líder de negro se suavizaram. — Se minha mãe está de fato em Marmon, eu não posso simplesmente fugir e deixá-la para trás. Foi para isso que vim. Para salvá-la.

Shakur não perdeu tempo.

— As entradas do lugar são camufladas por bruxaria, mas existe uma falha no feitiço de Von der Hess. Há um determinado momento, quando o sol está se pondo, em que a angulação dos raios consegue evidenciar as margens das fendas no solo. São as entradas.

— Quando soube disso? — Rick tinha as sobrancelhas mega-arqueadas.

— Eu sempre soube, rapaz. — Shakur lhe lançou um sorriso mordaz.

— Sempre soube? Que ótimo! — Richard franziu o cenho e, bufando, afastou-se enquanto chutava pequenas pedras soltas pelo chão. Devia estar arrumando uma maneira de abrandar seu gênio forte.

— O sol já está partindo. Será que dava para os dois...

— Nina! Cuidado! São os... Arrrh! — O berro de Richard interrompeu minha pergunta e pareceu um aviso distante.

— Rick?!? Ai! — Senti uma fisgada lancinante no ouvido. Minha orelha direita ardia. O mundo zunia.

— Ninaaa!!! — Escutei o bramido de Shakur. Novas rajadas de zumbidos passaram ferozes por cima da minha cabeça, como se um enxame de abelhas fosse lançado violentamente em minha direção. O líder de negro arregalou os enormes olhos azuis e saltou sobre mim, fazendo nossos corpos se espatifarem pelo terreno áspero. O escudo com a insígnia de Thron foi arrancado com violência de sua mão, levando a luva negra consigo. Shakur se desequilibrou e caiu com o rosto no chão. Parte da máscara negra se quebrou e ele urrou alto num berro que mais parecia de ódio do que de dor. — Você está bem? — indagou ofegante ainda caído sobre mim. A pressão aumentava em meus ouvidos. Os sons vinham estranhos, abafados, como se eu estivesse no fundo de uma piscina. Meu raciocínio começou a processar as informações ao redor com dificuldade, captando os berros distantes de Richard e o desespero na hemiface do líder de negro de forma lenta e retardada.

Mas minha visão estava intacta.

E eu vi.

Nas outras vezes em que nos deparamos, a penumbra ou a distância se encarregaram de ocultar pormenores com mais perfeição que a amedrontadora máscara e roupas negras que vestia. Mas agora, munida da claridade oriunda dos raios solares, da proximidade e de parte da máscara quebrada, consegui vislumbrar detalhes até então camuflados em seu rosto, como o maxilar deformado, a pele arroxeada, fina e repuxada e, principalmente, o buraco no lugar onde devia estar seu nariz, causado pela ausência da cartilagem e que deixava suas narinas assombrosamente expostas. Seria o momento exato para repulsa ou medo, mas meu coração esquentou dentro do peito quando se deparou com a verdade estampada em seus expressivos olhos azuis. O brilho de uma emoção que eu não havia identificado antes, mas que agora era cristalina: *Shakur se importava comigo!*

E, de alguma forma, eu sentia que meu corpo retribuía aquele sentimento inesperado de forma pungente e decidida. *Você se importa com ele? Você gosta dele? Mas que droga! Que insanidade é essa agora, Nina?*, berrava o resquício de razão a um cérebro letárgico. Tentei me afastar, nervosa e agitada, diante da estranha avalanche de sentimentos que ameaçava me paralisar.

— Rick!!! — Meu berro ecoou no nada. A ausência de resposta comprovava que a situação era grave.

Congelei com a nova descarga de adrenalina que me percorreu as veias. Virei o rosto, desvencilhando-me com dificuldade do peso do corpo de Shakur. E então entrei em choque com o que meus olhos presenciavam: Richard se contorcia violentamente no chão, as órbitas brancas em meio a uma crise convulsiva. Tentei me afastar do líder de negro, mas, de olhos fechados, ele me envolvia com força, murmurando furiosamente palavras sem sentido. *Céus! Shakur havia nos submetido a algum feitiço? O que estava acontecendo?* Sons de homens berrando e se aproximando rapidamente. O zunido aumentava e minha mente girava num furacão de atordoamento.

— Me solta! — bradei apavorada. Zonza, eu não sabia quem nos atacava, mas precisava me livrar de Shakur e ajudar Richard. Então lancei minhas mãos em direção ao líder de Thron, que se defendeu do meu ataque, segurando meu pulso com a mão desenluvada.

— Nina... Pare!!! — esbravejou com a voz rouca e estanquei.

Não por medo, muito menos pela sua autoridade. Meu nome em sua boca. Havia uma intimidade que chegava a doer em seu tom de voz. Meu coração começou a bombardear o peito. Fiz força para me soltar, mas, mesmo deformados pelo fogo, seus dedos eram fortes e mantinham meu pulso aprisionado. Desesperada em me livrar de sua pegada, levei os dentes à área exposta, no local onde a cicatriz da queimadura havia deixado sua pele fina e enrugada e recebi o golpe fatal. Paralisei no meio do caminho. Meus olhos arderam e minha memória entrou em combustão ao avistar a tatuagem no único ponto ileso na pele da sua mão.

O botão de rosa.

A rosa do meu sonho.

Único registro de uma infância feliz.

Não. Não podia ser! Nada disso fazia sentido. Nada. Oh, Deus! Eu estava enlouquecendo!

— Pequenina, por favor, não chore — implorou quando lágrimas romperam as barreiras da minha alma e comecei a chorar copiosamente.

Pequenina?!? Então ele era...?

De repente, o corpo de Shakur se enrijeceu, suas pupilas assumiram a posição vertical e ele me soltou.

— Concentre-se na cor branca — ordenou nervoso, assustando-me ao começar a balançar a cabeça de maneira descontrolada. No instante seguinte, ele se contorcia no chão e desacordava, exatamente da mesma forma como havia acontecido com Richard.

O mundo girava num tornado de imagens distorcidas e perguntas sem respostas. O zumbido ensurdecedor invadia meus ouvidos e mente.

— A híbrida é minha. — A voz afeminada de Von der Hess me apunhalava pelas costas e me fez desmoronar de vez. — Acabou, Ismael!

Ismael?!?

Shakur era... Ismael?

Meu Deus!

Ismael era o homem que eu chamava de pai nos meus sonhos!

Então... Shakur era meu...

CAPÍTULO 19

— Interessante...

Despertei com toques gelados em minhas bochechas. Dedos pontudos passeavam por elas e se fixaram em meu crânio, movimentando-o de um lado para outro, estudando-o. Tarefa estúpida. Nem eu mesma sabia como entender o torvelinho de emoções, o desnorteio mental e espiritual que me assolava. A nova informação. A inesperada descoberta.

Pequenina.

Aquele apelido...

Uma única pessoa o havia utilizado em toda a minha vida: o homem que eu chamava de pai nos meus sonhos. O sujeito de postura altiva e sorriso estonteante que fazia os olhos da minha mãe cintilarem, que cuidava de mim com carinho paternal e que em nada se assemelhava àquele ser de feições monstruosas e temperamento hostil. *Se de fato Shakur era Ismael, o que havia lhe acontecido de tão terrível? Por que ficara daquela forma? Por que assumira o lugar do meu verdadeiro pai?*

Uma parte dentro de mim ordenava que eu me afastasse daquele líder de vestes negras, alertava-me do perigo de tê-lo por perto. Se minha mãe havia fugido dele durante todas as nossas vidas, era porque algo de ruim havia com a sua aproximação. *O que Shakur poderia ganhar mantendo-me viva? Teria o mesmo vil interesse que Von der Hess? Seria esse o receio estampado nos olhos de Richard?*

Mas também havia a outra parte.

Aquela que afirmava que o homem por detrás daquele ser repugnante já poderia ter me usado ou eliminado em outras ocasiões se assim desejasse, que, de alguma forma, ele se importava comigo, que a sensação de acolhimento e plenitude que experimentei com o seu contato era real.

— Pena que não teremos tempo. Até que seria interessante entender seu mecanismo, híbrida. Minhas belezinhas nunca falharam antes. — Von der Hess suspirou. De olhos fechados, poderia jurar que a voz pertencia a uma mulher.

Pisquei várias vezes até conseguir me situar. Minhas mãos e pés estavam amarrados a argolas de ferro fincadas numa pilastra de pedra. O aposento em que eu me encontrava era amplo e com paredes esculpidas na rocha calcária, provavelmente dentro de um dos grandes cânions subterrâneos onde Von der Hess havia criado o novo reino de Marmon. O lugar se assemelhava a um laboratório de ciências dada a grande quantidade de tubos de ensaio sobre as bancadas de pedra branca e potes de vidro cheios de um líquido de cor âmbar, dispostos em prateleiras de madeira presas às paredes rochosas. Eles continham toda a sorte de coisas nojentas, como aracnídeos e insetos de diversos tamanhos, principalmente besouros, que julguei serem os temidos Escaravelhos de Hao, assim como uma enorme variedade de órgãos de animais e de pessoas, em especial orelhas e cérebros.

— Seus escaravelhos não conseguiram ler a minha mente? — inquiri, perfurando-o com o olhar. Seu maxilar tremeu.

— Por enquanto — acrescentou de forma áspera. — Como se sente?

— Ótima. — Sorri desafiadoramente, tornando a vasculhar o lugar à procura de alguma pista ou saída.

— Não encontrará nada do seu interesse por aqui, híbrida.

— Engana-se redondamente — rebati. — Onde está minha mãe?

— Ah! Acho que travaremos um diálogo interessante... — Ele abriu um sorrisinho falso e perturbador. Por alguma razão, eu ficava com os pensamentos lentos na sua presença. — Por que acha que ela estaria aqui em Marmon?

— Eu vi a mecha de cabelo e a foto.

— Hum. — Mordiscou o lábio inferior. — Já cogitou a hipótese de ser uma montagem fotográfica?

— Sim — rosnei, sem deixar de encará-lo. — Mas também vi a comoção que ela provocou e sei que você lida com magia negra, então...

Ele me olhou com mais interesse do que antes.

— É uma conclusão razoável. Adoraria ter tempo para *estudar* você.

Estudar? Meu estômago revirou só em imaginar.

— Onde ela está? — insisti, mas ele ficou de costas para mim e nada respondeu. — Eu sei que minha mãe foi apenas a isca. Era a mim que você queria desde o início.

— Vou responder porque gostei da sua postura. Em geral os humanos são tão covardes diante da morte... — O albino ajeitou as vestes brancas e, com as mãos entrelaçadas, começou a andar pelo lugar. — Sua mãe foi muito mais que uma isca para chegar a você, garota. Ela esclareceu lacunas do meu passado.

— Onde ela está? — repeti engolindo em seco e segurando a onda de preocupação que se agigantava. Ele estava demorando demais a responder.

— Descansando — soltou de maneira enigmática.

Stela descansando? O que ele queria dizer com aquilo?

Uma aura de desafio pairava no ar. Ele queria me testar e estava claro que não seria suplicando ou deixando transparecer meu medo que obteria algum resultado. Eu não precisava temer pela minha vida. Não ainda. Afinal, ele precisava de mim para um objetivo maior.

Respirei fundo e coloquei meu cérebro para funcionar. Eu tinha que levar Von der Hess aos seus limites para tentar obter as respostas de que tanto necessitava.

— Há quanto tempo? — indaguei sem qualquer vestígio de medo.

— Pergunta inteligente, híbrida. Gostei. — Ele deu batidinhas com a ponta dos dedos nos lábios sem cor. — Digamos que desde que ela chegou a *Zyrk*.

— Que foi...?

— Assim que senti a sua presença nesta dimensão, mais especificamente em Thron. — Esquivou-se sem parar de me analisar. — Sabe, híbrida, eu ia eliminar o incompetente do Kevin por ter deixado você escapar assim que ele retornasse a Marmon, mas, no final das contas, o resgatador foi esperto. Ele me garantiu que as duas eram muito unidas e que, caso meus poderes conseguissem manter sua mãe viva em *Zyrk*, você, como todo humano idiota, acabaria vindo atrás dela e penderia a balança para o nosso lado. Foi o que eu fiz! Entretanto, nem nos meus mais ousados sonhos eu poderia imaginar o que encontraria nas coisas dela. — Abriu um sorriso perverso. — Atirei no que vi e acertei no que não vi. Adoro esse ditado humano!

— O que você não tinha visto?

— Ismael! Ou melhor, a fotografia dele abraçado a vocês duas! — O sorriso se alargou e quase rasgou o rosto do bruxo. — Foi tido como morto há aproximadamente uma década. Uma morte súbita, incomum para um promissor aprendiz do porte dele. Não sei como ele conseguiu se esconder de mim por todo esse tempo...

— Se esconder? Como assim?

— Meus poderes para captação de energia são os melhores da segunda e terceira dimensões e, graças a ele, algum tempo após a anunciação da morte de Ismael, captei sua energia singular, ainda que fraca, ressurgir em *Zyrk* e desaparecer em seguida nas terras de Thron. Que tolo eu fui em não dar atenção aos meus fiéis instintos!

Então, híbrida, após a sua chegada em Thron, detectei essa mesma energia, agora pungente e vibrante, reaparecer naquele reino sombrio. Juntei os pontos e tudo fez sentido: Ismael passara-se por

Shakur! Mais do que isso. Ele havia se superado, arrumado uma forma de ocultar sua força enquanto desenvolvia seus dons em segredo! — Vibrou. — Eliminar e assumir a posição do verdadeiro Shakur, o filho destemperado de Prylur, foi um golpe ousado, mas perfeitamente possível, porque, devido a um grave defeito de nascença, Shakur tinha o hábito de cobrir o rosto e o corpo desde a infância. Assim... foi fácil enganar a todos e até mesmo Collin, o herdeiro de Shakur. Bom, isso não seria nada de mais já que o imbecil nunca teve cérebro mesmo e ainda era uma criança na época. Acho que só os mais íntimos perceberiam a falcatrua, mas Ismael deve ter se encarregado de calar esses infelizes também. — Soltou uma risadinha falsa.

— Por que não o desmascarou quando estavam todos dentro da bolha do Grande Conselho?

— E perder esse trunfo? — Gesticulou de maneira teatral. — Mas antes do encontro na bolha acontecer e voltando ao ponto crucial da nossa história, como ter certeza se minhas teorias eram verdadeiras se Ismael permanecia enclausurado em Thron? Como fazê-lo sair de sua fortaleza se ele já tinha a híbrida em seu poder?

— Minha mãe — as palavras me escaparam.

— Um pedaço dela. — Repuxou os lábios.

— A mecha de cabelo.

— Minha jogada de mestre — rebateu. — Se fosse o antigo Shakur, minha proposta seria recusada de imediato, mas, conhecendo a fama do temperamento de Ismael, ele acabaria aceitando caso estivesse escondido atrás das vestes negras de Shakur. Ismael sempre foi um zirquiniano estranho, emocional demais para ter mudado por completo. — Von der Hess bradou com efusão. — E o meu poder criou o único convite que o faria sair de Thron! A força que o Grande Conselho e seus estúpidos e caquéticos integrantes fazem questão de ignorar. Eu, o grande Von der Hess, o único mago de *Zyrk* capaz de transplantar uma humana para a nossa dimensão. Um feito extraordinário!

Estremeci ao me recordar da reação de Shakur naquela noite em que invadi seu quarto sorrateiramente. Lembrava-me perfeitamente do susto que ele levou no momento em que abriu o pequeno embrulho.

— Minha moeda de troca seria a humana que o enfeitiçou, que o fez se transformar naquilo que ele é hoje. Pobre criatura... — ressaltou com asco. — E teria dado certo não fosse você ter fugido para Storm.

— Ele ia me trocar por minha mãe?

— Ainda não percebeu que você é a carta mais valiosa do jogo, garota? Você é o curinga e poderia ser trocada por qualquer coisa, dependendo apenas do interesse do jogador. — Ele cerrou os dentes, segurando um sorriso malicioso.

Seria esse o motivo de Shakur querer me manter viva? Para me trocar?

— Dei mais sorte que o colega da rodada anterior.

— Rodada anterior? Outra pessoa também tentou me trocar antes de Shakur? — Tentei parecer indiferente à terrível descoberta, mas não tive êxito.

— Você não sabe?!? — exclamou Von der Hess e, sem conseguir conter a satisfação, balançou o indicador no ar. — Ah! Não vou estragar a surpresa! Mas te darei uma pista. Você só adquire uma Hox após um acordo com Malazar.

Engoli em seco. Meu coração sofreu uma nova descarga elétrica. Richard havia me dado duas pedras-bloqueio! *Não. Não. Não. Pare de pensar besteira, Nina! Richard não seria capaz, ele não...*

— Pela lógica, Ismael jamais cometeria o estúpido erro novamente, mas lógica nunca foi o forte dele. Só um louco para deixar tudo para trás, quiçá o mais promissor de todos os postos — ele continuava seu bombardeio sobre mim —, para viver com duas humanas.

Hã? Tentei impedir que a máscara de confusão cobrisse minha face, mas não consegui. Von der Hess não perdeu tempo.

— Ah! Também não sabia que você e sua mãe foram a desgraça dele desde o início? — indagou com maquiavélica satisfação. — Ismael é um covarde. Um tolo! Covarde porque se escondeu atrás das vestes de um morto durante todo esse tempo. Tolo porque deixou duas humanas se transformarem na sua fraqueza. Aliás, todos os magos do Grande Conselho são tolos. Deve ser pré-requisito. Bando de hipócritas estúpidos! Quero ver a cara de Sertolin quando descobrir que seu adorado pupilo está vivo, se é que aquele amontoado

de carne queimada pode ser considerado "ser vivo". — Fez uma careta. — Saber que Ismael, o discípulo que o fez ficar de luto por todos esses anos, abdicou do cargo que deveria pertencer a mim para usufruir uma vida mundana ridícula com uma humana e sua filha híbrida e amaldiçoada.

Mas que droga! Quem havia aniquilado todos os caminhos da previsibilidade quando eu nasci? Por que nada podia ser conforme eu imaginava?

— Então você já eliminou meu... ele? — Eu teria que suportar aquela avalanche de informações e focar no objetivo maior: Stela.

— Algo que aprendi com o passar dos anos é esperar a hora certa para agir. Não desperdiço o que ainda poderá ter serventia.

— De que te servirá manter Shakur e seu resgatador vivos?

Ele sorriu.

— Ora, ora! Não simpatiza com eles, híbrida? — indagou com curiosidade. — Hum. Tive a impressão de que era justamente o contrário... — Soltou outra risadinha infame. — Sua pergunta procede, mas acho que você ainda não entendeu o X da questão. Ismael tem poderes e isso é, de fato, um perigo para Marmon. Mas, como sei que ele tentará de tudo para "salvar" a sua querida mãe, haverei de me aproveitar dos ventos favoráveis. Ele não fará besteira por medo de perdê-la. Pode até me ajudar... — ruminava as palavras. — Além do mais, Ismael também se importa com o resgatador condenado ao *Vértice*. O líder de Thron deixou seu cérebro exposto para proteger o rapaz do ataque dos meus escaravelhos. Ele fez Richard entrar em sono profundo no exato momento em que minhas belezinhas fariam a leitura da sua mente. Muito estranho, não?

— E por que ele se importaria com um mero resgatador?

— Richard não é um mero resgatador. Ele será o procriador do grande descendente de *Zyrk* — rebateu com desdém. — O rapaz tem dons, haja vista seu contato com o demônio.

— C-com Malazar? — Minha voz falhou.

— Por que se espanta, híbrida? Por acaso não conhece o apelido dele? — Perscrutou-me com um sorriso ardiloso.

Não podia ser! Perdi a cor ao relembrar como John de Storm o havia chamado: "Filho do demônio!" *Não podia ser verdade! Ele não...*

— De fato eu ia matar Richard, mas, antes dele cair desacordado, vi a imagem vívida de Malazar através dos seus impressionantes olhos azuis. Foi isso o que me impediu. — O bruxo fitava o nada. — Posso jurar que Ismael queria esconder algum segredo perturbador que aquele rapaz carrega consigo. Portanto, preciso reavaliar a situação antes de tomar uma atitude irreversível.

O que haveria de tão importante na mente de Richard para que Shakur o protegesse da leitura de Von der Hess? O que ele escondia a sete chaves? Richard estava envolvido com Malazar? Teria realmente tentado me trocar? Fechei os olhos com força e fúria, e rechacei aquela ideia absurda da minha mente. Na certa, aquela víbora estava executando o que sabia fazer de melhor: envenenar.

Três batidas fortes seguidas por uma batida leve na porta.

— Entre, Truman.

— Nosso líder o convoca ao salão principal com urgência, senhor. — Adiantou-se um sujeito de maxilares pronunciados. Tinha uma franja comprida que tapava parte dos olhos. Ainda assim foi facílimo distinguir o brilho de maldade refletido neles ao se depararem comigo. — O medicamento está perdendo o efeito e a humana está berrando sem parar. Decidi evacuar o lugar, antecipando o intervalo de descanso. Foi preciso senão os homens de Leonidas poderiam desconfiar.

Nova descarga de emoção: humana?!? Era sobre Stela que falavam!

— Merda! — Foi a resposta azeda do bruxo. — Pois ganhe tempo. Diga-lhe que estou em uma experiência importante.

— Nosso rei está inflexível, senhor. Ordenou que paralisasse tudo e fosse ao seu encontro.

— Preciso ir até a humana antes e resolver a questão — rebateu o bruxo albino com impaciência e, de repente, sua fisionomia ficou ainda mais maligna e sua testa lotou de vincos. A expressão sombria confirmava que ele havia pressentido algo. — O que está havendo com Shakur?

— E-eu também precisava lhe contar, meu senhor. Está acontecendo algum problema com o quadro de hibernação.

— Ele não está inconsciente?

— O resgatador sim, mas Shakur está diferente.

— Diferente como?

— Há momentos em que parece estar acordado e, quando vou checar, ele entra num estado de transe diferente, está respirando, mas sem batimentos perceptíveis. E, durante esse tempo, tenho a impressão de que eu também fico estranho, esquecido, como se tivessem apagado parte da minha memória. Não acho que seja normal. Aliás, nada naquele homem parece normal. Tenho receio que...

— Não se preocupe. O lugar não permite. Shakur nada poderá fazer sob o escudo de Marmon — adiantou-se e pude captar uma pitada de alívio entremeada à sua observação.

— Mas as coisas ficarão complicadas se Leonidas e o nosso povo desconfiarem que temos essas *visitas* por aqui. Meus homens não serão suficientes para conter uma rebelião.

— Tenho boa quantidade de escaravelhos em estágio adequado.

— Eu sei, mas ainda assim...

— Não me faça perder a paciência, capitão! — Von der Hess bramia, andando de um lado para outro.

— Acho melhor não arriscar, senhor. Leonidas o aguar...

— Só mais essa noite e minhas luas de tormento e bajulação terão acabado! — interrompeu com fúria.

Só mais essa noite?

— Você fará o serviço — determinou de repente Von der Hess, estendendo um frasco de vidro ao subalterno. Dentro dele avistei uma seringa de metal contendo um líquido marrom-escuro. — Silencie a humana enquanto trabalho a fraca psique do nosso líder. Leonidas não tem andado muito receptivo às minhas orientações desde o encontro com o Grande Conselho.

— Já percebi, meu senhor — concordou o capitão, prendendo o frasco de vidro à cintura. — Ele não para de falar no filho póstumo.

— Tolices! Daniel está morto há anos — soltou o mago e, agitado, apontou para mim: — Amordace-a antes de sair e me espere na cela de Shakur.

Tão logo o mago virou-lhe as costas, o brilho da maldade nos olhos do tal Truman se acentuou. Ele não queria apenas me amordaçar.

— Espera! — berrei assim que Von der Hess atingiu a porta de saída. — Eu tenho algo do seu interesse. Podemos fazer uma troca.

O bruxo se virou e abriu um sorriso de desdém no rosto ofídico.

— Obrigado, mas você é tudo em que tenho interesse, híbrida. Amordace-a, Truman.

O homem não perdeu tempo e, no instante seguinte suas mãos pesadas forçavam um pedaço de pano encardido em minha boca.

— Eu sei onde estão as Hox! Você poderá utilizá-las se algo der errado! — gritei enquanto me debatia para me livrar do pano e das mãos do sinistro subalterno.

— Suspenda! — ordenou Von der Hess ao soldado. O interesse faiscava em sua fisionomia arrepiante. — Você... sabe onde elas estão?!?

— Sei. E não me importo em revelar o paradeiro caso você permita que eu fale com a minha mãe. Seu capitão poderá me levar até ela.

Von der Hess me estudava.

— Onde estão as pedras-bloqueio? — indagou sem demora.

— Me solta que eu revelo.

— Nada feito, híbrida. — Repuxou os lábios e se virou em direção à porta.

— Tudo bem — assenti com calma. — Se eu deixar um escaravelho ver através da minha mente, você me dá permissão?

— Um escaravelho?!? — Ele parou e seus olhos arregalados me encaravam por cima do ombro. — Na sua mente?

— Exato — respondi com firmeza, tentando camuflar a preocupação que me consumia: *e se a minha ideia fosse uma grande estupidez? E se eu não suportasse a dor? Como confiar naquele ser inescrupuloso?*

Teria que arriscar.

— O senhor não pode perder mais tempo — alertou o capitão. — Leonidas irá desconfiar.

— Mas, se silenciar minha mãe, você perderá a chance de saber se é verdade o que tenho a mostrar. Estará descartando outro grande trunfo — frisei.

— Truman, diga a Leonidas que estou a caminho e retorne imediatamente. — Um brilho malévolo expandia nos olhos do bruxo.

— Mas...

— Agora! — bradou intolerante, e o capitão assentiu sem olhar para trás. — Muito bem, híbrida — foi direto ao ponto. — Se o que me oferece é verdade, asseguro-lhe que falará com a sua mãe ainda hoje. — Ele removeu a tampa de um pote de vidro, sibilou algo incompreensível e um inseto asqueroso, semelhante a um besouro preto cheio de espinhos, pousou em sua mão. — Vamos trabalhar, belezinha?

Meu corpo reagiu àquele comando, arrepiando-se por inteiro. O pequeno inseto alçou voo e veio na minha direção. Fechei os olhos instantaneamente. Ouvi um zunido alto em meu ouvido direito e uma rajada de calor e agonia percorrer minhas veias. O chão desatou a girar e os pensamentos se embaralhavam e fugiam de mim. O som se foi. *Droga! O inseto ganhava espaço e eu não podia permitir.* Fechei os olhos com mais força ainda, respirei fundo e, assim como Shakur havia me orientado, concentrei-me no branco. A ideia era manter minhas memórias protegidas, abrir meu pensamento aos poucos e permitir que Von der Hess visualizasse somente o que eu lhe permitisse. Foquei toda a minha energia para o lugar onde eu havia me deparado com as malditas Hox pela última vez e escondi o entorno, embaçando tudo ao redor em uma névoa branca e intransponível. Sons altos e incomodativos, como se estivessem arranhando incessantemente uma superfície dura com pregos, perfuravam meus tímpanos. Pancadas fortes e ininterruptas, como uma britadeira enlouquecida, atingiam meu crânio. A sensação do escaravelho percorrendo minha mente era indescritível. Contudo, ao contrário do que diziam, não doía, mas era extremamente angustiante. Nada do que eu vivi até hoje pode se assemelhar. Nada. Von der Hess tentava de tudo para penetrar meus pensamentos, minhas lembranças, mas minha visão era única e imutável. Mantive-me firme e, a despeito do cansaço que me abatia, não cedi.

— Zzzzzz — sibilou Von der Hess, um zunido fino, produzindo ondas sonoras que me deixavam toda arrepiada. Uma gastura inebriante tomou meu corpo e o inseto saiu voando de dentro do meu ouvido e pousou triunfante no dedo mínimo do mago albino.

— Engenhoso, híbrida — finalizou ele e minha energia se restaurou instantaneamente. *Graças aos céus Von der Hess tinha pressa! Não sei por quanto tempo conseguiria suportar seu ataque!* — Mostrou-me o necessário e camuflou tudo ao redor, não é mesmo? Eu vi as pedras-bloqueio com perfeição, mas não consegui identificar o lugar — murmurou num misto de ira e surpresa.

— Mostrarei quando cumprir sua parte no acordo. Primeiro quero estar com a minha mãe — rebati de estalo. *Não era só ele que sabia jogar.*

— Com licença. É melhor se apressar, senhor. Perdão, mas nunca vi Leonidas tão nervoso. Está gritando como um louco e deixando a guarda em estado de alerta — Truman nos interrompia, reaparecendo no aposento com a expressão tensa.

— Vá, Capitão Truman. Leve a híbrida com você e a deixe falar cinco minutos com a mãe — determinou o mago, lançando-me um olhar desafiador, mas igualmente intrigado.

— Levá-la comigo?!?

— Nunca. Questione. Minhas. Ordens! — ralhou o bruxo. — Amordace-a durante o caminho para que ela não apronte uma gracinha e a mantenha de mãos amarradas. — Von der Hess abriu um sorriso presunçoso em minha direção, como se tivesse lido meus pensamentos. Ajeitou o capuz e se foi.

Eu teria cinco minutos com Stela.

E tinha um plano.

Mas como executá-lo com as mãos amarradas?

CAPÍTULO 20

O amontoado de corredores escuros pelos quais Truman me conduzia em nada ajudava meu intento de desvendar possíveis saídas. Marmon conseguia ser ainda pior do que Thron porque ali não havia gente. Mas não eram apenas os caminhos escavados desordenadamente nas rochas que criavam uma atmosfera traiçoeira. Havia uma névoa abafada, um ar pesado e estático obstruindo minha garganta e embaçando meu raciocínio. Algo estranho nos envolvia e eu quase podia tocá-lo.

Um eco rasgou o silêncio absoluto. Meu sangue congelou.

Mamãe!

Outros berros nervosos, indecifráveis e sem coerência, como grunhidos animalescos, vieram a seguir e quase me derrubaram. *Por que ela berrava daquele jeito estranho? O que eles haviam feito com ela?* Truman praguejou e me puxou com mais força, mantendo-me sempre à sua frente. Minha cabeça rodopiava alucinadamente, perdida no ciclone de emoções que avançava sobre meu espírito. Expectativa. Felicidade. Medo.

Começamos a subir uma íngreme escadaria esculpida na margem da gigantesca parede rochosa. Meus batimentos cardíacos triplicaram de velocidade quando vi a névoa negra fazer o papel de guarda-corpo à direita, embaralhando ainda mais os degraus desnivelados e *protegendo* uma passagem escancarada para o precipício abaixo de nós. Mãos seguraram minha cintura. O calafrio de advertência passeou por minha nuca e meu corpo enrijeceu. Algo dentro de mim sinalizava que era Truman, e não o abismo, o maior perigo por ali.

— Está com medo, híbrida? — Ele aproximou o rosto do meu, mas não recuei quando seu nariz roçou meus cabelos. Qualquer passo em falso e meu fim chegaria bem antes do programado, nas profundezas daquele cânion maldito. — Deixe-me sentir... — ele continuava suas investidas. — Aaaa... Essa energia que vem de você é bem tentadora, sabia?

Instintivamente acertei uma cotovelada em suas costelas.

— Valente, hein? Quero ver se continuará assim quando eu acabar com sua mãe, garota. — Olhei por sobre o ombro e vi o brilho da maldade refletido em seus olhos. *Deus! Aquela injeção não era para acalmar, mas sim para matar Stela!* O horror se apoderava do meu corpo a cada degrau logrado e minha taquicardia entrava em níveis perigosos. *Eu precisava agir e tinha que ser o mais rápido possível!*

Imediatamente me recordei do golpe que John havia me ensinado quando estávamos em Storm. Respirei fundo e, tentando a todo custo controlar a adrenalina desvairada em minhas veias, abaixei num rompante, girando rapidamente o corpo. Truman quase tombou, mas conseguiu se equilibrar desajeitadamente nas reentrâncias da parede de pedras à sua esquerda. Aproveitando-me do momento, desvencilhei-me dele e, mesmo com as mãos amarradas, lancei as palmas abertas em direção ao seu rosto. Ele recuou, mas, para meu infortúnio, não urrou de dor conforme eu esperava. *Se eu estava com os nervos à flor da pele e lutava com todas as forças pela minha vida, por que minhas mãos não funcionaram*

contra ele? O desgraçado franziu o cenho e avançou de forma abrupta sobre mim, espremendo-me com fúria contra a parede rochosa.

— Você podia ter nos matado, sua estúpida! — esbravejou ele. O peso do seu corpo imobilizava o meu por trás.

— Me solta! — ordenei com ódio assim que a mordaça se deslocou e me permitiu falar, mesmo que de forma abafada. A pele do meu rosto ardia nos pontos onde era espremida contra a muralha áspera.

— Sabe o que eu vou fazer com uma híbrida idiota como você? — sussurrou em minha orelha. — Tudo que a minha sedenta imaginação for capaz de conceber! E a cela da sua mãe virá bem a calhar... — Arfou. — Só não decidi se primeiramente eu faço você assistir à eliminação dela ou se deixo isso para depois de usufruir as sensações que seu corpo híbrido pode me oferecer. Nesse caso será sua mãe a espectadora. — O sangue ferveu em minhas veias. Virei o rosto e meus olhos se depararam com o frasco de vidro que continha a seringa aprisionado no seu cinto de couro.

— Você vai morrer, verme — rosnei.

— Tudo que é mais difícil é mais gostoso. — Ele sussurrou no meu ouvido.

— N-Ninnn... F-filh...

Aquele chamado fez toda a diferença do mundo. Tive que segurar as lágrimas, conter a emoção que ameaçou rasgar meu peito. Ela podia estar doente ou drogada, mas Stela me chamava! Mamãe era uma receptiva e captara a minha presença. Talvez por isso tenha começado a berrar e causar toda aquela confusão. Stela, a única certeza de amor na minha vida, meu porto seguro que julgava perdido, estava ali, tão perto e chamando por mim.

— Merda de humana! — reclamou o sujeito, afastando ligeiramente seu corpo do meu.

Bastou.

Não podia esperar para ver se minhas mãos funcionariam. Aproveitando-me do momento, ainda que sem poder executar amplos movimentos, acertei em cheio uma joelhada no frasco de vidro e o espatifei, esmagando-o com força contra a parede. Segurei a dor das fisgadas provocadas pelos cacos penetrando em minha pele, mas em momento algum cogitei a hipótese de demonstrar. Ato contínuo, dei uma nova joelhada, certeira, bem no meio das pernas do cretino que se curvou de dor. Percebi que a visão dele ficou turva. Suportei o ardor e imediatamente me abaixei para pegar a seringa. No intervalo menor que de uma pulsação, eu cravava a agulha na coxa do infeliz que, agora sim, arregalava os olhos e urrava alto. Foi tudo tão rápido que, somente após alguns segundos, o homem se deu conta do que havia acontecido.

— Morra!

— Sua... — Truman esbravejou e voou sobre mim. Dei um pulo para trás, subindo desequilibrada pelos estreitos degraus. — Eu vou... — praguejou e o vi bambear logo abaixo de mim assim que suas pupilas começaram a dilatar.

— Você vai sim, seu verme! — Arranquei o molho de chaves preso em sua cintura com tanta força que o fiz tombar para cima de mim. — Você vai pro inferno! — bradei assim que senti as chaves seguras entre os meus dedos, chutando-o para longe com todas as minhas forças. Ele arregalou os olhos, mas não fez resistência. Suas pupilas acabaram de entrar em dilatação máxima e o infeliz estava morto antes mesmo de despencar no terrível precipício. A droga era poderosa e o matara com uma velocidade impressionante. Mais assustador ainda foi presenciar o corpo de Truman perder o tônus ainda de pé, e, como um boneco inflável que acabara de ser furado, ir esvaziando de cima para baixo. Sua cabeça apática pendeu sobre o peito que, em seguida, arqueou-se para a frente, tombando sobre as pernas bambas e despencando.

Guiada pelos grunhidos desesperados da minha mãe, subi correndo em direção à porta de madeira maciça da cela onde ela estava. Lá de dentro sua voz continuava enrolada e suas frases saíam incompreensíveis. Estanquei por um instante, mirando o molho de chaves dentro da mão ensanguentada e lutando para refrear a enxurrada de emoções contraditórias que bombardeava meu coração. Tentando controlar meus nervos, fechei os olhos e encostei a testa no batente da porta. Eu tinha que abri-la, mas, ao mesmo tempo, era paralisada pelo medo. A Stela que eu encontraria do outro lado da porta não seria a mesma que eu havia visto pela última vez em minha antiga dimensão,

já nem sei há quanto tempo, naquele teatro da Broadway. Ela havia mudado. Eu havia mudado. Tantas coisas tinham acontecido, como eu havia amadurecido... Meu mundo antigo ruíra, engolido pela voraz escuridão das descobertas, despedaçado em milhares de fragmentos de dor, perdas e mentiras, e dado lugar a um novo mundo, também repleto de conflitos e desafios, mas, acima de tudo, um universo que alvorecia e permitia novas chances, como o renascimento de uma nova Nina. Nesta dimensão, eu não era uma simples garota que precisava fugir, eu era forte. Ali eu fazia a diferença e, mesmo diante da morte, sempre haveria uma alternativa até então desprezada: a esperança. Onde ela estivesse sempre haveria lugar para a vida, para o amor.

Stela entenderia isso? Minha mãe compreenderia que agora eu queria ficar e lutar, e não mais viver fugindo para sempre?

Respirei fundo e, trincando os dentes para não permitir que meu coração saísse pela boca e se jogasse no precipício, destranquei a porta. Stela parara de berrar. *Havia pressentido a minha chegada? Estaria tão emocionada quanto eu?* Abri a porta lentamente e então vi minha mãe. Deitada em posição fetal no chão, enrolada num lençol encardido e encolhida em um dos cantos do fúnebre aposento. Mamãe levantou a cabeça em minha direção. Minha alma congelou e lágrimas ininterruptas de felicidade, dor e pavor encharcaram minha face ao ver seu estado decadente. Ela estava suja como um animal sarnento, tinha a aparência abatida, o olhar perdido, e, ainda assim, tentou se arrastar, forçando o corpo a vir em minha direção, mas não conseguiu.

— Mãe, não! — Corri ao seu encontro e, tremendo muito, segurei sua cabeça. — Mãe!

— Mrrrrr... Ellll... — balbuciava ela olhando assustada para a porta.

Oh Deus! Ela estava dopada ou haviam lhe causado algum dano mental?

— M-mãe, calma! Vai ficar tudo bem, eu... — Em pânico com a recente descoberta, comecei a afundar no lugar.

— Filh... — Ela percebeu o horror em meus olhos e, mesmo em seu péssimo estado, vi quando fez um esforço colossal para me tranquilizar, mas sua língua não obedeceu e caiu frouxa para um dos cantos da boca. Ainda assim, o esboço de um sorriso se formou em seu rosto. Com o olhar vidrado de emoção, soltou um suspiro alto e começou a soluçar.

— Eu sei, mãe. Eu sei.

Envolvi seu corpo em um abraço desesperado e chorei junto. O pranto das nossas almas, da nossa felicidade, do seu escancarado alívio e do meu agradecimento por toda uma vida de amor e doação. Dor e desabafo. Entendimento. Não precisávamos dizer nada. O amor falava por nós.

— Temos que sair daqui — disse por fim, utilizando todas as minhas forças para me desvencilhar do aconchego maternal do seu abraço, o melhor e mais seguro lugar do mundo, mesmo nas condições mais inseguras.

Mamãe tornou a fechar os olhos, exaurida. Vasculhei ao redor, procurando algo que pudesse utilizar em nossa fuga e meu estômago se revirou de tristeza ao detectar as péssimas condições em que ela se encontrava. Uma caneca de alumínio com água pela metade jazia largada no chão e a única fonte de iluminação do fúnebre lugar provinha de uma tocha presa numa reentrância da parede rochosa. Sem colchão, sem nada. *Pobre Stela!* Ela já havia sido torturada o suficiente por minha causa e não suportaria vê-la sofrer nem por mais um segundo sequer. Estremeci ao me recordar que Von der Hess poderia aparecer a qualquer instante.

— Mãe, existe alguém que talvez possa nos ajudar.

Encarei o molho de chaves. Sabia que estávamos numa situação muito ruim e a única pessoa que poderia nos ajudar naquele momento talvez estivesse em condição ainda pior, mas algo me impulsionava a arriscar. Mamãe segurou meu braço com seu resquício de força e, como que pressentindo algo, arregalou os olhos. Traguei o ar com dificuldade ao vê-la tão preocupada.

— Eu sei o que estou fazendo. Confie em mim. Eu te amo — disse num sussurro e beijei sua testa. Ela soltou um grunhido em forma de murmúrio, mas, sem forças, tornou a tombar a cabeça no meu colo. Fechou lentamente os olhos e, para minha sorte, eles

estavam distantes quando ela os reabriu, dando-me chance para sair rapidamente dali.

— Preciso da sua ajuda — pedi num rompante assim que abri a porta da única cela além daquela onde mamãe se encontrava, na extremidade da escadaria de pedras, o ponto mais alto do penhasco esculpido numa das paredes que margeavam o grande cânion.

— Estou pronto — respondeu o líder de negro de bate-pronto. Ele guardou algo repentinamente no bolso de sua calça antes de ajeitar o pedaço de pano que colocara no lugar da máscara fraturada. Soltei o ar, num misto de surpresa e alívio.

— Rick!!! — Corri acelerada ao seu encontro.

— Oi, Tesouro. — Ele piscou, ainda sentado no chão. Richard tinha a voz arrastada e aparentava estar num quadro de torpor artificial. As cordas rompidas no chão comprovavam que o líder de Thron havia conseguido se soltar e também liberar Richard.

— Estou tentando acordá-lo há horas, mas não está reagindo como eu imaginava. Ele vai precisar de mais tempo — explicou Shakur num tom de voz bem estranho.

— Como assim? Nós não temos esse tempo! — guinchei ao ver que Richard jamais conseguiria descer os degraus que margeavam o precipício naquele estado letárgico. — Seu poder não funciona aqui?

— É fraco demais em áreas de forças obscuras — explicou taciturno enquanto olhava para o nada. *Claro! Por isso minhas mãos não reagiram!*

— Mas você é forte! Pode carregá-lo. — Eu quase implorava.

— Não se faça de tola. Você entendeu o que eu quis dizer. Apenas me colocarei em perigo na descida pois terei que abandoná-lo na próxima cela. A não ser que decida deixar alguém para trás. — Sua insinuação mais do que clara me fez arrepiar por inteira: *teria que optar entre Rick e Stela?*

— Não! — rugi.

— Então a decisão está tomada. Despeça-se dele e vamos embora — comandou Shakur de forma enérgica ao me ver tentar desesperadamente despertar a tapas um Richard lobotomizado.

— Não vou deixar nenhum dos dois para trás! — esbravejei e poderia jurar que Shakur disfarçou um sorriso mordaz.

— A matemática é simples: um morre, três sobrevivem — respondeu Shakur de cabeça baixa. — Só tenho como carregar um dos dois.

— Não! — Novo choro fino saiu por minha garganta.

— Então morreremos os quatro — rebateu ele com a voz fria. — Eu, Richard e sua mãe em instantes e você... daqui a algumas luas, após Von der Hess a torturar até o último fio de cabelo para dar andamento a seus planos diabólicos.

— E-eu, eu...

Uma ideia cintilou em minha mente acelerada e, sem hesitar, segurei o rosto perfeito de Richard entre minhas mãos ainda presas por cordas e tasquei um beijo em sua boca. Beijei-o com vontade, apertando seu corpo contra o meu com aflição e desejo. Sorri aliviada ao vê-lo empertigar no lugar, reabrir os olhos e inspirar profundamente, mas, no instante seguinte, ele tornava a tombar, desorientado, na parede atrás de si.

— Não adianta. Não temos poderes o suficiente aqui dentro. — Shakur suspirou ao me ver em estado de choque.

Como assim? Ele sabia dos meus poderes? Droga. Droga. Droga! Não podia ser assim! Eu não podia abandonar Richard e muito menos minha mãe.

— Decida-se! — bradou nervoso e começou a esfregar a parte ainda intacta da máscara de metal. — Nosso tempo está se esgotando!

— Então será meio a meio! Dois morrem, dois se salvam. — Engoli em seco, decidida de que estava tomando a atitude correta.

— Hã?!? — Ele interrompeu seu cacoete e me encarou.

— Eu fico com Richard. Você salva a minha mãe. — Segurei na marra a dor que ameaçou se alastrar pelo meu peito. Eu mal conseguira reencontrar Stela e acabara de abrir mão dela, mas, apesar de tudo, algo me dizia que meu lugar era onde Richard estivesse. — Por favor, cuide dela para mim.

— Você vai... ficar... com ele? — Arregalados, os marcantes olhos azuis de Shakur se destacaram na penumbra do ambiente. — Vai arriscar sua vida por um zirquiniano?

— Ele fez muito mais que isso por mim — confessei sem sair de perto de Richard.

Shakur levou uma das mãos à boca. Quando a retirou, ele exibia um sorriso estonteante, igual ao que vi na fotografia em que abraçava a mim e Stela, e caminhava a passos largos em nossa direção.

— Vamos lá, garota! Ou morreremos todos ou sobreviveremos os quatro! — vibrou ele, pegando-me novamente de surpresa.

Funcionou!

CAPÍTULO 21

Subitamente determinado, Shakur jogou o corpo sem resistência de Richard por sobre o ombro direito. Ele conseguiu a proeza de levantar a montanha de músculos que era Richard com incrível facilidade, carregando-o com destreza enquanto descia os degraus suspensos à beira do abismo.

— Como está a humana? — Shakur tentou disfarçar, mas sua voz saiu cheia de expectativa quando chegamos à entrada da cela onde mamãe se encontrava. *Ele não imaginava que eu já sabia que ele era Ismael, o meu pai adotivo de um passado distante.*

— Não consegue falar, mas acho que entende o que se passa ao seu redor. Tenho medo de que não esteja apenas dopada, mas que lhe tenham causado algum dano irreversível e... — Não consegui continuar ao ver a hemiface do líder de negro perdendo a cor gradualmente.

Depois de tantos anos, ele ainda se importava com ela? E qual seria a reação de Stela ao se deparar com Ismael?

— Preciso colocá-lo no chão antes que me acerte um chute involuntário. — Shakur esboçou um sorriso ao ver que Richard começava a mexer as pernas e o posicionou do lado de fora da entrada.

— Não é perigoso deixar ele aqui? — indaguei.

— Qualquer lugar dentro de Marmon é perigoso. Ao menos aqui Richard pode nos dar o alerta da chegada de algum intruso. Não que isso seja de grande serventia com ele nesse estado, mas... — Deu de ombros. — Temos que pegar sua mãe e sair daqui o mais rápido possível. Vou fazer duas viagens até a base. Primeiro eu desço com ela, tudo bem?

— Tudo bem.

— Resgatador, fique de olho e berre se alguém se aproximar, ouviu? — comandou Shakur.

— *Podeixar*, meu líder — assentiu, mas o coitado mais parecia um sonâmbulo que falava durante o sono.

Shakur segurou minhas mãos ainda amarradas e, sem que eu esperasse, desceu um lance de degraus conduzindo-me ao nível logo abaixo do nosso.

— Para onde está me levando?

— Feche os olhos, Nina, e não os abra em hipótese alguma.

— Hã? — Não gostei da ordem inesperada. O mortal abismo piscava abaixo de mim.

— Vou cortar a corda.

— E por que eu preciso fechar os olhos?

— Porque vou remover a minha máscara. — Havia uma advertência velada no tom de voz sombrio. — A parte de trás dela possui um bordo afiado como uma lâmina. Uma arma secreta...

— Ah! — Isso explicava o porquê dele se afastar de Richard. Não queria que seu pupilo, ainda que fora de suas faculdades completas, presenciasse o triste segredo que guardava a sete chaves.

— Dê-me a sua palavra que não abrirá os olhos em hipótese alguma.

— Eu prometo.

Sem hesitar, estendi os braços, satisfeita em saber que me veria livre das malditas amarras, e cerrei os olhos com força. Escutei a respiração de Shakur ficar diferente, menos forçada, e, em seguida, ele segurar delicadamente minhas mãos. A agradável sensação de bem-estar que ele costumava me gerar estava de volta, mas meu momento de tranquilidade foi interrompido por um novo berro.

— Nina! — A voz de mamãe, bem mais forte e lúcida do que antes, rasgava o ar e me enchia de aflição e felicidade. — Ninnn!

— Não! — advertiu Shakur, nervoso.

— Não vou abrir — rebati, mal contendo a agitação em minhas pernas.

— Maldição! Os ecos vão acabar nos denunciando — resmungou ele, terminando o serviço de forma acelerada.

— Ninaaa! — Os berros dela aumentavam de intensidade.

Os grunhidos altos de mamãe vibravam em meus tímpanos. Manter os olhos fechados parecia uma tarefa hercúlea. De repente ela soltou um gritinho fino, como se levasse um susto, e se calou. O silêncio repentino conseguia ser ainda mais aterrorizante que seus berros. *Ah, não! O que havia acontecido agora?* Shakur acelerava o serviço e a respiração entrecortada evidenciava sua tensão. Finalmente senti a pressão em meus pulsos aliviar e uma ardência tomar o seu lugar.

— Pode abrir os olhos. A corda era forte demais, acabei cortando acidentalmente sua mão. Assim que sairmos daqui, darei um jeito nisso — prometeu acelerado. — Venha! — ordenou, guiando minhas passadas enquanto subíamos os degraus que nos separavam da cela onde mamãe estava.

Shakur estancou o passo e meu coração deu um salto quando não avistei Richard na entrada da cela. Ao entrar, deparei-me com uma cena esdrúxula, quiçá, cômica. Richard, com sua postura altiva quase recuperada e surpreendentemente bem menos sonolento, tentava acalmar minha mãe fazendo barulhinhos baixos e cadenciados, desses que a gente utiliza para chamar gatos. De costas para a porta, mamãe permanecia sentada no lugar onde eu a havia deixado. Ao me aproximar, vi que ela tinha os olhos arregalados ao máximo e a boca esboçava um sorriso estranho.

— Mãe?!? Rick?!?

— Eu juro que não fiz nada. Só entrei o mais rápido que pude e pedi para que se acalmasse. Então ela ficou assim desde o momento em que pôs os olhos em mim — explicou ele com as mãos na nuca, a fala ainda lenta.

Não tive como não sorrir. Sob o efeito dos danos causados pelos Escaravelhos de Hao e sem a sua armadura indestrutível, Richard era quase um rapaz como outro qualquer. *Quase.*

— Está tudo bem, Rick — soltei duplamente aliviada por detectar que ambos estavam em condições melhores. — Ela não está no seu normal e...

— Eleee é...? Filhhh deee...? — Mamãe murmurava em estado de êxtase. Sua expressão atordoada não era de alguém que via uma assombração, mas uma miragem. — Mais clarosss. Seus olhosss...

— Calma, mãe. Está tudo bem. — Adiantei-me ao ver seu estado perturbado. — Esse é Richard de Thron.

— Naummm! — ela reagiu nervosa, jogando os braços frouxos no ar ao perceber que Richard afastava-se de nós, indo para o outro lado da cela. Pelo canto do olho vi que ele obedecia a algum comando do seu líder.

— Mãe, temos que sair daqui.

— Naummm consigooo, filhaaa... — Stela piscou várias vezes e, oscilando entre momentos de lucidez e insanidade, sorriu levemente para mim. Então ela fechou os olhos e tombou a cabeça sobre o corpo.

— Está tudo bem. Trouxe alguém que vai nos ajudar. — Apontei para a porta onde, com os olhos fixos no chão, encontrava-se a altiva figura de negro. Senti um arrepio percorrer minha pele e um nó de saliva prender em minha garganta com a sua reação.

— Ohhh! — Ao visualizar a aproximação de Shakur, os olhos de mamãe triplicaram de tamanho e ela começou a berrar.

— Está tudo bem! — tentei acalmá-la em meio ao pânico.

Não sabia se ela delirava, se havia pressentido alguma coisa, se o havia reconhecido ou se seria somente o pavor de se deparar com a sinistra figura de negro. Suas debilitadas reações ecoavam no ambiente,

ultrasilencioso, assombrando-o ainda mais. Como se isso não fosse o suficiente e para deixar a mim e Shakur ainda mais aturdidos, ela segurou o rosto dele e desatou a chorar copiosamente.

— Ismael!!!

Céus! Ela o havia reconhecido!

— Perdão...

Minha boca secou e, mesmo em brasas, todo o meu corpo foi acometido por um suor frio e paralisante. *Perdão? Stela estava pedindo perdão a ele?* A surpreendente constatação: se mamãe não estava delirando, ela havia ocultado muito mais coisas de mim do que eu poderia imaginar. Por quê? Para me proteger? Por medo? Mas se fosse realmente isso, por que eu poderia jurar que havia muito mais escondido naquele pranto sofrido? Algo que minha mente, ainda rodando dentro daquele furacão de emoções, não conseguia captar, mas que deixava minha intuição em estado de alerta máximo e afirmava que seu choro desesperado nada mais era do que uma confissão de culpa e arrependimento.

— Stela, não chore. Está tudo bem — respondeu Shakur com a cabeça entre as mãos dela e começou a arfar alto em sua vã tentativa de esconder a emoção que o tomava. — Por favor, não chore!

Novo golpe. A inesperada reação de Shakur concluiu o serviço, congelando-me dos pés à cabeça e me comovendo profundamente. Em sua ânsia por confortar minha mãe, Ismael, até então o temido Shakur, deixou à mostra aquilo que tentava ocultar por detrás da sua máscara e atitudes amedrontadoras: *amor em seu estado mais puro!*

Seu amor por Stela era tão grande que ele havia jogado nossa segurança de lado e acabara de nos colocar em risco real. O timbre grave e alto da sua voz podia ser escutado de longe e, se houvesse alguém nas redondezas, nossas chances de fuga haviam sido aniquiladas. Mamãe não parava de soluçar. Agoniado ao extremo, ele a aninhava em seu peito e implorava para que ela ficasse calma, mas a cena em andamento estraçalhava meus nervos e chacoalhava minha razão com violência. A atitude inesperada de Shakur me fez vacilar. *Ele realmente se importava com minha mãe! E agora nós tínhamos algo em comum.* Respirei fundo, deixei todas as dúvidas que nutria em relação ao líder de Thron se desintegrarem e, instantaneamente, senti-me conectada a ele de uma forma agradável e definitiva. Pouco importava agora o que eles escondiam de mim. Talvez não houvesse outro momento e ele precisava saber.

— Shakur, eu me lembrei, e-eu... — Com medo de perder a coragem, adiantei-me, sendo imediatamente atropelada por outro pranto enfurecido de minha mãe. Stela soluçava ainda mais alto do que antes e dificultava as coisas para o meu lado. Intoxicada pela emoção que me consumia, perdi a linha de raciocínio e tinha certeza de que ia sufocar a qualquer instante.

— Por favor, Stela. Fique calma! — Shakur implorava e parecia mais desorientado do que eu. O corpo de mamãe tremia em meio aos espasmos. Seu choro de agonia ecoava livremente pelo sombrio abismo. Aquela situação era, no mínimo, apavorante. Nós dois sabíamos que minha mãe era uma pessoa que não chorava. Em toda a minha vida eu só tinha visto Stela chorar duas vezes. Duas únicas vezes em dezessete anos... — Eu sinto que ela está mais consciente, então por que ela não para de chorar? Eu não entendo...

Consciente? *Meu Deus! Aquela crise de choro era porque mamãe sabia o que eu ia dizer? Seria sua capacidade de percepção tão forte assim?*

— Ela pressente... — soltei um sussurro aflito, a respiração entrecortada.

— Por Tyron! — bradou ele exasperado. — Ela pressente o quê?!?

— O-o que preciso tanto te dizer. — Tinha a sensação de que duas mãos estrangulavam meu pescoço. — Que eu...

— O que precisa me dizer, Nina? — Sua voz trovejante perdeu a força e, de repente, suas palavras chegaram baixas e cadenciadas, como se elas começassem finalmente a fazer sentido para ele.

Era chegado o momento. Não podia voltar atrás. Faltava-me a coragem de ir adiante, de quebrar a barreira do orgulho, do rancor, da incompreensão por ter sido esquecida por aquele que mais deveria ter me amado. *Por que ele havia nos abandonado? O que havia lhe acontecido?* Vê-lo em seu atual estado, o corpo terrivelmente deformado por cicatrizes de queimaduras, silenciava-me de alguma forma. Mais do que isso, fazia-me querer desculpá-lo por sua ausência em

nossas vidas e dava-me a sensação de que ele já havia quitado seus pecados com juros altíssimos. E, apesar do momento inoportuno, era a hora (não sabia se teria outra!) de colocar um ponto final no drama do meu curto histórico de vida, de aceitar os amores com que fui presenteada. Imperfeitos sim, mas meus. Uma inexplicável jornada de sentimentos dilacerados, personagens feridos, destinos atormentados. Um caminho talhado nas pedras da perda e da mágoa, mas, assim como afirmava uma voz interior, asfaltado com o sangue da resignação dos fortes, daqueles que deram a sua carne para que eu pudesse continuar e ir além. Faltava-me a coragem de pronunciar a palavra que faria a diferença, que dissolveria parte da muralha que haviam construído à minha volta, dos muros que deveriam me proteger, mas que agora apenas me aprisionam. Pude senti-la na boca, dançando de um lado para outro em minha língua, embalada por minha hesitante determinação.

A palavra.

Eu precisava liberá-la. Algo me dizia que ela poderia ser capaz de romper todas as barreiras mágicas, a nossa única possibilidade de fugir dali e sobreviver. Segurei o ar com firmeza, uma vez que não eram apenas as minhas mãos e pernas que tremiam. Meu nervosismo atingira patamares tão altos que era possível sentir meu coração golpeando brutalmente meus pulmões. Se era quase impossível respirar, concentrar-me havia se tornado uma tarefa sobre-humana. *Mas eu era uma híbrida! E deveria agir como tal!* Fechei os olhos, recuperei o fôlego e segurei a emoção que me paralisava.

— Por que nos abandonou? — indaguei, surpreendida com o inesperado desejo do meu coração.

Céus! Aquela não era *a pergunta!*

— Hã? — A voz dele falhou e, após um instante de incompreensão, rebateu feroz: — Eu nunca abandonei vocês! Eu jamais as abandonaria!

— Não?

— Nunca! — disse taxativo e a certeza daquela palavra vibrou no meu peito. *Nunca.*

Mamãe soluçou mais alto. Estremeci.

— Eu me lembro — murmurei. — De você, de nós... — Enxuguei a lágrima que ardia em minha face. Não conseguia acreditar que aquilo ia mesmo acontecer, naquele terrível momento de tensão. A penumbra do ambiente em nada ajudava. *Como seria a reação dele por detrás da máscara? Ficaria feliz? Debocharia da minha desgraça?*

— V-você se lembra, Pequenina? — Sua voz saiu com dificuldade, a emoção no ar, palpável. Ele abriu um sorriso indeciso.

Uma força maior havia se compadecido de mim e me presenteara com o dom da recordação. Meus sonhos apagados foram redesenhados na atmosfera zirquiniana e minha memória se comprazia com a enxurrada de lembranças. Em minha tenra infância, em todas elas Ismael estava presente. E não era uma presença casual, mas sim repleta de carinho e atenção. Ninguém havia lutado tanto pela nossa família quanto ele. Não havia Dale ou qualquer pessoa em nenhuma das quatro dimensões que poderia ocupar o seu lugar.

— Sim, pai, eu me recordo agora — finalmente soltei a palavra que estava presa em minha alma e queimava minha garganta. *Pai.*

Um silêncio interminável e, por um triz, todos os meus nervos não foram desintegrados. Então o gemido de Shakur preencheu o sombrio lugar, deixando-o ainda mais triste, dilacerante. Meu coração comprimiu no peito, num misto de dor e felicidade. Perdida em meu drama particular, escutei um arfar forte e vi um Richard de olhos arregalados e passos cambaleantes desaparecer atrás de mim.

Shakur pousou cuidadosamente minha mãe no chão e veio em minha direção, abraçou-me com carinho paternal e, emocionado, encheu-me a testa de beijos. Tomei novo fôlego e segurando a perturbação que ameaçava aniquilar completamente com o que restara da minha voz, acrescentei:

— Eu me lembro da gente brincando no Central Park e de você buscando uma flor para colocar no meu castelo de areia. Eu me lembro da mamãe dando bronca e a gente gargalhando, de você me girando no ar e me chamando de...

— Pequenina — mesmo rouco, ele concluiu a frase para, logo em seguida, deixar escapar seu pranto seco e cheio de estrondo, como uma

tempestade de raios e trovões estourando dentro dos meus tímpanos. O choro de Stela, por sua vez, silenciou. Meus joelhos bambearam e as lágrimas me cegavam. — Eu sinto muito, filha.

Filha.

Sonhei com aquele momento por anos a fio em minha atribulada e solitária adolescência. Imaginei os mais lindos lugares para aquela aguardada declaração e os mais diversos rostos masculinos por detrás dela. Nada havia saído como eu esperava: o ambiente era hostil, encontrava-me encurralada à beira de um precipício e corria risco de morte, e não havia conseguido ver a face do meu tão sonhado pai, ocultada por terríveis cicatrizes e uma máscara amedrontadora. Mas, ainda assim, não trocaria aquele momento por nenhum outro. Ele não podia ter sido melhor ou mais verdadeiro. Ri da minha desgraça. Assim como a face do líder de negro, minha vida sempre fora um grande caos. O meu caos. O mais incrível é que eu me sentia muito bem dentro dele, perfeita para ele, e só agora eu conseguia enxergar essa verdade atordoante.

Então tudo fez sentido.

Shakur havia me chamado de filha e, mesmo nas terríveis condições, eu compreendi que era autêntico, que ele realmente sentia isso. Meu espírito regozijou e uma força pulsante vibrou em minhas células. Mesmo sem saber seus motivos, tudo em mim o perdoava por ter desaparecido de nossas vidas. Eu o perdoava.

— Precisamos ir, Nina — disse ele acelerado, acariciando meus cabelos e se afastando de mim. Assenti, mas, naquele instante, tudo que eu mais desejava era manter meu rosto afundado em seus braços protetores, voltar no tempo e tornar a sentir o bem-estar e a segurança que só ele era capaz de me fazer experimentar.

O peitoral de Shakur subia e descia acelerado, prova real da sua emoção, mas ele não perdeu tempo e envolveu Stela em seus braços. Mamãe, por sua vez, continuava a encarar Shakur de forma catatônica, como quem vira uma assombração. Então, quando o líder de Thron inspirou com força e deu o comando, fui eu quem perdeu o chão ao presenciar a cena inesperada. Ele não percebeu em sua preocupação e pressa urgentes, mas eu vi.

Eu *realmente* vi.

O rosto de mamãe se acendeu, suas pupilas dilataram e as bochechas ganharam cor, mas algo único e incontestável aconteceu. Algo pelo qual esperei a vida inteira e nunca tive a oportunidade de presenciar, mas que acabava de se materializar bem na minha frente. Meu peito inflou de felicidade repentina e o mundo, mesmo com suas trapaças e surpresas, acabava de entrar em órbita e me brindar com um momento ímpar. Um instante apenas, mas lá estava ele: *o fulgurar dos seus olhos negros!* O mesmo cintilar que eu vi nos meus sonhos, o mesmo brilho que vislumbrei na fotografia.

O brilho do amor!

Mamãe ainda o amava. E dentro de mim algo afirmava que aquilo era real e não um momento de loucura. *Céus! Nada daquilo fazia sentido! Se ela o amava com aquela intensidade, por que fugira dele durante todas as nossas vidas?*

— Shakur, há movimentação lá embaixo. — Richard entrou de rompante na cela e respirei aliviada ao vê-lo em estado de alerta máximo.

— Von der Hess já sabe — sibilou Shakur após contrair a testa.

— Mas que droga! — praguejou Rick com a cara amarrada. Apesar de olhar em todas as direções, era para o colossal abismo que ele encarava com um misto de ódio e frustração. — Como vamos protegê-las nessas condições?

— Você se preocupa mesmo com ela... — Shakur estreitou os olhos em minha direção e nos estudou por um instante.

— Claro que sim! Mas isso não vem ao caso agora. Temos que arrumar um meio de salvá-las — respondeu Richard sem hesitar. Shakur ameaçou um sorriso, satisfeito. — E se o maldito bruxo liberar mais daqueles insetos?

Silêncio.

A pergunta pragmática de Richard dissera tudo. Não havia saída. Como eles nos protegeriam durante o combate? Ali não havia o meu dom para me defender ou a magia de Shakur para nos mandar para outro lugar. Mesmo que Rick e seu líder sobrevivessem ao confronto contra uma multidão de soldados, sempre haveria o risco do ataque daqueles

escaravelhos malditos. Dessa vez, Von der Hess não arriscaria novamente. Shakur, Richard e minha mãe seriam eliminados de imediato. Eu não. Estremeci com esse pensamento.

— Vamos subir! — opinou Stela, pegando-nos de surpresa. Sua insanidade vinha a calhar e me gerava certo alento: ela não sofreria com o que estava por acontecer.

— Não! Não! Não! — bramia Shakur.

Rick começou a andar de um lado para outro, Shakur fechou os olhos e deixou a cabeça tombar. Então, sem que nenhum de nós pudesse esperar, mamãe levantou delicadamente a cabeça do líder de preto e acariciou a parte descoberta de seu rosto.

— Ismael. — liberou com a voz embargada de emoção. E, antes de perder completamente os sentidos, olhou para cima e murmurou: — Luz.

Shakur soltou um gemido e afundou o rosto no corpo desacordado de mamãe.

— Ismael?!? Então não era um delírio? Por Tyron, então... — Rick engoliu em seco, os olhos arregalados comprovavam outra surpresa: acabava de descobrir que seu adorado líder era Ismael, o famoso discípulo de Sertolin tido como morto há muitos anos.

— Ela tem razão! Nós vamos subir! — soltou Shakur repentinamente e olhou para mamãe com admiração.

— Subir?!? Não há saída naquela direção! — protestou Richard com a cara mais fechada ainda, uma veia tremia em sua mandíbula.

— Marmon é um reino subterrâneo, Richard. Que estupidez a minha! — rebateu o líder acelerado. — Eu havia reparado, mas não prestei a devida atenção. Os feixes de luz são pontos de saída. São a nossa liberdade!

CAPÍTULO 22

Concentrado e carregando mamãe em seus braços, Shakur caminhava à frente do pequeno grupo, eu vinha no meio e Richard nos dava cobertura, posicionando-se logo atrás. Começamos a subida dos desnivelados degraus ao lado do abismo de forma atenta e cadenciada. Não seria necessário um exército para nos eliminar. Qualquer descuido ali era fatal. Por sinal essa ideia começou a crescer em minha mente à medida que avançávamos. Caso tudo desse errado, se eu os perdesse, mergulhar para sempre naquele precipício surgia como uma alternativa inesperadamente interessante... E viável.

— Como você vai lutar sem uma espada, Rick? — inquiri preocupada à medida que chegávamos ao ponto mais alto. Só então havia me dado conta de que eles não tinham armas.

— Quem disse que vou lutar sem uma espada? — Pude escutar sua risadinha logo atrás de mim.

Que ótimo! Seu convencimento estava de volta!

— Ah! Pelo visto o maldito escaravelho afetou seu juízo também.

— Está preocupada comigo, Tesouro?

— Você é um inconsequente, isso sim! — retruquei e ele riu ainda mais, mas me segurou pela cintura e me puxou para junto de si antes que eu desse o passo seguinte. Quando me virei, Richard estava sério e me encarava com vontade. Um misto de desejo e carinho se mesclavam no azul-turquesa derretido de seus olhos.

— Não poderia partir sem ver seu rostinho bravo uma última vez. Não tem ideia de como fica linda quando se zanga comigo. Acho até que isso me faz implicar mais do que deveria com você, minha pequena.

Meu coração deu um pulo no peito. *Minha pequena?*

Olhei rapidamente por cima do ombro e vi o corpo de Shakur enrijecer. Ele nos observava de soslaio. Era essa a forma como carinhosamente chamava mamãe.

— Como lutará sem uma espada? — insisti.

— Terei que ter mais cuidado com os primeiros soldados. Precisarei tomar suas armas sem me colocar em risco. A partir daí será fácil acabar com os demais, até porque, além de eu estar em posição superior, esses degraus estreitos serão de grande ajuda. Lutarei, no máximo, contra dois de cada vez. Moleza para quem já encarou uns dez. — Piscou convencido, mas então seu rosto se fechou, sombrio. — Não é isso o que me preocupa, Nina.

Ele não precisaria dizer. Conhecia sua força em batalha, mas não havia armas que o livrasse dos malditos Escaravelhos de Hao.

— Então não temos saída. A escada acaba aqui — sentenciei.

— Tyron vai iluminá-lo — sussurrou e olhou para Shakur, alguns degraus acima, onde Stela também se encontrava. O líder de negro havia colocado o corpo desacordado de mamãe de encontro ao paredão rochoso, posicionando-se à sua frente enquanto estendia os braços no ar em diversas posições. Ele parecia estudar o vento e os pequenos feixes de luz no distante teto negro acima de nós, e arquitetar o plano de fuga.

— Você confia cegamente nele, não?

— Shakur é excepcional em seus estratagemas. Nunca errou, mas... — O orgulho na resposta de Rick vinha impregnado de preocupação.

— Mas?

— Ele está diferente. Tudo isso acontecendo... — ponderou. — Pode prejudicar suas decisões.

— Você escutou a nossa conversa?

— A parte final. Achei que havia pirado de vez — confessou. — Agora tudo faz sentido, a não ser...

— Não é nada educado sair sem se despedir do anfitrião!

Fomos interrompidos por uma voz ácida e afeminada: Von der Hess! Ele surgia na entrada do calabouço, numa posição bem abaixo de onde estávamos. Um grupo de dez soldados fortemente armados lhe dava cobertura. Tinham a pele alvíssima, provavelmente por viverem longe dos raios solares naquele mundo subterrâneo. Curiosamente todos eles eram loiros e bonitos, assim como Kevin. Estremeci ao me recordar daquele crápula. Seriam os homens de Von der Hess tão traiçoeiros quanto o bruxo?

O albino cochichou algo entre eles e, em seguida, os soldados partiram para cima de nós, subindo os degraus em fila indiana.

— Fique atrás de mim, Nina. — Richard colocou-se rapidamente à minha frente e, num piscar de olhos já tinha as pupilas verticais, as mãos fechadas em punho e seus músculos pareciam ter triplicado de tamanho.

— Pegue os capacetes deles, resgatador! — ordenou Shakur com a voz baixa a alguns degraus acima de mim.

— Capacetes?!? — Richard olhou para trás, certificando-se de que havia compreendido.

— Pegue-os e os jogue para mim! — repetiu o líder.

Cristo Deus! Do que nos adiantariam capacetes? E como se isso fosse fácil em meio a uma luta com um pé no desfiladeiro!

— Ok! — Foi a resposta determinada de Richard, aguardando no nível superior o ataque do primeiro adversário.

O sujeito abandonou o escudo e, confiante, avançou com a espada em punho. Logo atrás dele, o comparsa não parecia tão seguro de si e mantinha o escudo erguido. Qualquer passo em falso e eles cairiam nos braços escancarados do precipício. Até ganhar ritmo, a luta começou de forma lenta, com os três se estudando, cientes do terrível perigo à espreita, a garganta aberta, pronta para engoli-los a qualquer instante. Ainda assim, Rick conseguia escapar com facilidade dos golpes e a destreza de seus movimentos me impressionava. Em uma investida impensável, Richard avançou sobre o primeiro, segurando o braço armado do inimigo numa luta corpo a corpo. O homem resistiu ao ataque e sua espada fez letais movimentos a esmo no ar. Gelei quando Rick arriscou a vida ficando de costas para o abismo, uma das mãos imobilizando o braço que tinha a espada enquanto a outra estrangulava o sujeito. Se o homem se desequilibrasse, ambos cairiam. Com força descomunal, Richard envergou o braço do adversário num ângulo estranho e avançou com violência, fazendo a espada amputar a mão do outro oponente. O homem xingou alto, mas seu ganido foi sobrepujado pelo do colega amputado que se contorcia, urrando de dor e deixando sua arma cair no abismo. Num piscar de olhos, Richard deu um golpe nas pernas do primeiro que perdeu o equilíbrio e despencou, fazendo seu derradeiro berro ecoar morbidamente pelo despenhadeiro. Em seguida deu um soco no queixo do segundo homem que desacordou aos seus pés e, sem perder tempo, arrancou o escudo e o capacete antes que o infeliz fosse chutado para o precipício pelos próprios companheiros. O abismo a poucos centímetros de distância inevitavelmente tornava mortais todos os confrontos e o fato de Rick não ter conseguido obter uma espada até então começava a me preocupar.

— Aqui, Nina! — Meu guerreiro aproveitou o momento para jogar o escudo em minha direção. Apesar de bem mais pesado do que eu poderia imaginar, segurei-o com força e me senti melhor por ter algo com que me proteger. — Shakur! — Em meio à confusão, Richard lançou o capacete para o líder de negro que o agarrou no ar. Sem perder tempo, Shakur rodopiou o braço, tomando impulso, e o lançou com força para o alto. O objeto voou em meio aos olhares atordoados, em especial, o de Von der Hess. Um baque surdo seguido de um ruído forte ecoou e um discreto filete de luz rasgou a penumbra onipresente. O capacete havia

atravessado o teto falso fazendo um buraco nele, mas, pela forma como Shakur socou o ar, praguejando alto e deixando evidente sua frustração, ficava claro que o resultado foi aquém das suas expectativas. Rick xingou ao perceber que o plano do seu líder tinha ido por água abaixo. Von der Hess respirou aliviado e uma pitada de cor retornara ao seu rosto.

— Joguem seus capacetes no cânion! — ordenou o bruxo ao grupamento. Ele havia compreendido o plano de Shakur, mas eu não. *De que adiantaria o líder de Thron fazer uma abertura maior no teto falso de Marmon se não possuíamos corda ou alguém que pudesse nos puxar? Mas, por outro lado, Von der Hess não teria ordenado seus homens a se livrarem dos capacetes se não tivesse ficado preocupado com aquela tentativa...*

— Não faça besteira, Ismael! — advertiu o bruxo de branco pedindo aos seus soldados que recuassem por um momento.

— Esqueceu-se de que sou mestre nesse quesito? — Foi a resposta atrevida de Shakur.

— Por que arriscar a vida dos quatro? — Von der Hess gesticulava exageradamente. Sua voz conseguia ser ainda mais falsa do que me recordava.

— Quantas eu poderia poupar se escutasse seus sábios conselhos?

— Boa pergunta. Deixe-me ver... — O bruxo batia os dedos nos lábios sem cor. — Três.

— Três?!? Que bondade a sua! — O líder de negro liberou uma risada sarcástica, para então rebater de forma afiada: — Por quanto tempo? Poucas luas ou seriam apenas horas?

— Como você se prende a detalhes! — Von der Hess disfarçou o sorriso ofídico. — Vejo que mudou pouco nesses anos de *desaparecimento,* meu amigo.

— Você nunca teve amigos.

— É verdade. — O mago de Marmon ruminava as palavras, pensativo. — Você sabe que sempre dei valor ao tempo. Amigos devoram nossos preciosos minutos.

— Avalie bem a sua estratégia, Hess, porque estamos dispostos a morrer os quatro. Perderá tudo. — Shakur alertou com força e decisão.

O bruxo enrijeceu e seu maxilar trepidou. Ele tentou esconder seu nervosismo em ascensão, ocultando parte do rosto com a manta branca.

— O que quer negociar? — questionou Von der Hess por fim, o tom rouco surpreendendo a todos. *Seria aquela a sua voz verdadeira?*

— Retire a cobertura.

— Passe-me a híbrida primeiro.

— Negativo. — Shakur gargalhou alto, mas levou as mãos à máscara e, coçando-a, iniciou seu cacoete. A situação era ruim. — Achou que eu abriria mão da híbrida? Ela é a única garantia de que sairei vivo daqui.

— Pensei que você tivesse apreço pela humana e pelo seu resgatador, Ismael.

Shakur permanecia com um sorriso de descaso frente à sutil ameaça, como se estivesse decepcionado com a atitude de Von der Hess.

— Você me conhece muito bem para saber que não gasto palavras à toa. Eu já disse: ou sobreviveremos os quatro ou morreremos todos.

— Idiota! — esbravejou o mago de Marmon e, tornando a olhar para seus homens, comandou com ira mortal: — Capturem a híbrida e matem os demais!

Em fila de subida nos degraus desnivelados, os soldados retornaram ao ataque com força total. Trocando de posições, eles faziam investidas velozes, estocando e puxando suas espadas rapidamente de volta, impossibilitando Rick de agarrar uma delas em meio aos ataques. Richard, por sua vez, defendia-se, mas suas reações pareciam travadas e eu imaginava o possível motivo: *Por que lutar se o plano do seu líder havia ido por água abaixo? De que adiantaria manter a disposição se suas chances de fuga foram aniquiladas?*

Segurei a angústia que começava a crescer dentro de mim e, sem me dar conta do que procurava, olhei para cima e acabei vendo o que não deveria: Shakur estava ajoelhado, cabisbaixo, em frente ao corpo inerte de mamãe e, com o olhar sombrio, acariciava seu rosto com ternura incomparável. O aperto no peito começou a me queimar de dentro para fora, como se meu corpo quisesse expulsar meu espírito.

Não podia ser... Aquilo era uma despedida?

Minha cabeça girava, perdida em meio ao caos. A parte final de um filme sendo exibida em fragmentos impregnados de entrega e tristeza: Rick em sua luta perdida, mamãe em péssimo estado, Shakur desolado, o abismo. Uma sensação ruim, como um sentimento de perda e desesperança, estremeceu minhas certezas, abalou minha fé e me fez cair prostrada no chão.

Um som abafado, ritmado como batidas de um coração, começou a reverberar de repente em meus tímpanos. O ruído ganhou intensidade, ficando dolorosamente estridente. Larguei o escudo e, desorientada, levei as mãos aos ouvidos, procurando me proteger daquele mal-estar inesperado. Sem que desse por mim, eu estava toda encolhida, tremendo e tinha a cabeça entre os joelhos. O mundo perdeu a cor e me vi num gélido mar de escuridão.

— Nina?!? O que está havendo? Nina, fale comigo! — escutei os berros abafados de Richard ao longe, como se ele estivesse a quilômetros de distância. Algo agradável e repentino anulou os efeitos do desamparo que me consumia e me atraiu em outra direção. Levantei-me e, muito lentamente, dei os primeiros passos de encontro àquela sensação arrebatadora que me invadia sem cerimônia. Havia um magnetismo no ar, uma energia pulsante que ardia em meu sangue e bombeava meu coração de uma forma diferente. Uma voz melodiosa, etérea, ganhava espaço. Ela entoava um cântico suave, quase uma canção de ninar, e embalava minhas pernas. Uma emoção inigualável me preencheu, um sentimento de felicidade extrema se espalhava por minha pele, e uma palavra vibrou, única e poderosa, em minha mente: *Filha.*

— Nina! — Mais berros abafados ao fundo. — Segure-a, Shakur!

— *Filha.* — A voz angelical me chamava, nítida e gentil.

— Não consigo! Há uma força agindo nela! Eu não entendo... Por Tyron! — Escutei o bramido tenso do líder de Thron ficando para trás também. Pouco importava agora.

— Ni-naaaaa!

Algo em mim quis responder os berros desesperados de Rick, mas então um convite inusitado arrancou minha atenção:

— *Venha para casa, filha* — pedia carinhosamente a voz suave em minha mente.

Casa? Voltar para casa...

— Nina, por favor, não perca a sua fé! O que quer que seja, essa força se alimenta disso! — Shakur implorava ao longe.

— *Senti tanto a sua falta* — confessou a voz gentil.

— Nina, não! — Novo grito de pavor ao longe. Sons de metais se chocando com fúria reverberavam em minha cabeça. — Pelo amor de Tyron! Não a deixe cair, Shakur!

— Sua mãe ama você, Nina! — bradou Shakur. Aquela mensagem gerou um novo circuito de sensações em minhas artérias. Quis reabrir os olhos, mas não consegui. A canção de ninar ficou ainda mais alta.

— *Venha, filha. Venha para onde sempre foi o seu lugar.*

— Não, Pequenina! Não faça isso. Não dê ouvidos ao demônio. E-eu... — A voz grave do líder saía rouca. — Eu sempre amei você.

Pequenina? Apenas uma pessoa me chamava daquela maneira e ela... Ele me amava!

Nova avalanche de sensações. Meu corpo reagiu àquela informação com um estremecer furioso e um estrondo alto como o de um trovão estourou em meus ouvidos, destruindo a bolha que me envolvia e aniquilando a voz gentil. Meu corpo ficou em brasas, reagindo contra o magnetismo da força que me puxava para baixo. Por alguma razão, eu sabia que ainda não era a hora de me encontrar com a voz suave que me chamava. Não ainda, mas...

Meus pés não encontraram o chão e eu caí, mergulhando livre no precipício. Joguei os braços no ar.

— Nããããoooooo! — O grito de horror de Richard ricocheteou em todas as paredes daquele lugar sombrio.

— Arrrh! — Shakur arfou alto. Senti um solavanco brusco, algo trombar em mim, agarrar meu braço de qualquer jeito e, em seguida, meu corpo bater contra uma superfície dura e áspera.

Desorientada, reabri os olhos e quase desmaiei com o que vi: eu estava pendurada no vazio! Segura apenas por uma das mãos de Shakur, minhas pernas pedalavam desajeitadamente no ar procurando alguma

saliência na qual eu pudesse apoiar os pés. O líder de negro já estava com meio corpo fora dos degraus e sua outra mão era a grande responsável por segurar nós dois juntos! O abismo negro crescia à medida que as forças de Shakur cediam, seu corpanzil escorregando cânion abaixo sob a ação do meu peso. Apesar de ser incrivelmente forte, o coitado fazia um esforço sobre-humano para conseguir suportar os nossos corpos simultaneamente.

O que tinha acontecido? Eu havia caído? Shakur se jogou para me salvar?

— Está tudo bem, Pequenina. — Ele tentava me acalmar, mas tinha a respiração acelerada. — Eu nunca irei te soltar. Nunca. — Ele olhou para mim, a hemiface sã também enrugada pela força colossal que realizava.

Aquela resposta...

Um feixe de luz, da pequena fenda que ele fez no teto do lugar, incidiu sobre nossos rostos e iluminou meu espírito. A certeza contida dentro do lampejo de um sorriso triste que lhe escapava: *ele nunca me abandonaria!* Shakur estava abrindo mão da própria vida para ficar junto de mim. Não haveria no mundo prova de sentimento genuíno maior que aquela. *Ele realmente me amava!*

Engasguei de emoção. Nem mesmo o medo do que poderia acontecer nos segundos seguintes conseguiu sobrepujar a felicidade em seu estado mais puro, a compreensão em forma de lágrimas que acabava de fechar a minha garganta, deixando-me sem voz.

— Meus homens podem ajudar! — bradou Von der Hess verdadeiramente solícito, vindo logo atrás de seu grupamento. Ele estava apavorado com a possibilidade de me perder.

— Não os deixem se aproximar de nós, Rick! — comandou Shakur, mas suas forças começavam a falhar. — Grrr!

— Droga! Você não vai conseguir aguentar por muito tempo! — esbravejou Richard. Sem a mim para proteger, ele lutava como um louco suicida e, com várias feridas nos braços e mãos, já havia conseguido pegar uma espada para si. Com a arma em punho, Rick fazia seu estrago, eliminando os inimigos com velocidade absurda, mas novos soldados surgiam do nada, consumindo seu tempo e impedindo que ele pudesse parar para nos ajudar. Ele sabia também que seria alvejado caso lhes desse as costas. Von der Hess queria apenas a mim, todos os demais eram descartáveis.

A respiração de Shakur assumira níveis perigosos, meus braços tremiam pelo esforço e Rick travava sua luta inglória quando fomos surpreendidos por algo ainda mais inusitado: dois soldados fugiram do confronto direto e, presos por cordas, escalavam as paredes internas do cânion em minha direção.

— Shakur! — Apontei para o horror em andamento e ele praguejou alto.

Richard não teria como se abaixar para tentar impedir o ataque daqueles dois sem ser alvejado. A distância diminuía e, em questão de segundos, aqueles sujeitos alcançariam meus tornozelos. Minhas forças chegavam ao fim. O momento derradeiro estava próximo. Fechei os olhos e respirei fundo. *E se eu simplesmente me soltasse? Pouparia ao menos a vida de Shakur?* Eu sabia que não. Sabia que no instante em que meus dedos se abrissem os soldados do mago não apenas matariam meu pai, como dariam um fim imediato a Richard e a minha mãe.

— Pequenina! — Shakur pressentiu o perigo iminente. Ele não aguentaria.

— Mamãe, Rick... — implorei, já sem forças. — S-sem dor... Peça a ele que...

Shakur fez um discreto movimento de cabeça. Ele havia compreendido.

— Acabou. Recuar, Richard — soltou o líder de negro com a voz rouca para seu bravo resgatador. — Rápido! Leve a humana consigo.

Richard contraiu as sobrancelhas fortemente, mas, para a minha surpresa, não xingou ou contestou. Ele era um soldado e, mesmo acostumado às vitórias, reconhecia o momento de recuar e experimentava o gosto amargo da derrota.

— Pois partiremos juntos! Os quatro! — bradou meu amado em alto e bom som.

Então tudo aconteceu ao mesmo tempo: Rick girou nos calcanhares e voou em direção a minha mãe, Von der Hess vociferou algo em estado de desespero, seus homens correndo em direção a Richard,

um dos dois soldados que escalavam a parede interna do precipício agarrando o meu pé, eu o chutando com o que me restava de forças, Shakur bradando alto e avisando a Rick que não suportaria mais, novos urros de dor e, de repente...

Novo estrondo altíssimo, como o de uma explosão, seguido de uma rajada de vento quente. Um clarão ofuscante lavou a penumbra do local sombrio. *O teto tinha sido varrido num piscar de olhos e os raios solares mergulhavam sobre nossas cabeças!* Em meio à cegueira momentânea, uma nova comoção reverberou no lugar, alarmes apavorados e ordens berradas às pressas aconteciam ao mesmo tempo que um ataque ininterrupto de flechas passava rasgando por nossas cabeças, alvejando nossos inimigos sem piedade. Desorientado, Von der Hess lançava ordens atrás de ordens, mas seus homens recuavam. Perdi a respiração e todos os meus músculos reagiram ao escutar a voz que faria o meu coração trepidar em absoluto júbilo.

— Ninaaaa!

Era John!

CAPÍTULO 23

— Por Tyron! Achamos!!! — A voz de John vibrava de felicidade. — Nina, aguente firme... Estou indo!

Pisquei várias vezes para ter certeza de que não havia acabado de morrer e que não se tratava de uma traquinagem do meu subconsciente para me poupar de uma morte sofrida. Quando tornei a focar a visão eu o vi: caindo do céu como um anjo ruivo, ele mergulhava no abismo amarrado a uma corda cingida à sua cintura. Lá em cima ouvi o bufar de cavalos e um murmurinho frenético. Ao redor do grande buraco criado no teto da câmara quatro arqueiros lançavam suas flechas precisas, interrompendo o ataque dos nossos algozes. Os olhos cor de mel de John se arregalaram ao ver que Shakur era o responsável por me manter viva.

— Joguem mais três cordas! Richard está entre eles! — comandou acelerado um dos arqueiros. Na verdade, era uma arqueira, e eu também a conhecia: *Samantha!* A resgatadora principal de Windston. — Rápido! Antes que o exército de Leonidas nos descubra!

— Pode soltá-la! — avisou John ao se aproximar de nós. Shakur hesitou por um instante, mas, exaurido, e vendo que John carregava um escudo para nos proteger, acatou em seguida. Respirei aliviada quando Richard, sem perder tempo, ajudou seu líder a subir. Agora ele não era mais o alvo dos homens de Von der Hess, que retrocediam em função da chuva inesperada de flechas.

— Minha mãe! — alertei preocupada. — Não vou sem eles!

— Claro. Fique tranquila. — John me mostrou as cordas que caíam naquele exato momento pela cratera, como três enormes cachos se desenrolando no ar.

— Ah, John! — Aliviada e feliz, abracei-o com vontade arrebatadora.

— Deu um trabalhão te encontrar, moça! — Seu sorriso era tão largo que todo o medo se desintegrou dentro de mim. John me trazia paz, esperança e conforto.

— Isso porque não procurou direito — brinquei e sorri de volta enquanto éramos puxados pela corda. Ele me encarou com tanta intensidade que corei por um instante. Paralisado atrás de seu escudo, Rick nos observava sair dali.

Em minha lenta subida, vi Shakur correr ao encontro de minha mãe enquanto Richard, com escudo em mãos, protegia os três. Trocando de posições, Shakur dava espaço para que seu resgatador principal fosse o primeiro a amarrar uma das cordas ao redor do corpo. Em seguida foi a sua vez, agora acobertado por Rick, de cingir a própria cintura e a de minha mãe em uma única corda. Em seguida o líder de Thron segurou Stela desacordada em seus braços e deu o comando para que iniciassem o tracionamento. Fiquei tocada ao vê-lo descartar uma das cordas para subir unido a ela. O sentimento bom que nutria por ele crescia vertiginosamente dentro de mim.

— Atrelem dois cavalos! Rápido! — Ouvi Samantha berrar. Ela se apoiava na borda da cratera acima de nós.

— O que está havendo? — indaguei ao observar as três cordas subindo muito lentamente.

— O grupo é pequeno. Nossos cavalos estão exaustos, mas... — respondeu John com a testa repleta de rugas, o maxilar trincado — tem algo errado acontecendo aqui.

Claro que tinha! Von der Hess!

Era palpável a energia contrária agindo sobre nossos corpos. Forcei a visão e, permanecendo escondido em áreas de penumbra da grande câmara, eu o encontrei de braços levantados e olhos fechados. A boca de Von der Hess se movimentava com velocidade e não deixava dúvidas: *bruxaria!*

— Força! — esbravejou John. O comando repetido pelos ecos conferia ainda mais gravidade à situação.

De repente as cordas pararam. Eu e John estávamos bem mais próximos da saída, mas ainda perigosamente pendurados sobre o colossal abismo e longe do alcance dos nossos aliados. Mudo e com sua usual cara de poucos amigos, Richard encontrava-se no meio do caminho. Shakur e Stela, por sua vez, estavam bem abaixo, dando-me a sensação de que a corda que os tracionava havia feito mínimo progresso.

— Não escutaram o que John ordenou? — bramiu Samantha nervosa e, em seguida, ouvi relinchos tensos e o bufar de cavalos sendo açoitados sem piedade. — Tom, eu assumo sua posição! — ordenou a loura. — Vá! Ajude a puxar as cordas!

Em outra ocasião eu riria da situação. *O gigantesco Tom talvez fosse mais forte que qualquer um dos cavalos!* Mas o momento era crítico demais e tudo que conseguia pensar era no risco que corríamos pendurados sobre o mortal precipício.

Então escutei um esbravejar vigoroso. A voz grave que admirava cada vez mais ecoava com furor, majestosamente poderosa, reverberando pelas paredes do cânion. Abraçado à mamãe, Shakur bradava palavras sem sentido para mim. Os olhos de todos se arregalaram quando, de repente, as cordas balançaram e, lentamente, começaram a subir por conta própria.

Estava explicado o porquê de Shakur precisar de uma ampla abertura no teto! A luz do sol rompia a magia negra dentro de Marmon!

Um inesperado solavanco e nossos corpos despencaram numa queda vertiginosa. Agarrei-me com força ao corpo de John, fechei os olhos e senti o vento gelado lambendo meu rosto. Durante a aceleração, escutei berros apavorados ficando para trás. Meu estômago revirou por completo, transformando-se em um sufocante bloco de gelo agarrado à garganta. Um baque violento. As cordas chicotearam no ar, jogando nossos corpos, frágeis marionetes, de um lado para outro.

— John! — Samantha berrou em pânico.

— Merda! — John arfou e, assustado, abraçou-me ainda mais. Richard xingou alto, mirando como uma águia o meu corpo atrelado ao de John. Ele franziu o cenho, mas poderia jurar que não foi devido à inesperada queda.

— Esqueceu-se de que está em meu território? — Estremeci com a gargalhada sinistra de Von der Hess. — Esta nunca foi a sua especialidade. Desista, Ismael!

— Von der Hess chamou Shakur de... Ismael?!? — questionou John sobressaltado, as sardas mais avermelhadas que o normal.

— Depois eu explico — assegurei em estado de tensão.

— Muito tempo se passou, Hess. As especialidades não só melhoram... mudam — retrucou o líder de negro com escárnio e levou uma das mãos ao ar: — *Invotuculum it saem protegivum!*

As cordas vibraram e, para nossa felicidade, desataram a subir. Estupefato, Von der Hess excomungava de maneira ensandecida enquanto um vento quente girava ao redor dos nossos corpos.

— Ele...?!? Magia...! — tornou a exclamar John, parecendo mais desorientado com a descoberta do que com a nossa péssima situação.

— Rápido, Samantha! — Foi a vez de Richard dar o comando, ao perceber o atordoamento momentâneo de John. A loura assoviou alto e fomos brindados com o som dos cascos dos animais aumentando de intensidade.

As cordas continuavam a subir, agora num ritmo mais veloz. A sequência era a mesma: a minha vinha à frente, seguida pela de Rick e, por fim, a que carregava mamãe e Shakur. Podia jurar que aquela ordem era proposital e que o líder de negro se assegurava de que ficaria por último. Os soldados de Von der Hess reagiram e novas rajadas de flechas passaram raspando pelos nossos corpos.

— Parem! — ordenou nervoso o bruxo albino. — Vocês podem atingi-la!

Eu e John fomos os primeiros a alcançar o topo. Ao me ver chegar abraçada a ele, Samantha franziu o cenho e repuxou os lábios, confirmando o que eu já suspeitava havia um bom tempo: *ela gostava de John! A raiva que nutria por mim era porque morria de ciúmes dele.*

— Os homens de Leonidas estão a caminho! — Um soldado acabava de chegar com a péssima notícia.

— Preparar para partir! — Samantha deu o comando, alertando o pequeno grupo que deveríamos sair em disparada ao término de sua contagem regressiva.

— Eu não vou deixar meus companheiros para trás — comuniquei determinada.

— Ah, mas vai! Depois desse trabalho para te buscar? Nem que eu tenha que te arrastar pelos cabelos. — Samantha partiu para cima de mim. Enfrentei-a com inesperada força. Senti-me uma rocha, firme e intransponível. Não havia espaço para medo dentro dessa nova Nina.

— Parem com isso! — John se colocou entre nós. — O tempo será suficiente! Graças a Tyron a subida deles está sendo rápida — soltou, olhando desconfiado de mim para a loura. — Samantha, use os cavalos que nos tracionaram! Amarrem-nos aos outros animais!

A ordem de John foi estratégica. Era sensato nos manter afastadas enquanto esfriávamos os ânimos. Samantha saiu de vista e eu me aproximei da borda da grande abertura que eles haviam criado. Ao lado de John, fiquei observando as duas cordas subirem e me dei conta de que elas traziam os três grandes amores da minha vida. Agora estava claro dentro de mim: *eu também amava Shakur!*

Uma inquietação vibrou em meu espírito. Agoniado, ele parecia querer chamar a minha atenção, alertar-me de algo. Com os nervos à flor da pele e o coração pulsando na boca, vi aliviada Richard alcançar a base onde estávamos e deixar o corpo cair, com a respiração difícil e os olhos fechados. Em meio ao horror que acabávamos de passar, só agora notava que o coitado tinha as mãos e os ombros tingidos de sangue. Entretanto, por mais que me preocupasse com ele, havia uma inquietação crescendo furiosamente dentro de mim. Aquele alerta em forma de taquicardia não era bem-vindo. *Mais rápido. Mais rápido. Mais rápido!* Naquele instante, daria tudo para trocar de lugar com eles. A agonia pela espera ruía com o que restara de intacto nos meus nervos.

— Puxem com mais força! — John ordenava. A expressão em seu rosto mudara do entusiasmado para o apreensivo.

Como num filme de terror, Von de Hess ressurgia ainda mais traiçoeiro do que antes, plainando no ar como uma assombração. Jurei ter visto, para depois desaparecer, pequenos pontos pretos flutuarem sobre suas mãos brancas e ossudas. *Ah, não!*

— Ele vai usar os escaravelhos! — alertei num sussurro afônico.

— Ele não pode — rebateu John ao meu lado. — Se for pego usando tais criaturas será banido para o *Vértice*!

— Mas ele usou! Há centenas deles! Eu vi!

John perdeu a cor.

— Droga! Vamos sair daqui. — Ele me puxava com os olhos arregalados.

— Nunca! — explodi sem arredar o pé.

— Se não partirmos agora seremos pegos, John! — Samantha gritava nervosa. — Os homens de Leonidas estão próximos!

— Eu não vou sem eles! — reafirmei.

John tinha a testa lotada de vincos. Os soldados aguardavam apenas sua ordem para dar o toque de partir.

— Poupe seu grupo — determinou Richard, aproximando-se de mim e de John. — Deixe dois cavalos. Nós os alcançaremos.

— Vamos esperar mais um pouco. — John esfregava o rosto, tenso.

Outros berros resgataram nossa atenção para o que acontecia na fenda abaixo de nós. A felicidade em ver que Shakur e mamãe conseguiriam se aproximar a tempo foi rapidamente varrida do meu peito. Nos instantes finais da subida, Von der Hess soltou a bomba que faria meu mundo tornar a ruir e tudo ao redor perder a importância.

— Quando vai aprender a desistir, Ismael? — bradou com sarcasmo o bruxo malévolo. — A humana nunca será sua!

Shakur não respondeu e vi quando a abraçou ainda mais.

— Tolo! Por que continua a se iludir? Você não é humano e ela não é uma zirquiniana!

— Cale-se! — bramiu o líder de negro.

— Você sempre soube que ela estava viva por causa da minha magia! A força proibida que apenas eu domino! — Von der Hess não dava trégua. — Quantas maravilhas teríamos acesso... Quantos mistérios seriam desvendados se os idiotas do Grande Conselho não a tivessem me impedido de usar!

— Quantas tragédias teriam acontecido se deixássemos você utilizar esse feitiço abominável — desdenhou Shakur e o mago estreitou os olhos.

— Hummm... Pensa que ganhou esse confronto? Tragédia é o que acontecerá para você em breve, meu caro. — Riu de maneira artificial. — Assim que sair da cobertura do meu "feitiço abominável", sua humana definhará e morrerá em questão de horas!

Minha mãe morreria em questão de horas...

— NÃO!!! — O lancinante berro de dor de Shakur foi único porque o meu ficou aprisionado, perdido em algum lugar entre minha dor e minha desesperança.

CAPÍTULO 24

Não havia pranto que pudesse exprimir o sofrimento em minha alma. A luta havia sido em vão? Não conseguiria salvar minha mãe e, pior, eu a perderia pela segunda vez. Senti-me pequena e impotente. Um nada.

— Mãe! — Abracei-a assim que alcançou nosso nível.

— Vamos embora, Pequenina! Não há mais nada a fazer. — Havia urgência na voz grave de Shakur. — Richard, preciso de cobertura. Estou exausto.

Rick assentiu com um breve movimento de cabeça. John não perdeu tempo e me puxou para junto dele, colocando-me em seu cavalo.

Os sete cavalos dispararam pelas planícies inóspitas, deixando, para alívio de todos, a sombra do exército de Leonidas para trás. Havia muitas cabeças a prêmio naquele pequeno grupo: a de Richard, a de John e, em especial, a minha. Isso sem contar que todos os demais seriam condenados ao *Vértice* caso fossem descobertos nos dando cobertura.

Entardecia e, pelo que havia entendido, para chegar a Windston, o reino onde Wangor, meu avô, era o líder, o percurso que poderia ser feito em apenas um dia levaria o dobro do tempo. Como todos os caminhos viáveis estavam sendo fortemente vigiados pelo Grande Conselho, olheiros dos quatro clãs e mercenários atrás de recompensas, sobrara-nos fazer nossa escapada por um percurso penoso e bem mais longo, passando por regiões praticamente intocadas de *Zyrk*, áreas cobertas por uma bruma densa, quase tão assustadoras quanto os sombrios Pântano de Ygnus e a Floresta Alba. Os cavalos obedeciam, mantendo-se concentrados em nossa estranha marcha. Até eles pareciam pressentir que se tratava de uma missão suicida. Entretanto, à medida que subíamos um acentuado aclive, eles começaram a reclamar, bufando, relinchando e diminuindo o trote.

A ventania que nos ladeava ganhava força, dificultava a visibilidade e debilitava ainda mais a respiração de Stela. Seus gemidos de dor ficavam cada vez mais altos e frequentes e mamãe se contorcia nos braços de Shakur. Tentei afugentar meu desespero em forma de angústia pronunciando preces e afundando o rosto nas costas de John. Mas os berros de minha mãe apunhalavam meus ouvidos e arruinavam minha fé. Não precisava checar para saber que seu estado se deteriorava a cada minuto. Bastava ver o atordoamento nas faces dos soldados em presenciar uma humana viva na terceira dimensão. Eles sabiam que isso era impossível, e, como zirquinianos, eram capazes de captar o rápido definhamento da sua energia vital.

Zyrk cobrava seu preço.

Mamãe estava morrendo a cada instante, a cada metro que nos afastávamos de Marmon e da magia negra de Von der Hess, e não havia nada que pudéssemos fazer para evitar. Os uivos altíssimos do vento pareciam alertas sombrios sobre o perigo iminente. Não eram apenas os exércitos que estavam à nossa procura. Eles seriam o menor dos nossos problemas se não alcançássemos um abrigo antes do pôr do sol.

— Niiin... — Mamãe se contorceu ainda mais e Shakur liberou um gemido, deixando a metade visível de seu rosto deformada de tensão.

Levei as mãos ao pescoço. Um vento frio penetrou em minhas narinas e tive a sensação de que ia sufocar. Eu precisava fazer alguma coisa e não podia esperar. *Tinha que ser agora!*

— John, pare! — ordenei de maneira atropelada.

— Negativo. — Propositalmente ele acelerou sua cavalgada. Não gostei.

— Minha mãe está morrendo — rosnei.

— É muito arriscado! Logo vai anoitecer e esse lugar...

— Temos que nos afastar daqui, John — bradou uma agitada Samantha ao apontar para a área nebulosa à nossa direita. O local parecia um leito de rio seco e era castigado por rajadas incessantes de vento. Estremeci ao identificar a grande quantidade de corpos semitransparentes amontoados uns sobre os outros em sua margem. *Céus! Eram cadáveres espectrais?!? Que lugar macabro era aquele?*

— Ela não vai aguentar! — rebati e imediatamente vi o cavalo de Richard se aproximar do nosso. Seu semblante de poucos amigos estava ainda pior. Na certa havia captado a tensão entre mim e John.

— Nina, nós não podemos... — John fechou a cara quando, ao olhar por sobre o ombro para falar comigo, deparou-se com a sombra do cavalo de Rick. Por um momento havia esquecido que eles não se toleravam.

— Estamos muito próximos das dunas de vento do Muad! — gritou em pânico um soldado enquanto olhava para todos os lados. — Por que resolveu fazer esse caminho, John?

— Basta de questionamentos! Vocês farão o que eu mandar! — John retrucou intolerante. — Sigo instruções sigilosas de Wangor.

Mamãe emitiu novo berro de dor dilacerante e, sem hesitar, Shakur puxou as rédeas de seu animal. Ele, assim como eu, também pressentira.

Stela estava em seus momentos finais.

O grupo reduziu a marcha e, num rompante, saltei do cavalo. John tentou me impedir, mas Richard entrou em minha defesa, colocando seu animal à frente do de John. Deixei os dois para trás e corri em direção a Shakur e Stela.

— Continuem — pediu Shakur ao grupo. — Nós os alcançaremos.

— Negativo! Ninguém sai daqui sem a minha ordem — determinou John nervoso. — Que armação está tramando, Shakur?

— Ele só quer ajudar! — rebati furiosa.

— Você o defende agora? — John fechou a cara.

Samantha parecia desorientada, pedindo a cada segundo que saíssemos dali e déssemos continuidade à viagem, que corríamos risco. Tom acalmava dois outros soldados que davam os primeiros sinais de preocupação com o anoitecer de *Zyrk*. O pânico começava a assumir o controle da situação.

— Eu vou ficar.

— Nina, não! — perturbado, John saltou do cavalo e segurou meu braço.

— Eu não acredito nisso — bufou Samantha ao longe.

— Nina, por favor, obedeça. — John respirou profundamente e pediu de forma gentil sob os olhares descrentes dos seus subordinados. — Esta região é perigosíssima.

— Você sabe que mamãe não tem condições de terminar a viagem. — Olhei dentro de seus olhos cor de mel. — Não me peça isso, John.

Indiferente ao diálogo tenso que era travado ao seu redor, Shakur já havia colocado mamãe no chão repleto de trincas, acomodando-a próxima a um grupamento de rochas. Ajoelhou-se ao seu lado e, fazendo uma espécie de oração, massageava-lhe as costas. Ela parou de gemer e o semblante de dor se amenizou. Apesar das olheiras profundas, alguma cor foi conferida ao seu rosto pálido. Senti uma pontada de alívio quando vi sua respiração descompassada ganhar certa constância.

— Colocaremos todo o grupo em risco por... — Com a testa franzida, John engasgou com o que diria a seguir. Por ser o líder do grupo, todos esperavam sua reação enérgica a uma insubordinação como aquela, mas, ao mesmo tempo, John era um dos poucos a compreender a importância daquela humana na minha vida. — Por ela.

— *Ela* — destaquei a palavra, fazendo força para domar a emoção que me invadia — é a minha mãe.

— Uma humana! — bradou Samantha dando reinício ao cochicho entre os soldados. — Se ficarmos aqui por causa dela, morreremos todos!

— E-eu... Não podia imaginar uma situação como essa. — John apertou minha mão entre as dele. — Nós ficaremos.

— Ah, John. Obrigada! — Deixei qualquer constrangimento de lado e, agradecida, joguei meus braços pelo seu pescoço e o abracei com vontade. Mesmo na frente de seus homens, John não hesitou e respondeu ao meu abraço, envolvendo meu corpo com carinho. Por um instante, experimentei novamente o calor e o bem-estar que pareciam emanar das sardas da sua pele. Os gestos de John me encantavam. Ninguém conseguia ser mais nobre do que ele.

— Vá! — Acariciou meu rosto e, sem que eu pudesse esperar, tascou um beijo apaixonado nos meus lábios. Petrifiquei no lugar. De soslaio vi o semblante de cólera de Richard. Samantha e todos os demais tinham os olhos arregalados. Minha mente entrou em pane. Estava zonza demais para entender o que se passava em meu peito, o que pensar ou como agir. *Céus! Minha mãe estava morrendo naquele instante!*

— Peguem as cordas e atem os cavalos entre si! — Tom deu o comando sensato em meio ao atordoamento generalizado e relinchar dos animais.

Um chamado emocionado me resgatava da complicada situação:

— Nina...

Foi difícil segurar a pulsação frenética do meu coração. A voz de mamãe saiu baixa, mas perfeita, sem o menor sinal de desorientação. Seus lábios se curvaram em um sorriso e os olhos, antes distantes, estavam fixos nos meus. Os outros podem não ter notado, mas vi quando Shakur apertou os lábios, tentando camuflar a emoção que o tomava.

— Mãe! — Corri ao seu encontro e segurei com desespero a mão que ela estendia em minha direção. Sua face ganhara vida momentânea e os olhos encharcados de lágrimas não paravam de girar de mim para o líder de negro.

Desatei a chorar, tomada por um misto de felicidade e horror. Deus havia sido misericordioso e permitido me despedir dela. Dessa vez seria diferente daquela noite fatídica em que eu a perdi pela primeira vez, durante o maldito espetáculo da Broadway. Eu deveria estar agradecida por ter a chance de conversar com ela mais uma vez, confessar todo o meu amor e lhe pedir desculpas. *Mas onde encontrar voz se no instante seguinte eu a perderia definitivamente? Por que tinha a sensação de que a maior ferida da minha vida seria cruelmente reaberta justamente no momento em que ela começava a cicatrizar? O que eu havia feito para ser punida dessa maneira?* Sim, eu deveria estar agradecida por ter aquele momento único com ela, por poder abraçá-la e beijá-la como nunca antes. Mas eu queria mais. Eu queria, como qualquer garota da minha idade, ter a minha mãe por muito tempo em minha vida. *Minha mãe...* A fé dentro de mim era abalada pela irrefutável certeza: aquela era a despedida final. Não haveria outro momento. Nunca mais eu veria seus olhos abertos ou escutaria sua voz. Nunca mais.

— Nina... Minha menina... — Foi mamãe quem rompeu o silêncio. Seu choro compulsivo de alívio e dor misturava-se ao meu. Eu a abraçava com todas as forças que haviam me restado enquanto ela beijava minha face, as mãos passeando pelos meus cabelos úmidos de suor e lágrimas. Tudo em mim ardia. Cada poro e cada célula latejavam de emoção, sofrimento e felicidade.

— Saiam todos! Vamos deixá-las a sós — disparou Shakur sem encarar mamãe. O coitado fazia de tudo para esconder o lado queimado de sua face do olhar atento dela.

— Ismael, fique! — pediu ela com urgência ao vê-lo se afastar de nós. — Eu preciso de vocês dois.

— Ismael?!? — O coro de espanto entre os demais saiu em uníssono.

— E-ele é...? Shakur é Ismael, o famoso discípulo de Sertolin? O que morreu na segunda dimensão? — Samantha atropelava as perguntas com a voz esganiçada. Ela parecia estar diante de uma assombração.

— Não ouviram o que ele disse? Saiam de perto! — escutei o rugido de Richard ficando para trás, mas, em seguida, nada mais importava. Estava surda, dentro da bolha de emoção que me tragava para junto dos dois. Esqueci completamente do público que nos rodeava. Tudo do lado de fora desmoronou e agora só existia o mundo particular entre mim, Stela e Shakur.

— Por favor, Ismael, chegue mais perto — tornou mamãe a pedir.

— Como você...? — indagou perturbado o líder de negro. Os olhos azuis arregalados confidenciavam um misto de constrangimento e perturbação.

— Como eu soube que era você? — Ela abriu um sorriso triste e inclinou levemente a cabeça. — Eu o reconheceria em qualquer dimensão, Ismael. Acabei de encontrar outros parecidos, mas nunca existirão olhos mais lindos que os seus. — Ela olhou de relance para um Richard de expressão taciturna a alguma distância de nós.

— Foi só o que me restou — sussurrou ele com aspereza na voz, mas havia algo camuflado dentro dela: ansiedade?

— Não diga isso, Ismael. — Ela quis acariciar sua hemiface exposta, mas, visivelmente tenso, ele virou o rosto. — Eu não devia ter feito o que fiz, eu me arrependo tanto, eu...

Outra pancada no peito. *Ela se arrependia?*

— Não temos tempo e vocês duas precisam conversar — retrucou o líder de negro. Sem que ele pudesse esperar, mamãe rapidamente segurou sua mão. Shakur enrijeceu ao ver os dedos deformados aprisionados entre os dela.

— Por favor — arfou mamãe nervosa antes de começar a tossir forte. A respiração estava falhando. — Nós três.

— Mãe, calma! — pedi com a voz embargada.

— Não teremos tempo, meu amor — murmurou ela com os olhos fixos nos meus.

Ela sabia. Mamãe era uma receptiva acima da média e já havia pressentido a nefasta situação. Atrás dela, vi o altivo Shakur encolher os ombros e se curvar, a cabeça balançando de um lado para outro.

— E-eu preciso dos dois... De você e de Ismael.

Meus olhos queimavam dentro da enxurrada de lágrimas incontroláveis, e me dei conta, apesar de tudo, de que não estava preparada para aquela conversa.

A conversa.

As perguntas que há tantos anos me assombravam seriam finalmente respondidas, e, no entanto, algo em mim alertava com veemência que eu me decepcionaria, que seria melhor deixar tudo como estava.

Eu sabia que a estava perdendo, que aqueles seriam nossos últimos instantes juntas, mas havia uma mão estrangulando minha garganta e me deixando sem voz.

— Perdão, filha. — Havia quilos de ternura e arrependimento embutidos em seu pedido. — E-eu sei que... Pode não parecer... — Arranhou um choro. — Tudo que fiz foi por amor, para manter você viva. Eu te amo tanto, tanto...

— Eu sei, mãe. — Afundei a cabeça em seu colo e, mesmo enfraquecida, consegui sentir a satisfação que dela emanava por poder acariciar meus cabelos. Meu ar se fora e agora eu o encontrava apenas nos soluços que emitia. — Eu também te amo muito, mãe. Eu fui tão egoísta, mimada, e-eu...

— Shhh! Você não teve culpa. Eu devia ter lhe dado as explicações que me pedia, ter percebido que você crescia, mas — tornou a tossir com força, e, com a cabeça apoiada em seu ventre, escutei sua respiração entrecortada e as batidas fracas de seu coração — um filho nunca está amadurecido o suficiente para uma mãe, meu amor. Especialmente se sua única filha vinha com um dom especial, uma condição que a faria ser caçada pelo resto de seus dias. Perder você seria pior do que morrer, Nina. E eu nunca conseguiria aceitar isso. Foi por não aceitar esse destino que cometi erros terríveis. Erros que me consumiram pelo resto dos meus dias. — Ela tentou se ajeitar no chão. Em vão. Estava exaurida. Eu e Shakur a ajudamos a virar de lado enquanto mamãe lutava para respirar. — Como ter abandonado Ismael, seu... seu... — Ela olhou fixamente para o líder de negro e, com os lábios trêmulos segurando novo choro, não conseguiu prosseguir. Ele também a encarava agora, num misto de atordoamento e fascínio, as pupilas vibrando alucinadamente.

— Meu pai. — Minha boca se encarregou de concluir a frase de Stela.

Shakur e Stela se viraram para mim ao mesmo tempo. Mamãe assentiu, emocionada, deixando as lágrimas rolarem em silêncio. Shakur permanecia com a expressão vidrada, os olhos azuis cintilando dentro de um sorriso tímido de inesperada felicidade.

— Sim, meu amor — balbuciou ela com a voz vacilante. — Ismael cuidou de você desde que estava em minha barriga. Ele pode não ter sido seu pai biológico, filha, mas te amou desde o início.

— Mesmo sendo um...

— Zirquiniano — completou ela ao perceber minha hesitação. — Sim, Nina. Não acredite nessa história de que todos eles são insensíveis.

— Então eu fui concebida com amor? Você e Dale se amavam pra valer? — Aproveitei seu raciocínio e questionei esperançosa.

Ela franziu a testa, fechou os olhos e respirou fundo.

— Entenda, filha... — Sua voz falhou. — Nós éramos muito jovens naquela época.

Não era a resposta que eu esperava. Abaixei a cabeça, segurando a onda de decepção, e senti os dedos trêmulos de Stela levantando o meu queixo. Ela me olhava com tanta intensidade, tanto amor, que derreti por dentro.

— Não deve dar tanta importância ao ato em si, filha. No momento em que te descobri dentro de mim, eu já te amava com todas as minhas forças. Você me conhece melhor do que ninguém e jamais poderia duvidar disso. — Stela tentou modular a voz, mas foi trapaceada pela própria emoção e sua fala saiu arranhando. — Mas, sim. Na época eu achava que amava pra valer, Nina.

— E ele?

— Dale estava perdido, filha. Não fez por mal. Não tinha ideia da dimensão do seu erro.

— Um fraco! — Shakur soltou um rosnado baixo.

Céus! Ele odiava Dale!

— Sim, Ismael. E por isso mesmo precisa perdoá-lo — adiantou-se ela. *Coitada! Stela ainda não sabia que Dale havia morrido!*

— Nunca! Você não entende, ele...

— O que eu não entendo?

— Maldição! — Ele tornou a rosnar entre os dentes. — Nada.

— Então também não vai me perdoar, Ismael? — indagou mamãe, e sua expressão facial se deformou num emaranhado de expectativa, medo e preocupação. Finalmente havia chegado à pergunta crucial, aquela que a consumira por toda a vida. — E também não vai aceitar sua filha de volta?

Perdoá-la? Shakur me aceitar de volta? Estremeci, tomada pelo calafrio paralisante que percorreu meu corpo da cabeça aos pés. Sentei-me ao seu lado para observar, boquiaberta, a decisiva conversa entre os dois.

— E-eu, eu... — Shakur ficou repentinamente pálido. Na certa não esperava por aquela pergunta.

Nem eu.

— Por favor, Ismael. Cuide dela. Nina nunca teve culpa de nada. Fugir foi uma decisão minha. Exclusivamente *minha* — implorava mamãe e agora não fazia mais questão de segurar palavras e lágrimas. Ela havia chorado naquele dia mais do que em toda a sua vida e aquilo me abalava de uma forma inédita e sufocante. Não suportava vê-la sofrer.

Shakur abriu a boca duas vezes, mas não conseguiu proferir som algum. Estava perdido dentro de seus próprios tormentos.

— Ismael, por favor. Não seja orgulhoso. Você sabe que meu tempo está acabando, que... — insistiu ela mais uma vez e *dessa* vez sua tentativa deu certo: rompera a armadura que o enclausurava.

— Shhh! Poupe suas forças. — Agoniado, Shakur tentou acalmá-la, colocando um dedo nos lábios de minha mãe.

— Eu ainda te amo muito, Ismael. — Ela segurou a mão dele e, ignorando minha presença, mamãe o puxou repentinamente para junto de si. Os rostos ficaram muito próximos. Visivelmente constrangido, Shakur tentou se desvencilhar, mas ela o segurou com seu restante de forças. — Nunca deixei de te amar durante todos esses anos. Nunca.

Então foi a vez do altivo líder de Thron soltar um gemido triste e se aninhar no ventre dela. Mamãe chorava copiosamente e Shakur tinha a respiração acelerada, o peito subindo e descendo incessantemente.

— Então por que me abandonou, Stela? — O discreto choro por detrás da voz rouca fez meu coração encolher no peito. — Por que fez isso comigo?

Abandonou?!?

— Porque entendi tudo errado e fui uma estúpida! — Mamãe soluçava. A dor deles impregnava em minha pele e ossos. Assistir àquela

cena era torturante demais. — P-porque achei que você ia tirá-la de mim, Ismael.

— Roubar a Pequenina de você, Stela?!? De onde tirou essa ideia medonha? — bradou ele, transtornado. Levantou a cabeça e, esquecendo por um momento de suas cicatrizes, encarou-a.

— Foi um mal-entendido... — Ela arfava. — Ao chegar em casa em determinada tarde, eu o vi cochichando com Nina, combinando que a levaria para algum lugar. E depois Nina fez segredo sobre o assunto... Então eu surtei! — berrou aflita. — Achei que você estava esperando o momento certo, o aniversário dela, para tirá-la de mim. Achei que você, após todos aqueles anos sem poder ter... — Ela pensou na palavra e engasgou ao olhar para mim. — Achei que a traria consigo para essa dimensão, que havia cansado de tudo e queria sua vida e prestígio zirquinianos de volta. Não seria de estranhar, afinal, todos aqueles anos e não poder me tocar intimam...

— Sequestrar a Pequenina?!? Desistir de vocês por não poder possuir seu corpo inteiramente? — Shakur tentou esbravejar, mas sua voz saiu como um choro fino. — Por Tyron, Stela! Como pôde ter pensado isso de mim? Eu já me sentia o zirquiniano mais afortunado do universo por ter a minha família! A mulher e a filha cujas vidas eram mais importantes que a minha própria vida! — Mamãe se encolhia e seu choro triplicava de volume. A voz do líder de Thron saía com estrondo. — Vocês eram a minha vida, Stela! Eu não acreditei que você havia fugido e me abandonado. A princípio imaginei que resgatadores a haviam tirado de mim. Virei um bicho raivoso procurando pelas duas. Vasculhei cada canto da sua dimensão. — Ele parou para pensar nas palavras, mas sua expressão era tão urgente quanto febril. — Uma voz me dizia que havia algo errado naquela farsa de Istambul, mas eu jamais poderia imaginar que sua imaginação fosse tão fértil e cruel a tal ponto. Você sabia que havia o risco e foi adiante. Concluiu a farsa e colocou fogo naquele maldito carro. Sabia que, se eu estivesse por perto, eu as encontraria. — Arfou alto.

Mamãe levou as mãos à boca e arregalou os olhos.

— Você não...?

— Sim, Stela! Foi o que aconteceu! — rebateu ele transtornado. — Quando achei que as estava perdendo, que eram vocês duas carbonizando naquele carro em chamas, decidi que a minha história havia acabado ali e que não adiantaria prosseguir sem as duas. Eu partiria com você e Nina e tinha fé que, de alguma maneira, tudo havia sido um grande mal-entendido e que nos encontraríamos novamente, em um lugar melhor.

— Oh, meu Deus! Você entrou no carro?!? — Mamãe gemeu alto, num misto de horror e sofrimento extremo.

Shakur assentiu com um imperceptível movimento de cabeça.

— NÃO! — berrou ela e eu entrei em choque.

Todo o meu corpo paralisou e foi difícil encontrar coerência entre o que era dito e o que minha mente conseguia assimilar. *Cristo Deus! O terrível acidente que ele sofreu foi por nossa causa?* Richard havia comentado sobre isso, afirmando que seu líder nunca falava a respeito e ainda sofria toda vez que tocava no assunto. O corpo queimado, as terríveis cicatrizes, marcas irremediáveis de um sentimento genuíno... Carbonizado... *Por nos amar demais!*

— Minha intenção era afastar os resgatadores de uma vez por todas, fazê-los acreditar que estávamos mortas. Para os zirquinianos sempre foi tudo ou nada. Não costumam confabular. Jamais poderia imaginar que você estaria por perto... — Ela tornou a gemer. — Céus! Eu não queria que fosse assim, eu... — A voz culpada de mamãe saía cambaleante, abafada. Envergonhada, ela mantinha o rosto afundado nas mãos trêmulas.

— Ismael morreu naquele dia, Stela — sentenciou ele.

— Não. Não. Não. — Mamãe balançava tanto o rosto exangue de um lado para outro que comecei a me sentir mal. Ela não suportaria ouvir aquilo tudo em seu péssimo estado e ia acabar morrendo naquele instante. Mas, ao mesmo tempo, uma voz ferina me dizia que, ainda que sem intenção, ela era a culpada por toda aquela tragédia e que, portanto, precisava ouvir o que ele tinha a dizer. Shakur tinha esse direito. — Acredite! Eu te amo, Ismael! Eu fiz tudo errado, mas eu te amo tanto, meu amor. Nunca deixei de te amar.

— Eu já não sou mais a pessoa que você amou, Stela. Eu virei um monstro.

Stela tornou a segurar o rosto dele entre as mãos.

— Não, você não é e nunca será um monstro! — guinchou com vontade. — Para mim você continua lindo. Ainda vejo tudo o que fez me apaixonar por você, Ismael. O fogo não destruiu seu porte majestoso, o sorriso perfeito e os olhos azuis mais brilhantes do mundo. — Stela tinha a testa franzida e as narinas, empreendendo esforço acima do suportável, abriam e fechavam de maneira exagerada. A respiração estava cada vez mais difícil. — Mas, principalmente, as labaredas não foram capazes de consumir o que você tem de mais precioso, e que se encontra aqui dentro. — Apontou para o peito dele. — Seu genuíno altruísmo. Você é a pessoa mais generosa que já conheci, meu amor. Não merecia o azar de se apaixonar por uma humana cheia de defeitos. Eu destruí sua vida.

— Não diga isso — balbuciou ele, olhando para ela com sofrimento e fascínio arrebatador. — Não conheço zirquiniano que pôde experimentar o que senti por você.

— Ismael, e-eu... Me perdoa!

— Claro que eu lhe perdoo, minha pequena. Eu nunca deixei de te amar.

Em meio às lágrimas, Stela soltou um gemido de felicidade e, fazendo um esforço descomunal, puxou-o para junto de si e tascou-lhe um beijo apaixonado. Shakur enrijeceu de início, mas respondeu com um suspiro rouco, deixando um braço envolver cuidadosamente o corpo fragilizado dela enquanto a mão livre passeava pelos cabelos de mamãe. Arrepiada da cabeça aos pés, meu corpo era eletrocutado por descargas de frio e calor extremos, minha pele marcada com as brasas da emoção, do entendimento e do perdão. *Havia valido a pena.* Eu finalmente obtivera minhas respostas. Muitos erros, desencontros, fatalidades, mas, antes de mais nada, eu não tive um passado em branco. Havia uma história de amor e cumplicidade por detrás dele. Eu fui amada, muito amada.

— Me promete, Ismael. Me promete que vai cuidar da *nossa* Pequenina para mim — suplicava ela.

— Eu vou cuidar, minha pequena. Claro que vou — ele a acalmava.

— Nina, filha, e-eu... — O tom arroxeado de sua pele confirmava que mamãe piorava rapidamente.

— Não, mãe. Por favor, não... — Eu a abracei com desespero, afundando o rosto febril em seu corpo combalido e a beijando sem parar.

— Você é mais forte do que imagina, Nina. M-muito mais — sussurrou em meu ouvido. — Promete pra mim que vai cuidar do seu pai? — pediu e colocou uma de minhas mãos entre as de Shakur.

— Eu prometo, mãe — balbuciei, mas não escutei som saindo da minha boca. Havia uma faca enfiada em minha garganta e labaredas de fogo consumiam a parte de trás dos meus olhos. Perdi o ar e tudo em mim tremia. Shakur pegou a minha mão com vontade e soltou um gemido gutural, curvando-se sobre o próprio corpo.

— Eu te amo, filha. Mais que tudo na vida. M-mais que a minha própria vida. Lembre-se disso. — Sem conseguir suportar o peso dos braços, mamãe fez um esforço descomunal para acariciar meus cabelos e beijar minha testa.

— Eu te amo ainda mais, mãe. Eu te prometo, por tudo que fez por mim, que serei forte. Não vou te decepcionar. Eu vou lutar — atropelava as palavras em estado de perturbação.

Ela soltou um suspiro forte, de despedida, e meu corpo respondeu, estremecendo em resposta. Minha mãe estava partindo, estava me deixando. *Não. Não. Não!*

— Mãe? Mãe! — balbuciei em pânico.

— Os sinais... aqui. — Ela ainda conseguiu curvar ligeiramente os lábios, forçou um sorriso e seus dedos tocaram de leve o meu peito antes de caírem, frouxos e sem vida ao seu lado.

Havia acabado.

— Não! — pedi afônica. Não consegui berrar e já havia chorado em minutos o que deveria ser destinado a uma vida inteira. Apática, deixei meu corpo exangue debruçar sobre o dela. Não sei quanto tempo fiquei ali, agarrada a ela e anestesiada no maremoto de sentimentos que massacrava minha alma.

Ao longe distingui alguns berros tensos e senti alguém puxando meus ombros.

— Nosso tempo acabou. Precisamos ir, Pequenina — murmurou Shakur em meu ouvido. Assenti e, antes de sair, depositei um último beijo na face gelada de Stela. Alheia a tudo e submersa em minha dor, só então me dei conta de que Shakur e Richard haviam envolvido o corpo de mamãe com pedras de todos os tamanhos.

— Que tolice é essa? — Um dos soldados revirou os olhos, impaciente. — Para que proteger um corpo sem vida?

Na certa se referia à grande quantidade de corpos abandonados pela região.

— É assim que procedemos em Thron — respondeu Richard com a voz ligeiramente anasalada. *Estaria emocionado?*

— Não podemos perder mais tempo! — retrucou outro soldado.

Shakur piscou discretamente para mim. Ele acabava de me comover novamente. Todos os demais podiam não desconfiar, mas eu sabia que aquilo era uma espécie de velório, sua última oferenda a minha mãe.

— Temos que correr! — bradou John no instante em que a última pedra era depositada na sepultura.

Sem olhar para trás, montei no cavalo de Shakur. Decidira fazer o restante da viagem com ele. Satisfeito, o líder de negro veio ao meu encontro e assumiu as rédeas.

— Obrigada, Ismael. — Enxuguei a última lágrima e murmurei no seu ouvido assim que o grupo acelerou em velocidade máxima pelas planícies fantasmagóricas de *Zyrk*. — Por tudo que fez por ela.

— Pai — sussurrou ele de volta enquanto envolvia minhas mãos. — Gostaria que me chamasse assim a partir de agora, Pequenina.

Abracei-o com força e senti meu coração esquentar dentro do peito. Um sorriso tímido surgia em meus lábios com a nova constatação: eu havia perdido minha mãe, mas acabara de recuperar meu pai.

CAPÍTULO 25

— Ela captou o sinal — adiantou-se Richard para Shakur. Em meio à cavalgada, ele posicionava seu animal estrategicamente ao lado do nosso. — A mercadoria. Irei no seu lugar.

Ela? Mercadoria? Sobre o que ele estava falando? Ir aonde?

— Não. *Eu* farei isso.

— Não seja tolo. Se existe alguém que pode "encontrá-la", esse alguém sou eu. Além do mais, sua presença aqui é mais importante que a minha. — Richard abriu um sorriso frio e estendeu a mão em direção ao líder, que hesitou por um instante, mas em seguida lhe passou uma trouxinha de pano. Reconheci o tecido negro: pertencia à calça comprida de Shakur e isso explicava por que tinha a barra rasgada. Richard rapidamente guardou o pequeno embrulho e em momento algum olhou para mim.

— Não é a especialidade *dela* — murmurou Shakur.

— Tem sugestão melhor?

Shakur abaixou a cabeça e nada respondeu.

— Rick, aonde você vai? — indaguei preocupada ao vê-lo puxar as rédeas do animal e mudar de direção. — O que você vai fazer?

— Vai ficar tudo bem — disse ele. A expressão séria demais e o mar revolto em seus olhos azuis me fizeram estremecer.

— Rick?!? — berrei desorientada com o novo acontecimento, mas ele já havia partido, galopando feito louco pelo vale desértico. O grupo diminuiu a marcha e, em silêncio, o observou se afastar.

Eles já sabiam que isso ia acontecer? Mas que droga estava acontecendo ali?

— Richard é rápido. Ele vai conseguir. — As palavras de Shakur saíram com dificuldade.

— Conseguir o quê? Aonde ele foi?

— Eu não posso dizer, Pequenina. — Sua expressão ficou mais sombria que o normal. — Para sua proteção.

— Mas...

— Tenha fé — arfou e me surpreendeu ao mudar de assunto. — Sua mãe deve ter ficado feliz com o lugar que a enterramos, Nina.

— Por que diz isso? — Minha cabeça estava longe.

— Stela sempre gostou de ficar ao ar livre, adorava passear em dias de ventania — respondeu com a voz embargada.

— Tão próximo àquele lugar abarrotado de cadáveres espectrais... — murmurei. — O que existe naquelas dunas de vento?

Há séculos foi um rio caudaloso. Agora é um temido corredor de vento. Em suas margens depositamos os resgatados. Ali eles serão conduzidos para o *Vértice* ou para o *Plano* pelos *mensageiros interplanos*. — O sorriso foi varrido de seus lábios. — O Muad é também o caminho mais curto, e *mortal*, para o portal pentagonal.

— Para a Lumini?

— Sim.

— Por que *mortal*? — inquiri.

— Porque, à exceção do único mago de *Zyrk* que controla os elementos do ar, até hoje nenhum zirquiniano saiu vivo do Muad.

Estava explicado o porquê do medo que todos nutriam pelo sombrio lugar.

— E quem é esse mago?

— Guimlel.

— Chegamos! — berrou John de repente.

Uma cortina de vapor, como uma bruma fantasmagórica, escapava das ranhuras do chão. A nuvem de fumaça claustrofóbica era gélida, de péssimo odor, e se embrenhava pelos nossos poros com assustadora facilidade. Segurando a respiração, procurei por um abrigo, mas não vi nada, a não ser um grande paredão rochoso. Os cavalos bufaram e desaceleraram. Pareciam travar uma batalha com os próprios nervos, assim como nós. John passava as orientações às pressas. Tom e outros dois soldados pegaram um tronco de árvore estrategicamente escondido sob a terra e, utilizando-o como braço de alavanca, posicionaram-no sob uma rocha proeminente e arredondada. A pedra rolou levemente para o lado e evidenciou o que estava por detrás: uma gruta. A alguma distância dali, vi quando repetiram o processo com outra rocha, surgindo mais uma caverna.

— Presente de Wangor! — anunciou John para o grupo cuja expressão aflita foi imediatamente substituída por uma de alívio.

— Cada reino tem os seus truques para se proteger das bestas da noite — explicou-me Shakur em voz baixa enquanto descíamos do nosso cavalo.

— Josef e Ellyr, prendam os animais na outra caverna. Nós pernoitaremos nessa aqui — comandou John. — Na volta tragam lenha para fogueira. Tom, ajude-me com a água e os mantimentos.

A noite caía rapidamente e novo pavor se agigantava no meu peito. *Onde Richard havia se metido?*

— Entrem. — Samantha acendeu uma tocha e guiou a mim e Shakur para dentro. Fiquei assombrada com a descoberta. A abertura estreita disfarçava com perfeição uma ampla câmara circular. Em seu interior, uma comprida mesa de madeira feita de troncos amarrados ladeada por dois bancos do mesmo material. Um pequeno baú de couro dispunha-se um pouco mais adiante, encostado na única pilastra de pedra. Mais nada. O lugar se prolongava para um labiríntico corredor em zigue-zague cujo fim não consegui enxergar. — Lá dentro existem três pequenos aposentos — informou a enigmática loura ao me pegar olhando para o corredor.

Samantha foi conversar algo em particular com Josef e Ellyr. Os dois soldados eram morenos e tinham compleições físicas semelhantes, altos e magros. Porém um parecia ser bem mais velho que o outro. Ellyr foi até o baú e retirou uma pilha de copos e pratos empoeirados, colocando-os sobre a mesa com um baque alto. Visivelmente abatido, Shakur sentou-se no chão, encostado a uma das paredes situadas mais ao fundo da gruta. Ele mantinha a cabeça baixa, como em uma postura meditativa. Eu caminhei até a entrada.

— Nina, saia daí. Preciso fechar a gruta — avisou John surgindo repentinamente atrás de mim. Eu estava paralisada na entrada da gruta havia um bom tempo, tentando impedir que os braços da agonia me envolvessem a ponto de me sufocar. Encontrava-me hipnotizada pelo tom cinza-escuro no céu, alerta real de que o manto da noite de *Zyrk* estava prestes a nos encobrir.

— Não — murmurei sem tirar os olhos do horizonte sombrio. Nem sinal de Richard. *Aonde ele tinha ido? Ele corria perigo?*

— O que quer dizer? — questionou tenso. — Que não vai entrar enquanto *ele* não chegar? É isso?

Senti nova dor na consciência. *Pobre John!* Era chegado o momento de deixar as coisas às claras entre nós. Talvez não tivesse outra oportunidade e John não podia ter esperanças, mesmo que Richard não retornasse. Por mais que adorasse a sua companhia gentil e fosse maravilhoso o bem-estar de tê-lo sempre por perto, eu não podia ser egoísta a tal ponto. Não podia fazer isso com ele. Mamãe uma vez me disse que o amor não precisava de explicações. Ela não podia estar mais certa. Não havia razão que domasse o amor febril que trepidava dentro de mim. Precisei passar por todas as tragédias e perdas para entender que meu coração não era masoquista, mas sim tão selvagem quanto o par de olhos azul-turquesa que o fazia pulsar freneticamente.

— John, eu sinto muito... — Baixei a cabeça, juntando coragem para colocar em palavras o sentimento obstrutivo que crescia em meu peito. Sabia que seria impossível não magoá-lo, mas desejava do fundo da minha alma que John conseguisse captar o imenso carinho que eu nutria por ele. Queria que ele visse dentro dos meus olhos o quanto eu o admirava. — Não posso deixar isso... entre nós... continuar.

— Você passou por muita coisa num intervalo de tempo muito curto. Está com a capacidade de julgamento afetada. — Ele segurou meus ombros e me obrigou a olhar para ele. — Eu posso esperar. Eu *vou* esperar. A gente...

Coloquei um dedo em seus lábios e balancei a cabeça com determinação. Ele perdeu a cor instantaneamente.

— Não posso fazer isso com você — minha voz saiu falhando.

Inspirei com força, os pensamentos subitamente cristalinos atropelando-se uns aos outros.

— John, você é o cara certo! — acelerei em dizer antes que a coragem me escapasse. — O rapaz mais honesto, gentil e sensato que encontrei na vida. Agora, olhe para mim. O que você vê?

— A híbrida mais linda do mundo — murmurou em baixo tom.

— Não, John. Eu sou o caos — arfei. — Precisei passar por muita coisa para compreender que me aceito deste jeito. Não sou e nunca serei como uma garota humana ou uma zirquiniana. Agora vejo que não trocaria nada nem gostaria que as coisas tivessem sido de outra forma. Tive que perder a pessoa que mais me amou na vida para entender que meu coração bate num ritmo bem diferente do normal, descompassado e sem lógica — confessei emocionada e sem perceber que não era minha boca quem desabafava, mas sim a minha alma. O peso do mundo começava a sair de dentro dela e a felicidade preenchia os espaços. — John, você é perfeito, mas não é o homem para mim.

— Quem disse?

— É a pura verdade. E acho que, apesar de não dar o braço a torcer, no fundo você sempre soube. — Lancei-lhe um sorriso triste. — Eu amo a imperfeição. Foi dentro dela, perdida nas teias da confusão, que me encontrei e consegui ser eu mesma pela primeira vez na vida, sem máscaras, livre.

— Isso é loucura! Você não sabe o que está dizendo! — Sua testa estava deformada de vincos e a respiração acelerada.

— Nunca estive tão certa na vida. Eu amo o Rick.

— Você está cega! Não enxerga que Richard está jogando com os seus sentimentos? Ele está blefando e te conduzindo para a morte!

— Ele salvou minha vida diversas vezes! — rebati num rosnado.

— Porque ele está aguardando o momento certo! Até lá ele precisa te manter viva! Ele não vale nada!

— Se é tão perigoso assim, então por que você aceitou ele no grupo? — guinchei feroz.

— Porque algo me dizia que você não teria vindo se nós o deixássemos para trás e porque... Bem — retrucou hesitante —, ele é bom de luta e o nosso grupo é pequeno. Poderia nos ser útil e... Não vem ao caso.

— Mentira! Você está me escondendo alguma coisa — retruquei com fúria e ele arregalou os olhos.

— Eu não... Nina, eu não quero que tenha raiva de mim se... — repentinamente ele me abraçou com um misto de desespero e paixão. Suspirei alto. *Pobre John! Tanta coisa ele havia feito por mim.* Meu coração tornou a encolher no peito e, sem perceber, eu retribuía o abraço com vontade. Eu podia não amá-lo, mas John era especial para mim. — Tudo que faço é para o seu bem.

— Eu sei, John, eu sei — arfei com a cabeça afundada em seu peitoral. — Sei que se importa comigo e é por isso que eu gostaria que desse atenção a este pedido: dê uma chance a Samantha. Ela é linda e tem grande estima por você.

— Samantha?!? — Havia clara surpresa em seu tom de voz. Ele me apertou ainda mais contra seu corpo e senti na pele o tremor que o invadia.

— É tão óbvio, John. Ela morre de ciúmes de você. A raiva que ela nutre por mim é por sua causa.

— Samantha...? I-isso é impossível... E não vem ao caso! — soltou rouco após um tenso instante em silêncio. — Nina, ao amanhecer... quando...

— Vejam! É Richard! — A voz angelical da loura surgia às nossas costas e nos fez romper o abraço. Samantha tinha a expressão estranha e seus movimentos pareciam desencontrados.

Ela havia escutado a nossa conversa? Pouco importava agora porque um sorriso gigante surgia em meu rosto ao processar a nova informação. Suando muito, Richard descia acelerado do seu cavalo e o entregava a Ellyr, que sem demora o levou para a caverna adjacente.

— Rick! — Corri feliz em sua direção, mas ele passou como um foguete por mim. O rosto frio e a expressão dura me fizeram perder o chão. *Que ótimo! Primeiro aquele beijo, agora ele tinha me visto abraçada a John!*

Os homens rolaram a rocha e, sem perda de tempo, fecharam a entrada da gruta maior. Então cada um deles se incumbiu de algo: John acendia outras tochas presas aos nichos esculpidos nas paredes de pedra com a ajuda de Samantha, Richard preparava uma grande fogueira, e Tom, num canto afastado, encarregara-se de descascar algumas raízes. Resolvi ajudá-lo enquanto dava um tempo para que os nervos de Rick se acalmassem e a gente pudesse conversar. Tudo havia acontecido tão rapidamente que me dei conta de que era a primeira vez que falava com Tom desde a nossa fuga por Frya.

— Que roubada meti todo mundo, hein? — comecei nosso diálogo sentando ao seu lado e o ajudando no processo.

Ele abriu seu sorriso simpático e acolhedor.

— Nem me fale. Que estupidez a minha não ter te matado quando tive a oportunidade — brincou passando a lâmina da faca bem perto do meu pescoço e estreitou os olhos. — Que tal se eu me redimisse?

— Perdeu a chance. — Pisquei.

— Ainda bem. — Ele alargou o sorriso e abocanhou um pedaço grande de algo que julguei ser palmito. — Que fome!

— Fiquei muito preocupada com você e com John — confessei por fim.

— Nós também. Quero dizer... — adiantou-se ele mastigando o alimento com vontade. — Principalmente John.

— Eu sei.

Então o inesperado aconteceu. Tom olhou rapidamente para os lados e me encarou com vontade. Sua expressão brincalhona desapareceu e suas pupilas vibraram.

— Nina, estão te escondendo algo, quero dizer, eu acredito na lenda e não concor... — disparou ele num sussurro.

— Tudo bem aí? — John indagou alto, vindo com velocidade em nossa direção. Shakur estava de pé do outro lado da ampla sala e Richard já havia atravessado a metade da distância que nos separava, o braço no ar exibia um punhal ainda sujo de sangue da luta que travara em Marmon.

— E-eu, eu... — Tom se encolheu no lugar, sem cor e com os olhos arregalados. Em sua pressa para me contar o que o afligia, não percebeu que mantinha sua faca apontada na minha direção.

Céus! Eles acharam que ele podia me fazer algum mal? Logo Tom? E qual era o segredo que ele ia me contar? O que eles escondiam de mim?

— Está tudo bem — assegurei para as faces que nos observavam.

— Ótimo! — respondeu John aliviado, fazendo sinal que estava tudo bem para os demais. — Tom, acabe de acender as tochas dos aposentos. Deixe isso comigo.

O coitado do Tom obedeceu e, sem demora, afastou-se dali.

— O que houve aqui? — perguntou John assim que a normalidade retornara ao lugar.

— Não houve nada — sepultei o assunto. Jamais colocaria Tom em uma situação ruim. — Vocês estão vendo fantasmas em todos os lugares!

— Antes fossem fantasmas, Nina. — John abriu um sorriso derrotado. — Fantasmas não poderiam lhe causar nenhum mal.

— Nem Tom — rosnei baixinho.

— Eu sei, mas... — murmurou ele. — Estamos todos muito tensos e coisas estúpidas são feitas quando nos encontramos assim.

Abaixei a cabeça e tentei rechaçar a todo custo o misto de impotência e preocupação que insistiam em me torturar. Todos ali corriam risco de vida. E eu sabia que era por minha causa, para me manter viva.

— Vou descansar — soltou Rick num rompante.

Ele tentou deixar a fisionomia ilegível, mas vi uma veia latejar em seu pescoço. Ele tinha ciúmes de John. Por um mísero segundo, cheguei a achar que seria melhor assim. Ele seguiria seu destino, geraria o aguardado descendente de *Zyrk* e não morreria sufocado nas teias de uma híbrida. Entretanto, por mais que eu tentasse encontrar orgulho e lógica nas minhas ações, eu simplesmente fracassava e, no instante seguinte, dava ouvidos a uma voz pulsante dentro de mim. E ela exigia respostas. *Que segredos obscuros Richard escondia que todos sabiam menos eu? Por que Shakur o protegeu do ataque dos Escaravelhos de Hao? E, o que mais me amedrontava: ele tinha que dizer dentro dos meus olhos que Von der Hess estava mentindo e que ele nunca teve nenhum acordo com Malazar. Precisava me contar a origem das tão cobiçadas pedras-bloqueio que havia conseguido.*

— Precisa se alimentar, Richard — advertiu Shakur. — Sua energ...

— Estou sem fome — rebateu ele sem lhe dar atenção.

— Eu também — aproveitei a deixa com a intenção de interceptar Richard no caminho.

— Nina, fique — pediu ele com educação, mas sua postura não me enganou. O maxilar trincado confessava a mentira descarada.

— Rick, nós precisamos conversar.

— Não me sinto bem — desconversou.

— O que está escondendo de mim?

Ele me olhou com vontade, os olhos cintilando com força abrasadora, deu um passo em minha direção, mas travou no meio do caminho. Angústia? Ciúmes? Sua testa era um grande emaranhado de raiva, confusão e tristeza. Meu coração desatou a socar o peito com fúria.

— Está tudo bem — murmurou.

— Não está.

— Cansaço apenas.

— Mentira! — guinchei e Richard estreitou os olhos. Chequei ao redor, mas ninguém me encarou.

— Não tenho condições para uma conversa agora. Amanhã... — Richard se esquivou e saiu, dirigindo-se a passos rápidos em direção ao sinuoso corredor que dava para os aposentos.

Vasculhei os semblantes presentes e só encontrei uma pista, uma única pista: culpa. Tentei engolir e não encontrei saliva. *Céus! Eles estavam mentindo ou escondiam algo de mim!* Não exigi explicações nem deixei transparecer minha mágoa. Com a cabeça erguida e sem olhar para trás, caminhei com passos firmes em direção ao meu aposento. Por um momento havia me esquecido, mas agora era óbvio e cristalino: o jogo de cartas marcadas ainda estava de pé e uma jogada importante tinha sido efetuada.

A partida estava em seus instantes finais.

E, para a minha desgraça, eu passaria o trunfo para o inimigo.

Minha total desgraça.

CAPÍTULO 26

Revirei-me na cama improvisada e, ainda com as pálpebras pesadas, tive um sobressalto. O silêncio no grande esconderijo era maculado por ruídos que chegavam através da porta feita de troncos de árvores amarrados. Pisquei com força, adaptando mente e olhos à penumbra ao redor e fiquei em estado de alerta: eram as vozes de Richard e de Shakur discutindo! Olhei para o lado e não acreditei ao detectar a silhueta da loura em sono profundo. *Como ela não havia acordado?*

Levantei cuidadosamente, saí pela porta do meu aposento e, caminhando pé ante pé pelo corredor sinuoso, cheguei à câmara principal. A julgar pelo silêncio maculado por roncos esporádicos, todos os demais dormiam e apenas eu escutava a acalorada discussão. *Muito estranho...* A situação ficou ainda mais suspeita quando vi a entrada da gruta parcialmente aberta. *Os dois discutiam do lado de fora? À noite?!? E as bestas? Não havia risco?*

Disposta a saber o que estava acontecendo e guiada pelas vozes dos dois e um fraco feixe de luz, avancei em disparada pela noite de *Zyrk* em direção à caverna onde os animais estavam. Ela ficava a uns duzentos metros da gruta principal, numa esquina escarpada do grande paredão rochoso, e a entrada também estava aberta. Os cavalos descansavam tranquilamente num canto afastado e pareciam não notar a presença dos dois. Ao me aproximar, identifiquei o porquê da claridade: Richard e Shakur estavam envoltos em uma nuvem branca, como uma bolha de energia, semelhante àquela que o Grande Conselho nos havia encarcerado. *Shakur criara aquele subterfúgio para poder ter uma conversa em particular com seu resgatador principal? Era por isso que os demais zirquinianos não os escutavam? Seria eu imune a tal magia?*

Richard tinha a cabeça abaixada enquanto Shakur segurava seu braço. O líder de Thron, por sua vez, não conseguia camuflar a tensão que o afligia.

— Sei que está me escondendo algo importante. O que é, Rick?

— Não há nada! — Ele bufou. — Quero descansar. Partirei antes do amanhecer.

Apertei os lábios e senti as unhas perfurando a palma da minha mão. *Ele ia partir sem se despedir de mim?*

— Não sei por quanto tempo vou conseguir despistar os soldados do Grande Conselho. Vocês terão que ser rápidos.

— Richard, escute-me. — Shakur tinha urgência. — Você precisa se acalmar ou não lutará com o espírito livre conforme lhe ensinei.

— Tenho cá minhas dúvidas quanto aos seus ensinamentos, Ismael. — O resgatador destacou o nome e o enfrentou com a expressão modificada, um misto de raiva e decepção.

— Eu sei — murmurou o líder de negro.

— Idolatrei um líder que nunca existiu, uma farsa.

— Tudo ao redor é uma grande farsa, Rick. Você sabe disso melhor do que ninguém. Além do mais... — Shakur cruzou os braços. — Você também tem os seus segredos.

Uma grande farsa? Que segredos?

— Já que o fim se aproxima, diga-me, afinal, por que perde seu tempo comigo? — Richard indagou sarcástico, um sorriso frio estampado nos lábios.

— P-porque... eu... — Shakur parecia atordoado.

— Nem mesmo sabe o por quê.

— Você vai se entregar e... — O líder de Thron confessou com a voz rouca: — Não quero que parta com raiva de mim.

Meu Deus! Rick ia... morrer?!?

Richard arqueou as sobrancelhas, irônico.

— Maldição, Richard! Porque você é importante demais para mim!

Richard cambaleou e seus olhos azuis triplicaram de tamanho.

— Não enxerga? Você foi o único sucesso da minha existência! — A voz do líder falhava. — Você foi o presente que Tyron, em seus intricados desígnios, deixou para mim no deserto de Wawet, a semente de esperança dentro do ninho de fúria que a desgraça havia feito em meu peito. O filho que imaginei em todos os meus sonhos, mas que não pude gerar, Tyron me deu para criar. Se não fosse por você, eu já teria desistido de tudo há tempos.

Senti uma pedra de gelo derreter em meu estômago. Apático, Richard perdeu a cor e o ar. Um silêncio sepulcral tomou conta do lugar. O único som presente era o das batidas frenéticas do meu coração emocionado.

— Fracassei em tudo. — A confissão de Shakur era como um gemido de dor. — Não me tornei um mago e deixei de ser um guerreiro há muito tempo. Não fui capaz de manter a família que tanto estimava, perdi meu orgulho, meu corpo e minha real identidade. — Ele abriu um sorriso ácido. — E ainda por cima, não pude procriar. Quando matei o verdadeiro Shakur e tomei seu lugar em Thron, tive que assumir Collin, o filho imprestável dele como se fosse meu.

— Collin, e-eu preferia que não tiv...

— Aquele infeliz recebeu o que merecia — Shakur o interrompeu. — Eu já sei de tudo, Rick.

— Sabe?!? — O pomo de adão de Richard subia e descia freneticamente.

— Encontrei o corpo de Collin algum tempo depois que você deixou Thron. Eu vi as marcas e sei que não foi você quem o matou.

Não foi Richard? Agora foi minha vez de perder a linha de raciocínio.

— Apesar de no começo não querer acreditar, depois tudo fez sentido. Todos os sinais que eu captava quando você estava perto dela, as reações desencontradas demais para o resgatador extraordinário que você sempre foi...

— Eu só a protegi — Rick o interrompeu, cabisbaixo.

— Você fez mais. Tem noção da dimensão do seu ato? Assumir a culpa do assassinato de Collin para protegê-la? — Shakur segurou os ombros de Richard, obrigando-o a olhar para ele. — Você se condenou ao *Vértice* para poupar a vida de Nina. Foi ela quem o matou, não você.

Eu. Matei. Collin.

Amordacei o grito de pavor e tive que me segurar na parede atrás de mim. Estava zonza com os flashes da cena que repentinamente inundavam minha mente, como um tsunami de lembranças terríveis.

— Ela agiu em legítima defesa.

— Eu sei... filho — Shakur assentiu com a voz embargada.

— *F-filho?* — Richard levantou a cabeça e as pupilas completamente verticais comprovavam a emoção que o invadia. — Sabe por quanto tempo eu esperei você dizer essa palavra? — Ele tentou camuflar um discreto choro, mas a voz subitamente rouca o traía. O rosto crispado de Richard começou a ficar vermelho. — Tudo que fiz na vida foi para que você se orgulhasse de mim, gostasse de mim como um filho, mas você nunca demonstrou. O que é isso agora? Um ato de piedade porque minha *partida* se aproxima?

— Ninguém tem maior orgulho de você do que eu, Rick! Por que acha que Collin morria de ciúmes? Por mais que tentasse disfarçar, todos em Thron notavam o quanto eu o admirava. As missões mais complexas sempre confiei a você.

— Confiança. Taí uma palavra que nunca existiu entre nós! — Richard bramiu. — Um pai de verdade não esconde tantos segredos de seu filho.

— Eu estava cego, enclausurado dentro do mundo de mentiras e rancor que criei, fui tão estúpido! Mas agora minha vida faz sentido

novamente e eu… — Shakur arfava alto. — Perdoe-me, filho. Não podia deixá-lo partir sem que soubesse o quanto sempre o estimei. Você e Pequenina são tudo que me restou, o meu único tesouro.

Richard repuxou os lábios e começou a balançar a cabeça, visivelmente desorientado.

— Talvez você ainda consiga salvar parte do seu "tesouro" — sentenciou com a voz fria e o azul dos olhos cintilou com inesperada fúria.

Eu queria ir até ele, agradecer a loucura que havia feito por mim ao se condenar ao *Vértice* para me proteger. Precisava dizer que o amava acima de tudo. Desobedecendo ao comando da minha razão, caminhei em direção à bolha em que ambos se encontravam, mas eles não perceberam a minha aproximação. Só então me dei conta de que não eram capazes de enxergar o que ocorria do lado de fora do pequeno escudo de energia.

— Por que você não faz… aquilo? — Richard indagou com a expressão desconfiada. — Por que não a transporta diretamente para Windston?

— Teria feito há muito tempo, se eu ainda tivesse forças.

— Não entendo.

— O teletransporte é um… — Shakur hesitou e levou as mãos às têmporas. — Tipo de magia negra que desenvolvi nos anos de reclusão.

— Então ela…

— É mortal! — Shakur se adiantou. — Consome a energia vital de quem a realiza. Minhas forças estão debilitadas por ter transportado vocês dois no espaço e por romper o bloqueio de Von der Hess em Marmon. Meu corpo não suportaria outra tentativa nos próximos dias. Sem contar que…

— Quê? — Richard tinha os olhos arregalados. Seu semblante confirmava que aquele tipo de informação era surpreendente para ele também.

— Nina precisa querer. — O líder de Thron soltou um suspiro forte. — Tem que ser um desejo da alma dela e… Tenho minhas dúvidas se ela *realmente* deseja voltar para Windston.

— Mas o avô dela está lá.

— Há uma confusão de sentimentos dentro dela, Rick.

— Como assim?

— Pela primeira vez desde a maldição, Tyron voltou a olhar para a nossa raça. Ele está nos testando.

— Então tudo não passa de um grande teste? — Richard parecia cada vez mais desorientado.

— Creio que sim. E Nina, por ser a híbrida, terá papel fundamental nessa história. A pobre garota será levada aos seus limites. Temos que protegê-la de todas as formas, mas ninguém deve interferir em seus julgamentos e decisões. Tem que partir dela, entende?

— O livre-arbítrio.

— Exato. Mas temo que Nina só expulsará seus demônios... quando tiver as respostas que a atormentaram por toda a sua existência.

— Respostas? — Richard perdeu a cor. — Ela já não as teve?

— Todas, não.

— Mas ela pode se decepcionar.

— É possível.

— Ela é muito nova, indefesa e...

— Nina tem dezoito anos zirquinianos! Ela não apenas atingiu a maioridade como está amadurecendo rapidamente — interrompeu o líder, acelerado. — E não acho que ela seja tão indefesa assim.

Richard contraiu os olhos e levou as mãos à cabeça.

— Tudo bem. Vou deixá-lo descansar, filho. — Shakur assentiu e ajeitou a máscara, preparando-se para sair da gruta.

Entrei em pânico. Talvez fosse a última vez que eu veria Richard. Ele tinha que falar comigo, precisava se despedir de mim. Sem parar para pensar, voei acelerada em direção à bolha. Estava prestes a socá-la com todas as minhas forças, quando Shakur soltou a frase que me fez congelar no lugar.

— Nina pode conseguir, Rick. Seu poder não está nas mãos... nem na mente. Sua força reside dentro do coração. Se ela lhe der ouvidos, talvez ainda haja uma chance para *Zyrk*.

Zyrk?!? A palavra perdida escapuliu de meus lábios trêmulos e se espatifou no chão. *Como pude me esquecer disso e ser tão egoísta? Não era*

apenas a minha vida e a do meu amor que estavam em jogo, mas a existência de toda a terceira dimensão!

— Ela nutre fortes sentimentos por John e, com o tempo... — Richard arranhou a garganta, subitamente taciturno. Aquele assunto ainda o torturava. — Talvez eles consigam...

— Não diga tolices! O que ela sente por John de Storm é completamente diferente do que experimenta por você. Até um cego é capaz de ver!

— M-mas nós não conseguimos, e eu... quase a matei!

— Então os boatos eram verdadeiros... — Os lábios de Shakur tremeram. — Sinto muito, filho. Só sei que reconheço o maldito sentimento que paira no ar. Fui vítima dele!

Pobre Shakur! Ninguém melhor do que ele para responder àquela pergunta. Apesar de ambos serem completamente apaixonados um pelo outro, ele não pôde experimentar um contato mais íntimo com minha mãe.

— V-você poderia... dar um recado em meu nome? — Richard deixou o orgulho de lado, mas não teve coragem de encará-lo.

— Me perguntei se você não o faria. — O líder abriu um sorriso amistoso e, por uma fração de segundo, achei que ele havia olhado para mim pelo canto do olho. Recuei.

— Eu sou estúpido demais para essas questões que ardem aqui. — Rick colocou uma das mãos sobre o peito que subia e descia com velocidade. — Peça para ela não guardar raiva de mim, que eu não teria forças de fazer o que estou fazendo se ela me implorasse o contrário, que não suportaria uma nova despedida. Diga a ela que... — Ele tinha a testa lotada de vincos, os olhos opacos, perdidos em um ponto distante. — Desde o momento em que eu a vi, ela se tornou a minha razão de viver. Diga que luto por ela e não por *Zyrk*, que ela se tornou a minha dimensão.

— Eu direi, Rick.

— Nós dois sabíamos que isso aconteceria mais cedo ou mais tarde — confessou com a voz rouca, a sombra de um sorriso triste deformando sua face irretocável. — Infelizmente foi bem mais... bem mais cedo do que eu gostaria.

— No final ela entenderá por conta própria, mas o farei, se isso o tranquiliza. — Suspirou. — Durma um pouco e, por favor, não faça nenhuma besteira. Existem forças malignas crescendo neste exato momento. Eu posso sentir — sentenciou e Richard enrijeceu no lugar. Então Shakur estendeu a mão em cumprimento de despedida. Richard hesitou por um instante, mas a aceitou e os dois se abraçaram fraternalmente.

— Que Tyron esteja com você, filho!

Então a bolha de energia perdeu intensidade e se dividiu até se apagar e desaparecer. O fogo da verdade me queimou por dentro e se transformou na luz que me guiaria.

Que idiota eu fui! Agora eu era capaz de enxergar!

CAPÍTULO 27

— Eu preciso falar com ele. E dentro da bolha — sussurrei, segurando o braço de Shakur com determinação assim que ele entrou na gruta principal. Não sei por quanto tempo fiquei ali, camuflada em sombras e imersa em conturbados pensamentos. Algo me dizia que eu precisava ficar. Eu tinha que arrumar um meio de estar com Richard a sós.

— É muito perigoso. Para ambos. — Seus passos paralisaram, mas ele não parecia surpreso em me ver.

— Não importa. Estaremos correndo risco em qualquer lugar que nos encontrarmos e eu preciso conversar com ele. — Escutei o peso da ansiedade em minha voz. — Você sabe que nossas chances são mínimas e que não apenas Windston, mas todos os clãs estão vigiados a essa altura. Não há para onde ir.

Shakur levou as mãos às têmporas e fechou os olhos.

— Richard não pode sair da minha vida simplesmente assim — continuei, acelerada. — Eu preciso me despedir, ter uma recordação para guardar de um momento bom em meio a essa tempestade de horrores.

— Nina, não me peça isso. Lembre-se do que aconteceu com você da vez anterior. Você pode não suportar um contato maior e eu não me perdoaria se...

— Algo me diz que nada ruim vai acontecer comigo, mas, se eu estiver enganada, saiba que não poderia ter me dado presente melhor. — Levantei seu rosto, fazendo-o olhar para mim.

— Eu não posso. Minhas forças...

— Por favor... *pai.*

Seus lábios se entreabriram e Shakur arregalou os grandes olhos azuis, agora intensos e brilhantes. Sem conseguir conter o tremor nas pernas e a lágrima que rolava, joguei-me sobre ele, abraçando-o com força e angústia. Algo se insinuava em minha mente e afirmava que aquela poderia ser a última vez que o veria também. A *última* vez.

— Filha, e-eu... Tenho algo que preciso lhe dizer, eu... Sinto muito por ter enviado resgatadores para eliminá-la na segunda dimensão, por ter agido tão friamente em Thron, por ter cogitado trocá-la — soluçou rouco, pegando-me desprevenida com aquela confissão emocionada. — Eu ainda vivia enclausurado no meu mundo de ira e amargura e, de início, fui incapaz de enxergar a dádiva que era encontrá-la viva depois de tantos anos. Fui um cego, um estúpido orgulhoso! Somente quando compreendi as loucuras que Richard fazia para mantê-la viva e depois, naquele portal, quando reconheci o sentimento arrebatador que emanava de seu olhar ao se declarar para ele foi que tudo fez sentido e as últimas amarras que acorrentavam minha alma se desfizeram. O verdadeiro milagre estava acontecendo bem diante dos meus olhos, dezessete anos depois. — Suspirou. — Tudo bem, Pequenina. Eu lhe devo isso. Vocês dois têm algumas horas antes que o dia amanheça — disse em meus ouvidos e acariciou meus cabelos. — Que Tyron me perdoe e nos ajude.

Sorri, ainda com a cabeça afundada em seu peitoral. Pude escutar as batidas aceleradas de seu coração.

— Obrigada, pai. Por tudo.

— Shakur, eu não... — Richard começou a protestar, mas estreitou os olhos e se empertigou no lugar quando, atordoado, identificou quem entrava pela caverna e rolava a pedra atrás de si. Em seguida éramos envolvidos pela cápsula de energia branca. — Nina?!? Mas como...?

— Presente do meu pai. Precisamos conversar — sussurrei, apesar de saber que não era necessário. A bolha era à prova de som.

— Não errou o aposento? — indagou com acidez, fulgurando meus olhos com tanta força, tanta luz, que quase perdi a fala. Tudo em Richard era intenso. Tudo nele era muito. Sua ira e sentimentos, suas ações e reações. Tive que me lembrar de como respirar em meio à estática do ambiente e às toneladas de oxigênio sufocando meu raciocínio quando meus olhos se depararam com a miragem à minha frente: cabelos negros caindo pelo rosto, desgrenhados, descalço e sem camisa, e, para complicar as coisas para o meu lado, as tiras da sua calça estavam soltas, deixando-a perigosamente baixa em sua cintura, o peitoral esculpido de músculos e cicatrizes contraindo-se com velocidade assustadora.

— Eu não amo o John. Nunca amei. — Custei a encontrar minha boca em meio à palpitação enlouquecida do meu coração.

— Você precisa dormir. Eu preciso descansar e... — tentou desconversar. Havia um halo negro, profundo, envolvendo sua atitude hostil e as gemas azul-turquesa. Vi ciúmes, perturbação, ternura, ira e temor refletirem nelas.

— Obrigada. — Dei um passo em sua direção e senti o sangue correr rapidamente para minha cabeça. Tinha que me manter focada. Nada do que ele dissesse alteraria meu humor. Richard engoliu em seco, mas permaneceu paralisado no lugar. — Pelo que fez por mim. E pelo que ainda vai fazer.

Seus lábios se separaram um pouco, mas ele não disse uma palavra sequer. Simplesmente não respondeu. Mantive-me firme e desatei a contar os intermináveis segundos até visualizar sua energia agressiva perder a força e uma expressão estranha, indecifrável, permanecer tempo demais em seu semblante.

— Eu não fiz... nada de mais — murmurou, tentando esconder qualquer tipo de emoção em sua face.

— Nada? No meu dicionário é justamente o oposto: você fez tudo, Rick. Assumiu a morte de Collin e foi condenado ao *Vértice* para me proteger, pagou com moedas de ouro para que eu fosse levada viva para Storm, me resgatou do Pântano de Ygnus e da Floresta Alba, lutou contra mercenários, bestas da noite e Von der Hess para me salvar — disparei acelerada. Ele empalideceu e, embora sua testa tenha se enchido de vincos, sua expressão se suavizou. — Você fez isso tudo por mim, para me manter viva.

— Eu fiz o que foi preciso, e... — Captei a dor em sua voz. Meu corpo reagiu imediatamente.

— Shhh! — interrompi-o com urgência. — Eu sei que você vai se entregar quando o dia clarear. Vai tentar despistar os magos do Grande Conselho e nos dar algum tempo extra para a fuga. E, se já o conheço bem, vai deixar que eles o eliminem no final para que não o levem para a catacumba de Malazar. Sei o que planeja aí dentro. — Apontei para seu coração e abri um sorriso triste. — Morrer pela lâmina de uma espada e não pela garra de uma besta... Uma morte honrosa para um guerreiro excepcional como você.

— Não tenho opção. — Ele começou a andar de um lado para outro, o duelo de tormentos sendo travado dentro de si.

— Tinha a opção de se despedir de mim — afirmei segurando a todo custo as emoções que ameaçavam me engasgar a qualquer instante. Meu tempo com ele seria mínimo. Não me perdoaria se perdesse um segundo sequer.

— Despedir?!? — Ele quis parecer feroz, mas cambaleou, mal conseguindo ficar de pé ou esconder o discreto choro camuflado em seu timbre de voz. — Depois que a conheci, parece que é tudo o que tenho

feito, droga! E toda vez que isso acontece a dor que sinto aqui — ele bateu com a mão no peito — fica insuportável! Morrer por uma espadada ou garra de besta, como acabou de dizer, não me apavora tanto quanto o momento em que preciso enfrentá-la dessa forma! — Ele arfava, perdendo o controle da razão e finalmente conseguindo expor seus sentimentos. — Essa maldita dor é muito pior que qualquer ferimento! Parece que estão rasgando minha alma e incinerando as entranhas! Estou queimando por dentro, Nina. Comecei a morrer no dia em que te conheci. Morro um pouco mais a cada segundo que preciso me despedir de você, a cada instante que desejo te tocar e não posso. — Sua dor era tão cristalina, tão verdadeira, que me senti pior que bestas ou maldições. *Eu o estava matando...* — Estar vivo e não poder te ter é pior que morrer, Tesouro.

— Mas pode ser diferente. — Antes que ele pudesse reagir, segurei suas mãos e o fiz olhar para mim.

— Você não sabe o que diz, Nina! — Seu corpo respondeu, estremecendo com o meu contato. Seus lábios se afastaram e seus olhos brilharam, num misto de desejo e atordoamento, enquanto ele lutava para não encarar a minha boca. Então ele contraiu a testa com força e, desvencilhando-se de mim, desatou a balançar a cabeça de um lado para outro.

Eu sabia que havia tanto a dizer, satisfações a exigir e segredos a desvendar, mas não era isso que minhas células e espírito desejavam sofregamente naquele instante. Tão pouco tempo havia se passado desde que nos conhecemos em Nova York, e foi tudo tão louco, tão intenso, tão completo... A sensação que me tomava era de que estávamos juntos desde sempre. Uma voz berrava dentro de mim e afirmava que tudo havia acontecido exatamente para culminar ali.

Com ele.

Naquele momento.

E para sempre.

— Sei, sim — disse em baixo tom e segurei seu rosto arisco em minhas mãos. — Escolher você foi optar pelo caminho mais difícil, Richard. Tive que abraçar o desafio e a dúvida, acolher as lágrimas. Não pense que foi fácil. — Era impossível conter o tremor em meus lábios e a secura em minha boca. — Escolher você foi, apesar de tudo, me aceitar como eu realmente sou: a maldição, o milagre, o mistério. Percebi que ambos somos imagens refletidas, partes de uma mesma moeda primorosa e defeituosa. Onde um termina, o outro começa. O início e o fim, sem um meio. Somos ambos a vida e a morte do outro, fazemos parte da mesma energia. Se eu serei a sua morte? Ninguém sabe. Mas nunca se esqueça de que você é a minha vida. — Aproximei meu rosto lentamente do dele. Rick estremeceu com a proximidade, ainda travava uma luta interna. — Eu te amo, Richard. Não tenho dúvidas do meu sentimento. Quero tentar outra vez.

— É tudo o que mais desejo na vida, Nina. — Sua voz ressoou rouca e repleta de emoção no silêncio que nos envolvia e meu corpo respondeu, arrepiando-se por inteiro. A pulsação enlouquecedora dentro dos meus ouvidos crescia vertiginosamente. — Mas não posso. Você viu o que eu lhe fiz e...

— Naquela vez eu já não estava bem, Rick! — rebati com urgência. — Eu havia acabado de sobreviver ao pântano de Ygnus e era atacada por uma dor de cabeça implacável muito antes de você aparecer.

— Nina, eu também quero acreditar que podemos fazer... Mas eu temo a minha força e Guimlel afirmou que *Zyrk*...

— Que se dane Guimlel, Tyron e o mundo! Não vou dar mais ouvidos a ninguém! De que adianta sobreviver se serei vetada dos meus amores? — bradei, e ele arregalou os olhos. — Perdi minha mãe pela segunda vez e agora vou perder você! Eu não aguento mais ter que me privar de amar e só existe uma única coisa que me impede de desistir de tudo: a fé em nós, nesse sentimento que nos une. Por favor, não me faça desistir dele também. Por favor, não me afaste — implorei. — Eu preciso de você. Preciso muito — confessei com a voz embargada, jogando qualquer traço de vergonha remanescente e a possível verdade para bem longe.

Precisava controlar o temor que se insinuava dentro de mim. Não queria imaginar que, em alguns instantes, tudo poderia acabar da mesma forma trágica que na casa da Sra. Brit. Ainda assim, morrer nos braços da pessoa amada parecia-me uma morte melhor, bem melhor. Respirei

fundo e percebi que, mesmo com medo das consequências, tinha que confiar cegamente naquela ligação, na energia que nos unia. Aceitar sua imperfeição e complexidade sem qualquer tipo de restrição. E, mesmo dentro do turbilhão de sentimentos controversos e atitudes desencontradas, Richard me dera provas contundentes de seu amor por mim.

Estreitando os olhos, Richard encarou meus lábios com tanta vontade que minhas pernas ficaram imediatamente anestesiadas. Ele parecia não acreditar no que acabara de escutar e, imerso na tensão do momento, brindou-me com um sorriso deslumbrante. Senti-me derretendo da cabeça aos pés. Seu sorriso era lindo, fascinante, tão raro...

— Ah, Nina... — Ele balançava a cabeça, mas não parecia haver negação em seu rosto. — Só vamos *tentar*... — Meu coração já acelerado começou a bombardear o peito. *Era uma rendição!* Richard entrelaçou os dedos nos meus e, com a respiração irregular, puxou-me para junto de si e me ergueu do chão com um só braço. Com o olhar vidrado, sua outra mão acariciava meu rosto enquanto ele me carregava. — Só *tentar*, ok? — repetiu rouco e urgente.

Ele me acomodou lenta e carinhosamente sobre a cama improvisada no chão e se deitou bem devagarinho sobre mim. A excitação em sentir seu peso, presa sob seu corpo grande, firme e musculoso era enlouquecedora. Seus lábios roçaram meu pescoço, pouco abaixo da orelha, contornando-o delicadamente até a ponta do ombro. Richard não mergulhou em mim, sôfrego e desesperado como da vez anterior, mas lenta e meticulosamente acariciou e beijou cada centímetro de meu corpo exposto, delineando com calma e deliberação o formato da minha boca, o sulco, a depressão, e meus lábios responderam, arfando, inalando seu ar, abrindo-se com a sua chegada. Minha pele ardia em brasas, queimando de desejo, sob as carícias de sua língua úmida e dedos hesitantes. O fogo estava de volta, mais ardente e impiedoso do que nunca.

— Se sentir algo estranho, se eu fizer alguma coisa... *errada*, você deve me dizer na hora — sussurrou, encarando-me tenso de repente.

— Eu direi — assenti ainda perdida dentro do frenesi enlouquecedor. O mundo parecia diferente daquele ângulo. Mais sombrio, mais perigoso. E absurdamente mais excitante com Richard sobre mim, preenchendo meu campo de visão e se tornando o meu universo. Ele encheu o ar ao meu redor até não sobrar nada além dele, do calor do seu corpo e seu cheiro pungente. Comecei a me afogar, mergulhando em suas cicatrizes, caindo em pedaços em seus braços musculosos, cada centímetro do meu corpo pulsando dolorosamente de prazer, derretendo--se em meio aos seus beijos febris. Suas pedras azuis se transformaram em cristais resplandecentes, confidenciando-me a confusão de emoções que o tomava: felicidade, angústia, desejo, temor, expectativa. *Só agora me dava conta de que todas aquelas emoções eram novas para ele também. Naquele sentido, Richard era tão inexperiente quanto eu!* Vibrei intimamente ao imaginar que passaríamos por aquela primeira experiência juntos. *E se conseguíssemos...*

— Oh, Tyron! Você... — sussurrou com a voz trôpega, espremendo a palavra em minha pele, tatuando-a em minha alma. — Não tem ideia... Do que faz comigo. — Seu peito era um terremoto, fazendo meu corpo tremer em resposta, desejando implodir em milhares de pedaços. — Não imagina... quantas vezes sonhei em fazer... quantas vezes eu... — Ele arfava com força em minha orelha, gerando uma sequência ininterrupta de arrepios em minha pele febril. Mãos trêmulas, insaciáveis, percorreram meu colo desnudo e chegaram à alça do meu vestido. — Não tem ideia... — disse com a voz rouca de tesão — do quanto eu te desejo, do que seria capaz de fazer...

Suas palavras eram lava incandescente dentro de mim. Uma sensação ao mesmo tempo arrasadora e maravilhosa.

— Você me deixa louco, Nina. Louco de...

— Rick! — Soltei um arquejo, subitamente sem fôlego quando ele segurou meus dois pulsos com apenas uma das mãos, prendendo-os acima da minha cabeça, e encheu meu pescoço de beijos cada vez mais quentes e molhados.

— Ah, Tesouro — ele gemeu, pressionando-me contra o chão, e seus lábios cobriram os meus com carinho e cuidado. Seus dedos ganharam coragem e avançaram por todas as curvas do meu corpo, fazendo-me tremer de felicidade e excitação a cada toque enquanto se desfaziam cuidadosamente da montoeira de panos que me

cobriam e se livravam da calça comprida. Finalmente estávamos os dois completamente nus nos braços um do outro e sentia-me plena como nunca antes na vida, sem qualquer sinal de vergonha, fraqueza ou escuridão. Não havia conflitos que pudessem romper a barreira impenetrável que a força do nosso amor havia erguido. O mundo nunca pareceu tão perfeito, como se as quatros dimensões tivessem finalmente entrado nos eixos e se alinhado de maneira única e magnífica. — Você é linda demais — disse com os olhos vidrados, os dedos roçando as laterais do meu rosto. — Eu nunca imaginei que poderia ser tão... tão...

— Tão...?

Richard suspirou alto e passou a língua por minha clavícula enquanto os dedos roçavam minha cintura e faziam uma trilha de fogo pelas laterais das minhas coxas. O peito arquejava muito, sem fôlego, quando confessou olhando bem dentro dos meus olhos, a testa prensada contra a minha, o nariz tocando o meu, a voz mais rouca do que nunca:

— Tão perfeito. Estou tão... *perdidamente* apaixonado por você.

Explosão. Minha pele pegou fogo e meu corpo entrou em combustão. Ele acabava de me matar e nem imaginava. Transformei-me em pedaços de felicidade espalhados pelo chão.

— Eu te amo, Richard — confessei num murmúrio impregnado de ardor e admiração. — E vou te amar por toda a minha vida. A vida que você me deu.

Então Richard se afastou de mim e vi quando a última parte da sua armadura finalmente caiu por terra e ele se desmanchou bem na minha frente. Emocionado, ele tinha as bochechas rosadas quando me presenteou com outro sorriso deslumbrante, ainda mais hipnotizante que o anterior. Meus olhos, maravilhados, alternavam-se de seu rosto irretocável para as marcas em seu peitoral esculpido de músculos. Estremeci com a visão de seu corpo nu e musculoso à minha frente. Acho que o mesmo aconteceu com Rick porque, no instante seguinte, contraía os olhos, segurava meu rosto com ambas as mãos e enterrava os lábios nos meus com fúria e vontade arrasadoras.

— Ah, Nina — gemeu alto. As veias do seu pescoço haviam dobrado de tamanho e a pele alva faiscava, rubra de desejo. Sua pulsação estava irregular demais, urgente demais, e ele me beijava sôfrega e desesperadamente.

— Eu quero você, Rick — pedi agoniada em meio aos espasmos de puro sentimento que me roubavam o fôlego e o equilíbrio.

— Eu sempre fui seu, Tesouro. Desde o início. Muito antes de reconhecer para mim mesmo. — Richard tornou a se afastar. Desta vez seu olhar estava pesado, carregado de emoção, infinito. — Quero que saiba que o que está acontecendo aqui é real e só você é capaz de gerar em mim. — Ele puxou uma de minhas mãos e a levou ao coração acelerado. — Que se eu pudesse escolher, seria sempre com você, Nina. Se existisse um meio de parar o tempo, alguma forma de impedir o amanhã eu...

— Shhh! Apenas me ame — coloquei um dedo em seus lábios. Não queria saber do amanhã. Eu tinha o agora com o homem que eu amava e não permitiria que nada, absolutamente nada estragasse aquele momento. Richard entreabriu os lábios e estreitou o olhar. Estremeci com a nova visão: estava felino!

Ele repuxou o canto da boca em seu sorriso mortalmente sedutor e, segurando delicadamente uma das minhas pernas, passou a língua em cada um dos meus dedos dos pés. A visão era arrebatadora demais. Estremecimento. Fervor. Êxtase. Entrega.

— Esta noite eu juro que vou fazer você se esquecer de tudo, meu amor. Da vida e da morte — lambeu meus tornozelos —, do ontem, do hoje e do amanhã — mordiscou minhas panturrilhas —, das suas dúvidas e temores — destacou cada palavra com emoção arrasadora enquanto depositava beijos febris nos meus joelhos. — Por fora, você é o meu dia e a minha noite — deslizou a língua pela parte interna da minha coxa direita —, o certo e o errado, o sim e o não, a minha certeza e a minha dúvida. — Passou para a perna esquerda e, lentamente, mas muito lentamente, sua língua começou a subir, abrindo caminhos sinuosos de carinho e tortura. Eu ia explodir de prazer. Tinha certeza que não ia suportar nem um segundo a mais. Ele estava me destruindo.

— Por dentro, você é *Zyrk, Intermediário, Vértice* e *Plano.* Você é o meu universo, as quatro dimensões da minha existência. — Paralisou a investida e, com a voz pulsando ardor e sentimento, liberou a frase que deu sentido à minha existência e ao nosso encontro, desintegrou os resquícios de incertezas e desacorrentou o amor enlouquecido que eu vinha sufocando desde o momento que me deparei com suas preciosas pedras azul-turquesa: — Você é meu tudo, Nina Scott. Sim, eu quero você. Quero tudo seu. Cada piscar, cada milímetro, cada segundo da sua existência. Sim, eu te desejo. Mas é bem mais do que isso, meu amor. Não é apenas porque você mexe comigo de uma forma primitiva, porque perco o controle de quem deveria ser na sua frente, porque meu corpo pega fogo, meu coração acelera e tudo em mim explode quando toco em você, mas porque, se nada disso fosse possível, ainda que não *pudéssemos...* — sua voz falhou — eu ainda seria o homem mais feliz do universo se você me aceitasse na sua vida e se compartilhasse seu mundo comigo. Eu te amo, Tesouro. Por dentro e por fora. — Então seus olhos latejaram com fúria e ele avançou, do jeito que mais me deixava louca, faminto e selvagem, sobre meu corpo nu.

E me fez a mulher mais feliz do mundo.

Mesmo que este mundo estivesse em ruínas do lado de fora daquela bolha.

CAPÍTULO 28

Um ruído do lado de fora da gruta.

Uma sensação estranha, um pressentimento ruim, rompeu a aura de plenitude que me envolvia e me fez despertar. Reabri os olhos e senti meus cabelos sendo acariciados pelos dedos frios de uma brisa que escorregava pelas brechas da entrada da caverna. A gruta estava em total silêncio e os animais ainda dormiam. A bolha de luz já havia desaparecido e nenhuma claridade se insinuava. *Estranho. Ainda não havia amanhecido?* Para minha surpresa, meu corpo experimentava uma sensação de vigor e disposição como se eu tivesse descansado por vários dias. Regozijei ao sentir uma respiração quente, lenta e ritmada embrenhar-se pelos meus cabelos, e meu corpo nu ser envolvido por braços e pernas musculosos. Meus lábios se abriram num sorriso involuntário ao perceber que havia adormecido nos braços do meu amado. Richard, por sua vez, encontrava-se em sono profundo e sua fisionomia serena conseguiu me cativar ainda mais. Sua face perfeita era parcialmente iluminada pela chama da tocha, agora fraca, e ele parecia tão feliz, tão humano e rejuvenescido. Rick sempre fora carrancudo e por vezes esquecia-me de que era muito jovem também. Pensei em passar os dedos em seus lábios e acariciar as cicatrizes de seu peitoral, mas a sensação ruim me paralisou, afligindo-me. Não conseguia aceitar que aqueles seriam nossos últimos instantes juntos. Eu o amava. Ele me amava. E nós éramos... *perfeitamente compatíveis.*

O milagre havia acontecido! Um zirquiniano e uma humana, ou melhor, uma híbrida, acabaram com a terrível maldição entre os dois povos e consumaram o ato de amor!

A sensação obstrutiva expandia-se no meu peito, deixando-me inquieta.

Um alerta.

Uma ideia.

Uma última tentativa.

— Que Deus nos ajude, meu amor — balbuciei baixinho.

Sufocando meus sentimentos e prendendo a respiração, retirei os braços de Richard que repousavam em minha cintura e me afastei lenta e cuidadosamente. Sem fazer barulho, coloquei o vestido, peguei um punhal em meio as coisas dele, calcei as sandálias e parti. *Rick tinha razão: seria bem mais fácil ir embora sem despedidas.*

Novo ruído do lado de fora idêntico ao anterior e que em nada se assemelhava ao de uma fera da noite. *Aliás, onde elas estavam?* Deixei essa ideia de lado quando algo brilhou no céu e chamou a minha atenção.

Aquilo era algum tipo de sinalizador?

O brilho desapareceu instantaneamente e a lua reptiliana de *Zyrk* tornou a ser a única claridade no céu negro. Ela não dava sinais de que deixaria o posto tão cedo e o sol, da mesma forma que no dia que fugi por Frya, parecia não ter vontade de acordar. Estremeci ao escutar passos acelerados vindo em minha direção. Sem opção de fuga, encolhi-me num amontoado de rochas a alguma distância da gruta principal. A visibilidade era péssima, mas ainda assim foi impossível não reconhecer a silhueta que surgia de dentro da penumbra.

— John! O quê...? — indaguei perturbada.

— Nina?!? — Ele arregalou os olhos e perdeu a cor. — O que você está fazendo aqui fora?

— O que você está fazendo vindo... de lá? — Imprensei-o com fúria. — John, foi você que...? — Apontei para o céu atordoada com a resposta cristalina bem diante dos meus olhos. *Ele havia lançado o sinalizador!* — Oh, não! Não me diga que...

— Volte para a caverna! — ordenou com a expressão furiosa.

John acabava de estraçalhar parte das minhas certezas. Tive que levar a mão à boca e segurar o arfar de decepção. Não podia ser verdade.

— Você nos traiu — balbuciei em estado de atordoamento.

— Você entendeu tudo errado, Nina! Foi para o seu bem... Eu não... — Ele recuou e parou de me encarar.

— John, o que foi que você fez? — insisti.

— Foi para te proteger. Guimlel me assegurou que vai me ajudar a salvá-la e que...

— Guimlel?!? — bufei com ira e sarcasmo. — Guimlel só pensa na tal procriação! Ele me quer morta e vai me entregar ao Grande Conselho!

— Não é verdade! — rebateu ele nervoso, suas sardas ainda mais rubras do que antes. — Ele garantiu que vai me ajudar a fugir com você para a segunda dimensão, que nos dará cobertura.

— Ele te enganou, John — soltei arrasada.

— Não é nada disso! — Desnorteado, ele andava de um lado para outro, a dúvida deformando suas feições. — Você está cega porque o maldito resgatador de Thron te enfeitiçou, mas eu fiz a coisa certa. Eu vou te proteger e você vai sair viva de *Zyrk*!

— Não vou a lugar algum com você e Guimlel!

— E por que não? — bradou e segurou meu braço com força. — Por causa do Richard? É por isso que não quer sair de *Zyrk*?

— John, me solta!

— Que merda, Nina! — Os dedos de John tremeram em minha pele. — Ainda não percebeu que ele está te enganando desde o início, que Richard está usando você em proveito próprio?

— Eu amo Richard e ele me ama.

— Como pode ser tão cega?!? — John esbravejou ainda mais enlouquecido. — Ele nunca te amou!

— Me solta!

— Eu não nego... — Abriu um sorriso frio demais para sua face sempre tão acolhedora. — O que você gera em nossos corpos é enlouquecedor. Que zirquiniano abriria mão disso, hein? Richard com certeza *adora* o que você gera nele, mas o que ele *realmente* ama é o poder, Nina.

— Não é verdade. — Encarei-o com fúria e, num rompante, confessei: — Nós conseguimos.

— Vocês... Vocês o quê?!? — John travou no lugar e, com a expressão deformada pelo espanto, seus dedos me soltaram.

— Você sabe o que eu quis dizer... traidor! *Nosso contato...* Não teria sido possível se nós não nos amássemos!

John abriu um sorriso cruel.

— Acha mesmo? Pois os rumores que correm por *Zyrk* dizem o contrário. Eles afirmam que Richard está armando uma jogada de mestre.

— Mentira!

— Por que se ilude, Nina? Quando chegar a hora, ele vai te enganar e vai te trocar. — E, taciturno, completou: — E você sabe que eu não minto. Você sabe quem é o verdadeiro traidor.

Sua afirmação fez meu corpo encolher, murchando impotente diante da terrível verdade: *De fato, até então, John nunca havia mentido para mim tampouco me traído.*

Novo bombardeio.

Estilhaços das minhas certezas sendo atirados violentamente ao ar.

Eu estava caindo, afundando...

O peso da dúvida me impulsionava ainda mais para baixo.

Em quais braços deveria me agarrar? Em quem confiar?

— Droga! — O berro de John me arrancou do terrível torpor. Tive de piscar várias vezes até compreender o que estava acontecendo: John me empurrava para trás de um grupamento de pedras. Barulho de cascos de cavalos se aproximando rapidamente. — Corra, Nina! Esconda-se ali!

Obedeci e vi três homens montados surgirem lentamente e cercarem John, encurralando-o. Um deles, de porte muito alto, vinha à frente e checava os arredores com a fisionomia desconfiada.

— Quem são vocês? O que querem? —John não recuou.

— Onde ela está? — questionou o que parecia ser o líder dos três.

— Não sei sobre o que estão falando. —John se empertigou no lugar. Os três homens não pareciam estar para conversa e sacaram suas espadas imediatamente. John fez o mesmo.

— Fale, resgatador. Último aviso antes que se arrependa.

— Apenas três homens? —John alargou o sorriso.

Os cavaleiros avançaram. John eliminou um deles com velocidade incrível e partia para cima do segundo quando a luta foi interrompida por uma voz grave que ecoava pela planície acidentada.

— Parem! — Protegido por sua bolha de energia branca, Guimlel surgia como uma assombração. — Sinto muito pelo inconveniente, John. São tempos estranhos e uma escolta se faz necessária.

— Guimlel? —John se virou, num misto de surpresa e alívio.

— Por que demorou tanto a me contatar? Onde *ela* está?

— Contratempos. — A resposta de John saiu seca; a voz, hesitante.

— Como assim? A híbrida não está aqui? — Guimlel fechou a cara.

John não respondeu. Deve ter pressentido algo errado no ar.

— Ele mente! — soltou um dos homens. — Ele estava discutindo com uma mulher quando chegamos. A voz não era de Samantha.

— O que está me escondendo, John? — Guimlel vasculhava o entorno com olhos de águia. Prendi a respiração.

— Nada.

— Não me faça ficar nervoso. — Guimlel abaixou a cabeça e começou a esfregar a calva lustrosa.

— O que você está escondendo de mim, Guimlel? — Foi a vez de John indagá-lo.

Uma gargalhada ao longe.

— O-o quê? Quem mais está aí? Apareça! —John bradou nervoso, mantendo a espada em punho. Guimlel e sua escolta ficaram imóveis. Por uma fresta entre as pedras e a penumbra, detectei uma nova nuvem branca de magia dando proteção a Napoleon e ao grupamento de homens do Grande Conselho que caminhava em sua direção. — O que Napoleon está fazendo aqui?

— Sinto muito, meu jovem. Mudança de planos. — Guimlel abriu um sorriso frio. — Hoje é o dia da procriação. Prendam Richard e Samantha. Eliminem a híbrida e os demais!

— Você me traiu. — As palavras saíram trôpegas da boca de John.

— E você traiu seus amigos para ficar com a híbrida para si. Empatamos.

— Seu canalha! — John esbravejou como um bicho raivoso e partiu para cima de Guimlel.

— Por que vocês resgatadores sempre preferem pelo pior modo? — O Mago das Geleiras do Sul soltou um suspiro impregnado de sarcasmo. A espada de John tombou no chão. John levou as mãos ao pescoço, seus lábios ficaram roxos e ele começou a sufocar bem diante dos meus olhos. Guimlel elevou os braços, fazendo com que o corpo de John fosse suspenso no ar, sacudindo-o com violência. *Céus! Ele o estava matando! Eu precisava ajudar!* Quando minhas pernas reagiram e me levantei para correr em sua direção, meu corpo foi puxado com força de volta ao lugar onde estava. Escutei um urro altíssimo, de dor, e todos os pelos do meu corpo arrepiaram. O corpo de John tombava no chão. Um punhal havia acertado a mão suspensa do mago e salvara John de seu ataque mortal.

— Não saia daqui, Nina. — Richard checava meu estado numa fração de segundo e, num misto de alívio e ira, ordenou num sussurro antes de correr em disparada.

— Richard? — Atordoado, Guimlel se curvara sobre o abdome e apertava a mão para estancar o sangue.

Sem perder tempo, Richard partiu para cima de Napoleon e dos soldados do Grande Conselho. John precisou recuperar o fôlego e a arma, para então se juntar a Rick. Meu estômago revirou ao escutar os ganidos de cólera e tilintar de espadas quando os homens de branco entraram na gruta principal. A luta era travada naquele exato momento e sabia que ela pouco duraria. Os magos se valeriam de seus poderes para dar

fim àquela rebelião. Eu precisava ajudá-los, mas tinha ciência de que minha presença só pioraria a situação.

Restava-me uma única saída!

Com a atenção de todos totalmente focada no confronto, corri em direção à gruta onde havia passado a noite.

— Terá que ser rápido, amigão! — pedi ao montar no primeiro cavalo que encontrei. Concentrando todas as forças em meu objetivo maior, saí em disparada dali, cavalgando acelerada pelas planícies acidentadas e enfrentando todos os perigos da mórbida madrugada de *Zyrk*. Uma rajada de vento frio lavou meu rosto com fúria arrasadora. O cavalo perdeu o equilíbrio, relinchou alto e empinou nas patas traseiras. *Seria Guimlel tentando me impedir?*

— Ôôôô! — tentei acalmar meu animal.

— Ninaaaaa! Aí não! — Escutei o berro de Richard ficando para trás e olhei por cima do ombro. Ao longe eu o vi se desvencilhar de Guimlel e correr desesperado em minha direção ao perceber que eu ia para o Muad. Pobre Rick! Mal sabia que era exatamente esse o plano, o atalho para o meu objetivo maior e, provavelmente, o único lugar que ainda não estaria vigiado por zirquinianos. Talvez aquele fosse, de fato, o meu fim. Talvez não houvesse volta no caminho que decidi tomar. Mas ali, entre eles, minhas chances seriam nulas de qualquer maneira.

Eu ia pagar para ver.

Vi a expressão de pavor agigantar-se nos vincos do rosto do meu amado. Lancei-lhe um sorriso triste, de despedida, respirei fundo e, dando-lhe as costas, encarei o meu futuro: Lumini!

Iria atrás das minhas respostas e enfrentaria meus demônios.

Eu entraria no portal pentagonal!

CAPÍTULO 29

Abandonei meu animal quando o percurso ficou intransponível para ele. As incessantes rajadas de vento continuavam a navalhar meu rosto, mas, diferentemente do que Shakur havia dito, o Muad não parecia ser tão *mortal* assim. Ao menos para mim. Minhas passadas permaneciam firmes e minha mente focada sob a fraca claridade da lua de *Zyrk*. Rezando para não me deparar com nenhuma besta da noite, atravessei a pé o deserto das dunas de vento e, após ultrapassar uma comprida linha cintilante demarcada no chão de trincas, foi fácil avistar a pequena montanha, na verdade um amontoado de pedras reluzentes, como gigantescos cristais multicoloridos e brilhantes que se destacavam em meio à planície escura. Talhada nos cristais, uma colossal escultura dourada se destacava. Dividida ao meio, a parte acima da cintura assemelhava-se a um homem de fisionomia taciturna, torso musculoso e imponentes asas de anjo. A parte inferior, no entanto, tinha pernas felinas com escamas que se afilavam em garras e exibia uma comprida cauda que terminava em tridente.

Distraída com a incrível visão, minha pulsação deu um salto ao presenciar o surgimento de dois seres encapuzados de mais de três metros de altura às minhas costas. Camuflados pelos uivos estridentes do vento, eles caminhavam com passadas lentas e ritmadas, como sonâmbulos. Engoli em seco ao identificar o que cada gigante trazia em seus braços: cadáveres! Como os corpos translúcidos tinham os olhos fechados, não pude identificar se eram almas de humanos ou zirquinianos. De repente os gigantes pararam a caminhada e suas cabeças giraram na minha direção. Por debaixo do capuz de seus mantos de cor vinho cintilante, deparei-me com olhos opacos e expressões vazias. *Graças a Deus! Eles eram cegos!* Um deles abriu a boca e não havia língua, mas apenas dentes assustadoramente afiados. Prendi a respiração quando suas narinas desproporcionalmente grandes se dilataram ainda mais. Então, após um instante interminável de suspense e pavor, retomaram seu caminho. Quando os dois seres se aproximaram da imponente escultura dourada, a parte inferior se abriu e uma língua bífida de mais de cinco metros de comprimento, como um repugnante tapete pulsátil, desenrolou-se com avidez e chicoteou o ar com violência. No instante seguinte, os gigantes zumbis jogaram três dos quatro espectros sobre a língua faminta, que os enrolou com rapidez e recuou, fechando a abertura atrás de si. Um único corpo translúcido foi erguido pelo gigante mais à esquerda e desapareceu como mágica em suas mãos. Automaticamente os dois seres deram meia-volta e retornaram ao caminho de onde vieram. Assim que os gigantes desapareceram do meu campo de visão, dois outros idênticos aos anteriores surgiram com mais espectros em seus braços e repetiram o processo, num ir e vir mórbido e interminável.

Estremeci ao compreender o que acontecia bem diante dos meus olhos: *Os gigantes eram os mensageiros interplanos, as criaturas místicas responsáveis por levar os mortos da segunda e terceira dimensões para o* Plano *ou o* Vértice. *Em seus braços estavam os resgatados, as almas em forma de cadáveres espectrais que eram depositadas nas margens do Muad por resgatadores zirquinianos. E aquela escultura dourada só poderia ser Lumini, o temido portal pentagonal!*

Respirei fundo e, aproveitando-me de um intervalo entre a saída de dois gigantes e a chegada de outra dupla, corri como um raio em direção à abertura da Lumini, a mesma de onde havia emergido a horrorosa língua bífida. De repente escutei ganidos agudos, olhei para trás e vi os mensageiros interplanos largarem os espectros no chão e, levitando no ar, abandonarem o estado robotizado para, em meio a berros pavorosos, voarem com incrível velocidade em minha direção. *Céus! Eles haviam captado a minha presença!*

Sem pestanejar, entrei no portal e imediatamente a abertura se fechou atrás de mim. Demorou alguns segundos até conseguir controlar o tremor em minhas pernas e recuperar o raciocínio. Levantei a cabeça e fui tomada por grande assombro. *Teoricamente eu deveria estar no* Vértice, *o lugar assombrado pelo horror, pela tristeza e pelo sofrimento. Então por que tinha a sensação de que havia algo errado?* Pisquei várias vezes até compreender que o local era surpreendentemente calmo e belo. Uma brisa agradável acariciava meu rosto e a grama verde, repleta de margaridas, circundava um lago cujas águas cristalinas refletiam o cume nevado de uma cordilheira ao fundo. Um caminho de pedrinhas, ladeado por rosas brancas, conduzia para uma minúscula casa feita de tijolos brancos. Não tive dúvidas e segui em sua direção. Abri a rústica porta de madeira e meus olhos se contraíram com a claridade ofuscante, dando-me a sensação de que, por um segundo, o chão havia tremido e o mundo girado. Uma sensação de... não sei explicar. Pisquei novamente e me certifiquei de que tudo estava no mesmo lugar. De dentro da casinha emanava uma luz forte e era tudo branco e brilhante. Chão, paredes, teto... Até mesmo as rosas no vaso. Deparei-me com uma porta espelhada à minha frente. Ela era idêntica ao lado interno da que eu havia entrado. *Para onde ela me levaria?*

— Seja bem-vinda, Nina — saudou uma voz agradável atrás de mim. Olhei para baixo e meu punhal havia desaparecido. — Não será necessário.

— De onde você surgiu? — Girei o corpo rapidamente e dei um passo para trás.

— Eu já estava aqui quando entrou. Não percebeu? — indagou com candura um homem de meia-idade, pele clara e cabelos brancos.

Assim como tudo ao redor, ele vestia um terno impecavelmente branco e calçava sapatos brancos e lustrosos. Meu punhal dourado se destacava em sua cintura. *Como ele o havia retirado tão rapidamente de mim?*

— Quem é vo...?

— Aquele que você procura. — Ele sorriu, eu estremeci. — Parece cansada, filha. Tem fome? Quer algo para beber? — A voz daquele senhor era inesperadamente familiar, quase íntima.

— Vim me entregar. Mas com uma condição.

O sorriso dele se alargou. Podia jurar que seus olhos negros, os únicos pontos escuros no ambiente, brilharam com mais intensidade. Algo se agitou dentro de mim e tive a estranha sensação de que eu já o conhecia.

— O que desejar.

— Preciso de respostas — acelerei em dizer ao perceber que meu corpo respondia de forma incomum àquele diálogo.

— Pergunte o que quiser. — Ele se aproximou ainda mais. Recuei e esbarrei no vaso de porcelana, que vibrou sobre a mesa de centro.

— Por que a maldição não acabou já que eu fiz amor com um zirquiniano? Por que não aconteceu o milagre que todos previram?

— Você é inteligente e isso me deixa orgulhoso, Nina.

— Responda — exigi.

— Acho que Tyron não levaria em conta como "milagre" algo cuja procedência fosse minha — disse com suavidade e um sorriso amistoso nos lábios. — Já que você é minha filha.

Abri a boca e meu corpo cambaleou, incerto como a minha voz.

— Dale é o meu pai!

— Ele foi apenas o veículo, Nina.

— Por que insiste em me enganar? Eu vim me entregar, droga! — esbravejei furiosa e, por alguma razão, achei que internamente ele vibrou com a minha mudança de atitude.

— Não estou enganando você. Esperei por esse momento com tanta intensidade que não o desperdiçaria por nada. — Seu semblante era de pura satisfação. — Os últimos dezoito anos demoraram mais a passar que séculos. Pareceram uma eternidade. — Soltou uma risadinha baixa, como se achasse graça da própria piada.

Séculos? Senti o chão das minhas poucas verdades amolecendo e minhas pernas afundarem dentro dele. Decepção em forma de calafrio espalhava-se por minha pele e todos os meus pelos eriçaram em sinal de perigo. *Não podia ser.*

— Quem. É. Você? — destaquei cada palavra com fúria.

— Eu sou o filho preterido que finalmente terá a sua chance de vingança — respondeu ele com a voz empostada.

Naquele instante eu a reconheci: a mesma voz que me chamou no abismo de Marmon! Meus olhos se arregalaram e tinha certeza absoluta de que minhas pupilas estavam ultrafinas. Ele pareceu se animar com o pavor em minhas feições.

— Eu sou Malazar, filho de Tyron! E é meu o sangue que corre em suas veias. Eu sou seu legítimo pai, Nina!

Um buraco negro latejava furiosamente dentro de mim e sugava minhas forças. Tive que me apoiar na mesa às minhas costas para não cair de joelhos. Meu corpo estremeceu por inteiro, meu coração desatou a socar o peito com selvageria e minha boca secou. *Malazar? O temido demônio?!?*

— Eu não sou sua filha! — grunhi atordoada. — Pouco me importa se meu maldito pai biológico vendeu a própria alma para poder ter um contato mais íntimo com minha mãe! Isso não faz de mim sua filha!

Sem diminuir o sorriso no rosto, o homem de finíssimos cabelos brancos se aproximou ainda mais e, aproveitando-se de minha confusão mental, levantou meu queixo suavemente com o dedo mínimo e me encarou. Suas unhas eram enormes, exceto a do dedo que me tocava.

— Olhe dentro dos meus olhos, Nina — ordenou com vontade e senti seu dedo queimando minha pele. — Não reconhece sua herança genética?

Tentei reagir, mas, em meio ao meu estado de perturbação, deparei-me com o que abalaria por definitivo o último resquício de fé que lutava para se manter vivo dentro de mim: em suas pupilas havia um risco amarelo. *A idêntica rajada amarela que apenas eu possuía!*

— Não... — murmurei sem força.

Ele me soltou e liberou um suspiro de desânimo.

— Como eu possuí a alma dele, vou mostrar a você o que pude presenciar pelos olhos daquele covarde.

Malazar removeu o vaso da mesa de centro, colocou-o no chão e apontou para o tampo branco que se transformou numa tela de projeção do passado. Flashes. Pedaços de cenas, como trailers de filmes, começaram a ser exibidos sobre ele. Um homem bonito fazia um pacto com Malazar logo após matar uma humana ao tentar possuí-la. Seu desespero em sentir algo maior gerou-me aflição. Ele parecia um viciado sofrendo com a abstinência da droga. As características físicas em comum não deixaram dúvidas: Dale, meu pai biológico. Em seguida presenciei seu encontro com Stela, sua insatisfação quando ela lhe contou sobre a gravidez, seu desespero quando ela fugiu grávida, sua morte...

— Ele se suicidou ou você o matou?

— Há diferença? — Deu de ombros. — Apenas aticei o fogo de sua mente fraca.

Pane cerebral. Um curto-circuito de horror me arruinava e não permitia que minha mente juntasse os pontos e compreendesse os fatos.

— Então... Nunca houve amor — liberei as palavras que irremediavelmente me rasgariam por dentro e arruinariam de vez meu espírito atormentado.

— Houve sim. Dale fez isso porque *amava* as sensações que a sua mãe gerava nele. E *amava* a si próprio também, claro! Ele era um zirquiniano extremamente egoísta. Não que eu ache isso ruim... — Abriu um sorriso diabólico.

Quis cegamente acreditar que meu pai havia feito a loucura de vender a alma pois nutria um bom sentimento por Stela. Mas não! Eu nunca fui o fruto de um amor impossível entre duas espécies distintas, mas sim o produto de um desejo doentio e avassalador. Eu era o vírus da morte, a semente de uma negociação amaldiçoada. Meu mundo girava num furacão de dor e decepção, e era transformado em pó pela verdade arrasadora: *Eu era a filha do demônio, o fruto do mal em carne e osso!* Estava explicado o porquê da vida infeliz e o caminho de desgraça e morte que causei naqueles que ousaram me amar. O fogo da destruição pulsava em minhas veias. Minha mente acelerada sangrava. Meu coração sangrava. Minha alma sangrava.

Eu nunca fui o milagre de Zyrk.

Eu era a maldição!

— Mas você não deve enxergar as coisas por este ângulo, Nina. — Malazar colocou os braços para trás e começou a andar em círculos. — Você é o produto de um desejo milenar. Espero por essa oportunidade, quero dizer, por você, desde a minha maldita queda.

— O que quer de mim? — indaguei sem ânimo ou medo. Eles se foram, abandonaram meu espírito juntamente com o que havia restado de bom.

— O que um pai sempre desejaria para a sua cria: glória e poder! — bradou com entusiasmo.

— *Eu* não desejo isso.

Vendo que eu o observava com atenção, Malazar acrescentou rapidamente:

— E seus desejos realizados, claro!

— Meus desejos... — repeti as duas palavras lentamente. — Em troca de...?

Ele alargou o sorriso.

— Vejo que estamos começando a nos entender — sibilou satisfeito. — Algo me diz que você já deve saber.

— Abrir a vertente de saída da Lumini — concluí.

— Exatamente! — Ele esfregou as unhas com vontade e olhou animado para a porta oposta àquela que eu havia entrado.

— E o que ganharei com isso?

— Não eliminarei os zirquinianos por quem tem grande *estima* — disse a última palavra de um jeito malicioso.

Meus músculos se contraíram e minha pulsação acelerou de imediato.

— O que vo...? — grunhi. — Está blefando!

— Olhe atrás de você. — Malazar passou o dedo mínimo pelas grossas sobrancelhas brancas e, com jeito displicente, apontou para o espelho que emoldurava a porta pela qual eu havia entrado. — Talvez não goste do que verá, mas acho importante avisar: não adiantará berrar. Ninguém do lado de fora será capaz de vê-la ou escutá-la.

Subitamente o espelho ganhou vida, como se fosse prata derretendo, e começou a ficar transparente. O degradê de cinza e imagens borradas tomou definição. Num plano abaixo do nosso, como se a pequena casa em que nos encontrávamos estivesse suspensa no ar, vislumbrei uma enorme arena circular rodeada por centenas de tochas fincadas no chão de trincas. Atrás das tochas e fazendo o papel de arquibancada, a arena era envolvida por uma neblina densa e fantasmagórica, impedindo-me de visualizar qualquer coisa além do grande anfiteatro. Dentro da arena havia cinco pilastras de pedra afastadas entre si e em cada uma delas avistei uma pessoa amarrada. Meu coração começou a bater forte no peito quando identifiquei os cinco condenados: John, Samantha, Tom, Shakur e Richard.

— Esse lugar... É a...? — Paralisei sob terror.

— Minha adorada catacumba! O dia de hoje entrará para a história de *Zyrk*. Há centenas de anos que não recebo oferendas e, de repente, sou agraciado com cinco de uma única vez! — E, encarando-me com vontade, acrescentou exultante: — Seis, na verdade. Meu tão esperado presente!

Abaixei a cabeça, arrasada.

— Guimlel conseguiu escapar, mas Von der Hess e seus interessantes escaravelhos capturaram esses daí das garras do Grande Conselho logo após você ter fugido. Fiquei louco, achando que a tinha perdido de vez, mas quando a vi entrar no Muad compreendi que a sorte finalmente retornara para o meu lado.

— Por que todos eles? — Tentei mostrar controle dos nervos, mas minha voz esganiçada me traiu.

— Por garantia. Os humanos são muito volúveis e você teve uma mãe humana... — Deu de ombros. — Enfim, quis me precaver. Se por acaso você se mostrasse irredutível e algo ruim acontecesse com o zirquiniano de sua preferência, ainda assim haveria a chance de uma troca. Sei que também nutre bons sentimentos pelos demais, quero dizer, por todos menos a zirquiniana. A infeliz estava no grupo na hora errada... Puro azar. Uma pena. Até que ela é bem atraente...

— Você quer que eu abra Lumini e em troca os manterá vivos?

— Viu como será fácil nos entendermos?

— Eu é que não entendo. Por que não saiu daqui quando eu abri a porta ao entrar?

— Infelizmente não é assim que as coisas funcionam... *filha.* A vertente deve ser aberta por dentro para que a profecia se cumpra. Nunca por fora. E tem que ser aberta por você.

— Sei. E o que acontecerá depois que você chegar à terceira dimensão?

Ele repuxou os lábios e arqueou as sobrancelhas.

— Não tenho interesse na terceira dimensão, Nina — esquivou-se.

— E na segunda?

— Ah! A segunda dimensão... Ela sim! Tão interessante, tão cheia de sentimentos contraditórios e enlouquecedores, emoções carnais... — Seus olhos negros chegaram a chamuscar de excitação e Malazar parecia delirar com a ideia. — Vou cuidar bem dela. Prometo.

— Estamos no *Vértice*, então?

— Sim.

— E a sua catacumba fica exatamente onde?

— Dentro dele, obviamente! — Pela primeira vez desde que o nosso diálogo começara ele não parecia satisfeito em me responder.

— Como pode isso se eles ainda estão vivos? — Recordava-me muito bem das almas que eram largadas na língua bífida. Eram espectros, e não corpos com carne e osso como os cinco condenados.

— Como poderiam ser oferendas, se já estivessem mortos, Nina? — questionou com desdém. — É o único caso em que isso é possível. Os zirquinianos entregam as vítimas aos mensageiros interplanos que, por sua vez, entram no *Vértice* e as amarram na catacumba. É o único dia em que não posso ter acesso à minha catacumba antes do anoitecer. — Ele estreitou os olhos e um sorriso surgiu em seus lábios. — Mas não precisarei esperar dessa vez já que permanece noite. O universo pressente que uma nova era se aproxima.

Engoli em seco. Ele tinha razão: o sol de *Zyrk* não havia se levantado.

— Desista... Demônio! Prefiro morrer a sobreviver sabendo que fui a causadora da destruição da segunda dimensão — soltei determinada. Colocaria um fim naquela terrível maldição. Ela seria aniquilada. Aniquilada comigo!

— Você vai abrir a vertente de saída para mim — destacou cada palavra enquanto girava o rosto e apontava para a porta à minha frente.

— Engana-se, demônio. — Enfrentei-o e compreendi a grande questão em jogo: eu tinha o livre-arbítrio e, contra ele, mesmo com todo o seu poder, Malazar nada poderia fazer.

— Grrr... Cale-se! — bradou e segurou meu rosto com violência, suas unhas perfurando minha pele. Por alguns segundos pude enxergar o que estava camuflado por detrás de seu meticuloso disfarce: um ser de pele deformada, em carne viva, boca enorme e cavidades orbitárias completamente negras. Desvirei o rosto e o iluminado lugar simplesmente havia desaparecido e dado espaço a um oceano de sombras, frio, lamentos e uivos de dor. Meu corpo tremeu por inteiro e, tomada por pavor e cólera, lancei minhas mãos em direção ao rosto demoníaco. No instante seguinte, o senhor de aparência bondosa e cabelos brancos gargalhava e me soltava. — Não há nada de bom que vingue aqui, Nina. Nem mesmo esse interessante poder em suas lindas mãozinhas. Mas lá fora poderá ser de grande utilidade...

— Eu não vou sair daqui.

— Não abuse da minha paciência, filha — ameaçou.

— Eu não sou sua filha! E não vou abrir a maldita vertente! — rosnei e dei um passo para trás. Minha perna esbarrou no vaso de flor que ele havia colocado no chão. Não pensei duas vezes. Eu o peguei num rompante e, segurando-o com firmeza, golpeei com força o tampo da mesa. O vaso se quebrou em diversos pontos, estilhaçando-se no ar e se espatifando no chão. Não me importei com a ardência que se alastrou por minha pele, mas não soltei o pedaço maior que havia remanescido entre meus dedos.

— Veremos... — Ele estreitou o olhar e abriu um sorriso frio. — Veremos quantos morrerão antes de você mudar de ideia.

— Prefiro a morte a abrir a Lumini! — enfrentei-o apontando a borda cortante da porcelana quebrada na direção da minha jugular.

Malazar franziu a testa e repuxou os lábios.

— Se quiser ficar eternamente aqui, vá em frente. Espero que não se canse da minha companhia.

Perdi o chão e minhas mãos paralisaram no ar. *Droga! Suicídio era um bilhete apenas de entrada para o* Vértice*!*

— Mas, caso não faça a estupidez de se matar e se mantenha irredutível quanto à nossa troca, morrerá de velhice. E aqui no inferno — acrescentou com sarcasmo ferino.

— Nunca houve alternativa... — balbuciei aturdida com as terríveis opções.

— Há uma. Você pode escolher ficar com aqueles que estima. Você pode salvá-los. — Sua voz ficou repentinamente aveludada e falsa. A oferta demoníaca parecia fácil demais, tentadora demais.

— E com isso acabaria com a vida de milhares? — indaguei mordaz e sem me deixar enganar. — Não, obrigada.

— Foi você quem pediu. — Ele deu de ombros, arrumou a lapela do terno impecável e, sorrindo, apontou para a porta pela qual eu havia entrado. — O show está começando e você poderá assistir de camarote.

Estremeci ao escutar gritos de pavor. Em seguida, o espelho da porta ficou transparente, permitindo-me ver o que ocorria na catacumba. Novo grito, agora de dor excruciante, fez-me congelar por inteiro. Eu reconheci a voz: Tom! Tremendo da cabeça aos pés e sem conseguir me conter no lugar, dei alguns passos em direção à maldita porta. Pelo canto do olho, vi que Malazar me observava satisfeito e atento.

Não!

O grito ficou agarrado em minha garganta ao entender o que estava acontecendo naquele exato instante: amarrado pelas cordas, o musculoso Tom soltava berros em meio a prantos e se debatia violentamente enquanto, de costas para mim, um animal pavoroso e camuflado por uma névoa escura mordia e arrancava uma de suas pernas. A cena era tão apavorante que foi preciso Tom desmaiar para que eu conseguisse escutar os gritos abafados e de desespero dos demais, em especial os de John.

Um estrondo altíssimo, como de um gigantesco trovão, ressoou em meus tímpanos e o chão tremeu com violência, fazendo-me desequilibrar. A fera soltou um grunhido alto e se afastou, interrompendo seu ataque a Tom. O barulho ensurdecedor vinha da espessa névoa fantasmagórica que envolvia a grande arena. Em seguida, uma forte ventania, como um tornado, varreu a catacumba e avançou, fazendo vibrar a pequena casa onde eu e Malazar nos encontrávamos. Por uma fração de segundo, a luz se foi e, como mágica, a neblina que envolvia a arena se dissipou. Em meio ao oceano de sombras, achei ter visto milhares de cabeças, uma multidão de miseráveis bramindo e socando o ar com os braços. Pisquei e, quando reabri os olhos, a luz havia retornado ao lugar e uma voz colérica retumbava ao nosso redor.

— Demônio traiçoeiro!

Céus! Era a voz de Guimlel que esbravejava no ar em forma de tornado?

— Ora, ora... Finalmente deu as caras, mago? Meus emissários não conseguiram te encontrar esse tempo todo. — Malazar ficou subitamente animado.

— Você não vai matar Richard!

— Por que não? Não era esse o nosso acordo antes de você desaparecer? Ou achou que poderia me ludibriar?

Acordo?

— Foi *você* quem quebrou nosso pacto! — Havia medo entremeado à voz colérica do Mago da Geleiras do Sul. — Richard mal teve a chance de procriar!

— Ah! Esse detalhe... — Malazar parecia se divertir com a aflição de Guimlel. — Mas eu o salvei e o fiz o guerreiro mais forte de *Zyrk*.

— Ele já era assim! — Guimlel o interrompeu.

— Já se esqueceu de que, se não fosse por mim, ele não teria sobrevivido ao ataque mortal de uma das minhas feras? Estava praticamente morto quando você apareceu aqui com ele ainda menino. Esqueceu-se de que você me deu sua alma em troca da vida dele?

Oh, não!

— Não! Eu troquei a minha alma para que ele vivesse até a maturidade, para que Richard completasse seu ciclo zirquiniano!

— Mas não contou sobre a profecia no Nilemarba, sobre o fato de Richard vir a ser o procriador daquele que colocaria um fim às minhas adoráveis criaturas. Achou que eu não conseguiria meios de ter acesso ao conteúdo do Livro Sagrado? — indagou lúcifer. Seus olhos escuros davam provas de que sua ira crescia. — Você tentou me enganar e eu fingi cair no seu jogo. Simples assim. Como é mesmo aquele ditado humano? Ladrão que rouba ladrão...

— Demônio maldito!!!

— Grato pelo elogio. — Suspirou, a voz já totalmente restabelecida. — A única variável inesperada nessa equação era que a híbrida se encantaria justamente por ele. Incrível os desígnios de Tyron, não? Papai não cansa de me surpreender.

— Se você matar Richard, não ficará com a minha alma!

— Ela já é minha. — Malazar gargalhou. — É só uma questão de...

— Mas não a entregarei facilmente! — bramiu a voz de Guimlel com novo estrondo, como se vários trovões retumbassem ao mesmo tempo. — Suas feras malditas não são páreo para mim e, enquanto tiver forças, não permitirei que nenhuma delas coloque as garras em Richard!

— Será? — vociferou o diabo erguendo as mãos para cima. A pele em carne viva adquiriu um tom cadavérico, mas, apesar das feições hostis, seus traços humanos não se alteraram. — Tenho uma surpresinha.

Novos berros vindos da catacumba chamaram a minha atenção. Ela não era invadida apenas por uma, mas por três feras ao mesmo tempo. Para meu desespero, as três sombras gigantescas, com seus contornos ainda camuflados pela densa névoa escura, passaram pelas pilastras externas, aproximando-se lentamente do lugar onde Richard se encontrava. A ventania tomou proporções assustadoras e o chão tornou a tremer. As feras ganiram alto, nervosas. Em uma língua estranha, Malazar conversava com elas, instruindo-as. Dois animais bufaram e alteraram sua trajetória, desaparecendo em meio à bruma fantasmagórica, enquanto um terceiro continuava seu caminho mortal em direção a Richard.

— Não!!! — gritei apavorada ao ver a sombra da besta maligna crescer à frente do meu amor. Mesmo no plano mais alto onde eu me encontrava, pude ver que Rick não se moveu e, corajoso como sempre, enfrentou o animal. A sombra se chocou contra seu corpo e ele se encolheu de dor. Uma nova tempestade de vento envolveu a arena. A voz de Guimlel chegava fragmentada e suas palavras não faziam sentido. *A besta ia matar Richard!*

Minhas mãos começaram a suar frio e minha pele a arder. Olhei para baixo e vi um discreto filete de sangue escorrendo por entre os meus dedos.

Eu não os havia furado com a porcelana quebrada, mas com os espinhos das rosas!

Esmagada na palma da minha mão, uma minúscula e estranha planta queimou em meus olhos. Queimou o meu coração.

Drahcir!

Minha mente atordoada começou a girar, minha visão embaçou e meus pensamentos me transportaram para longe dali, para o dia em que Leila me explicou sobre a falsa beleza das rosas e as virtudes que poderia encontrar oriundas das fontes mais improváveis. *"Aguarde até os espinhos dele caírem e terá muito a ganhar."* Como não havia percebido a simples charada?

Drahcir... Era Richard escrito ao contrário!

Leila afirmou que aquela planta de aparência ruim era uma guerreira inata, que floresceria com a adversidade e que nos presentearia com a sua própria morte, caso quiséssemos a sua companhia. E foi exatamente o que aconteceu. Rude e de atitudes controversas, Richard lutou contra si e contra todos, salvou-me inúmeras vezes e agora morria por ter me amado.

Era a minha vez de retribuir e ainda me restava o livre-arbítrio. Eu não conseguiria salvá-lo, como ele havia feito por mim, mas podia ser sua *Drahcir* e morrer junto a ele e às pessoas que mais estimava. Suicídio estava fora de questão, mas também não permitiria que satanás vencesse, jamais abriria a vertente de saída da Lumini!

— Acaba de perder tudo, desgraçado! — rosnei e, antes que Malazar pudesse me impedir, abri a porta pela qual havia entrado e saí como um foguete, despencando em direção à catacumba.

Pensei que escutaria o berro de ira de Malazar, mas, em seu lugar, uma estrondosa gargalhada reverberou pelo meu espírito e por toda a terceira dimensão.

Oh, não!

Uma cilada.

O demônio havia me enganado.

O horror estava apenas começando.

CAPÍTULO 30

Parecia um filme de terror com requintes mórbidos de crueldade. Enquanto eu caía numa queda infinita, a película da realidade se desmanchava ao meu redor e começava a definir um cenário de pavor, conflito e destruição. A luz se fora e meu corpo mergulhava com velocidade dentro de um mar de névoa quente, espessa e escura.

Malazar gargalhou alto mais uma vez.

Foquei minha visão e, acima de mim, a simpática casinha de tijolos brancos se desintegrava em labaredas de fogo e se transformava nos imensos cristais das dunas de vento do Muad. Antes disso, no entanto, ela rodopiou em torno do próprio eixo e as duas portas espelhadas trocaram de posição com perfeição.

A inimaginável descoberta me fez sufocar com o próprio ar.

Como não fui capaz de perceber a maldita farsa?

Agora estava tudo tão óbvio! As peças se encaixavam: a tonteira momentânea que senti quando entrei na pequena casa; a mesa branca bem no meio do ambiente e o vaso centralizado sobre ela que serviriam como um proposital ponto de referência; a atmosfera branca e ofuscante e as portas espelhadas de frente uma para a outra.

Tudo fazia parte de um jogo!

De fato, um truque simples, de mestre! Em uma fração de segundo, Malazar tinha feito o chão da casa girar cento e oitenta graus em torno do próprio eixo quando coloquei os pés dentro dela, mas mantivera seu centro imóvel, de forma que o vaso e a flor não se mexeriam e, consequentemente, não despertariam as minhas suspeitas. Eu pensaria, como de fato aconteceu, que tinha sofrido uma simples tontura. Só que, a partir daquele momento, as posições tinham sido invertidas!

Por isso a estranha sensação! Malazar havia trocado as portas espelhadas de lugar e, sem que eu percebesse, colocado a vertente de saída da Lumini bem atrás de mim e a porta pela qual eu havia entrado à minha frente!

Durante todo o seu teatro, ele ardilosamente apontava e pedia para que eu abrisse a porta errada! Aquela era a vertente de entrada da Lumini e não a de saída, como me fez acreditar. Astuto, ele já havia me estudado. Sempre soube que eu não a abriria por vontade própria. Toda a conversa tinha sido pura encenação. A verdadeira porta de saída estava atrás de mim o tempo todo e não à minha frente. Além disso, minhas suspeitas acabavam de se confirmar: sua catacumba nunca pertenceu ao *Vértice*! Ela estava dentro da terceira dimensão, numa pequena área dentro do Muad!

Contra a minha vontade, eu havia feito exatamente o que o diabo planejara: *eu tinha aberto a Lumini, liberado Malazar, e acabava de decretar o extermínio da segunda e da terceira dimensões!*

Refutei a palavra amaldiçoada para longe da minha mente e não permiti meu espírito ser assolado pelo sentimento de culpa. Caindo ainda mais rápido, forcei meu raciocínio ao extremo, buscando com todas as minhas forças encontrar uma solução, uma saída minimamente razoável para aquele horror.

Malazar se lançava no ar, vitorioso, seguido de perto por um exército de espectros agonizantes. As almas atormentadas tinham a

aparência cadavérica e uivavam ainda mais alto do que as raivosas rajadas de vento. O demônio, apesar da carne viva e órbitas completamente negras, ainda mantinha seu disfarce humano e, com um sorriso triunfal, acelerou seu voo em minha direção.

— Aaaiii! — Por sorte, meu corpo se chocou contra um amontoado de areia na base da montanha e rolou velozmente a parte final da descida, esfolando rosto, mãos, braços e pernas. Quando o mundo parou de girar, respirei aliviada ao perceber que não havia quebrado nenhum osso.

Mas agora era a minha razão que rodopiava.

O vento violento das dunas cessou e, de repente, escutei bramidos de cólera, berros de dor, relinchar de cavalos e tilintar de espadas. A noite era escura. O lúgubre ambiente era iluminado apenas pelas tochas e a claridade dos espectros. Novo baque: a grande névoa ao redor da arena havia desaparecido e, em seu lugar, presenciei uma sangrenta batalha entre os zirquinianos dos quatro clãs e suas sombras.

Ah, não! O caos já havia começado! Zyrk *estava em guerra!*

A horda de maltrapilhos avançava sobre os exércitos dos clãs, que, apesar de superiores em armas e preparo, eram em número bem menor e iam tendo baixas expressivas. A força dos magos era colocada à prova e, a julgar pelo que acontecia bem diante dos meus olhos, sua magia não suportaria aquele ataque por muito tempo. Os soldados de branco do Grande Conselho recuavam. As sombras miseráveis, os filhos desprezados de *Zyrk*, estavam ganhando a guerra, assim como Guimlel previra.

Novo estrondo altíssimo, e a terra tremeu com violência. A multidão de zirquinianos congelou em choque, deixando punhais, espadas e outras armas paralisarem no ar. Só agora eles foram capazes de enxergar a chegada de Malazar e de seu exército.

— Protejam a híbrida! — Era a voz de Sertolin dando comando enérgico aos magos que se encontravam dentro da catacumba.

Em meio ao caos, muitos zirquinianos não conseguiram abandonar o lugar e fugir, sendo cercados pelos espectros demoníacos que avançaram sobre as pobres vítimas e, brigando entre si por pedaços de almas, arrancavam pele, membros e olhos, drenando o elixir da vida enquanto torturavam seus corpos. Eles não tentaram atacar os cinco condenados, provavelmente por se tratarem das oferendas de seu líder supremo.

— Não vamos conseguir!!! — berrou Braham nervoso à medida que seu grupamento de magos era subitamente repelido da arena. — Há uma energia poderosa nos afastando da catacumba!

— Raça repugnante! — bramia Malazar. — Vou aniquilá-la assim que sair daqui!

— Isso não vai acontecer, maldito! — bradou o franzino Sertolin. — Não conseguirá ultrapassar a barreira mágica!

— Será mesmo? — Malazar desdenhou em tom desafiador.

— Seus poderes são limitados aí dentro! — Apesar de manter a postura irredutível, Sertolin não conseguiu camuflar o semblante de preocupação.

— Ah! Esse detalhe... — O demônio parecia se divertir com a situação.

— *Nina, você tem que sobreviver. Você precisa fugir. Tente retornar ao portal. Nele há também uma passagem para a segunda dimensão que é bloqueada para os zirquinianos* — sussurrou uma voz telepática, pegando-me de surpresa. Tinha a entonação diferente, mas eu sabia a quem ela pertencia: Shakur!

— Desta vez não vou fugir, vou lutar — murmurei entredentes.

— *Não entende, Nina? Só você pode desequilibrar esse duelo de forças místicas. Tudo faz parte de um jogo diabólico. Não existem oferendas.* Você *é a grande oferenda! A lenda diz que Malazar precisa sair desta catacumba antes do nascer do sol, caso contrário será novamente encarcerado no* Vértice. *Mas, para conseguir isso, ele terá que se despir de seus disfarces, assumindo sua verdadeira identidade, e se apossar da sua poderosa energia. Ele precisará matá-la* — alertava-me Shakur em pensamento.

— Quem disse isso? — bradou Malazar com espanto.

Droga! Ele havia escutado também!

— É um novo truque, Guimlel? — O demônio checava o lugar com a fisionomia perigosa.

— Gostou? — A voz em forma de tornado de Guimlel assumia o ato em alto e bom som.

— Muito. Aproxime-se, Guimlel.

— Não.

— Está se escondendo de mim, mago? — atiçou satanás. — Não consigo enxergá-lo em meio a essa multidão de mendigos.

— Mas eu o vejo perfeitamente. Aliás, enxergo mais do que isso. Mais do que você. Agora tenho certeza de que seus poderes aí dentro são irrisórios. — A voz atrevida de Guimlel o enfrentava.

— Então quer jogar, velho asqueroso! — Malazar trovejou num misto de cólera, ironia e desafio e caminhou lentamente até parar em frente à linha branca cintilante delimitada no chão da catacumba, mas não ousou ultrapassá-la. — Ótimo! Porque é o que faço de melhor.

De costas para mim, o demônio soltou um ruído gutural, curvou o corpo para a frente e, subitamente, jogou os braços para cima, esticando-os ao máximo.

— Cada um de vocês pagará pelos meus milhares de anos de exílio! Assistirão a uma pequena amostra do que acontecerá com todos dessa dimensão maldita.

Então a mágica do horror aconteceu: a boca de Malazar abriu, assumindo proporções assustadoras, e, no instante seguinte, os espectros satânicos eram sugados, um a um, para dentro dela. Os braços e pernas de Malazar se alongaram, a pele na cor vermelho vivo escureceu e ganhou escamas brilhantes e afiadas. Meu punhal dourado caiu aos seus pés quando o terno branco deu lugar a um corpo monstruoso. Num piscar de olhos, escutei os uivos altíssimos do vento, que ganharam um tom demoníaco quando suas rajadas ficaram abafadas, ininterruptas e com forte odor pútrido. Os berros de pânico que apunhalavam meus ouvidos subitamente desapareceram, como se tivessem sido propositalmente desligados. Quando a ventania cessou, todas as tochas estavam apagadas e, dentro do silêncio absoluto, uma bruma fantasmagórica espalhava-se sorrateiramente.

Contraí as mãos e, quando dei por mim, esmagava o caco de porcelana remanescente do vaso entre os dedos. As feridas queimaram em minha pele e acordaram minha coragem e raciocínio.

Eu ia libertá-los!

O chão tornou a vibrar e me arrepiei inteira quando uma lufada de um vento quente e mofado percorreu meu corpo. Tentei me afastar, dando passos lentos e meticulosos em sentido contrário, mas minhas pernas paralisaram e meu cérebro entrou em estado de choque ao escutar um uivo ensurdecedor seguido de um gemido abafado de pânico.

A bruma se dissipou em alguns pontos e a fraca luz da lua expôs o horror em andamento. Saindo lentamente por detrás da névoa, um titânico monstro de mais de cinco metros de altura guinchava alto, jogando a cabeça de um lado para outro sem parar. Seu surgimento aos poucos era digno dos mais rebuscados filmes de terror. Com o corpo musculoso, andar cadenciado de um felino e o dorso coberto por grossas escamas, sua cauda assemelhava-se à de um escorpião e sua cabeça imensa parecia a de um abutre deformado, como se tivesse sido queimado vivo. O mais assustador ainda estava por ser evidenciado. Ao dar um ganido de advertência, o animal abriu seu bico gigantesco e revelou o improvável: possuía enormes e afiados dentes, completamente desalinhados, num emaranhado complexo como em uma descomunal armadilha. Na verdade eles eram perfeitos para o seu intento: dilacerar e matar. Mordi os lábios e meu estômago embrulhou ao identificar o corpo que vinha agarrado em suas garras afiadas: Tom!

Não permitiria que a morte de Tom fosse em vão. Estava determinada a reparar de alguma forma o mal que a minha existência havia causado àquela dimensão e a todos que me estimaram. Eu não tinha culpa de que em minhas veias corria o sangue daquela besta. Nelas também havia o sangue do amor puro e desmedido de minha mãe. E, dentro do meu peito, era meu coração quem bombeava esse sangue e definiria qual parte prevaleceria. O mesmo coração que pulsava em gratidão pelas pessoas que, naquele momento, estavam dando suas vidas para me salvar. O maior de todos os atos de amor.

Novo ganido me fez identificar pela pior maneira de onde vinha o forte cheiro de ferro que eu havia sentido anteriormente: escorria

sangue e uma grossa saliva por entre os caninos afiados da fera. Ela parou de uivar e se aproximou de onde eu estava com passadas lentas e hesitantes. A estranha atitude me fez perceber um detalhe fundamental: suas córneas eram esbranquiçadas, quase translúcidas. *O animal era cego!* Vibrei por um mísero momento, recordando-me em seguida de que, quando a natureza nos priva de um sentido, ela aguça os demais. Nesse caso, o olfato e a audição da besta deviam ser extremamente apurados. E, de fato, eram. Uma pedrinha estalou sob as minhas sandálias e instantaneamente o monstro girou a cabeça na minha direção. Fiquei imóvel, aflita com a espera interminável, até escutar um soluço abafado às minhas costas.

Samantha?

No instante seguinte o chão tremeu com força e a fera passou como um raio por mim, como se eu não estivesse ali, ganindo e avançando com o bico aberto em direção à pilastra onde a loura estava amarrada. Ela ia matá-la!

Se era a mim que Malazar precisava matar, por que foi em direção à Samantha? Teria sido pura sorte ou o animal não foi capaz de me sentir?

— Não!!! — berrei alto, chamando a atenção do monstro para mim e interrompendo seu ataque. Samantha me encarava com os olhos arregalados quando desatei a correr em direção contrária. A fera enfurecida girava a cabeça de um lado para outro e, arrastando a garra no chão, levantou uma nuvem claustrofóbica de poeira ao redor. Um plano bem arquitetado: o monstro encontrara um jeito de dificultar a fuga de sua vítima. No caso, eu. Meus olhos ardiam e, tateando o ar, corri o mais rápido que pude.

— *Você consegue me ouvir, não consegue?* — indaguei acelerada por telepatia a Shakur.

— *Sim, Pequenina* — respondeu ele em minha mente.

— *Caso eu sobreviva, o que acontecerá com* Zyrk *depois que eu retornar à segunda dimensão?* — Não daria nomes, pois Malazar devia estar escutando.

— *Não sei. Esse é o grande mistério, Nina.*

— *Mas...*

— *Mas você terá ao menos poupado a segunda dimensão e derrotado Malazar, encarcerando-o novamente no* Vértice — Shakur me interrompia acelerado.

— *Eu vou sobreviver e vou voltar para a segunda dimensão, mas só farei isso depois de libertá-los. Então é bom você me dizer onde está.*

— *Eu já imaginava essa resposta.* — Escutei seu murmurar telepático e sorri intimamente. Havia mais orgulho em seu tom de voz do que reprovação. — *Concentre-se no som da minha respiração. Caminhe em silêncio pela penumbra e não pela poeira. A besta está ficando nervosa. Além de cega, ela também não consegue captar sua essência dentro da catacumba.* — E, após um segundo de hesitação, acrescentou: — *Não tenho mais como ajudar. Minhas forças acabaram, Pequenina.*

— *Eu sei, pai.*

— Pai?!? — estupefata, a voz grave de Malazar retumbava pela catacumba e bombardeava meus tímpanos.

Aproveitei o momento em que o chão tremia com as gargalhadas furiosas do demônio para correr em direção a Shakur. Muito abatido, ele abriu um sorriso tenso quando me viu. Compreendi, emocionada, que ele havia me concedido um último presente: utilizara o que restou de suas forças vitais para que eu e Rick pudéssemos ficar juntos. Abracei-o com vontade e, sem fazer barulho, desatei a cortar as cordas com minha arma improvisada.

— Por que tenho a impressão de que não é a mim que você chama de pai, filha? — A besta continuava a bramir. O tremor ficava ainda mais forte.

Ela se aproximava.

As malditas cordas não cediam! Utilizei todas as minhas forças e nada. Aquele pedaço de porcelana não era a ferramenta apropriada e o tempo não seria suficiente. *Droga!*

Então, como mágica, algo brilhou na escuridão: meu punhal! Ele estava a uma mínima distância da cauda da besta, que se remexia num perigoso movimento de vai e vem. Shakur compreendeu minha intenção e, nervoso, começou a balançar a cabeça em negativa quando coloquei o caco da porcelana em suas mãos ainda amarradas.

— *Nem pense nisso, Nina!* — berrou em minha mente. — *Não!*

— *Eu preciso, pai! Desculpe.*

Antes que ele dissesse mais uma palavra, beijei-lhe o rosto com carinho e já estava correndo em máxima velocidade. Jogando meu corpo pelo chão arenoso, deslizei em direção à adaga e senti o aço frio da lâmina preencher o espaço entre os meus dedos. Equilibrando-me de qualquer maneira, coloquei-me de pé e continuei minha corrida em direção a Richard. Desde que mergulhara naquela catacumba dos infernos, era a primeira vez que colocava os olhos em meu amado e uma sensação ruim, uma mistura corrosiva de ácido e gelo, estremeceu dentro de mim. Richard tinha o olhar distante, numa tênue fronteira entre o apático e o sombrio. Rapidamente arranquei sua mordaça e desatei a cortar as cordas. Elas eram muitas, mas a lâmina do punhal era afiada.

— Depois de tudo que passamos... Por quê? Por que você foi atrás dele, Nina? — sussurrou com a voz grave e acusatória.

— Sinto muito, mas eu precisava de respostas, entender quem eu sou e compreender meu destino, Rick — respondi acelerada.

Richard contraiu a testa e fechou os olhos, taciturno.

— E conseguiu?

— Sim, eu...

Eu estava quase terminando de cortar as cordas quando um gemido abafado de dor me congelou. *John!*

— Estou ficando cansado dessa brincadeira, Nina — bradou a voz satânica de Malazar. — E agora? Você vai cooperar?

— Arrrh!

Todos meus músculos contraíram com os gemidos de dor excruciante. A poeira assentara e a névoa se dissipava, permitindo visualizar a cena com perfeição. Amarrado às cordas, o sangue se esvaía de uma ferida aberta no abdome de John. Nervoso, o monstro lhe desferia bicadas, ferindo-o sem piedade no tórax e *manipulando* seu corpo como um fantoche. Irritado, o bicho balançava nervosamente o pescoço de um lado para outro. John estava entregue. O animal deu seu ganido de triunfo e curvou-se veloz em direção à presa acuada. *Cristo Deus! Ele ia matá-lo!*

— Nãããooo! — berrei descontrolada e desatei a correr.

— Ninaaa! — Richard esbravejou às minhas costas.

Utilizando todas as minhas forças, tomei máximo impulso e, jogando-me no ar, finquei o punhal na cauda da besta. Um som semelhante a um chocalho metálico cresceu nos meus ouvidos. O chão tremeu e eu não estava mais nele. Ao girar de maneira abrupta, a pesada cauda me lançou violentamente para longe. Sangue escorria por minha testa e bochechas e minha visão embaçou. Eu queria berrar, queria me levantar, mas nenhum músculo respondeu aos meus comandos. Minha cabeça zonza latejava e minha pele ardia. Senti meus dedos vazios. *Droga! Perdi o punhal!* Em fração de segundo o monstro já estava guinchando sobre meu corpo alquebrado, imobilizando-me com suas garras afiadas, seus dentes rangendo de forma compulsiva a poucos centímetros do meu pescoço, a saliva nojenta caindo sobre minha face, afogando-me.

— Merrrrrrda!

O epíteto transtornado de Richard confirmava:

Minha situação era péssima.

CAPÍTULO 31

Presa entre as cortantes garras do monstro, meus olhos instintivamente procuraram por Richard, mas não o encontraram. A pilastra estava vazia.

Novo ganido ensurdecedor. De repente o pescoço da fera se enverga para trás e ela me solta.

— Demônio maldito!!! — Esbravejando como um louco, Rick cravava repetidamente o punhal que eu havia perdido no pescoço da besta, fazendo-a uivar de dor e sair de cima de mim. O sangue vivo nos cortes em seus braços confirmava que ele havia terminado de rasgar as cordas à força para me salvar. A luta era apavorante e injusta. Richard era forte e rápido, mas não conseguia ser páreo para o monstro gigantesco e apenas se defendia dos ataques cada vez mais perigosos. O bicho soltou um rugido alto e, numa investida precisa, lançou-o a grande distância, fazendo seu corpo rolar pelo chão e desaparecer na névoa acinzentada.

Sob pânico absurdo, meu corpo deu os primeiros sinais de reação e eu consegui me arrastar e me esconder. O animal ganiu outras vezes e, ao não me encontrar em meio à nuvem de poeira, optou por partir em direção a John. Alguns ruídos fizeram a fera se distrair e desaparecer do meu campo de visão. Aproveitando-me do momento, finquei as unhas na terra, suportei a dor que latejava em minha cabeça e pernas e caminhei cambaleante em direção a John. Perdi o chão ao ver seu péssimo estado. O sangue vertia em abundância da grave ferida em seu abdome. Desatei a afastar as cordas, mas parecia uma tarefa impossível devido ao meu estado de nervos e às lágrimas que jorravam de meus olhos.

— Você prometeu que nunca mais me abandonaria — sussurrei, não conseguindo disfarçar meu estado de pavor.

— É o fim da linha pra mim, Nina. — A voz fraca de John confirmava seu decadente estado.

— Não! Vou levar você comigo!

— Perdoe-me. — Ele abriu um sorriso triste e uma ferida em meu coração. — Eu fui tão estúpido e... Não consegui enxergar o óbvio porque...

— Depois, John — balbuciei sem conseguir conter a emoção em forma de dor que me paralisava. Eu o puxava, mas ele simplesmente não saía do lugar. *Ou era eu que não me mexia?* Minha mente girava, desorientada.

Outra despedida.

Eu estava perdendo John.

Minha existência o havia matado também.

— N-não enxerguei porque estava cego pelo sentimento que nutro por você. — Sua voz falhava e ele mal conseguia respirar.

— Ô, John... — Chamas carbonizavam minha garganta. Encarando-o com desespero, afundei o rosto na curva de seu ombro. Os espasmos não eram apenas do meu corpo. Minha alma sofria.

— O que eu puder fazer para reparar meu erro, eu vou...

— Então sobreviva — pedi em meio ao pranto devastador. — Por favor, sobreviva, John! Oh! — Um forte puxão e fui abruptamente arrancada de seus braços ensanguentados. Quando dei por mim, nós éramos

empurrados com violência para baixo e um vulto gigantesco seguido de uma rajada de ar quente passava de raspão por nossos corpos. Um estrondo atordoante explodiu em meus tímpanos e a pilastra de pedra atrás de nós desabou, espatifando-se em milhares de pedaços. O corpo decrépito de John tombou imediatamente. Sorrateira, a fera tinha atacado e só não havia nos aniquilado porque Richard se jogara sobre nós.

— Não posso abandonar John! Malazar vai mat... — soltei exasperada ao ver o resgatador de Storm se arrastar pelo chão enquanto, atraída pelo cheiro de sangue, a sombra da besta avançava rapidamente sobre ele. Carregando-me em seus braços, Richard me tirava dali.

— Porra! Eu já sei! — Rick tinha a testa lotada de vincos e, escaneando o lugar numa fração de segundo, escondeu-me atrás de outra pilastra de pedra. — Não saia daqui! — ordenou e, sem pestanejar, saiu em disparada. Surgindo repentinamente atrás do monstro, Richard começou a atirar pedras, gritar e gesticular, chamando-o para si. Então, o animal interrompeu o ataque a John e se voltou para ele.

— Fuja, John! — ordenou Richard aos berros.

— Não dá mais. — John ofegava. — Não consig...

— Droga! — Rick bradou nervoso ao ver a fera surgir gigantesca na sua frente e desatou a correr como um louco em direção contrária.

Ambos eram inteligentes e cada um se utilizava dos seus sentidos mais apurados. Assim, enquanto Rick tinha a vantagem da visão e de poder se esquivar com agilidade, a fera cega equilibrava a luta utilizando-se da sua incrível audição e força. Richard se embrenhava em áreas de difícil acesso e, por vezes, ficava imóvel. Alterando a rota, gradativamente ia se aproximando de John. Não sei se foi isso que dificultou sua localização, mas o fato é que a fera mudou seu curso e desapareceu na bruma fantasmagórica.

— Volte! Você precisa salvá-la! — John arfou alto ao vê-lo se aproximar.

— Venha! — Rick não lhe deu atenção, ajudando-o a colocar os braços em suas costas.

— Por que está fazendo isso por mim? — John o indagava petrificado. Rick apenas lançou-lhe um olhar sombrio. — E-eu não quis...

Obrigad... — A ferida no abdome de John voltou a sangrar, seu rosto se deformou e ele perdeu a consciência. Richard praguejou, jogou o corpo desacordado de John sobre o ombro e correu para uma das laterais da grande arena.

— Leve Nina e deixe-o comigo, Rick! Eu distraio a fera! — Shakur o interceptava, surgindo inesperadamente ao seu lado.

Richard franziu a testa com força, mas assentiu.

— Aguente firme, ok? — O pedido preocupado de Rick me angustiou.

— Vou tentar. — O líder de negro suspirou alto, olhou uma última vez para mim e me lançou um sorriso triste. — Proteja-a com a própria vida, Richard. Prometa-me.

Ah, não! Aquilo era... Outra despedida?!?

— Eu prometo. — Richard fez um mínimo movimento de cabeça e ajeitou o punhal na mão.

— Pai, não... — arfei sem força, o coração congelado ao vê-lo desaparecer pela bruma com o corpo decrépito de John. O calafrio maldito se espalhava novamente pela minha pele.

— Rápido, Nina! Vamos para o portal! — Rick me puxava com urgência, resgatando-me do estado de choque. Corremos acelerados até a base do grande rochedo feito de cristais reluzentes. — Eu dou cobertura enquanto você sobe.

— Não adianta! Não vou deixar meu pai. Nem vou sem você! — grunhi, tentando camuflar o choro preso em minha garganta.

Richard travou no lugar, arregalou os enormes olhos azuis e engoliu em seco, perplexo com o peso das minhas palavras e da súbita decisão. Atordoado, balançava a cabeça enquanto checava qualquer sinal da fera.

— Sem você, nada do que passei valeu a pena, Rick!

— Já valeu a pena. — Ele arfou e o peso da emoção deixou sua voz rouca.

Foi o suficiente para que eu me jogasse em seus braços feridos e afundasse o rosto em seu peitoral de aço. Ele retribuiu meu abraço, apertando-me com força contra o corpo febril, mas o semblante era de angústia.

— Richard eu...

— Abaixe-se! — berrou nervoso.

Subitamente, o bico voraz da besta passara como um torpedo por cima de nossas cabeças e se encravara num emaranhado de rochas brilhantes atrás de nós. A bruma traiçoeira servira de disfarce para que a fera nos alcançasse sorrateiramente. Enquanto o animal dava pancadas com a cauda tentando remover o bico preso, nós subíamos o paredão. A força descomunal das batidas nervosas do animal fez com que inúmeras pedras começassem a rolar montanha abaixo. Richard me guiou para um platô na parte intermediária do grande rochedo reluzente.

— Conseguimos! A besta não terá como alcançá-la aqui em cima e, mesmo que se liberte, vai precisar de algum tempo para assumir outro disfarce — soltou, mas não havia satisfação em seu tom de voz. — Eu vou distraí-la enquanto você corre para o portal! Que Tyron a proteja!

Com a face deformada por um véu de angústia, ele beijou minha boca e me lançou um olhar impregnado de tristeza. Eu reconhecia aquela expressão. Era o mesmo olhar de Stela quando estava sob os escombros do teatro ou nos braços de Ismael. *Era o olhar da despedida.* Richard sabia que era a nossa última vez juntos. Ele sabia que era o momento da sua partida. Desmoronei no lugar. Todas as células do meu corpo estavam se desintegrando em um rio de sangue, dor e impotência.

— Não! — Soltei um choro afônico ao agarrá-lo com desespero. — Não, Rick! Não vá! Por favor, não me deixe!

Tentando se libertar, o animal se debatia abaixo de nós e, ainda assim, pouca importância ele tinha diante do que acontecia naquele instante. *Eu não podia perdê-lo. Rick não podia morrer.*

— Nunca vou deixar você, Tesouro — sussurrou em meu ouvido. — Aonde quer que eu vá, vou carregar você dentro do peito. Tudo que faço é porque sempre te amei demais. Nunca se esqueça disso.

— Rick, não! — implorava sem conseguir soltá-lo. Os nós esbranquiçados dos meus dedos queimavam.

— Prometa-me que não olhará para trás. Prometa-me que não vai voltar.

— Não!

— Prometa-me, Nina! — ordenou nervoso.

— Rick, vem comigo.

— Não faz isso, Tesouro. Você sabe que eu não posso. Já está difícil demais deix... — Ele arfou ainda mais alto e o azul dos seus olhos brilhou com uma intensidade que eu nunca presenciei antes. *O que estava diferente nele?*

— Mas a gente conseguiu. Vencemos a maldita lenda! — Nervosa, utilizava todos os argumentos que minha mente em frangalhos permitia.

— E-eu sei, meu tesouro — gaguejou emocionado. — Eu sei. — Richard me puxou para junto de si e, abraçando-me com vontade arrebatadora, desatou a beijar minha testa. Minha pulsação deu um pico ao ver sua fisionomia franzir, suas narinas se dilatarem e seu maxilar tremer.

— Se você não pode me acompanhar, então não me peça para nunca mais voltar. — Solucei em desespero, lágrimas ardentes embaralhavam minha visão. — A noite de ontem foi a melhor da minha vida, Rick.

— A minha também — gemeu e sua voz saiu arranhando de tão fraca. — Não entende? Eu já ganhei muito além do que poderia imaginar. Tyron me presenteou com a maior graça que um zirquiniano poderia receber. Pude experimentar o famoso *amor*... de corpo e alma.

— Mas não precisa acabar aqui e agora, droga! Você pode vir comigo!

Richard fechou os olhos, como se sentisse uma dor profunda, e, checando o monstro a cada instante, afastou-se de mim. O animal começava a mostrar os primeiros sinais de sucesso. Parte do bico já estava exposto e faltava pouco para se libertar completamente.

— Não posso fazer isso, Tesouro. Pertencemos a mundos diferentes. Por mais que tentássemos nos enganar, nós sempre soubemos que não haveria um futuro onde ficaríamos juntos. Se minha dimensão sobreviver a Malazar, ainda assim nossas vidas caminharão como duas linhas paralelas. É como tinha de ser desde o início. Não se esqueça de que eu sou a sua Morte, Nina. No curso natural da vida, nosso encontro seria no dia da sua partida. E, no que depender de mim, quero que você viva por muitos anos, meu amor.

— Por que diz isso agora? O que está me escondendo?

— Ouça, Nina. Eu não sei o que acontecerá com essa dimensão! — rebateu ainda mais tenso. — *Zyrk* é um plano que surgiu a partir de uma maldição e, em questão de horas, poderá ser extinto com ela. Malazar saiu de sua prisão de milhares de anos e eu não posso simplesmente dar as costas ao meu povo e fugir. Sou um guerreiro e vou lutar até o fim. Partirei com honra.

— Mas...

— Mas a segunda dimensão ainda tem uma chance e só depende das suas ações. Você precisa atravessar aquele portal — ele me interrompeu. — São bilhões de pessoas, Nina. Você não pode falhar. Prometa-me, por favor.

Bilhões de pessoas...

Entendimento e frustração fizeram minha cabeça tombar sobre o ombro e, naquela fração de segundo, minha mente vagou, perdida em lugares distantes, rostos felizes e cheios de vida. Vislumbrei as praias deslumbrantes do Rio de Janeiro, os canais de Amsterdã, o fervilhar da Times Square, a beleza exuberante dos desertos da Tunísia. Recordei-me de ter me deparado com sorrisos gentis, de crianças nascendo e idosos morrendo. Vidas que seguiam seu curso normal na certeza de um novo amanhã. Onde nascer e morrer seriam consequências naturais de uma existência, sem lendas ou maldições.

— Eu prometo — murmurei no exato momento em que um estrondo altíssimo rompia minhas divagações e definitivamente arruinava meus sonhos.

Liberto, o monstro uivava aos quatro ventos e fazia questão que ouvíssemos sua assustadora britadeira de dentes, chocando-os violentamente uns contra os outros. Nervoso de tanto esticar o pescoço e não conseguir nos alcançar, o animal ganiu com fúria assassina e acelerou em direção a Shakur e John. Meu coração apertou no peito.

— Preciso ajudá-los. Vá, Tesouro! E não olhe para trás. — Com a respiração entrecortada, Richard se aproximou e me abraçou uma última vez. Senti o tremor de seu corpo febril na minha pele. — Eu te amo — finalizou, lançando-me um novo sorriso triste. No instante seguinte ele descia a montanha em velocidade máxima, correndo em direção aos demais zirquinianos. Estremeci ao vê-lo chamar a atenção do monstro. *Céus! Ele usaria a única moeda de troca que interessaria àquela besta infernal: a própria vida.*

O animal nem teve tempo de decidir quem atacaria primeiro. Richard despontava à sua frente, enfrentando-o como um louco, um suicida. Obriguei-me a virar o rosto e não olhar. Era hora de agir. Respirei fundo e finalmente obedeci aos dois — a Richard e à voz da razão que gritava em minha cabeça — e desatei a subir pelas pedras que brilhavam naquele lugar infernal.

Voltar para a segunda dimensão!

Meu coração acelerou com o súbito pensamento e, por um breve momento, meu corpo vibrou com a ideia de abrir o portal para minha antiga dimensão e desaparecer dentro dela. Sair daquele horror, daquele pesadelo em que fora arremessada, e voltar a ter uma vida. Não uma vida normal porque já havia desistido disso, mas, ao menos, tentar viver e não apenas sobreviver. Não havia como recuperar meu passado, mas ao menos tentaria refazer meu futuro. Dei atenção à voz que ganhava força e ordenava que eu saísse logo dali, que afirmava que minhas perdas foram por um nobre motivo, que eu pouparia a segunda dimensão e seus habitantes da terrível catástrofe, que honraria a morte da minha mãe, que reestruturaria minha vida e verdades e, principalmente, reconstruiria meu futuro.

Perdi o ar e paralisei com um grito de dor. Era de Shakur. *Eu não vou olhar para trás. Não posso olhar.* Novo grito. Agora de pavor. E era de Richard. *Foco, Nina. Você deve continuar. Você lhe prometeu que não desistiria, que não voltaria, que...* Novos ganidos de triunfo.

Segurei a tonteira que ameaçou me desmoronar e vi o filme da minha vida passar acelerado em minha mente perturbada. Outra voz, inicialmente tímida, ganhava espaço. Ela me obrigava a compreender que eu podia não ter surgido da semente da paixão entre duas pessoas, mas que eu era o fruto do amor, o produto construído da dedicação e abnegação. A prova contundente de que um sentimento maior é capaz de aflorar das situações mais incertas, capaz de transformar fel em bem-querer, morte em vida. Tantas pessoas me amaram, as mais

improváveis deram suas vidas pela minha. E todas afirmaram que eu era um milagre e não uma maldição. A voz insistia em afirmar que eu não poderia me dar ao luxo de simplesmente desistir, que eu não havia perdido minha mãe em vão. Stela sempre soube do meu valor e por isso lutou por mim até o dia em que eu mesma poderia arregaçar as mangas e guerrear pelo meu mundo, por mim mesma. Híbrida ou não, meu futuro ainda estava em construção. Só dependia de mim e de minhas ações, dos caminhos que tomaria. De mãos dadas a algo dentro de mim, ela alertava que eu não poderia me acovardar e que aquele momento era decisivo, qualquer que fosse o percurso que desejasse tomar: viver em fuga ou morrer lutando. A voz acreditava em mim, no dom que eu supostamente vinha carregando em meu espírito e células desde o momento em que fui concebida.

Rechacei essa nova voz da cabeça e, escalando as pedras sem olhar para trás, tentava a todo custo me manter concentrada em minhas passadas, no meu destino. Obrigava-me a permanecer indiferente aos ganidos da besta, aos berros nervosos de Samantha e de Richard. O pavor em tomar conhecimento sobre o que estava acontecendo naquele exato momento fez o conflito se agigantar dentro do meu peito. Eu havia feito uma promessa a Richard. Não podia voltar atrás. Tentava me convencer a todo custo de que estava perto de conseguir, bem perto do portal e da segunda dimensão. Do lugar que cheguei a achar que um dia foi meu, que me pertenceu. Do lugar de onde minha mãe não queria que eu saísse. Estava perto de voltar a ser uma garota "quase" comum, bem perto de ter uma vida "quase" normal, com um futuro "quase" promissor e talvez com um "quase" novo amor. Era só não olhar para trás, era só não me despedir...

DROGA! DROGA! DROGA!

Eu precisava olhar! Tudo que eu mais queria estava atrás de mim e não à minha frente! Lá estavam as pessoas que, ditas insensíveis e amaldiçoadas, entregaram suas vidas pela minha e ainda lutavam para me manter viva: Shakur, John, Richard! Foi graças ao meu estranho dom que topei com os olhos azul-turquesa mais deslumbrantes desta ou de qualquer dimensão. Saber que ele cometeu todas as loucuras por mim não só me comprimia o peito de culpa e remorso, mas o inflava de felicidade. Ele me amava! Eu o amava. E nossos corpos se completavam, perfeitos, lindos, únicos. Eu ia lutar com todas as minhas forças para sobreviver, mas, se morresse, já teria valido a pena. Toda a jornada. Tudo.

— Que se dane o portal!

Então aconteceu.

Imprevisível.

Novamente.

Como sempre.

CAPÍTULO 32

Eu me virei, mas minhas pernas cambalearam. O monstro crescia para cima de Richard que, ofegando, arrastava o corpo ferido de Shakur para trás da mesma pilastra onde John estava. O rastro de sangue fez meu corpo gelar da cabeça aos pés. Não era só Shakur quem estava em péssimas condições. Rick também fora alvejado! Uma ferida horrível avançava do ombro esquerdo indo até o centro do tórax. Ainda assim, ele era absurdamente destemido e, com o punhal em mãos, enfrentava a fera ao se colocar na frente dos corpos decrépitos dos dois zirquinianos. Meu guerreiro era rápido e se esquivou das diversas investidas da besta, mas num movimento repentino o demônio fincou as garras em sua panturrilha. A adaga voou longe. Richard se contorceu de dor e urrou alto. O animal soltou um ganido vitorioso, empertigou-se nas patas traseiras e tomou novo impulso. Era o fim. Impiedoso, ele ia matá-lo. *Não! Não! Não!*

— NÃO!!! — esbravejei ao longe e, tentando chamar a atenção da fera, desci o amontoado de rochas resplandecentes correndo em disparada.

— N-Nina?!? Volta! — Richard trovejou apavorado e, como havia perdido o punhal, começou a golpear a perna da besta com violência. Enfurecido, o monstro desatou a arrastar seu corpo de um lado para outro.

Deus! Eu não conseguiria chegar a tempo!

Então... o inesperado aconteceu. Num movimento preciso, Samantha colocava-se entre a besta e Richard e fincava a adaga na fera, transpassando o bico de baixo para cima. Os olhos nevados se estreitaram, a besta guinchou da dor momentânea e soltou Richard, mas conseguiu se recuperar de forma rápida e assustadora, quebrando a arma ao meio e avançando impiedosamente sobre a loura. Samantha correu, mas a criatura deu um salto, bicando-a por trás. Uma mancha de sangue se espalhou rapidamente nas costas da guerreira enquanto ela caía desacordada no chão.

Instantaneamente a fera cresceu em meu campo de visão. Ela se aproximava de um jeito hesitante enquanto eu tentava me afastar no mesmo ritmo e nós realizávamos uma dança sincronizada: *o balé do horror.* A besta se abaixou, ficando perigosamente próxima a mim. Com o coração ameaçando saltar pela boca, eu a enfrentei. O monstruoso animal estancou bem à minha frente e pude constatar a névoa branca dentro de seus gigantescos olhos, quase do tamanho do meu crânio. Pelo canto do olho vi Richard mancando e se aproximando. Ciente da presença dele, a fera soltou um ganido de advertência. Mesmo sendo cega, suas feições exibiam satisfação com a terrível cena em andamento. *Seria ela capaz de captar nossas emoções?* Por mais que eu acenasse para ficar onde estava, Richard não me dava atenção e, de maneira insana, aproximava-se. O monstro não reagia diante dos nossos movimentos. O estranho comportamento me afligia. Richard estendeu a mão e nossos dedos se tocaram... por uma fração menor que um segundo.

Novo ataque.

A besta avançou sobre Rick, arrancando suas mãos das minhas e batendo o bico fechado em seu abdome. Richard se contorceu de dor e, desequilibrando-se, acabou caindo. A fera soltou um ruído estranho, como

se regozijasse da situação, e parecia testar a força do último guerreiro que a enfrentava naquela arena da morte. O animal aproveitou o momento para imobilizá-lo com as garras afiadas. Rick ainda o golpeava com seu restante de forças, mas o bicho, com ar triunfante, mal se importava com suas pancadas. Meu sangue congelou quando a besta sacudiu a cabeça deformada, soltou um ganido vitorioso e levou o pescoço para trás, em um típico movimento de impulsão. Rick fechou os olhos e suspirou.

Ele estava se rendendo?!?

Não. Não. Não!

— Nãoooo! — berrei.

Sem que desse por mim, eu corria como uma louca e voava por entre o monstro e Richard, cobrindo o corpo dele com o meu. Ciente de que fazia a coisa certa, olhei para Richard uma última vez. Sua fisionomia não era apenas de atordoamento. Havia algo diferente nela, pulsante. Suas pedras azul-turquesa faiscavam de emoção, uma tempestade em alto-mar, camufladas dentro de um véu de água cristalina. Vi meu reflexo dentro delas, e me deparei com o impossível, o milagre que daria sentido a toda a minha sofrida jornada: *lágrimas!*

Richard tinha lágrimas nos olhos. E, pelo que meu coração afirmava, não eram lágrimas de dor!

Ele chorava.

O zirquiniano que eu amava chorava de emoção. Por mim. Por nós.

Sem conseguir conter a avalanche de sensações maravilhosas que me invadia a alma, meus lábios se abriram num sorriso de entrega. Ele retribuiu meu sorriso de um jeito único. Uma maneira que dispensava palavras. Não haveria em nenhuma das quatro dimensões frases que pudessem expressar a força do sentimento que nos unia naquele instante mágico.

O maior uivo de fúria até então reverberou pela catacumba, como se mil trovões explodissem ao mesmo tempo. O chão tremeu com violência, o ar congelou e a noite ficou ainda mais escura. Ensandecida, a fera ganiu com estrondo colossal e partiu para concluir o massacre.

Joguei as mãos em defesa, fechei os olhos e aguardei o golpe derradeiro. Senti um discreto roçar nas palmas das minhas mãos e escutei um uivo altíssimo. Reabri os olhos e me surpreendi. A fera exibia uma estranha expressão de dor e, contorcendo-se, esfregava o rosto no chão. Richard tinha o semblante assombrado e encarava minhas mãos, agora sujas de sangue. Atordoada demais, identifiquei o vermelho vivo que cintilava na pele do animal. Feridas por queimaduras!

A besta havia sido atingida por brasas incandescentes? As marcas tinham... o formato de mãos? Minha mãe do céu! Eu *havia feito aquilo?!?*

Por um momento, jurei ter escutado berros emocionados romperem a membrana de silêncio que envolvia a catacumba. O monstro emudeceu e, recuperando-se da dor, tornou a se aproximar. A aura triunfante havia dado lugar a uma expressão receosa. Suas narinas se dilataram ao máximo e ele me estudava com interesse assassino. Sem sair do lugar, eu o enfrentei com determinação. O animal abriu o bico, empertigando-se nas duas patas traseiras e dobrando de tamanho. Sua nova estratégia: intimidação! Fugindo do confronto com as minhas mãos, rodopiou sua cauda no ar e a lançou em minha direção. Defendi-me mais uma vez e o bicho ganiu de dor quando sua pele entrou em contato com a minha. Desta vez pude ver com detalhes e compreender: todo o meu corpo se transformara numa potente arma contra o demônio e a couraça de escamas parecia se derreter ao mínimo contato com qualquer ponto da minha pele!

Malazar não podia me ferir!

Sorri ao compreender que seu gemido estrondoso não era apenas de dor, mas sim de desespero.

Ele não conseguiria me matar e sabia que a derrota era certa!

— Tyron maldito! Você vai pagar caro por isso! — O demônio esbravejou tão alto que *Zyrk* estremeceu. Sua voz era uma mistura de um ganido titânico e berros de cólera de um milhão de pessoas. O trepidar foi tão violento que novas trincas surgiram no chão e pedras brilhantes rolaram montanha abaixo. — Não é só você que tem seus truques, pai! Vou sair desta catacumba. Nem que para isso eu tenha que destruir tudo que estiver pelo caminho!

Então a fera abriu desproporcionalmente o bico e uma forte rajada de luz clareou o lugar quando os milhares de espectros foram cuspidos lá de dentro.

— Von der Hess! — chamou Malazar.

Um zumbido alto tomou conta do lugar, como se um gigantesco enxame de abelhas viesse em nossa direção. Um terremoto, e uma fumaça escura começou a sair pelas trincas do chão.

— Ah, não! Merda! Para o portal! Agora, Nina! — Richard atropelava os berros enquanto me puxava de qualquer maneira para longe dali.

— Sua perna! — Meu estômago embrulhou todo ao ver o osso exposto em sua panturrilha. A perna ferida em diversos pontos sangrava muito.

— Eu aguento. Rápido!

— O que está havendo? — Engoli em seco ao sentir que sua voz estava diferente. Richard estava realmente apavorado.

— Você tem que sair daqui agora!

Richard me assombrava com sua força sobre-humana. Franzindo o cenho para suportar a dor e mancando muito, ele ainda assim conseguiu imprimir um bom ritmo na nossa marcha em direção ao portal. Quando estávamos na base da montanha escutei um estrondo seguido de outros ainda mais altos e uma gargalhada satânica reverberou pelo meu crânio e espírito. Ruídos altíssimos de vidro sendo estilhaçado. Novas gargalhadas. Gritos de fúria e dor. Bramidos. Tilintar de espadas. Relinchar de cavalos.

— Por Tyron! — Richard gemeu de pavor.

Eu me virei e compreendi, minhas pernas se transformaram em chumbo e eu afundei no lugar.

Era o fim.

CAPÍTULO 33

Não era uma fumaça negra que emergia das fissuras abertas no chão. O zumbido ensurdecedor que martelava meus ouvidos tinha uma explicação: *Escaravelhos de Hao!* Milhares! Entretanto, horror maior ainda estava por ser evidenciado. As terríveis criaturas eram capazes de penetrar nos espectros e conferir-lhes poder, pois, no instante em que estes estavam sob seu domínio, seus corpos espectrais ganhavam potência física e começavam a rasgar, com unhas, dentes e força descomunal, a membrana mágica que envolvia a catacumba e protegia a terceira dimensão.

A compreensão do que acontecia ao meu redor me arrasava: Malazar havia encontrado um jeito de se libertar.

Uivando, os espectros malditos avançavam, rompendo a barreira mágica e atacando os zirquinianos com selvageria. No desespero para possuir suas vítimas, sedentos e insaciáveis, sugavam as almas e dilaceravam os corpos dos que se encontravam em seu caminho.

Richard tinha o olhar atordoado, tão perplexo quanto o meu ao presenciar o que acontecia do outro lado da membrana naquele exato momento.

A grande e inesperada surpresa!

A multidão de zirquinianos bramia alto enquanto os guerreiros chocavam suas espadas no ar. Pela primeira vez na história, estavam unidos em nome de uma causa comum: defender aquilo que, amaldiçoado ou não, era sua morada, seu único lar.

Eles lutariam por Zyrk*!*

Emocionada, vi os magos e homens de branco do Grande Conselho, soldados dos quatro clãs e as mendigas sombras guerreando lado a lado e defendendo uns aos outros dos ataques mortais dos terríveis espectros. Os seres malignos, entretanto, tinham força descomunal e desequilibravam a batalha. Ainda que bravamente se esforçando, o exército zirquiniano apresentava baixas expressivas e, com o espírito combalido, começou a recuar. Malazar lançava suas garras no ar e avançava sobre o paredão mágico, enfraquecido pelo ataque de seu exército.

— Você não vai sair dessa catacumba, Malazar! — A voz angulosa de Sertolin repercutiu alto. Ele havia entrado no caminho do demônio quando este estava prestes a colocar as garras do lado de fora.

Malazar emitiu um som estranho em resposta e, no momento seguinte, vários escaravelhos voaram em direção a Sertolin. Apesar de resistir heroicamente, o idoso mago acabou perdendo a batalha para o enxame de insetos negros e, contorcendo-se, desmoronou aos pés do inimigo.

E novamente o inesperado aconteceu!

— Nunca! — trovejou Shakur, surgindo de repente. Ele rodopiou os braços no ar e, mesmo com as forças decadentes, fez o corpo de Sertolin desaparecer no exato momento em que Malazar ia esmagá-lo.

O mago reapareceu à sua frente, amparado em seus braços.

— Ismael! Mas como...? — murmurou com espanto e emoção. Havia uma aura mágica entre os dois. — Filho querido, você...

— E-eu o decepcionei, mestre. Sinto muito — balbuciou com urgência o líder de preto. Suas forças chegavam ao fim.

— Não se desculpe. O erro foi meu. Você era bom demais para esta dimensão, Ismael. Bom demais para qualquer dimensão — respondeu o chefe do Grande Conselho. Ismael abriu um sorriso triste e, após suspirar profundamente, tombou morto nos braços de Sertolin.

— Pai! NÃ... — Meu grito de dor foi abafado pela mão de Richard em minha boca.

— Shhh! — Os dedos de Rick afundaram em minha pele e o tremor de meu corpo se refletiu no dele. O coitado fechou os olhos com força, evidenciando o imensurável sofrimento. Com meu coração em ruínas, testemunhei o último gesto de amor daquele homem extraordinário: Shakur havia acabado de doar seu último resquício de vida para salvar o antigo mestre, o grande mestre.

— Morram, magos estúpidos! — Ultrajado com o ataque malsucedido, Malazar esbravejou alto e, em sua luta particular, voou com as garras apontadas para cima dos dois.

— Afaste-se deles! — bradou a inesperada voz de trovão que repercutiu no lugar. *Era de Guimlel!*

Como Shakur havia mencionado, Guimlel controlava as forças da natureza com uma precisão excepcional e, modulando o vento, fez um ciclone de dimensões assustadoras envolver a besta, paralisando momentaneamente seu ataque. Enfurecido, Malazar revirava o rosto vermelho de ódio e, agitando as garras no ar, saltou para matar, mas o mago foi rápido e se esquivou. Ardiloso, o demônio mudou de estratégia e, na tentativa de camuflar o cintilar do seu ferrão, começou a chicotear a cauda de um lado para outro. Guimlel era ágil mesmo com seus quase dois metros de altura, mas foi surpreendido pelo pior de todos os golpes.

— Nãooo! — Foi a vez de escutar o ganido de Richard. Ele ameaçou correr em direção a Guimlel, mas a panturrilha dilacerada o fez estancar o passo. Rick estremecia de impotência do meu lado ao presenciar a perda do outro zirquiniano por quem nutria grande estima. Guimlel estava de joelhos e tinha as mãos ensanguentadas pressionadas no peito. Von der Hess agira da forma em que era mestre, sorrateira e traiçoeiramente. A víbora albina o alvejara de modo covarde e mortal, trespassando-lhe com uma espada pelas costas. — Não — Rick gemeu mais uma vez.

A cabeça calva de Guimlel se virou em direção a Richard e lhe lançou um olhar de despedida. O mago fez um gesto com as mãos para que Rick ficasse onde estava, relembrando-o com um simples meneio de cabeça que ele precisava sobreviver, que ele era um guerreiro excepcional, mas que aquela luta de forças místicas não lhe pertencia. Richard arfou alto, um arfar de dor e perda, mas assentiu num doloroso baixar de olhos. Naquele instante, pude compreender (e perdoar) as ações de Guimlel. Seu caráter não era mau. Simplesmente acreditava com tanta devoção na lenda, no herdeiro de Richard e em seu propósito de salvar *Zyrk* do terror das feras da noite, que se utilizara de meios obtusos para consegui-lo.

Malazar regozijou no lugar e soltou uma gargalhada ao presenciar a morte de Guimlel. Em meio ao caos, uma energia brilhante surgiu repentinamente no ar e penetrou no corpo musculoso da besta. Em seguida, o monstro dobrou de tamanho e, sem perder tempo, avançou sobre a muralha mágica. Pasma como toda a multidão de zirquinianos, vi quando sua cabeça e suas garras dianteiras conseguiram romper a barreira, mas, de repente, estancaram.

Um estrondoso guinchar de desespero.

— Mais força! Eu preciso de mais energia! — ordenava furiosamente o demônio ao exército de espectros ao ver que a metade posterior de seu corpo permanecia presa à catacumba a despeito da força descomunal que empregava.

— Rápido! Para o portal! Vá na frente, Nina! — Richard ordenou com a voz rouca e subimos as pedras cintilantes. Eu conseguiria ir mais rápido, mas o estado deplorável de sua perna nos atrasava consideravelmente. Ele implorou para que eu o deixasse e continuasse o percurso, mas não o fiz. Nunca mais o abandonaria. Os zumbidos aumentaram de volume e já não sabia identificar se eram os escaravelhos ou meu coração dando pancadas frenéticas dentro dos ouvidos. — Foge, Nin... — Richard soltou um berro antes de cair aos meus pés e se contorcer violentamente.

— Rick! — Ainda tentei segurar sua mão, arrastá-lo, puxá-lo para junto de mim. Tudo em vão. Uma presença estranha, pesada, pairava sobre meu corpo e sugava minha energia. Uma figura albina sorria maliciosamente em minha direção: Von der Hess! Tremi. Os zumbidos

triplicaram de volume e meus tímpanos latejaram a ponto de explodir. Tudo começou a girar e meus joelhos dobraram. — Arrrh!

Senti minhas forças sendo drenadas rapidamente e o mundo ficou embaçado numa nuvem de escaravelhos e lágrimas.

E, ainda assim, eu vi.

Magos, reis, soldados e sombras se contorcendo no chão, todos eles derrotados pela batalha impossível. Tudo ruía: *Zyrk*, os zirquinianos, eu, o homem que eu amava, nossos sonhos. A lenda em que acreditavam era uma mentira. A terceira dimensão seria finalmente eliminada. Faltava muito pouco para Malazar e seu séquito do mal conseguirem transpor a barreira da catacumba e entrar definitivamente na terceira dimensão.

Malazar e seu exército tinham vencido a batalha.

— Morram, besouros desgraçados! — A voz da Sra. Brit surgia como um cochicho em minha mente, distante. Eu devia estar delirando. Outros zumbidos. Uma nova nuvem avançava sobre as centenas de corpos e cabeças.

Oh, não! Mais insetos!

As contrações dos espasmos musculares eram intensas e custei a compreender o que acabava de acontecer: a Sra. Brit chegava acelerada numa carroça e, ao entrar na catacumba, retirou apressadamente as tampas dos vários barris de madeira que trazia consigo. Uma grande quantidade de joaninhas amarelas saía nervosamente de dentro deles. Milhares delas partiam para cima dos pobres corpos que já se debatiam compulsivamente. Fechei os olhos e, sem saber o que fazer, rezei para um deus que não sabia se existia. Novos berros estranhos. Descerrei os olhos e, maravilhada, presenciei o milagre que acabava de acontecer: *as novas criaturas eram nossas aliadas! Óbvio!* Seu alvo não eram os zirquinianos, muito pelo contrário. As joaninhas, de um amarelo vivo como o sol, caçavam os Escaravelhos de Hao e os matavam, ou melhor, alimentavam-se deles, salvando o povo de *Zyrk* do terrível ataque. Os zirquinianos pararam de se contorcer no chão e começaram a se recuperar. Sem os escaravelhos, os espectros perderam força física e recuaram para trás da linha delimitadora.

Malazar sentiu o contragolpe.

Com a autoestima elevada, os zirquinianos avançavam, encurralando o inimigo em sua própria catacumba. A batalha voltou a ficar a nosso favor! Meu peito ardia de felicidade em ver Wangor, meu avô, deixar as desavenças para trás e lutar lado a lado com Ben, um resgatador de Thron, e de Kaller, líder de Storm, assim como presenciar os homens do Grande Conselho aceitarem de bom grado a ajuda das rejeitadas sombras e vice-versa. Não havia mais rivalidades ou quatro clãs distintos. Todos eram zirquinianos e lutavam por suas vidas e por um bem comum.

— Nina? Nina? Acorda! — Acelerado, Richard me despertava dando tapinhas gentis em minha face.

— A Sra. Brit conseguiu...

— Sim, mas foi ideia de Shakur.

— Era essa a missão secreta? Quando se afastou do nosso grupo?

Rick assentiu e abriu um sorriso triste.

— Ele sempre foi um homem excepcional. Agora descansará em paz. — Contive a todo custo a vontade de chorar. Shakur não ficaria feliz em me ver derramar uma lágrima por sua causa. — Não tenho condições de te carregar. Consegue andar?

— Acho que sim.

— Então venha. Você precisa sair daqui — ordenou impaciente.

— Mas a guerra está quase no fim. Veja! Nós estamos ganhando! — rebati sem compreender seu nervosismo em ascensão.

— Não. Não estamos ganhando — ele rosnou enquanto acelerava na subida e me puxava com força em direção à Lumini.

— As duas dimensões não correm mais risco. Malazar está encurralado e não pode me fazer mal algum. — Estanquei o passo a poucos metros da saída.

— Mas os meus podem.

— Rick, quando é que você vai colocar na sua cabeça dura que eu não vou mais fugir?

— E quando é que você vai cumprir alguma promessa que tenha me feito? — rebateu ele com a voz ácida e estranha.

— Não acredito que estamos discutindo em meio a uma guerra, Richard — guinchei. — Eu voltei por nós, droga!

— Pois eu quero que você vá embora! Agora! — trovejou.

— Eu voltei porque te amo! — esbravejei ao mesmo tempo surpresa e furiosa. Não gostei da reação dele.

— Você disse que o *ama?* — Dei um salto quando, subitamente, a voz do demônio reverberou como um sino pela catacumba e aniquilou todos os demais sons. Por cima do ombro vi Malazar aparecer como mágica às nossas costas. Num piscar de olhos a besta havia se transformado e, novamente, dado lugar ao senhor de cabelo e terno brancos, mas agora com uma perfuração no lábio inferior.

— Merda! — Rick praguejou baixinho.

— Você o ama? Foi isso o que eu ouvi? — indagava o demônio aos berros. Os olhos negros arregalados comprovavam o quanto estava surpreso com a inesperada descoberta e, com um estalar de dedos, fez com que os espectros paralisassem o ataque.

— Sim! — Enfrentei Malazar com força e decisão e escutei o murmurinho da multidão abaixo de nós. Os zirquinianos pareciam atordoados com o diálogo travado.

— A híbrida o *ama...* — Deu à palavra um sarcasmo ferino. O diabo olhou para o céu de *Zyrk* e abriu um sorriso cruel. — Você se superou, pai.

— Venha, Nina! — Com a perna sangrando muito, Rick me puxava com força e tentava desesperadamente eliminar os últimos metros que faltavam para chegarmos ao portal.

— Está de parabéns pela escolha, filha. Se apaixonou pelo meu zirquiniano predileto ou, seria melhor dizer, pelo pior exemplar da espécie? — Ágil como uma serpente, Malazar interceptava nosso caminho. Havia um brilho feroz em seus olhos negros quando encarou Richard. Rapidamente me coloquei à frente de Rick, protegendo seu corpo com o meu. Algo me dizia que ele corria perigo e, contra mim, o demônio nada poderia fazer.

— Cala a boca, desgraçado! — Escutei o rosnado de Richard atrás de mim enquanto ele envolvia a minha cintura.

— Está nervoso agora, resgatador? Achou que sairia como inocente do nosso trato?

Trato?

— Seu *amado* não lhe contou o que andou fazendo, filha? Por que não lhe pergunta se ele lhe esconde algum segredo? — As indagações de Malazar me desequilibraram. Senti os dedos de Richard afundarem em minha pele e instantaneamente um calafrio sutil percorreu-me a nuca.

Ah, não! De novo, não!

— Não lhe dê ouvidos, Nina. Ele está blefando.

— Por que você acha que a força deste resgatador é acima do normal, Nina? — Malazar não perdia tempo.

— Ele sempre foi assim — rebati, ao lembrar das explicações da Sra. Brit.

— Engana-se redondamente — refutou o demônio com escárnio. — *Eu* o fiz assim. Ele sobreviveu ao ataque de uma besta em sua infância porque *eu* o ressuscitei. Guimlel sabia disso! É o *meu* sangue que corre nas veias dele!

— Rick nunca pediu para ser salvo — rosnei, mas por sobre os ombros vi meu guerreiro perder a cor e enrijecer com a notícia bombástica.

— Por que se ilude, pobrezinha? Richard é o famoso *filho do mal*. Toda a *Zyrk* sabe disso!

— Um apelido apenas... Ele não é seu filho! — rugi. — Rick não lhe vendeu a alma por isso, demônio!

— Por *isso* não. — Malazar destacou a palavra e arqueou as grossas sobrancelhas brancas.

Hã?

Richard fugiu do meu olhar inquisidor. Engoli em seco.

— Tudo faz parte de uma grande trama, Nina. Você foi usada por ele! — bradou satanás com um sorriso ardiloso e sutil nos lábios e foi a minha vez de empalidecer. — Mas você não foi a única a ser enganada nessa história. Acredita que ele quis me ludibriar também? Seria até uma atitude admirável, se não fosse comigo. Pobre criança! Tanto a aprender... Achou que poderia brincar com fogo e sair ileso? — Gargalhou alto ao ver o brilho da dúvida refletir em meus olhos. — Este resgatador, ou melhor, enganador, utilizou-se dos seus sentimentos por ele em proveito próprio. Salvou-a em algumas situações para fazê-la acreditar em suas boas intenções, mas é um

mercenário e um pérfido traidor. Seu único objetivo era se tornar o governante absoluto de *Zyrk*!

— Nina, não preste atenção ao que ele diz. É tudo mentira! — Rick argumentava, mas sua voz saía fraca, vacilante.

Protegendo-o com o corpo, senti sua respiração descompassada em minha nuca. Respirei fundo e, lutando contra a erva daninha que germinava em meu espírito, acreditei em Rick. Malazar era a síntese da maldade e toda aquela encenação fazia parte da arte em que ele era mestre: ludibriar.

— Sabia, sua tola, que só é possível adquirir uma Hox após entrar no *Vértice* e me dar a alma em troca de algum favor? — acrescentou o demônio sem perder tempo, e sufoquei, incerta de como respirar. — Como acha que Richard conseguiu as pedras-bloqueio que a presenteou?

Por sobre o ombro, tornei a olhar para Richard que, nervoso, balançava a cabeça de um lado para outro.

— E-eu não... — Hesitante, Rick olhou de maneira transtornada para a população que nos encarava. Sua estranha reação nocauteava minhas certezas. — Não enxerga que é exatamente isso o que ele quer? Malazar está te jogando contra mim, Nina!

— Posso lhe assegurar que Richard de Thron, para meu orgulho, é o zirquiniano mais ambicioso de toda a história de *Zyrk*! Está usando você de acordo com seus próprios interesses. Ele nunca te... *amou*! — destacou. — Richard sempre idolatrou uma única coisa na vida: Poder.

Céus! As palavras de John!

— Mentira! Eu te amo! Foi por isso que conseguimos ter o *contato* mais íntimo! — Rick contra-atacou, segurando meu braço com força e esbravejando aos quatro ventos. Foi o suficiente para que o murmurinho da população se transformasse num amontoado de exclamações, vozes emocionadas e diálogos acalorados.

Aguenta firme, Nina. O demônio está testando sua fé.

Fechei os olhos e respirei fundo. Não sucumbiria ao veneno de Malazar. A noite de amor com Rick era a certeza de que ele me amava.

— O que ele *ama* — satanás tornou a destacar a palavra — é ser idolatrado. Não posso negar que admiro essas duas características minhas que correm em suas veias: a ganância e a vaidade! Mas Richard superou minhas expectativas. Se tornar o líder de Thron era pouco. Ele queria ser o governante absoluto da terceira dimensão e só a híbrida poderia lhe dar tal poder!

— Você precisa sair daqui agora! — sussurrava Richard em meu ouvido enquanto tentava me empurrar em direção à Lumini.

Não. Não. Não. Não podia ser. Você não me enganou de novo, Rick. Por favor, você não pode ter feito isso comigo.

— Vai fugir? Não quer saber a verdade ao menos uma única vez na vida? — Malazar indagou com estrondo, congelando-me a poucos passos do portal com seu novo contra-ataque. — Veja com os próprios olhos e decida por si mesma o que acha ser verdadeiro ou... *falso*! — destacou a palavra final encarando Richard.

Sem perder tempo, o demônio estendeu os braços e um clarão se formou no céu escuro de *Zyrk*. Uma projeção se destacava de dentro da claridade. O murmurinho das pessoas deu lugar a um silêncio sepulcral e aterrorizante. Podia pressentir que algo ruim estava prestes a ser exibido. O grande clarão se expandiu e o trailer que rasgaria o meu coração em pedaços ganhou vida diante dos meus olhos. Dentro da projeção, identifiquei o caminho de flores brancas que ia em direção a uma simpática casinha: *era o* Vértice! Nele Richard e Malazar apertavam as mãos firmando um acordo.

"Está feito! Poderá possuir o corpo da híbrida, resgatador. E dessa vez não vai correr o risco de matá-la", dizia o demônio com semblante de triunfo. *"Aproveite a oportunidade única."*

"Com certeza." Richard sorria. *"Preciso ir. Onde está..."*

"Sua Hox? Aqui está. Usufrua! Nos veremos em breve."

Dentro das imagens vi quando Rick levantou as mãos e, dessa vez, mal dei atenção às suas cicatrizes. Meus olhos observavam, hipnotizados e apáticos, a pequenina pedra marrom que Malazar depositava entre seus dedos. Estremeci ao identificar que era a mesma pedra que Richard havia me presenteado.

— Como acaba de ver, Richard vendeu a alma a mim! — concluiu Malazar ao término da projeção. — Mas, como disse antes, ele também

me enganou. Quando me procurou, seu motivo era o mesmo que conduziu os atos de Dale, seu pai biológico: *Ele queria sentir!* Richard de Thron estava ensandecido para usufruir das sensações que você poderia lhe oferecer. Veio transtornado ao meu encontro, logo após quase tê-la matado em uma tentativa fracassada. — Malazar me atropelava com as terríveis revelações. Meu estado de perturbação se agravava. — Mas o principal desejo de Richard havia sido maquiavelicamente ocultado até essa noite. Ele sempre quis o poder! Sinto dizer, filha, mas você foi apenas uma gratificação a mais.

— Não — balbuciei.

Meu mundo era uma mortalha de silêncio e dúvida. Minha mente entrara em colapso e minha fé fora de novo colocada à prova, equilibrando-se desajeitada e perigosamente numa delgada corda sobre um precipício.

— V-você realmente vendeu a alma para ele, Rick? — indaguei com o peito em chamas, encarando-o por sobre o ombro. Richard franziu a testa com força, fechou as mãos e, trêmulo, confessou o inconfessável.

— Sim. Mas foi pela pedra-bloqueio e não para possuir seu corpo ou poder. Eu venderia quantas almas tivesse se isso fosse o suficiente para te salvar, Tesouro. Todas as loucuras que fiz foram para que você sobrevivesse.

Tentei ignorar a sombra que cobria sua face e me obriguei a tapar os ouvidos para o desespero no seu tom de voz. Controlei na marra o ardor das labaredas do fogo da decepção que se alastravam rapidamente em meu espírito.

— Não percebeu ainda que está protegendo o verdadeiro inimigo? — bradava o diabo. — Assim que o sol nascer, Richard vai te eliminar e ser idolatrado por essa raça inferior. Ele só almeja o poder!

— Ele está jogando conosco, Nina! — retrucava Rick.

— Ele vai te matar assim que isso tudo acabar, Nina — satanás destacava cada palavra com força.

— Não! — Rick esbravejou e suas mãos trêmulas desataram a me puxar em direção ao portal, mas ele não me encarava mais. Novo sinal de alerta, ainda mais pungente que os anteriores, ressoou dentro de mim.

— Você me traiu — murmurei desolada ao identificar a mentira estampada nas feições do homem que eu amava e, num rompante, soltei-me de sua pegada.

E o demônio não perdeu tempo!

Assim que saiu da minha proteção, o corpo de Richard foi violentamente sacudido no ar e arremessado contra o paredão de rochas reluzentes. No momento seguinte ele caía de boca ao chão, a testa coberta de sangue e o braço esquerdo retorcido num ângulo estranho. Mal conseguindo acompanhar a velocidade dos acontecimentos, eu o vi se contorcer, sufocar, os olhos revirando, perdendo os sentidos. E, por alguns instantes, nada senti. Congeladas dentro da súbita avalanche de incertezas, minha mente era um lugar vazio; minha alma, uma tela em branco.

Apática, vi Malazar atacar para matar. Uma ira desmedida até mesmo para o demônio e podia jurar que existia algo a mais em andamento... Malazar parecia ansioso. Mais do que isso. Estava desesperado em acabar com a vida de Richard. Por que o demônio perderia seu tempo precioso eliminando um mero zirquiniano? O que estava acontecendo ali, afinal?

— Morra! — O demônio tinha os olhos mais escuros do que nunca.

— A-acredite em mim, Tesouro, e-eu...

Voltei a mim ao vê-lo caído, clamando, e, pela primeira vez na vida, indefeso. O azul hipnótico de seus olhos faiscava em meio a poças d'água de desamparo e despedida. *Lágrimas...* Com elas, Richard tentava ocultar aquilo que lhe era tão novo quanto o sentimento que efervescia bruscamente em minha mente e coração.

Suas lágrimas, minhas verdades. Seu sofrimento, minha libertação.

Um trovão altíssimo reverberou pela catacumba, pegando-nos de surpresa. Em uma fração de segundo, o demônio se traiu ao checar o céu escuro de *Zyrk* e vasculhar o ar quando Richard fechou os olhos. Havia desespero refletido em seu semblante. Malazar ainda tentou disfarçar ao perceber que eu o observava atentamente. Tarde demais. Ele tinha cometido o grande erro.

"Acredite em mim."

As últimas palavras de Rick alcançaram um lugar até então intocado em meu coração e instantaneamente o ar ficou diferente. Eu estava diferente. Tremi com a súbita descarga no peito. O manto da névoa e da dúvida era removido e uma nova e surpreendente emoção, até então não compreendida, ganhava espaço e se expandia em minhas células e espírito: *siga os sinais...*

Eu havia decifrado a charada!

CAPÍTULO 34

Siga os sinais!

Os meus sinais!

Minha morte salvaria a minha Morte. A Morte que dera significado à minha vida.

Todo o tempo os sinais estiveram ali debaixo do meu nariz, buzinando, cutucando, piscando, e eu, na cegueira e egoísmo de minha fuga e tormentos, recusei-me a enxergá-los. Muito mais do que parar de fugir, eu necessitava ver além. Mais do que tentar sobreviver, eu precisava enxergar o invisível, compreender o incompreensível, contentar-me com o descontentamento. A batalha havia acabado de fato, mas por outra razão. Era hora de largar as armas e, de bom grado, dar boas-vindas à minha morte. Ver através dela e enxergar a nova vida que brotava de sua beleza exuberante.

Era o momento de confiar e simplesmente... *Aceitar e acreditar!*

Aceitar que sempre existiu uma explicação para tudo.

Uma vida não perdida, mas doada.

O caminho não sinuoso e acidentado, mas perfeito.

Meu destino não fatídico, mas libertador.

Acreditar que os meios justificaram tudo. Acreditar na força do amor. Acreditar que Richard falava a verdade!

Eu havia passado por tantas traições, mentiras e reviravoltas que minha mente, em sua luta insana para se defender dos ininterruptos ataques, acabou procurando refúgio e se enclausurando no casulo da desconfiança. Minha forma de autoproteção se transformara no meu ponto fraco e o demônio agora dele se valia.

— Solta ele! — bradei ao ver o estado crítico de Richard. Ele não suportaria aquele ataque por muito tempo. — Tenho algo de valor para ofertar desde que não mate o resgatador!

— Obrigado, filhinha. Não tenho interesse.

— Prefere o duvidoso ao certo? Além do mais, quem lhe garante que a energia de Richard será suficiente para romper de uma vez por todas a magia que protege a catacumba? — questionei com atrevimento.

Funcionou.

Malazar arregalou os olhos e interrompeu sua investida contra Richard, surpreso por eu ter decifrado seu plano.

— Vi a energia se desprender do corpo de Guimlel e entrar no seu quando Von der Hess o matou, a força que você adquire após a morte de alguém que tenha lhe vendido a alma — disse sem rodeios e respirei aliviada ao detectar que Richard recuperava os sentidos. — Era essa energia que pretendia sugar de Richard após matá-lo.

— E o que você tem a me oferecer? — indagou satanás que, astuto, manteve-se o tempo todo entre mim e Richard, impedindo que eu me aproximasse do meu guerreiro.

— Tudo.

A fisionomia de Malazar brilhou com a inesperada resposta.

— Nina, não! — Rick pediu, as pupilas verticais ao perceber meu semblante grave e determinado. Ele me conhecia o suficiente para compreender que eu estava decidida a ir além.

— A vida de Richard vale mais que a minha e o amor que ele carrega no peito sempre foi muito maior que o meu. Foi ele quem doou a própria vida inúmeras vezes para salvar a pessoa amada. Foi ele quem cometeu loucuras inimagináveis, lutou contra Deus, o diabo e o mundo para que eu, a híbrida, continuasse a respirar — prossegui aos brados e escutei o caos tomar conta da multidão. Com o semblante urgente, Rick lutava para se colocar de pé. — Quero que todos saibam que eu acredito em Richard de todo o meu coração! Quero que todos testemunhem meu pedido de perdão por ter desconfiado dele ou da força do nosso amor. Richard pode ter cometido seus erros no passado e nem sempre ter tomado os melhores caminhos, mas deu provas suficientes do bom sentimento que nutre por mim. O fim justificou seus meios obtusos e eu o amo ainda mais por isso. Uma vez minha mãe disse que o verdadeiro amor podia nascer das situações mais improváveis. Ela não podia estar mais certa... — Senti toda a energia positiva do mundo me envolvendo em seus braços e, em algum lugar distante, podia jurar que Stela sorria para mim. — Quando vocês compreenderem as dores e prazeres que esse sentimento carrega consigo, perceberão que amar é muito mais que tocar ou sentir. Amar é acreditar, confiar, é aceitar os defeitos do ser amado como virtude ou mesmo um grande milagre, amar é se doar sem querer nada em troca. — Com o peito arfando de emoção, sorri para Rick, plenamente consciente de que tomava a atitude correta pela primeira vez na vida. Meu espírito transbordava em júbilo pela inesperada compreensão do significado de tudo: minha vida doada seria o ponto divisório daquele povo, a ponte para um novo rumo, um novo caminho, uma nova história. Caberia a eles traçá-la. — Malazar, quero que poupe a vida de Richard e, em troca, eu lhe ofereço a minha alma. Não quero nada para mim. Desejo apenas que *Zyrk* entenda de uma vez por todas o significado da palavra amor.

— Não! — A voz de Richard saiu rouca, num misto de pavor e desespero.

Silêncio sepulcral.

— Um sacrifício?!? — Malazar balbuciou e seus olhos negros ficaram imensos. — NÃO!!!!!!!!!!!!!!!!!!

Um novo e violento terremoto e a noite ficou ainda mais escura. Um vento cortante varreu o lugar numa fração de segundos. Pedras rolavam montanha abaixo, as trincas do chão se transformavam em fendas imensas e engoliam tudo pelo caminho. Apavorados, os zirquinianos que escapavam da inesperada tragédia berravam e corriam feito loucos, gerando um caos ainda maior.

Céus! Zyrk *estava sendo aniquilada por minha causa?*

O demônio soltou uma gargalhada estranha, abriu a boca desproporcionalmente e começou a engolir os milhares de espectros que agora se debatiam e uivavam alto. Num piscar de olhos, imensas garras, dentes e escamas se materializavam à minha frente. O ganido estrondoso confirmava: Malazar novamente havia se transformado!

— Por Tyron! — Richard praguejou alto ao ver que estávamos encurralados. Sem sucesso, tentou me puxar para trás quando o chão à minha frente foi varrido pelas garras do animal.

— Fique, Rick! É a mim que ele quis desde o início — ordenei com determinação, encarando a fera e enfrentando-a com fé e coragem. E, principalmente, com o sentimento pleno do amor.

Finalmente chegara o momento.

Em meio ao caos e ao mundo que desmoronava ao redor, a monstruosa fera lentamente se abaixou, aproximou-se de mim e estancou bem à minha frente. Pude estudá-la em detalhes: sua cabeça deformada pendulando de um lado para outro, as narinas intrigadas se abrindo e fechando com fúria, a névoa branca dentro de seus gigantescos olhos. Minhas mãos suavam copiosamente, meu coração bombardeava minha caixa torácica. Senti minhas pupilas vibrarem com força descomunal e então tudo fez sentido: o animal era mais que cego. *Era amaldiçoado e infeliz!* E, dentro do show de horrores, presenciei o milagre acontecer.

Só que dentro de mim.

Finalmente entendi que, apesar de toda a compreensão que me invadia, eu enxergava apenas os detalhes e não o todo, e era ainda mais cega que o pobre monstro. Tanto quis encontrar os sinais que não percebi que mergulhara mais fundo na escuridão.

E me perdia.

Eu permanecia cega porque estava perto demais. Tive que me afastar, me doar, para finalmente ver e entender. Estremeci de emoção ao compreender que, se nós desejarmos algo de maneira altruísta e com todo o fervor da nossa alma, poderemos ser presenteados com a luz divina dentro da nossa própria escuridão. Pontos de luz brilhante, como pequenos pixels de amor. Centenas. Milhares deles se unindo e formando a grande imagem, a verdadeira projeção.

Era mais que acreditar, aceitar ou doar.

A palavra que fazia minhas mãos queimarem nas brasas do bálsamo e meu espírito vibrar de felicidade tinha um nome: *Perdão.*

Era o momento de perdoar e seguir em frente, aonde quer que fosse esse novo caminho.

Perdoar Dale, meu pai biológico, que nunca me desejou e que me gerou num gesto de puro egoísmo.

Perdoar minha mãe que, a despeito de seu amor guerreiro e de ter doado sua vida por mim, não dividiu suas dores comigo, não me contou seus segredos, não confiou em mim.

Perdoar Shakur, meu pai adotivo, que, mesmo sendo um zirquiniano, foi capaz de amar minha mãe e a mim mais profundamente do que qualquer humano teria conseguido, mas que, tomado por rancor, permitiu se enclausurar em seu orgulho e corpo destruídos e se esquecer de mim.

Perdoar Richard, meu grande amor, que apesar de ter me dado provas do sentimento poderoso que o movia, dando a vida por mim diversas vezes, não confiou em mim e traiu o único sentimento que ainda me fazia ficar de pé e não desistir: a esperança.

Perdoar os zirquinianos, Tyron e a maldição milenar que a poderosa divindade havia imposto àquele povo pela dor que sofrera ao perder seu filho amado. Tyron não havia percebido que sua tristeza se transformou no castigo de tantos inocentes e alimentou o ódio das pobres almas por anos sem fim.

E, principalmente, perdoar Malazar. A infeliz criatura ainda pagava pelas faltas do passado. Suas ações detestáveis do presente nada mais eram do que o reflexo da dor e da tristeza envoltas numa couraça bestial de ódio avassalador. Um erro não se corrige com outro. Malazar era a prova viva disso e, se Tyron não era capaz de enxergar a própria falha, eu seria.

— Arrrh! — O animal pareceu pressentir algo e bateu com o bico no chão, fazendo-me desequilibrar. Eu despenquei, caindo sentada pela fenda criada entre as grandes pedras reluzentes. Ainda consegui jogar o corpo para trás e me segurar, deixando uma das minhas pernas perigosamente flutuando no ar. Richard tentou se aproximar, mas a fera nos afastou, colocando-se entre nós.

— Nina! — Rick tinha o maxilar contraído, as pupilas verticais, e, muito ferido, mal conseguia se arrastar. Suas ações desencontradas confirmavam seu desespero. Ele ainda queria chamar a atenção para si, mas, dessa vez, não adiantou.

Era o nosso confronto particular: Era a híbrida *versus* Malazar.

E Richard sabia disso melhor do que ninguém.

Por entre a cabeça do monstro, olhei para o meu guerreiro uma última vez. E sorri. Queria que ele compreendesse o que estava por detrás daquele sorriso: confiança, resignação. Precisava ardentemente que ele entendesse que eu estava bem, que minha partida seria por uma boa causa, que eu havia aceitado meu destino e que estava, pela primeira vez desde o meu nascimento, plena e feliz.

— Nãooo!!! — Rick gritou em desespero.

Os berros de Richard se desintegraram em meio ao estrondoso ganido da besta. Agitada, ela não perdeu tempo e, após bufar com força, levou o pescoço para trás, no típico movimento de impulsão antes do golpe final.

Era o momento.

E aguardei.

Entretanto, não fechei os olhos dessa vez. Eu queria ver, presenciar o fim daquela jornada excepcional que transformara minha vida. Minhas mãos eram duas bolas de fogo e tremiam como nunca, mas, com toda certeza, não mais de medo. Era um tremor de pena, de perdão, de despedida. O nervosismo do momento fez, como sempre, a cena se desenrolar em flashes fragmentados: os uivos do vento, a impiedosa

arma de dentes pontiagudos vindo com fúria e velocidade titânicas em minha direção, a terra tremendo, os berros de pavor de Richard, o chão trincando, minhas mãos suspensas no ar, a fera se aproximando, meus dedos tocando suas escamas, sua pele enrugada, um brilho ofuscante, um arquejo alto, as pálpebras do animal se fechando com o meu toque e tornando a abrir, agora surpreendentemente adornadas com duas pupilas reptilianas e não mais cegas, um silêncio reconfortante, seu gemido de satisfação ao virar a cabeça gigantesca para o sol e contemplá-lo por um tempo indefinido antes de desintegrar e desaparecer, como mágica, bem diante dos meus olhos.

Uma luz...

Dentro do espetáculo de ilusionismo que eu acabara de presenciar, o brando sol de *Zyrk* despontava no horizonte, o vento cessara e o chão parara de tremer. Silêncio. Como eu, o lugar estava devastado, estava em choque. Tive que piscar várias vezes e ainda assim não tinha certeza do que havia acabado de acontecer, do destino conferido a *Zyrk*, Malazar ou aos seus espectros. Apenas uma ideia martelava em minha mente: *eu estava viva!*

— Por Tyron! — balbuciou Richard, mal conseguindo respirar. Estremeci ao ver seu péssimo estado. Havia sangue por todo o corpo e a perna esquerda estava escurecida, em estado crítico.

— Rick! — Corri em sua direção, abraçando-o como nunca antes. Podia sentir meu amor por ele expandindo-se dentro do peito a ponto de me sufocar. Ele afundou o rosto na curva do meu ombro e, após soltar um gemido, acariciou meus ombros e pescoço. — Nós conseguimos, Rick! — soltei exultante, mas ele nada respondeu e apenas suspirou baixinho.

— A híbrida derrotou Malazar! — Escutei a notícia berrada ao longe. Os zirquinianos retornavam à catacumba em estado de êxtase.

— Ela ainda está viva? — Uma voz angulosa se sobrepujava às demais.

— Não dá para ver — responderam vários homens em uníssono. — Richard está com ela! Vejam! Rick conseguiu!

Imediatamente as mãos de Richard tremeram, suas unhas afundaram em minha pele e seu corpo enrijeceu abaixo do meu.

— O que houve? — indaguei ao perceber sua estranha reação. Sem se afastar de mim e com a cabeça ainda afundada em meu peito, Richard arfou alto. O calafrio de perigo, aquele que me gelava da cabeça aos pés e turvava a minha visão, estava de volta. Meu pulso deu o alerta. — Rick, o que está acontecendo? O quê...? — tentei me soltar, mas ele me imobilizava, segurando meus braços com força. Virei o rosto e, finalmente, consegui pousar meus olhos nos dele. Suas pupilas vibraram num curto-circuito avassalador até ficarem completamente verticais e, naquele momento, compreendi a gravidade da situação.

E tive medo.

— E-eu não queria que fosse assim... — O azul de seus olhos escureceu e sua voz estava mais fria que o gelo.

— Richard, o que está havendo?

— É preciso — murmurou e pressionou meu corpo contra o dele.

Lá embaixo uma multidão se aproximava de nós.

— Me solta! — rosnei e, com sua força descomunal, ele segurou meus braços com apenas uma das mãos. Meu raciocínio se liquefez e, perdida em meio ao caos que tomava conta da minha mente, vi pelo canto dos olhos as cicatrizes da outra mão se aproximando do meu peito. Algo reluziu em sua mão. Tremi de pavor. — Não!

— Sinto muito, Tesouro. Se pudesse ter sido diferente, eu...

Não. Não. Não!

— Rick, você é bom. — Meu coração esmurrava-me o peito. Nada daquilo fazia sentido. *Ou fazia? John tinha me alertado. Malazar havia dito a verdade, afinal? Richard só estava esperando o momento certo para me matar e ser o senhor absoluto de* Zyrk? — Por que está fazendo isso comigo depois de tudo?

— Eu sou a sua Morte.

— Não, não é! Você é a minha vida — esbravejei nervosa e desorientada.

— Não dificulte as coisas, Nina — balbuciou ele com a expressão sombria e o maxilar trincado.

— A híbrida! — Novos berros ao longe. — Vejam se ela ainda está viva!

Richard liberou um som áspero por entre os dentes travados e os olhos azul-turquesa mais lindos do universo se fecharam para mim. Senti sua mão se mover com destreza, o ar sair com força por minha garganta, o grito perdido em algum lugar no caminho entre a esperança e a incompreensão, e uma dor ardente me acertou em cheio. A fisgada lancinante começou no meu coração e se alastrou como veneno pelo meu abdome, membros e espírito.

— Oh! Rick, o quê...? — Levei as mãos ao peito e meus dedos se depararam com um vasto rastro de sangue e decepção.

— Sinto muito. — Suas mãos trêmulas seguravam um pequenino punhal, o cabo era feito de ouro e a lâmina, de cristal, e estavam sujas do meu sangue, ainda quente e brilhante.

— Por... quê? — perguntei sentindo a dor da minha alma se transformar numa dormência fria e cruel.

Richard me soltou e, de cabeça baixa, recuou. Ouvi outros berros ao fundo, talvez bramidos de entusiasmo, mas não consegui captar o que diziam em meu estado de torpor e confusão máximos. O sangue esvaía em abundância da ferida aberta em meu peito, na chaga de um amor impossível e amaldiçoado. Tentei respirar, mas também não encontrei oxigênio. Eu sufocava e não sentia mais nada. Mãos, pernas, mente, tudo anestesiado.

— Acabou! A híbrida está morta! — A voz rouca de Richard anunciava a notícia bombástica para a multidão que se aproximava. Escutei gritos de comemoração e seu nome ser ovacionado, ecoando com força pela grande catacumba.

Congelada dentro do estado de choque da razão e do espírito, meus joelhos dobraram e eu tombei. Antes de fechar os olhos, encarei uma última vez minha Morte. A expressão sombria de Rick tinha dado lugar a uma curvada e arrasada. Sua testa era um amontoado de rugas, seu peitoral subia e descia freneticamente, e ele tinha a face branca como cera. O vermelho vivo que dominava-lhe as órbitas dava-me a impressão de que ele chorava lágrimas de sangue.

Ele também sofria?

Ri da nossa desgraça.

A rajada de compreensão foi o golpe de misericórdia na semente de esperança que eu me negava a abandonar. Ela estava morta. Definitivamente sepultada. A dor insuportável que se alastrava por todas as minhas células, o final triste e previsível, a relação condenada desde o início, tudo fazia sentido agora.

O que esperar de diferente quando você se apaixona por sua própria... Morte?

Suspirei uma última vez antes de sentir minha face atingir o chão duro, um túmulo de sonhos perdidos e vitórias conquistadas. Em minhas piscadas cada vez mais lentas, presenciei a tela da vida perder o foco e o mundo escurecer. Mas havia cor num local distante... Pinceladas do azul-celeste da felicidade se misturavam ao verde-esmeralda do conforto e da certeza. Se minha vida germinou dúvidas e perdas, minha morte era a certeza da paz. *Zyrk* sobreviveria. O equilíbrio entre as quatro dimensões tinha sido restaurado. A chance de um recomeço entre o céu, o inferno e as duas dimensões intermediárias. Saber que fui a ponte e o caminho para essa união fez meu espírito regozijar de satisfação.

Estava na hora de partir.

Eu decifrara os sinais e havia cumprido a minha missão.

Escutei o gemido de desespero ao meu lado ser camuflado à força. Sorri ao perceber que o grande buraco negro se transformara em uma bola de luz branca que agora me envolvia em seu silêncio de despedida. Suspirei alto.

Então meu coração parou.

E eu...

Morri.

CAPÍTULO 35

Tum-tum… tum-tum… tum-tum…

CAPÍTULO 36

Tum-tum... tum-tum... tum-tum...

CAPÍTULO 37

Tum-tum… tum-tum… tum-tum…

CAPÍTULO 38

— OH. MY. GOD. Olha isso! Tá acordando, enfermeira! — Aquela voz espevitada parecia pertencer a um sonho distante. Muito distante...

Melly?!?

— Fique de olho nela. Vou chamar a doutora.

Tentei me mexer, mas meu corpo parecia feito de chumbo. Tudo que consegui foi abrir os olhos.

— Finalmente, esquisita! — As sardas de Melly entravam em foco e me saudavam.

— Melly? Eu estou viva? — indaguei num misto de surpresa e atordoamento. Fiz uma rápida varredura ao redor. O ambiente gelado, verde e branco, os bips de uma máquina ligada ao lado da minha cabeça e os fios saindo de diversas partes do meu corpo confirmavam se tratar de um quarto de hospital.

— V-você se lembra de mim? — gaguejou ela, os olhos brilhantes atrás das lágrimas. Ela parecia ainda mais ruiva do que me recordava.

— Claro! Que eu me lembre, não tinha outra amiga tão sem noção e divertida quanto você — brinquei para disfarçar a emoção que subitamente me tomava.

— Ah, Nina! — Melly me abraçou pra valer.

— Ai! — Senti uma fisgada no braço esquerdo. Ela havia repuxado uma sonda ao se debruçar sobre mim.

— Desculpe! É que eu tô tão...

— Eu também. — Consegui segurar sua mão e sorrir.

— Graças a Deus! Todos tinham receio de que perderia a memória depois de tanto tempo e... — Melly estava emotiva.

Tanto tempo?

— Há quanto tempo estou aqui?

— Acho que era pra médica ter essa conversa contigo e... — Ela se esquivou.

— Fala, Melly! — Precisava entender até onde ia aquela farsa.

— Mais de três meses, gata. Desde o acidente no teatro. — Minha amiga remexia os dedos sem parar, desconfortável por tocar no assunto. — Cê não lembra?

— Mais ou menos — menti.

Como eu estaria há tanto tempo ali se havia passado os últimos meses refém de zirquinianos? Não podia lhe contar a fantástica história porque na certa ela acharia que minha razão havia sido seriamente comprometida. Ao mesmo tempo, eu não podia ser forçada a apagar de minha mente a fase mais vibrante da minha vida, aceitar que tivesse sido apenas uma alucinação.

— Eles me chamaram hoje aqui porque pretendiam te tirar do coma induzido e...

— Coma?

— Coma.

— Você esteve comigo nas outras vezes, Melly? — Minha ansiedade e meu interrogatório cresciam de mãos dadas com meus batimentos cardíacos. — Você me viu? Viu minha mãe?

— Sua mãe... Disseram que foi transferida para um outro hospital, mas não informaram qual. Juro que eu quase esganei geral por aqui para me dar essa informação, mas ninguém sabia de nada. Um bando de lesos! — rosnou. — Sinto muito, Nina. Perdi a conta do número de vezes que vim te visitar, mas eles só me deixavam te ver através daquele vidro embaçado do Tratamento Intensivo. Diziam que seu caso era muito grave e que eu não podia atestar que era amiga da família etc. Papai disse que nunca viu um hospital com tanta burocracia. Pensou até em abrir um processo para remover você daqui, mas aí, há duas semanas, recebemos uma ligação que você havia saído do CTI e que já poderia receber visitas no quarto.

— Então, enquanto eu estava no CTI, você nunca me viu pra valer?

— Eu vi sim! — retrucou Melly, repuxou os lábios e acabou confessando o que seria o bálsamo para a minha lógica em frangalhos: — Quer dizer, mais ou menos. Você ficava no boxe mais distante e estava sempre coberta, mas eu vi seus cabelos e...

Tive que segurar o sorriso que ameaçou escapar, no alívio em saber que não havia delirado e, ao mesmo tempo, na surpresa em ver que algum zirquiniano aprendera a arte do disfarce com a minha mãe. Melly achou ter me visto, mas eles a tinham enganado colocando alguém ou algum manequim com os cabelos semelhantes ao meu no lugar. Eles sabiam que eu não tinha família e que ninguém procuraria por mim, a não ser algum amigo ou repórter atrás de matérias sensacionalistas na época do acidente.

— Tenho tanta fofoca pra te contar, amiga. Sabe quem a pescoçuda da Clarice tá namorando? — Melly mudou o rumo da conversa, apimentando-a como sempre, e, pra variar, respondeu sem me dar chances de qualquer palpite: — O Phil! — soltou com a voz esganiçada. — Você sabia que o Phil sofreu um acidente brabo de carro? Ops! Foi mal! É claro que não! Você tava aqui... — soltou sem graça. Mordi os lábios e segurei a gargalhada. Melly continuava a mesma figura ímpar, sem nunca me deixar responder e falando sempre por nós duas. — Só pode ter sido por isso! O coitado deve ter batido muito forte com a cabeça para querer namorar aquela *mocreia* orelhuda. — E continuava emendando uma frase na outra. — Ele quase morreu. O negócio foi sério, minha filha. Você precisa ver a cara inchada dele nas fotos do anuário do colégio. Parecia uma tartaruga com caxumba! — gargalhou. — Fiquei arrasada por você não estar na foto da turma, amiga.

— Eu também — disse com uma pontada de tristeza. Teria sido muito bom guardar uma recordação de algo normal do meu passado. Uma recordação de Melly e todos os demais colegas. Não consegui segurar a pergunta que me alfinetava: — Só eu não participei das fotos?

— Só — ela soltou com seu usual jeito displicente.

— Aqueles alunos novos também participaram?

— Ah, é! Já faz tanto tempo que quase me esqueci deles — disparou com caras e bocas. — Puf! Sumiram da noite pro dia!

— Sério?

— Sinto muito pelo seu anjo louro, amiga.

Coitada! Melly achava que eu continuava interessada no asqueroso do Kevin.

— Não houve nada entre nós. — Balancei a cabeça com nojo.

Ela sorriu, aliviada.

— Sabe, acho que ninguém acabou prestando muita atenção na saída deles. O mundo estava passando por uma época tão bizarra!

— Que época?

— A época em que "a morte tirou férias". — Fez uma cara dramática.

— Hã? — Gelei dos pés à cabeça com aquele comentário.

— Agora que as coisas retornaram ao normal eu... — Melly hesitou e olhou para as próprias mãos. — Tive medo que você tamb...

— Eu também o quê?

— Morreria — confessou. — Durante o tempo em que você estava no CTI, o mundo ficou muito estranho, sabe?

— Estranho como? Pode ser mais clara, Melly?

— As pessoas pararam de morrer, Nina! A mortalidade caiu vertiginosamente por quase dois meses em todos os lugares do planeta — ela soltou a notícia bombástica e começou a assentir com ênfase ao ver meus olhos dobrarem de tamanho. — Parece que fui eu quem bateu com

a cabeça agora, né? Tão dizendo que é lenda urbana. Mas é sério, amiga. As pessoas simplesmente não morriam. Não havia hospitais suficientes para comportar os feridos de guerras, os acidentados e doentes de todos os tipos. Foi o caos. Achei que seria o fim do mundo.

Céus! Os resgatadores devem ter deixado de "trabalhar" por causa da grande confusão que eu havia causado em Zyrk*!* Estremeci ao recordar as explicações de Richard sobre a função dos zirquinianos em manter o equilíbrio da Terra. Meu corpo encolheu num misto de saudade e amargura quando a imagem de seu rosto perfeito e atormentado surgiu em minha mente. Afundei no lugar, inquieta, ao imaginar o que haveria acontecido com *Zyrk* e seus habitantes a partir do dia do confronto com Malazar. Minha mente estava acelerada demais. *Como eu havia sobrevivido e chegado até ali?*

— Mas agora as funerárias e os cemitérios estão trabalhando em dobro para compensar as férias prolongadas. — Melly liberou uma risadinha e se empertigou no lugar com a entrada da médica no aposento.

— Bom dia, Nina!

Meu coração deu um salto. Eu reconhecia aquela voz que surgia atrás de mim. Tentei me virar, mas nenhum músculo respondeu.

— Infelizmente terá que se despedir de sua amiga, mocinha. O horário de visita acabou — explicou a voz.

— Sem problema. — Melly apertou a minha mão e me deu um beijo rápido antes de jogar a mochila nas costas e sair lépida e faceira. — Volto amanhã com mais novidades, amiga.

Ainda zonza, acompanhei seus movimentos até o momento em que ouvi a médica fechar a porta. Quando a delicada senhora de coque grisalho atrás do jaleco branco apareceu no meu campo de visão, quase surtei de felicidade.

— Leila!

— Olá, querida! — Ela segurou minhas mãos com vontade. — Eu sabia que conseguiria. Eu sempre acreditei.

— Mas e-eu não entendo... Como vim parar aqui? — Minha mente rodopiava num furacão de ideias e hipóteses absurdas, desesperada por entender a coerência entre causa e efeito dos conturbados fatos. Eu precisava da verdade. — O que aconteceu com *Zyrk*?

— Shhh! Acalme-se. Vou lhe dar todas as explicações, mas deverei ser breve. Hospital é um lugar com grande fluxo de zirquinianos e não posso ser vista por nenhum deles. — Fez um leve afago em meu rosto. — Graças a Tyron, *Zyrk* e seus habitantes sobreviveram à lenda!

— Seus habitantes...? — Balancei a cabeça com pesar ao me recordar de todas as mortes. — Tantos perderam a vida por minha causa. Tom, Shakur, Samantha, John e...

— Samantha está bem e John sobreviveu! — ela me interrompeu com um sorriso. — Foi por pouco, mas Labritya conseguiu salvá-lo. Por sinal, ele está ótimo. Fez as pazes com o pai e voltou a ser o principal resgatador de Storm! Soube que ele e Samantha voltaram a ser os bons amigos de infância e que estão inseparáveis desde então.

— Graças a Deus! — Uma descarga de felicidade e alívio jorrou em minhas veias. Ao menos para John a vida voltara ao normal. — E Wangor?

— Seu avô está bem, melhor do que nunca. É o único que sabe que você está viva, filha.

— Como assim?!?

— Todos os zirquinianos acreditam que você está morta, Nina. — Ela soltou um suspiro e fez sinal para que eu me acalmasse. — Vou explicar: *Zyrk* sobreviveu, mas está em reestruturação. Marmon foi o único clã eliminado por causa daquele abismo. Era uma comunicação com o *Vértice* que Von der Hess mantinha em segredo. Mas o albino desapareceu — acrescentou com semblante preocupado. — Simplesmente sumiu em meio à terrível batalha na catacumba! Alguns comentam que ele foi tragado pelos mensageiros interplanos quando o sol surgiu, mas ninguém tem certeza. — Deu de ombros. — Os demais clãs ganharam voz no Grande Conselho. As sombras estão passando por apurados processos de seleção e, aos poucos, estão sendo aceitas nos exércitos dos clãs. Muitas delas estão se unindo e formando comunidades independentes na periferia dos reinos. Agora isso é possível. Graças a você, querida.

— A mim?

— Sim, Nina. Agora não existem mais bestas terríveis habitando as nossas noites. Graças a você meu povo lentamente começa a se reerguer.

Vai demorar muito até chegarmos ao estágio de evolução tecnológica e emocional da segunda dimensão, mas demos um passo importante. Tyron finalmente se compadeceu de nós e muitos vislumbram bons sentimentos em evolução na minha espécie. — Ela abriu um sorriso amistoso. — Eu acredito que... ou melhor, eu tenho certeza que um dia seremos um povo melhor. O milagre da vida e do amor não é construído da noite para o dia, Nina. Ganhamos uma nova oportunidade, mas, ainda assim, esse reerguer deverá ser conquistado com ações diárias e muita dedicação. Isso consumirá tempo, quiçá, centenas de anos. Minha raça ainda tem muito chão pela frente e manter você viva seria um erro colossal, um risco que não poderíamos correr no momento único em que *Zyrk* se encontrava.

Ela segurou minhas mãos e olhou bem dentro dos meus olhos.

— Nina, se você "sobrevivesse" — destacou a palavra —, *Zyrk* ainda estaria em guerra. Meu povo permaneceria em um conflito infindável enquanto você existisse, lutando entre si por possuir você e seus poderes de híbrida. Lembre-se de que você ainda pode abrir a Lumini e que existem muitos exemplares vis em minha espécie. Assim, fazê-los acreditar que você estava morta era, sem sombra de dúvida, a única solução para tentar mantê-la viva. Mas era uma tentativa, uma aposta. Não sabíamos se você conseguiria sobreviver. Seu cérebro ficou mais tempo sem oxigênio que o aceitável para a espécie humana. — Ela arqueou as sobrancelhas grisalhas. — Rick deve ter entrado em desespero por causa disso, mas ele se esqueceu de um detalhe fundamental: *você é uma híbrida!*

Meu coração acelerou no peito ao escutar seu nome e, instintivamente, levei a mão à ferida que Richard me causou. Apesar de tudo, ela era a menor delas e, ainda assim, queimava-me por dentro. *O que haveria acontecido com ele? Teria se transformado no governante absoluto de* Zyrk*?* As perguntas dançavam em minha boca, aprisionadas pela onda de orgulho e dor.

— *Rododentrum porticum* — ela acelerou em explicar ao perceber a angústia refletida em meus olhos. — O punhal que Richard a feriu estava propositalmente embebido com uma toxina alquimicamente refinada a partir do néctar dessa planta rara que só é encontrada em uma região próxima ao Mar Negro. É um processo extremamente complexo.

— Propositalmente? — Minha pulsação reagiu e, sem perceber como, meu corpo readquiria força. Sentei-me na cama num rompante.

— Essa toxina faz o pulso desaparecer por algum tempo e assim forja uma paralisia aparentemente mortal, o suficiente para enganar qualquer médico humano.

— Enganar até as Mortes?

— Não. Mas aí entra a magia... E um pouco de estudo. — Piscou orgulhosa. — O *Rododentrum* em associação com o extrato da *Malis Vetis,* uma erva que só existe no *Vértice,* consegue enganar até o faro certeiro dos melhores resgatadores. Richard entrou em contato comigo na época em que você estava em Storm. Foi dele a ideia espetacular, minha querida. Ele veio me perguntar se havia alguma forma de fingirmos sua morte. Eu lhe expliquei que para conseguir a *Malis Vetis* ele teria que...

— Vender a alma a Malazar — completei arrasada, começando a unir os pontos e compreender os fatos.

— Sim, porque essa erva só existe no *Vértice.* Ninguém sai vivo do inferno se não vender a alma ao diabo, filha — assentiu ela com um semblante sombrio. — Ele saiu transtornado do nosso encontro, mas igualmente decidido. Foi ao *Vértice* e selou um pacto com o demônio. Entretanto, é praxe satanás dar uma Hox como atestado da negociação e aí teve outra ideia no caminho de volta. Richard decidiu não usar a erva. Ele se recordava que Guimlel tinha uma Hox semelhante àquela e então compreendeu que o mago já estivera no *Vértice* e fizera um pacto com o demônio em algum momento de sua vida. — Leila mirou a janela e seus olhinhos vagaram por um lugar distante, bem além das nuvens quase transparentes no céu azul. — Uma antiga fábula zirquiniana dizia que, se esfregarmos duas pedras-bloqueio, elas fazem a pessoa passar imperceptível dos nossos para sempre.

— E não a permitiria retornar a *Zyrk* — acrescentei num murmúrio.

— Se a fábula fosse verdadeira, sim.

Engoli em seco.

— As coisas podiam ter sido diferentes, mas não me arrependo de não ter esfregado aquelas pedras, Leila. Se eu tivesse feito conforme Rick pediu, jamais teria reencontrado minha mãe, conhecido Shakur e compreendido a razão da minha existência.

— Eu sei, filha. No final das contas, foi o melhor que poderia ter acontecido a *Zyrk* — assentiu ela com semblante pesaroso. — Mas as Hox acabaram se perdendo e vocês foram presos pelos homens do Grande Conselho. A única opção voltara a ser o plano anterior, mas Richard estava sem coragem de ir adiante e fincar o punhal de cristal em você. Labritya disse que Rick estava arrasado quando foi lhe entregar o Escaravelho de Hao que Shakur havia conseguido capturar. Contou que Richard ainda tentava arrumar um meio de salvá-la. Ele acreditava que, se *Zyrk* fosse eliminada, ele conseguiria mantê-la viva se a enviasse de volta para a segunda dimensão. Só te apunhalou porque não encontrou outra saída, minha querida.

— Foi tudo um blefe então? — questionei com o coração quicando e ameaçando sair pela boca.

Ela fez que sim com a cabeça.

— Como os meus não são capazes de conjecturar, no instante em que não capturaram sua energia vital, eles imediatamente a deram como morta. Entretanto, um detalhe no nosso plano era fundamental: a *Malis Vetis* não podia ficar muito tempo no seu organismo porque diminuiria fatalmente a oxigenação cerebral. E infelizmente foi o que aconteceu. — Soltou o ar com força. — O plano consistia em Richard mostrar para todos que ele estava se livrando da híbrida ao jogar seu corpo para a segunda dimensão através do portal pentagonal, mas, em meio à comemoração da vitória sobre Malazar, ele demorou mais que o imaginado para se livrar da presença dos nossos. Muitos queriam checar de perto e conferir se você estava mesmo morta. — Ela franziu a testa com pesar. — Quando eu e meus homens a capturamos, nós administramos o antídoto, mas não foi o suficiente. A toxina tinha ficado tempo demais no seu organismo e a conduzido ao coma profundo. Tivemos que trazê-la para cá, onde está escondida desde então.

— Então... Ele nunca quis me mat...

— Nunca — acelerada, ela me interrompeu. Suas mãos tremiam e remexia o coque a todo instante. Estava atipicamente tensa em me dar aquela informação. — Ele não admitia a hipótese de machucá-la, quanto mais matá-la. Mas tinha que partir dele. Todos, inclusive os magos do Grande Conselho, desconfiavam das estranhas atitudes de Richard e do sentimento que ele nutria por você. Sem contar que ainda existiam os malditos Escaravelhos de Hao para complicar a situação, caso Von der Hess conseguisse entrar na mente de Richard. O bruxo não poderia desconfiar que a morte da híbrida tinha sido uma grande farsa. Ele precisava sentir o momento, presenciar a expressão de dor e decepção na sua face quando ele a ferisse. Richard, por sua vez, jamais poderia lhe contar a verdade, e a única pessoa que sabia disso além de mim era Brita. — Ela franziu a testa, taciturna, e abaixou a cabeça. Encontrei mais que tensão em seu semblante. Havia dor e tristeza. Estremeci. — Labritya pediu que lhe dissesse que, apesar de tudo o que aconteceu, a noite de amor entre você e Rick foi verdadeira e não porque Malazar permitiu. Não mesmo!

— Mas eu quase morri na casa dela!

— Eu soube. — Suspirou com um nó na garganta. — Mas Brita disse que descobriu o porquê. Afirmou que era amor o que Richard nutria por você muito antes de fazer o pacto com o demônio.

— *Era?* — Uma pedra de gelo derretia no meu estômago. *Por que Leila colocou o verbo no tempo passado?* Finquei as unhas no lençol, mas a sensação era a de que despencava em queda vertiginosa.

— Nós o perdemos. O rapaz rebelde de coração grande... — Seus soluços amargurados pareciam ferroadas e tudo em mim ardia. — Sua energia foi aniquilada naquele dia.

— Richard... M-morreu?!?

Ela assentiu sem levantar a cabeça.

— Wangor, seu avô, foi o último a vê-lo. Ele disse que Richard estava muito ferido, desorientado, e se arrastava para as dunas de vento do Muad carregando o corpo de Shakur nos braços quando então foi interceptado por Kevin e seus homens clamando por vingança. Eles discutiram, mas Rick nem tentou se defender. Deixou-se matar ali mesmo.

Richard estava...

— Morto... — Meu sussurro foi um gemido sem força, triste, um pranto de despedida transformado em pó e silêncio.

Achei que ia trincar, partir em milhares de pedaços e definitivamente me desintegrar no ar, mas, ao contrário, senti-me infinita naquele instante. Eu tinha ido ao fundo do abismo, havia mergulhado mais fundo na escuridão que qualquer adolescente, rompido barreiras interdimensionais, sobrevivido a traições, lendas, perdas e ao maior de todos os carmas: a minha própria existência. Agora era a hora de acreditar nos meus atos, no milagre de um novo dia, do reabrir de olhos, do constante poder de transformar uma vida estilhaçada em um legado de esperança e renovação, o que somos, segundo por segundo, pedaço por pedaço.

— Wangor levou o corpo de Richard para ser embalsamado em Windston.

— Windston? — questionei ainda mais desorientada. — Mas meu avô odiava ele.

— Isso foi antes de Wangor ter acesso aos fatos. Brita teve de lhe contar tudo porque seu avô, assim como a *neta* — frisou a última palavra —, quando coloca uma coisa na cabeça não há quem remova. Ele ameaçou mandar homens atrás do seu corpo, Nina. Também queria embalsamá-la com honras zirquinianas e isso seria um tremendo perigo ao nosso plano — explicou. — Wangor pediu para lhe dizer que estava errado quanto ao caráter de Richard, que passou a admirar sua bravura e que, se Rick estivesse vivo, consentiria de bom grado o seu relacionamento com o antigo resgatador principal de Thron.

Aturdida demais com a notícia, fechei os olhos e levei as mãos ao rosto, mas estranhei ao não encontrar lágrimas ou dor. Uma emoção nova e entorpecente de súbito me invadia, um misto de gratidão, admiração e amor em sua mais pura forma. Novamente Rick fizera tudo por mim. Minha Morte dera sua vida para me manter viva. Eu poderia viver mil anos e ainda assim não teria como retribuir o sentimento avassalador com que fui inundada. Regozijei internamente, repleta de orgulho. Eu amei um bravo. E por ele fui amada. Richard era um guerreiro e, como tal, sua declaração de amor foi feita através de atos e não de palavras.

— Wangor sente muito pela atitude de Dale, seu pai biológico, mas diz que isso não alterou o bom sentimento que nutre por você, filha. Enviou-lhe um pedido: enquanto viver, gostaria de encontrá-la todo dia 13 de maio do calendário humano, que, segundo ele, foi o dia em que você o acordou, o dia em que ele renasceu. Wangor disse que gostaria de fazer parte das boas recordações da sua vida, assim como você já é da existência dele.

— Não serei mais caçada a partir de agora?

— Tenho minhas dúvidas, apesar do momento de calmaria em *Zyrk*. — Leila fechou os olhos e balançou a cabeça em negativa. — Terá que ficar sempre atenta. Deverá utilizar-se de sua capacidade receptiva para...

— Fugir — concluí, repentinamente compreendendo o que ela queria me dizer: eu havia sobrevivido, e isso significava que eu deveria evitar ao máximo os zirquinianos pelo caminho. Permaneceria condenada a uma existência solitária, minha antiga vida de fugitiva...

Adeus faculdade ou sonhos de uma vida normal. Adeus, Melly.

— Recuperei alguns pertences seus e de sua mãe que estavam no antigo apartamento, como álbuns de fotos, roupas e joias. É arriscado demais retornar ao local. Já tenho tudo acertado: nova identidade, passaporte, dinheiro para recomeçar uma vida decente, mas terá que se virar por conta própria a partir de então. — Sua expressão estava taciturna.

— Isso é uma despedida, não é?

— Provavelmente, minha querida. — A voz de Leila ficou rouca. — Qualquer encontro não é seguro para nenhuma de nós duas.

— Entendo — balbuciei. Jamais permitiria colocar a vida de Leila em risco também.

— Assim como não é seguro permanecer muito tempo em um mesmo lugar — finalizou.

Fechei os olhos e sorri com a ironia do destino.

Nômade.

Nesse quesito eu era mestre.

CAPÍTULO 39

13 de maio, quatro anos depois.

— Bem-vinda à Holanda, senhorita Grace Andrews! — saudou-me pela segunda vez o fiscal da barreira alfandegária após carimbar meu passaporte, trazendo-me de volta à Terra. Agradeci com um sorriso mais amarelo que a minha camiseta. Quatro anos se passaram e ainda não me acostumara com o novo nome. Pior. Havia uma bola de tênis agarrada na boca do meu estômago desde que soubera onde seria nosso encontro naquele ano.

Por que, dentre tantos lugares no mundo, meu avô quis me encontrar logo ali?

Se meu coração já bombeava mais sangue que o normal devido à data mais aguardada no ano, estremecia da cabeça aos pés com a incrível coincidência.

Se fosse apenas uma coincidência...

Há aproximadamente quatro anos, foi ali, em Amsterdã, onde tudo começou.

E acabou.

Amsterdã presenciou o fim daquela outra vida, o fim daquela Nina inocente e imatura. E agora assistia ao ressurgimento de outra pessoa, determinada e resiliente.

— Praça Dam, por favor — pedi ao motorista do táxi.

Fazia calor e, presa num costumeiro engarrafamento, vi a multidão de ciclistas *cortando* o nosso carro sem a menor cerimônia. Por um momento me arrependi de não ter alugado uma bike e feito o mesmo. Seria fácil com a única bagagem de mão: minha mochila surrada. Mas meus nervos tinham vontade própria e me ordenavam a estar em condições decentes e não melada de suor quando abraçasse Wangor, meu único parente vivo e, fora Melly, a única pessoa que se importava comigo no mundo. Tentando controlar a ansiedade a todo custo, abri a janela do carro e respirei fundo. Deixei o sol acariciar meu rosto e aquecer minha pele e espírito congelados. O motorista não reclamou. Pelo contrário, pareceu satisfeito em desligar o ar-condicionado do veículo e remover o casaco. Quando me deparei com seus braços musculosos e lotados de tatuagens foi quase impossível não compará-las às cicatrizes de Richard. Fechei os olhos por um momento e suspirei, compreendendo o quanto eu havia ficado parecida com a pessoa que, a despeito de toda força contrária, eu ainda amava. A diferença é que as minhas marcas eram internas, difíceis de curar, disfarçáveis. Tatuadas na alma.

Meu celular tocou.

— Ainda faltam dez dias, Melly! — comecei ao reconhecer o número. — Estarei aí no dia do seu aniversário. Prometo.

— Corrigindo: faltam *apenas* nove dias e vinte e duas horas! Não sei onde eu tava com a cabeça para ter arrumado uma cigana ingrata como minha melhor amiga! — bufou ela do outro lado da linha.

— Quem mais te aguentaria?

— Minha memória não está das melhores e esqueci a lista em casa. — Ela riu. — Tá aonde agora, gata?

— Amsterdã.

— Não era Versalhes?

— Pediram para que eu ciceroneasse um cliente aqui — menti.

— Esse emprego de guia turístico que você arrumou é um horror! Estão explorando sua boa vontade. Não para quieta!

— Prefiro assim. Não saberia viver de maneira diferente, Melly.

— Eu sei. — Silêncio por um instante. De repente, soltou espevitada: — Sabe o que eu encontrei num celular antigo? — E acrescentou antes mesmo que eu respondesse: — Uma foto da nossa turma onde você estava! Foi uma que a Sra. Nancy bateu sem querer com o meu aparelho! Estava todo mundo lá, inclusive aqueles alunos de passagem meteórica pelo colégio.

Meu pulso deu um salto e me esqueci de como respirar. Era tudo que eu mais queria na vida: *uma recordação de Richard.*

— T-todos eles? — gaguejei.

— Sim... Hum... Mais ou menos.

— Como assim?

— Você acredita que *os quatro* saíram de cabeça baixa? Inacreditável, né? Mas estavam lá sim.

Nova punhalada no peito. Recordei-me instantaneamente da única foto que possuía com minha mãe e Ismael, aquela que Stela guardara como um tesouro entre as suas coisas. Ela havia se transformado em um papel em branco, apagado pela bruxaria maldita de Von der Hess. *Não haveria nenhum registro da existência deles em minha vida.*

— Nina?

Não consegui responder com a onda de desgosto que me invadia.

— Nina, tudo bem com você? — Melly percebeu minha reação.

— Tudo.

— Tô com saudades, amiga.

— Eu também — murmurei e tratei de melhorar meu ânimo. — Estou cheia de novidades pra contar.

— Rá! Novidades?!? Cinco minutos dá e sobra se você resolver me contar tudo o que te aconteceu nos últimos dois meses! — Sua gargalhada foi subitamente interrompida. — Peraí! Não acredito! Tá pegando alguém? É o Brat? Finalmente deu uma chance pro coitado?

— Não, Melly! Quantas vezes já falei que o Brat é apenas um bom colega de trabalho?

— Só porque você quer. O cara tá amarradão na sua.

— Trinnn! Fim de assunto.

— Você é caso perdido, Nina Scott! — reclamou. — Tem que aproveitar enquanto ainda é gata. Depois a pele murcha, os peitos e a bunda caem...

Encolhi de tristeza ao escutar meu verdadeiro nome. Minha melhor amiga não sabia que Nina Scott havia morrido e dado lugar à Grace Andrews.

— Acabou, mamãe? — interrompi antes que ela resolvesse me dar seus conselhos intermináveis e ultra sem pé nem cabeça.

— Desperdício... — Escutei seu resmungar baixinho, mas acatou meu pedido. — Vê se chega antes, tá? As aulas acabam na sexta-feira.

— Uau! Dra. Melanie Baylor! Minha melhor amiga será uma advogada!

— Pra te livrar da garra desses patrões escravocratas!

Foi a minha vez de gargalhar alto. Eu amava Melly do fundo do meu coração. Só ela conseguia a façanha de me deixar leve daquele jeito.

— Chegamos — avisou o motorista.

— Vou ter que desligar.

— Êpa! Que voz máscula é essa aí?

— Melly, você vive no cio!

— Talvez — escutei sua risadinha ao fundo. — Tchau.

— Até, amiga!

Paguei a corrida e quando dei por mim, fui surpreendida por novo jorro de emoção. Minha vida havia se transformado, eu não era mais a Nina e, ainda assim, naquele piscar de olhos, os quatro anos de luto e recordações se desintegraram. Tudo parecia ter voltado no tempo e acontecido no dia anterior. Olhei pela janela da Mercedes prata e

um show de malabarismo com facas, semelhante ao que eu havia presenciado no dia em que tudo começou, desenrolava-se bem à minha frente. Engoli em seco e saí do carro com o coração trepidando como uma britadeira enlouquecida. Virei o rosto e acelerei as passadas, sem coragem de assistir ao espetáculo em andamento. Senti-me covarde ao perceber que ainda não conseguia encarar meu passado e caminhei em direção oposta. Olhei ao redor, conferi as horas e estranhei. Como nos anos anteriores, Wangor já deveria estar me aguardando com seu largo sorriso no rosto. O programado seria ele me encontrar na parte da manhã para podermos passar mais tempo juntos e, por questões de segurança, meu avô retornaria a *Zyrk* ainda no mesmo dia. Chequei mais uma vez as redondezas, mas nada.

E esperei.

Esperei.

Já passava do meio-dia e as horas começavam a exterminar meus nervos. Comecei a imaginar possíveis respostas para aquele atraso. *Seria mesmo a Praça Dam a que ele havia se referido? Teria acontecido algum problema de última hora e não teve como enviar Zymir, o único a quem confiara seu esquema, para me avisar?* E a possibilidade que me atormentava: *Teria acontecido algo sério com ele?*

A tarde veio ao meu encontro carregando um sentimento de desesperança nos braços: *nem sinal de Wangor!* Quando a noite chegasse eu não poderia mais ficar ali. As instáveis horas por vezes pareciam voar como centésimos de segundo, noutras arrastavam-se como séculos. Minhas mãos suavam de aflição, meu estômago se contraía em agonia pela espera interminável. Sem saber o que fazer para controlar meu crescente nervosismo, resolvi circular o obelisco de mármore situado no centro da praça. Checando cada pessoa que surgia, caminhei em sentido horário, e na *milésima* volta decidi apoiar as costas num dos leões que guardam a praça.

O tempo passava e, com ele, minhas últimas gotas de otimismo eram cruelmente aniquiladas. O sol se inclinava no horizonte e o número de pessoas caía rapidamente. Em poucos minutos teria que ir embora e levar novo peso na mochila: decepção. Um sopro gelado atingiu minha nuca e meu corpo arrepiou por inteiro. Instintivamente meus olhos se arregalaram e eu me virei, na expectativa de que o calafrio fosse a anunciação da chegada de meu avô.

Ou de algum zirquiniano!

Apesar de Leila me alertar para a perigosa presença dos zirquinianos, ainda não entendia o porquê de ter me deparado com muito poucos deles desde que retornara da terceira dimensão. *Teria perdido minha capacidade receptiva ou era "a morte" que passava longe de mim desde então?* Obrigava-me a pensar de maneira otimista. Uma delgada capa de fé afirmava que agora eu trilhava um caminho de luz, de vida.

Olhei ao redor e me encolhi com a real constatação: nuvens negras no céu! O vento frio era sinal de uma tempestade a caminho, e não de algum zirquiniano por perto. Saquei meu casaco da mochila e, segurando a dor em meu peito a todo custo, aguardei mais um pouco. Com exceção do show de facas que continuava a arrancar gritos de delírio da pequena roda de espectadores, as pessoas se dispersavam rapidamente, e a praça, assim como a minha esperança, tornara-se um imenso vazio.

Respirei fundo e tomei uma decisão: se ia seguir em frente, ao menos eu teria que enfrentar meus fantasmas. Com passadas incertas, caminhei até a parte de fora da única roda de pessoas. *Você consegue, Nina!* Abri caminho por entre o amontoado de gente e me aproximei do artista em exibição.

Zooomp! Zooomp! O gemido surdo do ar sendo apunhalado. Fragmentado. *Zooomp!* O artista de rua em sua assustadora exibição com facas voadoras. Seu olhar concentrado ficando estranho, aéreo talvez.

Aquela situação estava mesmo acontecendo? De novo?!?

As cintilantes facas se movimentando com incrível rapidez. O homem se aproximando de mim. *Zooomp!* As lâminas afiadas se chocando, produzindo hipnóticas faíscas e gritos de delírio. O exibicionista se aproximando ainda mais. Novo calafrio e meu coração deu um salto mortal dentro do peito.

Céus! Não podia ser!

A atmosfera cinzenta, o inebriante tilintar e brilho das facas, o burburinho de excitação da plateia e... meu cérebro processando

as imagens com dificuldade. As facas letais cada vez mais perto. Meu estado de transe subitamente interrompido pela crescente excitação, pelo meu coração bombeando sangue demais. O calafrio aumentando. Após quatro anos de abstinência, era a primeira vez que eu o experimentava com tamanha intensidade, e meu corpo reagia com desejo arrasador, vibrando em antecipação ao que aconteceria em seguida. Fechei os olhos e, instintivamente, lancei-me ao chão. Mas a voz grave que esperava ardentemente ouvir simplesmente não apareceu. Aquela que me salvaria do punhal que em seguida se desprenderia das mãos do malabarista e que passaria de raspão pelo meu pescoço fora substituída por aplausos e gritos eufóricos.

Aturdida demais para me levantar, reabri os olhos. Os animados espectadores mal notaram minha estranha reação. Voltei a mim e novamente senti o gosto azedo da decepção arder na boca. Os arrepios continuavam a queimar minha pele e então entendi: *eu havia sonhado acordada!* Transformara o vento gelado no calafrio que tanto ansiava tornar a experimentar, naquele que fervia de prazer cada célula do meu corpo. Desesperada em reviver um mínimo momento com Rick, minha mente se utilizara de um truque ardiloso. Ela sabia que seu rosto perfeito começava a ser apagado de minhas lembranças. Em breve, não apenas Richard, mas as pessoas que deram suas vidas por mim, *Zyrk* e toda a minha história fantástica se transformariam em uma miragem distante, um amontoado de fantasmas de um passado que viraria pó e seria levado pelo vento que carrega o tempo e a vida.

Fiquei ali, imóvel, sentindo a ventania e as gotas da chuva atingirem o meu rosto febril, disfarçando as lágrimas que rolavam por minha face e fé arruinadas. Não havia mais Wangor ou recordações. Não me restara nada no mundo e, em alguns anos, também não sobraria nada na minha mente. Abaixei a cabeça e, não sei por quanto tempo, acabei entregue ao meu turbilhão de emoções. Deixei a chuva lavar meu espírito e pedi à natureza que recobrasse meu ânimo. Novas rajadas de vento fizeram meu corpo tremer de frio, mas foi minha mente que estremeceu de terror com uma ideia:

Talvez aquilo fosse uma despedida!

Talvez fosse a forma de Wangor deixar claro que eu já estava forte o suficiente para continuar a jornada com minhas próprias pernas, que era hora de partir e não olhar mais para trás. Com todos os portais vigiados e a impossibilidade de entrar em *Zyrk*, talvez fosse o momento de aceitar a despedida e, simplesmente, esquecer a terceira dimensão... para sempre.

Novas reclamações bradadas. Correria. Os chuviscos repentinamente se transformaram em chuva grossa que despencava com violência sobre nossas desprotegidas cabeças. As pessoas abandonavam o show às pressas em sua procura desordenada por abrigos improvisados. Foram os uivos nervosos do vento que me alertaram para o estranho fato que acabava de acontecer: o intenso calafrio melhorava à medida que as pessoas se afastavam de mim.

Por que aquilo acontecia se a ventania piorara e a temperatura havia caído consideravelmente?

A resposta inesperada vibrou dentro de mim, e, sem compreender minha reação, eu já estava correndo.

CAPÍTULO 40

Havia um zirquiniano assistindo ao show!

Levantei-me com rapidez e desatei a correr. O grupo de onde vinha a suspeita sensação foi se dispersando e ao longe detectei três sombras dobrando uma esquina à direita. Corri o mais rápido que pude, meus passos acelerados explodiam com força nas poças d'água que se acumulavam pelo caminho e encharcavam ainda mais meus tênis e calça jeans. Embrenhei-me por ruas estreitas, vazias e escuras. Amsterdã se recolhera mais cedo. Eu sabia que era uma atitude insana, que corria perigo. Eu ia de encontro a um deles e fazia exatamente o oposto ao que vinha realizando há quatro anos, ao que Leila e Wangor haviam seriamente alertado. Mas havia algo diferente ali. Desde que retornara de *Zyrk* meu corpo nunca reagiu tão fortemente à presença de algum deles como agora e uma parte adormecida dentro de mim tinha sido bruscamente despertada. Disparei, seguindo os passos inconstantes que chegavam cada vez mais abafados aos meus ouvidos. O temporal não dava trégua. Em meio à corrida ensandecida, vi a sombra suspeita se afastar. Se ela chegasse à encruzilhada, certamente eu a perderia de vez. Com a respiração ofegante, senti a aflição dominar minhas pernas à medida que o calafrio escorregava pela minha pele e se esvaía pelo caminho inundado de expectativas desintegradas. Coloquei todas as minhas forças naquela corrida, como se dependesse dela para viver e alcancei o vulto que já estava a menos de dez metros de distância.

— Pare! — berrei com estrondo e senti minha pulsação ultrapassar limites perigosos. — Por que está fugindo de mim?

De costas, o vulto travou no lugar. O modo como ele respirava, como suas costas subiam e desciam...

Perdi o chão de vez e congelei sob o choque. Pernas, braços, mente, um amontoado de partes inúteis naquele breve porém infinito instante. O calafrio estava de volta e dessa vez vinha com proporções assustadoras. Dei alguns passos em sua direção.

E eu o vi.

Do outro lado da rua abandonada, no meio da penumbra, a sombra de um rapaz curvado sobre o próprio abdome, com roupas encharcadas e fisionomia abatida, fez meu novo mundo ruir e se reerguer.

Richard?!?

Catatônica, minha mente não conseguia processar o que acabava de acontecer. *Richard estava vivo? Ele vinha se escondendo de mim nos últimos quatro anos? Seria algum truque de Von der Hess? Meu instinto de sobrevivência me ordenava a fugir, mas minha intuição me obrigava a ficar. Ela afirmava que era ele mesmo e que precisava de mim. Pela primeira vez na vida, eu podia senti-lo, conseguia captar sua energia, seu sofrimento, sua expectativa.*

Minhas pernas tremiam, o chão tremia, o cérebro chacoalhava. Desorientada, eu o vi mancar em minha direção e parar na metade do caminho quando seu corpo começou a estremecer com violência. Richard colocou as mãos repletas de cicatrizes na cintura e, ainda sem me olhar, tombou de joelhos no chão e começou a balançar ombros e cabeça de maneira desesperada.

Cristo! Aquilo estava mesmo acontecendo?

Um único som se destacava no ruído de fundo e maculava a sinfonia da chuva torrencial e das minhas frágeis certezas: o eco das pancadas frenéticas do meu coração. A barreira de dúvidas, medo e expectativa tão paralisante quanto a besta da noite de *Zyrk* agigantava--se à minha frente.

— V-você...?!? — Fui eu a primeira a romper a muralha.

Sem resposta.

— Todo esse tempo eu achei que tivesse te perdido, tão sozinha, tão... — Minha voz era um lamento, um murmúrio impregnado de pavor e desejo. Precisava ardentemente escutar sua voz grave e ter a certeza de que não estava enlouquecendo de vez. *Deus! Não podia ser. Meu subconsciente me pregando outra peça.*

A cabeça do vulto tombou ainda mais.

— Por que só agora? Eu não entendo, eu...

Silêncio.

— Responda, Richard!

— E-eu sinto muito, Tesouro — arfou e confessou com a voz falhando: — Queria que você tivesse a chance de reconstruir sua vida, de encontrar alguém que a fizesse feliz. Não quis... interferir.

— Interferir... — balbuciei apática, incapaz de encontrar as palavras enquanto afundava numa poça de emoção.

— Achei que me esqueceria, que seria o melhor para nós dois, mas...

— Mas?

— Não suporto mais sentir a tristeza que vem, a cada dia, escurecendo sua energia, ver você chorar e não poder consolar, não poder tocar seu corpo... Eu não aguento mais ficar longe de você. Fui fraco — explicou com a voz rouca, ainda encarando o chão. Os cabelos negros grudados no rosto camuflavam sua expressão de dor e faziam o sangue entrar em ebulição em minhas veias. — Perdoe-me pelo que te fiz... A punhalada... E-eu nunca quis ferir você, Tesouro. Acredite, eu... — Ele não conseguiu concluir a frase e seu corpo começou a tremer com violência.

Richard estava sendo acometido por uma crise de choro, de remorso e de medo da minha reação? *Céus! O coitado ainda achava que eu estava magoada por ele ter me ferido com o punhal!* Seus soluços altos me comoveram profundamente e desintegraram qualquer sombra de dúvida sobre a autenticidade daquela cena.

Entendi e o admirei ainda mais. Sua atitude foi nobre e altruísta. Ele quis me dar a chance de ter um novo futuro e sabia que isso só seria possível se eu soubesse que o nosso passado estava sepultado, que ele estava morto.

Soluçando alto, ele afastou o cabelo dos olhos e tentou enxugar o rosto com a parte de trás das mãos trêmulas. Assim que as hipnotizantes cicatrizes saíram de vista, os olhos azul-turquesa mais lindos do universo fulguraram nos meus. O brilho deles irradiava em minha pele e reacendia a vida apagada que fizera ninho em meu peito havia quatro anos. Quando dei por mim, eu deixava toda a minha dor e meu orgulho para trás, corria como um raio em sua direção e me jogava em seus braços.

— Oh, Tyron! — Richard gemeu e soluçou ainda mais alto, aninhando-me em seu peitoral de aço. Tremendo muito, abraçou-me com vontade e desespero avassaladores, as mãos enormes envolvendo cada centímetro do meu corpo. Ficamos um longo momento ali, entrelaçados e caídos no chão, afogados dentro da emoção abrasadora do nosso complicado amor. O entendimento de corpos, sangue e almas. Não havia senões ou necessidade de explicações. Nosso pranto era o testamento da veracidade, a confissão de rendição. — Diga que me perdoa, por favor — implorava ele nervoso. — Eu te amo demais. Te amo tanto, Tesouro. Sempre te amei, desde o início. Você é a minha vida, o coração que bate dentro do meu peito, meu flagelo, minha paz. Sem você vivo em guerra com o mundo, Nina. Se não lutar por você, sou apenas um vazio, nada além de um amontoado de carne, ossos e tormento.

— Ah, Rick! Eu nunca deixei de te amar! Leila me contou tudo e já te perdoei há muito tempo — arfei acelerada, permitindo que novas lágrimas lavassem meu rosto. Sorri intimamente. *Eram lágrimas de felicidade!* — Pensei que estivesse morto.

— Não é tão fácil se livrar de mim... minha pequena. Não se esqueça de que sou a sua...

— A minha Morte! — interrompi com um sorriso gigantesco.

— Exatamente. — Emocionado, Rick arrumou meus cabelos molhados atrás da orelha e segurou o sorriso, estreitando os lábios em uma linha fina. — Vou cuidar de você, e nunca mais vou te decepcionar, Nina. — Encarou-me com *aquele* olhar felino e, tremendo ainda, curvou-se sobre mim. Seu nariz deslizou pelo meu pescoço e meu corpo ardia nos pontos onde seus dedos tocavam, como se eles fossem energizados. Soltei um arquejo de prazer, incapaz de controlar o turbilhão de sensações que me dominavam. As terminações nervosas da minha pele soltavam choques, sôfregas e desesperadas pelo seu contato. Rick gemeu mais uma vez, quase tão enlouquecido de emoção quanto eu, mas conseguiu se controlar e, respirando fundo, levantou-se e me puxou para junto de si. — Venha! Vamos sair logo deste lugar.

— Como você sabia que eu estava aqui? Por que Wangor não apareceu? — questionei, subitamente me dando conta da suspeita coincidência.

— Ele está bem. Disse que tinha assuntos urgentes e que precisava partir para Windston.

— Como você soube disso?

— Seu avô me deu cobertura durante todo esse tempo, Nina. Ele e Zymir.

— Leila e a Sra. Brit não sabem que você está vivo?

— Não. Os magos do Grande Conselho descobriram que Leila utilizou a *Malis Vetis* e ela foi proibida de entrar em *Zyrk*. Não está a par dos acontecimentos dos últimos anos. — Suspirou. — E Wangor achou que não seria sensato contar a Brita porque, querendo ou não, ela acabaria indo ao meu encontro. A coitada vem sendo muito requisitada desde o grande confronto. Ela é a única curandeira que restou em *Zyrk*.

— Ah, não!

Ele confirmou com pesar.

— Se ela desaparecesse por um tempo para me ajudar, alguém acabaria descobrindo que eu sobrevivi. Seria um grande risco à vida dela, à sua e ao nosso plano. — Arfou e acelerou em explicar: — Há muito tempo Shakur havia me dito que, quando morresse, gostaria de ser enterrado nas dunas de vento do Muad. Então, quando achei que não havia mais chance para nós dois, quando vi que você havia ficado mais tempo sob o efeito daquela toxina do que o suportável e que eu *realmente* a havia matado, resolvi que não queria mais prosseguir, que era o momento de partir. Antes disso, entretanto, ia conceder o último pedido do meu antigo líder.

— Mas Leila me contou que Wangor o viu morrer numa luta com Kevin — acelerei em dizer.

— Kevin continua preso no Grande Conselho, Nina. Wangor inventou essa história para me dar cobertura. — Sorriu timidamente. — Seu avô foi o único a me ver entrar no Muad com o corpo de Shakur. Com o péssimo estado da minha perna e a grave hemorragia, não consegui ir muito longe, nem seria preciso. Os zirquinianos não entrariam naquele lugar de qualquer forma...

— Você pretendia morrer lá. — A afirmação saiu como um sopro baixo.

Richard assentiu sério.

— Eu delirava quando Zymir me encontrou, dois dias depois da grande batalha. Estava entre a vida e a morte — respondeu com a voz fria. — Não acreditei quando Zymir afirmou que você estava viva na segunda dimensão. Precisou Wangor aparecer, deixar seu orgulho de lado e implorar para eu acreditar no que ele dizia.

— Por que Wangor não me contou nada?

— Porque Wangor realmente se preocupa com você. Ele sabia da minha intenção de mantê-la afastada, de querer te dar a chance de ter uma vida como uma humana, e concordou. Acho que ele teve medo de que você fizesse alguma besteira e fosse atrás de mim caso soubesse que eu estava vivo — confessou. — Seu avô queria redimir parte dos erros de Dale e, ao mesmo tempo, sentia-se culpado pela vida triste e solitária que você seria obrigada a levar. Ele acreditava que eu poderia lhe oferecer algo muito importante em troca: proteção. Wangor me surpreendeu ao afirmar que não confiaria sua vida a mais ninguém que não fosse a mim, que gostaria que eu fosse seu

protetor a partir daquele momento. — Franziu as sobrancelhas. — Foi quando finalmente acreditei, mas aí a ferida na panturrilha esquerda já havia tomado proporções indesejáveis. As artes médicas não eram o forte de Zymir. Minha perna quase gangrenou e por muito pouco não teve que ser amputada. Tive febres altíssimas e demorou meses até eu conseguir ficar de pé.

— Deus!

— Sim. — Ele sorriu e olhou para a perna esquerda escondida atrás da calça comprida preta e encharcada. — A perna não está tão forte e ágil como antes, mas ainda serve. Acho que seu Deus esteve comigo porque fui agraciado com outro milagre.

— E você vem me seguindo desde então?

Ele confirmou com um movimento imperceptível de cabeça.

— Venho mantendo sempre uma distância segura, o suficiente para intervir caso fosse necessário. Assim eu manteria você protegida dos meus e você não conseguiria captar a minha energia.

— Ah, Rick! — Eu o abracei, toda a emoção jorrando em minhas veias.

— Mas não aguentei, não fui forte o suficiente. F-fiquei nervoso ao ver aquele malabarista se aproximar de você — gaguejou. — Foi tudo tão semelhante ao da outra vez. E eu... Fiquei assustado...

— Você me deixou em transe?

— Só um pouco — confessou sem graça. — Você está cada vez mais forte e conseguiu se soltar da minha intervenção.

— E aí você pensou em se esconder para que eu não te visse.

— Não foram só as minhas pernas que trapacearam, Nina — murmurou. — Passar a existência vigiando-a e protegendo-a dos meus parecia um presente bom demais, mas bastou ficar alguns instantes muito perto de você, sentir todo seu sofrimento, sua angústia, sua tristeza para eu jogar tudo por água abaixo! Meu coração me deu uma rasteira e simplesmente não consegui.

— Ah, Rick! Você é um cabeça-dura incorrigível!

— Eu sei. — Ele apertou os lábios e me encarou com intensidade. — Você precisa me ajudar. Sou um sujeito complicado e perigoso mas sempre fui seu. Só seu, Tesouro. — Seu pomo de adão subia e descia rápido demais, suas mãos tremiam. — Acha que consegue dar um jeito em mim?

— Hummm... Depende. — Brinquei em êxtase. — Quanto tempo acha que temos?

— Que tal uma existência toda? — indagou sem rodeios, a voz rouca e repleta de uma ansiedade nada usual para ele.

— Vai ser apertado, mas acho que consigo.

— Jura? — O azul-turquesa em seus olhos cintilou forte.

— Juro.

E o sonho se tornou realidade.

Sozinhos naquela rua escura e deserta, em meio à chuva torrencial, ele se ajoelhou diante de mim, segurou minha mão esquerda e beijou meu dedo anelar com delicadeza.

Aquilo estava mesmo acontecendo? Havia música no ar?

— Nina Scott, a senhorita me aceita com todos os meus defeitos, na alegria e na tristeza, na saúde e na doença, na dúvida e na certeza, na paz e nas batalhas, pulando de uma cidade para outra, de um país para outro, amando-me e me permitindo amá-la, protegê-la e mimá-la com toda a energia que existe em meu espírito a cada dia de sua existência, por todos os dias da sua vida?

Procurei, mas não os encontrei. *Onde estava o meu raciocínio? O chão? O oxigênio? A minha voz?*

— Nina? — insistiu com os olhos arregalados.

— I-isso é um pedido de...? — engasguei num atordoante estado de choque e felicidade. — Você quer ficar... comigo... para sempre?

— Só eu e você. — Ele assentiu sério.

— Mas que droga! Por que me fez esperar quatro anos? — Estreitei os olhos e escondi o sorriso maior que o mundo. — Claro que aceito, Rick!

— Ah, Tesouro! — soltou aliviado, levantou-se e me puxou para um abraço sufocante e apaixonado. — Eu lutei tanto para não ceder, mas te desejo desde o dia em que pousei os olhos em você. Você é a razão da minha existência, Nina. — Então a fisionomia emocionada começou a ceder espaço para aquela maliciosa que fazia meu corpo ferver da

cabeça aos pés. Seu sorriso se alargou, radiante. — Eu preciso de você, meu amor, e estou louco para recuperar o tempo perdido. — Pegando-me de surpresa, Richard segurou meu corpo em seus braços. — É assim que os humanos machos fazem quando escolhem uma fêmea para si, não? — indagou brincalhão.

— Humanos machos? Fêmea? — Repuxei os lábios. — Oh, céus! Terei um trabalho árduo pela frente.

Rick gargalhou alto e estremeci de emoção ao vê-lo tão leve e feliz. Sorrindo como nunca ele me colocou de volta ao chão.

— Eu te amo demais, Nina Scott. — Sua expressão ficou séria, o azul-turquesa em seus olhos escureceu e, segurando meu rosto com ambas as mãos, afundou os lábios nos meus e me presenteou com um beijo febril e enlouquecedor.

— Peraí! — Afastei-me repentinamente dele e indaguei num misto de confusão e entusiasmo. — Quem será a minha Morte a partir de agora?

— O tempo. — Deu de ombros. — No que depender das minhas habilidades, você vai morrer bem velhinha.

— Você vai matar todos os resgatadores que se aproximarem de mim?

— É o que faço de melhor, Tesouro. — Piscou convencido antes de me puxar para outro beijo apaixonado, e eu gargalhei, feliz. Plena.

E tudo fez sentido.

Eu fui a mola propulsora, mas não a peça-chave da lenda de *Zyrk*. A salvação não partiu de mim e agora estava claro e cristalino.

O milagre sempre pertenceu a Richard!

Sua provação, suas atitudes, a mudança interior de um ser teoricamente insensível e incapaz de compreender o significado do sentimento avassalador que carregava no peito. Dar a vida pela de outra pessoa de bom grado e sem hesitar...

E foi assim que ali, com os nossos corpos entrelaçados e encharcados, fizemos nossos votos, o juramento de união de duas espécies distintas, unidas pelo sentimento capaz de romper qualquer obstáculo e atravessar todas as barreiras de espaço, raças ou dimensões.

O maior sinal de todos.
Em qualquer tempo ou lugar.
O início, o meio e o fim.
Nossa prisão e libertação.
O caminho.
A verdade.
A saída.
A vida dentro da vida.
O amor.

Papel: Pólen soft 70g
Tipo: Bembo
www.editoravalentina.com.br